EMMA BELLMORE

BLOOMSBURY CAMPUS

HIDDEN SECRETS

Roman

PENGUIN VERLAG

FSC
www.fsc.org
MIX
Papier | Fördert gute Waldnutzung
FSC® C014496

Penguin Random House Verlagsgruppe FSC® N001967

1. Auflage

in der Penguin Random House Verlagsgruppe GmbH,
Neumarkter Straße 28, 81673 München
Redaktion: Steffi Korda
Umschlaggestaltung: FAVORITBUERO, München
Umschlagabbildung: © Collage unter Verwendung von Motiven von Shutterstock.com
Satz: Buch-Werkstatt GmbH, Bad Aibling
Druck und Bindung: GGP Media GmbH, Pößneck
Printed in Germany 2024
ISBN 978-3-328-11218-1
www.penguin-verlag.de

Für alle, die erst lernen mussten, Nein zu sagen.

Playlist:

Bad Memories (feat. Elley Duhé & FAST BOY) – MEDUZA, James Carter, Elley Duhé, FAT BOY
Kindly Calm Me Down – Meghan Trainor
Ready for it – Taylor Swift
Padam Padam – Kylie Minogue
Pretty – Ingrid Michaelson
Stay – Rihanna, Mikky Ekko
Fight Song – Rachel Platten
DARKSIDE – Neoni
Payback – Night Panda, Rayelle
Believer – Imagine Dragons
Count on me – Bruno Mars
Unstoppable – SIA

Triggerwarnung

Liebe Leser*innen, dieses Buch enthält verschiedenste Themen, die unter Umständen triggern können. Deshalb findet ihr auf S. 412 eine Triggerwarnung. Diese enthält Spoiler für das gesamte Buch. Wir wünschen euch das bestmögliche Leseerlebnis.

1

Lily

»Hey, Sam, wir sind gerade durch die Berge gefahren, und es war einfach so wunderwunderschön. Und nein, ich hab dir keine Bilder gemacht. Die Fensterscheibe ist gefühlt vor zwanzig Jahren das letzte Mal geputzt worden.« Ich zögere. »Was ich dich eigentlich schon die ganze Zeit fragen wollte …« Eine Sekunde vergeht, dann noch eine. Ich hole tief Luft. »Geht's euch gut?«

Sofort schicke ich die Sprachnachricht ab, und ein nervöses Ziehen meldet sich in meinem Bauch. Weil ich mich ein klein wenig vor Sams Antwort fürchte.

Nein, stimmt nicht. Ich fürchte mich sogar ziemlich.

Ich hoffe, dass sie sagt: *Klar geht's uns gut.* Rechnen tue ich aber mit etwas ganz anderem.

Ich starre auf das Display, sehe, wie Sam online geht, meine Nachricht abhört, mir jetzt ebenfalls eine Message draufspricht, und mein Puls schießt in die Höhe.

Eigentlich ist das total unnötig. Gestern Abend war ja noch alles in Ordnung. Mein Dad hat mich in den Arm genommen und gesagt: *Viel Spaß in Wales, Lily. Wir kommen schon zurecht hier. Mach dir keine Sorgen.*

Aber ich weiß, wie schnell das umschlagen kann. Sobald

Sams Antwort bei mir ankommt, fummle ich umständlich meine pinken Kopfhörer aus der Hosentasche, stecke sie mir in die Ohren und drücke auf Play.

»Lilyyyyyy!!«, höre ich ihre Stimme, und augenblicklich schwemmt meine Brust ein warmes Gefühl. Im Hintergrund nehme ich den Londoner Verkehrslärm wahr. »Natürlich geht's uns gut. Wir kommen hier wirklich ohne dich klar, okay? Dad ist aufgestanden, war schon im Jobcenter, und ich gehe jetzt in meine erste Einführungsveranstaltung an der Uni. Ist das nicht komplett verrückt? Ich und Uni? Bin grad auf dem Weg dorthin und muss jetzt in die U-Bahn. Also, äh ... wir quatschen morgen! Bye!« Die Hintergrundgeräusche reißen abrupt ab, und ich bemühe mich, so leise wie möglich zu sprechen, weil die Frau auf den Sitzen links vor mir wiederholt hersieht.

»Deine erste Veranstaltung! Ich bin so stolz auf dich! Erzählst du mir dann, wie es war?«, raune ich. »Du musst. Keine Ausreden! Ich will alles wissen ...« Während ich rede, schweift mein Blick nach draußen. »Ohooo mein Gooooootl, ich habe gerade das Meer gesehen! Das Meer! Sam!«, rufe ich, vor lauter Aufregung rutscht mein Finger vom Display ab und die Sprachnachricht wird automatisch versendet. Ich kümmere mich nicht weiter darum und starre auf den glitzerblauen Meeresstreifen am Horizont. Ganz kurz taucht er auf, dann ist er wieder hinter einigen Bäumen verschwunden. »Ich glaube, wir kommen an. Ich melde mich aus dem Wohnheim! Hab dich lieb!« Hastig mache ich ein Kussgeräusch, ehe ich auch diese Nachricht abschicke und vorsorglich beginne, in dem Netz am Sitz vor mir die zerknautschte, halb gefüllte Wasserflasche und die leere Chipstüte hervorzukramen. Sie knistert so laut, dass die Frau von schräg gegenüber schon wieder zu mir schaut. Als sich unsere Blicke kreuzen, verziehe ich schuldbewusst das Gesicht und gebe ein fast lautloses »Sorry!« von mir.

Vermutlich hätte ich das mit den Sprachnachrichten lassen sollen. Wobei es sowieso nur ein oder zwei Messages waren … Na gut. Es waren fünf. Oder acht. Ich schwöre, es waren nicht mehr als acht!

Und meine Bemühungen, im Flüsterton zu sprechen, waren wohl nicht sonderlich erfolgreich, weil: Der Bus, in dem wir sitzen, stammt aus den 90ern. Dem Teil der 90er, in dem ich noch nicht geboren war. Es riecht durchdringend nach den Plastikverkleidungen und staubigen Sitzpolstern, und das Fahrgefühl ist hier in der vorletzten Reihe in etwa so, als säße man auf einer Power-Plate.

»Verzeihung. Ich wollte meiner Schwester viel Glück wünschen«, murmle ich in Richtung der Frau, weil sie mich immer noch ansieht. Dabei halte ich erklärend das Handy hoch.

Ich schätze sie auf Ende dreißig; sie ist klein und rundlich, trägt ihre dicken braunen Haare zu einem Pferdeschwanz gebunden und hat einen leuchtend pinkfarbenen Lippenstift aufgetragen, der perfekt auf ihren Nagellack abgestimmt ist. Sie sieht schick aus. Nicht die Art von hippem Großstadt-Chic, sondern gepflegt und feminin und auch ein bisschen oldschool.

Lächelnd rutscht sie auf den Gangplatz, und die leichte Parfümwolke, die schon die ganze Zeit in meiner Nase liegt, wird intensiver. »Habe ich mir fast gedacht. Oder deiner besten Freundin.«

Wärme steigt mir in die Wangen. »Und Sie mussten sich das jetzt alles mit anhören. Sie hätten es mir sagen sollen, dann wäre ich leiser gewesen.«

Die Frau zuckt nur mit den Schultern. »Halb so wild.« Ich erkenne weiße Tierhaare auf ihrem schwarzen Cashmere-Cardigan. Er sieht unglaublich weich aus, und am liebsten würde ich die Hand ausstrecken und darüberstreichen. Bisschen weird, aber dieser Drang befällt mich immer, wenn ich etwas Flauschiges sehe.

»Du kommst nicht von hier«, stellt sie fest und mustert mich. Dabei schafft sie es trotzdem, freundlich und offen zu wirken.

»Übermorgen fange ich mein Masterstudium an der Bloomsbury an.«

»O wie schön, dann musst du unbedingt demnächst bei mir im Café vorbeischauen. Studenten bekommen Rabatte!«

Zwar bezweifle ich, dass ich mir selbst mit Rabatt in näherer Zukunft einen Kaffee in irgendeinem Laden leisten kann, aber ich nicke trotzdem. »Sehr gern.«

»Ich bin übrigens Frida.« Sie hält mir ihre Hand hin und wie aus Reflex schüttle ich sie. »Mir gehört das *Black Cat* unten am Pier.«

»Lily«, sage ich, etwas überrumpelt. »Freut mich.« Und das tut es wirklich. Zu Hause in London kommt man nicht so leicht mit jemandem ins Gespräch. Man ist dort quasi nur von Fremden umgeben und kennt meist nicht mal seine unmittelbaren Wohnungsnachbarn. Auf der Straße oder in der U-Bahn sieht man sich nicht an, und keinesfalls spricht man miteinander, sondern tut das, was alle tun – auf sein Handy starren.

»Na dann. Herzlich willkommen in Marchlyn Falls!« Ihr goldenes Charm-Armband klimpert, als sie mir noch einmal zuwinkt und sich anschließend an ihren Fensterplatz zurückzieht.

Während ich meine Habseligkeiten in den Rucksack aus altem Jeansstoff stopfe, überkommt mich ein ungewohntes Gefühl. Es ist federleicht und fluffig und ein bisschen so, als würde ich gleich abheben und schweben können. Vielleicht wird doch noch alles gut. Vielleicht kann ich London, mein altes Leben, all die … Dinge, die passiert sind, endlich hinter mir lassen und neu anfangen.

Auch deswegen bin ich in diesem Bus, der gerade den letzten Hügel hinab in den Ort überwindet. Die Straße ist kurvig, und ich kann es kaum erwarten, hier rauszukommen und mir frische Luft um die Nase wehen zu lassen. Weil mir seit einigen Stunden etwas flau im Magen ist. Okay, mir ist schlecht. Also so richtig Ich-muss-die-Augen-schließen-und-tief-durchatmen-schlecht. Das passiert mir in Bussen immer. Trotzdem habe ich ein Ticket über National Express gebucht, statt mir ein teures Zugticket zu leisten. Aus einem simplen Grund: Ich bin komplett pleite. So pleite, dass ich mir, nachdem ich mir die Fahrkarte gegen meine letzten Bargeldreserven am Schalter geholt hatte, nur noch eine Tüte Chips, einen Schokoriegel und ein Wasser bei Boots kaufen konnte. Die drei Sachen gab es nämlich bei den superbilligen Meal-Deals, und die sind meine besten Freunde. Besonders, seit ich nicht mehr darauf vertrauen kann, dass meine Kreditkarte mir auch nur einen Penny gibt. Um jeden Preis möchte ich den peinlichen Moment vermeiden, wenn die Karte am Lesegerät trotz mehrmaliger Versuche abgelehnt wird und einen dieser genervte Blick der Verkäufer trifft.

Vielleicht bin ich auch einfach nur hungrig, gestehe ich mir ein, als mein Magen ein lautes, nicht enden wollendes Knurren von sich gibt. Ich ziehe einen Kaugummi aus der Hosentasche. Das regt die Speichelproduktion an, habe ich mal irgendwo gelesen, und das wiederum soll gegen Hunger helfen.

Wie von selbst tastet meine Hand in den Rucksack zu meinem Geldbeutel, der verräterisch leicht zwischen meinen Fingern liegt. Bis auf ein paar wenige Münzen ist er leer.

Du kannst dir nicht einmal mehr etwas zu essen kaufen. Das ist dir schon klar, oder?

Und kurz, ganz kurz, flackert nun doch Panik in mir auf. Wie soll ich das überhaupt anstellen? Tagelang nichts essen, bis ich einen Job gefunden habe? Meine neuen Kommilitonen anschnorren, obwohl wir uns noch nicht mal kennen? An einer verdammten Privatuni? Sie werden meinen, dass ich sie auf den Arm nehmen möchte.

Oder dass ich eine Betrügerin bin.

Aber das bist du ja auch, nicht wahr?

Ich schlucke schwer. »Hör auf«, flüstere ich mir leise zu, während ich nach unten auf meinen Rucksack starre. Meine Lippen bewegen sich tonlos, als ich die zwei Wörter wie ein Mantra wiederhole.

Ich muss das endlich alles hinter mir lassen. Ich habe London, die wenigen Bekannten, die ich während meines Bachelorstudiums in Psychologie gefunden habe, meinen Dad und meine jüngere Schwester zurückgelassen und quasi alles, was ich besitze, verkauft, um hier neu anfangen zu können.

Und das werde ich auch.

Entschlossen hebe ich den Kopf und beiße die Zähne zusammen. Draußen fliegen die ersten Häuser von Marchlyn Falls an uns vorbei. Hübsche Reihenhäuser mit Garten und einem großen Wohnzimmerfenster vorn raus. Gemähter Rasen wechselt sich mit gestutzten Hecken, sauberen Kieswegen und vermutlich handgetöpferten Schmuckornamenten ab, die zwischen Herbstblumen hervorragen. Ein Mann führt seinen Hund Gassi, und ein Briefträger unterhält sich mit einer älteren Dame, die wohl gerade ihre Einkäufe nach Hause bringt.

Und plötzlich sehe ich es wieder. Das Meer. Der Bus fährt eine Kurve am Hafen und bremst so abrupt, dass alle gegen die Vordersitze gedrückt werden.

»Endstation Marchlyn Falls. Danke, dass Sie sich für National Express entschieden haben. Bitte alle aussteigen«, tönt es unangenehm knisternd aus dem Lautsprecher über meinem Kopf.

Ich brauche ein Weilchen, weil ich gerade nur durch die schmutzige Scheibe nach draußen auf das satte Blau starren kann. Als eine der Letzten verlasse ich den Bus.

Sobald ich das erste Mal einatme, kann ich nicht anders – ich bleibe stehen und schließe die Augen. Die Luft ist weicher als die in London und trägt den Duft von Salz und Algen mit sich.

Und dann starre ich auf das Glitzern, das die Sonne auf der Wasseroberfläche erzeugt. Das Meer, das gegen den feinsandigen Strand brandet, hat diesen leuchtenden, beinahe türkisfarbenen Ton, den man eigentlich in der Karibik erwarten würde und nicht hier, an der windigen Westküste von Wales.

Mein Blick wandert weiter zu der verschnörkelten viktorianischen Seebrücke, die mehrere Hundert Meter ins Wasser hineinragt. Die kleinen, weiß lackierten Pavillons darauf sind vermutlich Souvenirgeschäfte, denn Touristen schlendern vorbei und beobachten einige junge Leute in Neoprenanzügen, die hinter der Wasserkante kitesurfen.

Der Strand wird gesäumt von einer Art Promenade, dann folgen unzählige bunt zusammengewürfelte, mehrstöckige Häuser – das Ortszentrum von Marchlyn Falls. Jedes scheint in einer anderen Farbe gestrichen zu sein: gelb, blau, rot, einige türkis. Sie wechseln sich mit Backsteingebäuden und einer Handvoll Fachwerkhäuschen ab. Viele davon haben Blumenkästen vor den Fenstern. Die meisten Menschen sind zu Fuß unterwegs, nur dann und wann fährt ein Auto die Straße an der Promenade entlang.

Heute ist ein wunderschöner frühherbstlicher Tag, und nach so vielen Stunden im Bus genieße ich die Sonne auf meinem Gesicht. Unwillkürlich jagt eine Gänsehaut über meinen Körper. Aber das liegt nicht nur an der angenehmen Wärme und den Sonnenstrahlen, die ich am liebsten aufsaugen möchte wie ein Schwamm. Alles hier ist so … schön. Unbekannt und verheißungsvoll und dennoch irgendwie überschaubar. Ich glaube, ich mag Marchlyn Falls schon jetzt.

Schließlich stelle ich mich doch zu der Menschentraube, die sich um den Gepäckraum des Busses gebildet hat. Frida, die Frau aus dem Café, hat ihren Koffer bereits gefunden und winkt mir zum Abschied zu, und recht schnell entdecke ich auch meinen. Mit seinem lilafarbenen Animalprint-Überzug sticht er wie ein Kanarienvogel in einem Schwarm Krähen zwischen den wuchtigen Rollkoffern in Grau und Schwarz heraus.

Ich schiebe mir die langen Ärmel meines Oversize-Wollpullis (aka meines Emotional-Support-Pullis) über die Ellenbogen, klettere halb in den Kofferraum und ziehe meinen Trolley hervor, bevor der Bus mit einem hydraulischen Zischen alle Türen schließt und wieder abfährt.

Ein leichter Windstoß lässt meine Haarspitzen fliegen, und ich atme ein weiteres Mal tief ein, ehe ich auf das Grüppchen an Leuten in meinem Alter aufmerksam werde, die auch mit dem Bus aus London gekommen sind. Sie sind mir schon während der Fahrt aufgefallen. Während sie ihr Gepäck sortieren, scherzen sie miteinander. Zwei der Jungs liefern sich eine kurze Verfolgungsjagd, und die anderen sehen ihnen lachend dabei zu.

Sicher studieren sie auch an der Bloomsbury.

Noch kenne ich hier niemanden, und ganz absichtlich habe ich an meiner alten Uni keinem erzählt, dass ich für meinen Master die Uni wechsle. Im Traum kämen meine ehemaligen Mitstudierenden nicht darauf, dass ich jetzt in Marchlyn Falls bin.

Wenn man seinen Bachelor an einer der besten Unis des Landes gemacht hat, gibt man seinen voll stipendienfinanzierten Masterstudienplatz in London nicht auf und wechselt an ein drei Mal so teures privates Institut an den Arsch der Welt.

Das tut man nur, wenn man völlig bescheuert ist.

Oder völlig verzweifelt.

Ich schaue hinauf zum Unihügel mit dem alten, ehrwürdigen Gebäude, das über der Stadt thront. Das muss das Hauptgebäude der Bloomsbury University sein, ich erkenne es von meinen zahllosen Internetrecherchen wieder. Das Bauwerk sieht aus wie eine kuriose Mischung aus Hogwarts und dem Tower of London, und obwohl es sich deutlich vom Stadtbild abhebt, passt es perfekt in das kleine Örtchen hier.

Die kleine Truppe marschiert los, und ich beeile mich, ihnen zu folgen. Ziemlich sicher kennen sie den schnellsten Weg hinauf zur Uni und damit auch zu den Studentenwohnheimen. Ich schiebe den Gurt meines Rucksacks auf die zweite Schulter, ziehe den Griff meines Trolleys raus und laufe ihnen hinterher.

Ganze drei Schritte habe ich auf der University Street gemacht, die sich den steilen Hügel hinaufwindet, als ich ein verräterisches Knacken höre, gefolgt von einem dumpfen Schleifton. Plötzlich ist mein Trolley doppelt so schwer. Ich bleibe stehen und kippe den Koffer ein wenig, um besser zu erkennen, was …

Na wunderbar. Absolut wunderbar.

Eine der beiden Rollen ist gerade abgebrochen.

2

Ellis

Eigentlich habe ich kein Problem mit Lärm. Wirklich nicht. Ich habe praktisch meine halbe Jugend im Cube, dem einzigen Club in Marchlyn Falls, verbracht und wohne jetzt über einem der meistbesuchten Cafés der Stadt. Ein gewisser Geräuschpegel macht mir absolut nichts aus.

Außer, er ist monoton. Repetitiv. Nervtötend.

Ich drehe mich um. Hinter mir läuft eine junge Frau, sicher eine Studentin. Sie muss neu hier sein, weil ich sie noch nie gesehen habe und ich mir Gesichter sehr gut merken kann.

Sie mag Anfang oder Mitte zwanzig sein, die Spitzen ihrer blonden Haare tragen irgendeinen verwaschenen Ton … *Töne*, verbessere ich mich in Gedanken, als ich sie näher betrachte. Türkis, Lila, Rosa – zusammen mit ihrem rosafarbenen Strickpullover, der löchrigen Jeans, aus der ihre beiden Knie hervorblitzen, und ihren Glitzer-Chucks sieht sie aus, als wäre sie in einen Farbtopf gefallen. Sie kaut manisch auf ihrem Kaugummi herum, während sie sich abmüht, den riesigen Koffer den Hügel hochzuschleifen. Er hat nur noch eine Rolle.

Als sie bemerkt, dass ich unmittelbar vor ihr stehen geblieben bin, schaut sie überrascht auf. Ich ziehe bloß die Brauen hoch und sage nichts. Das ist stummer Vorwurf genug. Ich glaube, sie ist drauf und dran, mir irgendeinen ungehaltenen Kommentar an den Kopf zu werfen, weil sie ziemlich genervt aussieht. Im letzten Moment entscheidet sie sich aber wohl anders, pustet sich eine Strähne aus dem Gesicht und murmelt: »'tschuldigung.« Dabei deutet sie auf ihren Koffer (lila mit … ist das Leopardenmuster? Wie alt ist sie, vierzehn?), der mit gehöriger Schlagseite auf dem Asphalt steht. »Ist kaputtgegangen.«

»Jap, hört man.«

»Sorry, aber ich muss da hoch.« Mit dem Kopf deutet sie in Richtung Unigelände. Als ich nicht reagiere, fährt sie fort: »Auf den Bildern sah die Steigung irgendwie nicht so anstrengend aus. Aber klar gibt's hier Hügel. *Die Universität in den Ausläufern von Snowdonia* stand ja auf der Website. Ich hätte es mir denken können … Wieso schaust du so?«

Wie schnell sie redet. Und wie viel.

»Ach so. Sorry, aber ich befürchte, es bleibt etwas lauter, bis ich ihn hochgeschafft habe. Bin leider nicht Hulk und kann das Teil tragen«, sagt sie und verengt die Augen.

Ich reibe mir über das Gesicht und seufze leise. Letzte Nacht habe ich nur zwei Stunden geschlafen. Ich habe auf meinem MacBook zu Hause eine Berechnung angestoßen, die, statt zu laufen, ständig Fehlermeldungen ausgespuckt hat. Deswegen bin ich auf dem Weg ins Rechenzentrum an der Uni, um genau die gleiche Berechnung dort erneut zu starten.

Jedenfalls muss es der Schlafmangel sein, der aus mir spricht, als ich meinen Blick demonstrativ über ihre Haare und ihren Pulli streifen lasse und sage: »Nein, bist du nicht, und das Grün würde dir auch nicht sonderlich gut stehen, fürchte ich.«

Der Kopf von Miss Rainbow ruckt hoch, und sie braucht einen Moment, ehe sie ihre Überraschung überwindet. »Das war jetzt bisschen creepy.«

»Wie bitte?«

»Kannst du in meinen Kopf reinschauen?«

Ich muss lachen. »Ich wünschte, ich könnte es. Das würde generell einiges an Arbeit sparen.«

Mein Job als Psychometriker ist es, die Psyche der Menschen und deren Verhaltensweisen (anders gesagt: das, was in den Köpfen der Menschen vorgeht) in Zahlen wiederzugeben. In vielen Zahlen. Unendlich vielen Zahlen, in einem ganzen Zahlensalat, der manchmal einfach keinen Sinn ergibt, weil meine Berechnungen aus dem ein oder anderen dämlichen Grund nicht funktionieren, wie letzte Nacht. Was mich nicht davon abhalten wird, den Artikel, den ich nächste Woche fertigstellen und einreichen wollte, auch wirklich fertig zu bekommen. Er ist Teil meiner Promotion, und ich habe mir vorgenommen, sie in Rekordzeit durchzuziehen.

Nur sollte ich dafür vielleicht nicht mit irgendeiner Frau auf der Straße herumstehen, sondern mich ins Rechenzentrum verkrümeln und programmieren.

»Redest du immer so kryptisch?«, will sie wissen.

Wenn man den Studentinnen Glauben schenkt, die in meiner Statistikübung sitzen, dann ja. Doch ich antworte bloß: »Berufskrankheit.«

Während sie mich anstarrt und zu überlegen scheint, was ich damit gemeint haben könnte, deute ich auf ihren Koffer. »Schon mal von einem Taxi gehört?«

Das kam jetzt arroganter rüber als beabsichtigt. Passiert mir leider öfter. An der Uni habe ich deswegen sogar den Ruf (besonders unter den Studentinnen in besagter Statistikübung), dass ich soziophobe Züge hätte. Was natürlich völliger Blödsinn ist. Glaube ich.

Vielleicht stimmt es aber doch, denn auf Miss Rainbows Gesicht legt sich ein Schatten. Augenblicklich tut mir mein Kommentar leid.

»Ja … whatever«, murmelt sie leise, umfasst den Griff ihres Trolleys fester, rückt sich die Rucksackgurte zurecht und macht Anstalten, an mir vorbeizulaufen. Ich weiche nach hinten und spüre Zweige des Ginsters im Rücken, der auf dem gesamten Unihügel wächst.

Im Vorbeigehen bemerke ich, wie blass sie aussieht. So, als hätte auch sie die letzte Nacht kaum geschlafen. Morgen ist Semesterbeginn, sie ist knapp dran mit ihrer Anreise. Dem Alter nach zu urteilen macht sie vermutlich einen Master. Ich lege den Kopf schräg und überlege. Geisteswissenschaften. Sie sieht ein bisschen abgedreht aus, also vielleicht vergleichende Literaturwissenschaften. Oder Kunstgeschichte? Allerdings würde sie dann nicht in diesem Aufzug und mit einem kaputten Koffer den Unihügel hinaufkeuchen, sondern sich von Papis Limousine vorfahren lassen.

Ich schüttle leicht den Kopf, weil ich es selbst nicht mag, wenn ich so denke. Die Bloomsbury ist eine Privatuni. Hier gibt es eben viele Söhne und Töchter aus besserem Hause. Das ändert nichts daran, dass sich die Studierenden ebenso anstrengen müssen wie an einer der vielen staatlichen Unis. Und dass wir in der Forschung genauso hart arbeiten und vergleichbar gute Ergebnisse produzieren wie die altehrwürdigen Universitäten des Landes.

Miss Rainbow versucht gerade, ihren krankenden Trolley auf dem schmalen Stück des Bürgersteigs an mir vorbeizubalancieren, als das Teil das Gleichgewicht verliert und von der Kante kippt. »Shit«, entfährt es ihr. Sie will den Koffer festhalten, aber er knallt der Länge nach auf die Straße, wo ein Autofahrer ausweichen muss und seinem Ärger hupend Luft verschafft.

Noch ehe sie den Henkel greifen kann, bin ich bei ihr und hebe den Trolley wieder auf den Gehsteig. »Brauchst du vielleicht Hilfe?«, frage ich, weil ich das Gefühl habe, meinen Spruch mit dem Taxi wiedergutmachen zu müssen. Dabei schaue ich ihr zum ersten Mal länger als eine Sekunde in die Augen, und mir fällt die Farbe darin auf. Eine ungewöhnliche Mischung aus Braun, Grün und Blau.

Sie blinzelt. Und dann sagt sie: »Nein danke. Ich komme gut allein zurecht.«

Als ob … Ich runzle die Stirn, kann ihr aber nicht verübeln, dass sie meine Hilfe nicht annehmen möchte. Ich bin irgendein Typ, der sie auf der Straße anspricht. Sie kennt mich kaum, ich war nicht gerade freundlich, und auch wenn ich mich nicht für besonders furchteinflößend halte, habe ich die Vermutung, Miss Rainbow kommt aus einer größeren Stadt. London, schätze ich, habe ihre Aussprache aber noch nicht ganz identifizieren können. Aus Wales stammt sie nicht, denn das hätte ich sofort gehört. Jedenfalls bin ich mir sicher, dass sie nicht weiß, wie das Leben in Marchlyn Falls läuft. Wir sind hier so wenige Menschen, dass jeder jedem hilft und es keinen Grund gibt, einander zu misstrauen.

Ist aber alles nicht mein Problem, sie wird schon noch ankommen und sich zurechtfinden. Deshalb drehe ich mich um und laufe weiter.

Sie wohl auch, denn das nervtötende Geräusch geht von Neuem los.

Sofort bleibe ich stehen und beginne bereits zu reden, ehe ich mich vollends umgedreht habe. Ich habe keinen Zweifel, dass sie mich versteht, weil sie wirklich nur einen Meter hinter mir ist. »Doch, du brauchst sehr wohl Hilfe.« Ich mache einen Schritt auf sie zu. »Zur Student's Hall, oder?«

Ihre Augen huschen von links nach rechts, als suche sie einen Fluchtweg. »Ja?«, fragt sie verunsichert.

»Ja gleich Ja, oder Ja gleich keine Ahnung, wo ich hinmuss?«, will ich wissen.

»Na ja … ich glaube, ich müsste zuerst meinen Schlüssel abholen, ziemlich sicher im Verwaltungsbüro, dort muss ich aber noch ein paar Sachen unterschreiben, bevor sie mir den Schlüssel aushändigen, denke ich, und dann muss ich bestimmt auch dieses Foto für den Studentenausweis machen, keine Ahnung, wo das dann wieder ist, also … es ist kompliziert.« Sie presst die Lippen aufeinander und sieht betreten zu Boden, als hätte sie schon viel zu viel gesagt.

Ich nicke. »Also gehen wir zur Studentenverwaltung. Rosie gibt die Schlüssel aus und macht die Anmeldungen.«

Sie antwortet nicht.

»Ich begleite dich und helfe dir mit dem Koffer.«

Wieder nichts.

»Ich muss sowieso in die gleiche Richtung?«, versuche ich es, und plötzlich erwacht sie zum Leben. Sie kommt mir vor wie ein kleiner, bunter Vulkan, aus dem ständig irgendetwas ausbrechen möchte, obwohl sie permanent versucht, sich zurückzuhalten.

Jetzt gerade bricht er wieder aus.

»Studierst du auch? Welches Fach denn, ich dachte, du arbeitest schon … Moment, Moment, du kannst den nicht einfach tragen, warte doch mal …«, trifft mich ihr erneuter

Redeschwall, als ich mich herunterbeuge, nach dem seitlichen Henkel ihres Koffers greife und ihn anhebe.

»Hm«, mache ich nur und laufe los.

Schnell holt sie auf. »Bist *du* vielleicht Hulk?« glaube ich leise gemurmelt hinter mir zu hören.

»Was hast du da drin?«, frage ich. Weniger, weil mir der Koffer zu schwer ist, sondern eher, weil sich der Henkel aus dem Nylonmaterial gefährlich weit dehnt, mit jedem meiner Schritte ein Stückchen federt und ich damit rechne, dass er demnächst rausreißt.

Sie zögert mit einer Antwort. »Mein gesamtes Leben, schätze ich«, sagt sie dann leise, und ich brauche einen Moment, ehe ich verstehe, dass sie das ernst gemeint hat.

»Ganz schön kompakt, dein Leben«, erwidere ich und betrachte sie unauffällig von der Seite, als sie den Kaugummi aus dem Mund nimmt, ihn zwischen Daumen und Zeigefinger hält und zu überlegen scheint, wo sie ihn hinwerfen könnte.

»Denk nicht mal dran«, sage ich.

Sie spitzt ertappt die Lippen, tastet über ihre Hosentaschen, und gerade als sie zu sprechen ansetzt, ziehe ich eine Packung Papiertaschentücher aus der Jackentasche (Heuschnupfen, ich hasse ihn. Der Fluch meiner Jugend. Mal im Ernst: Der Sohn einer Schaffarmerin fängt an zu niesen, sobald er einen Schritt vor die Tür macht. Als hätte mein Körper mir schon immer gesagt, dass ich für das Farmerdasein nicht geschaffen bin).

»Wie heißt du eigentlich?«, will ich von ihr wissen.

»Lily«, sagt sie, nimmt das Taschentuch und spuckt das Kaugummi hinein.

»Ellis, freut mich.«

»Glaube ich dir irgendwie nicht«, sagt sie und bringt mich damit erneut zum Lachen.

Wir nehmen den schlängelnden, schmalen Fußweg den steilen Unihügel hinauf und lassen die letzten Wohnhäuser von Marchlyn Falls hinter uns. Einmal muss ich dabei die Hand wechseln, was zwar schlecht für mein Ego, aber notwendig ist, weil der Trolley auf Dauer schwer wird.

Abgegrenzt durch einen hohen gusseisernen Zaun, beginnt vor uns das Areal der Universität. Hier oben auf dem Hügel befinden sich nicht nur die Vorlesungssäle und die Verwaltung, auf der Rückseite sind auch einige der Studentenwohnheime, in denen Lily mit Sicherheit wohnen wird.

Das altehrwürdige Eingangstor ist aus dem gleichen grauen Stein gebaut wie das Unihauptgebäude. Ein Fabelwesen mit Flügeln und Spitzohren thront über unseren Köpfen am höchsten Punkt des steinernen Rundbogens. Es hält eine Tafel mit dem Wahlspruch der Bloomsbury University in den Händen.

Alis Volans Propriis

Auf eigenen Flügeln.

Und es passiert das, was jedem Neuankömmling an dieser Universität passiert: Lilys Schritte stocken und sie starrt mit leicht geöffnetem Mund das Hauptgebäude an. Weil es in echt viel beeindruckender ist als auf Fotos. Meistens bemerke ich das nur noch, wenn es anderen auffällt.

Ich kenne das ganze Gelände, seit ich ein Kind war. Ich kann mich gut an die Sonntagsausflüge mit meiner Mum erinnern. Zweimal im Monat hat ein Nachbar ein Auge auf unsere Farm und die Schafe in Snowdonia gehabt, und wir sind nach Marchlyn Falls gefahren. Das waren damals meine absoluten Highlights, weil ich nicht nur eine ganze Portion

Fish and Chips, sondern auch ein Eis bekommen habe und wir zu zweit immer eine andere Ecke des Küstenstädtchens entdeckt haben. Es waren richtige kleine Abenteuer. Mal haben wir die Surfer am Strand beobachtet, mal sind wir ins Kino gegangen, mal in die alte Unibibliothek.

Man verliert das Gefühl dafür, wie atemberaubend das ganze Areal ist, wenn man darin täglich ein und aus geht. Das Hauptgebäude ist ein altes Adelsschloss, dessen Ursprünge im 14. Jahrhundert liegen. Es wurde erst von einer Reihe vornehmer Familien und im 19. Jahrhundert schließlich von einem Industriemagnaten bewohnt. Über die Jahrhunderte wurde es immer wieder aus- und umgebaut, ehe es vor fünfzig Jahren zu einer der ersten privaten Universitäten in Großbritannien wurde.

Es ähnelt den grandiosen Unigebäuden aus Cambridge oder Oxford, die aussehen wie eine Filmkulisse: grauer Stein und gotischer, herrschaftlicher Stil. Das Gebäude umfasst mehrere Flügel, verfügt über einen Innenhof mit Springbrunnen, überall sind Schnörkel, spitz zulaufende Fenster mit Einlegearbeiten, Zinnen und viele hohe Türmchen.

»Hier entlang.« Wir nehmen den Kiesweg, der durch die weitläufigen Rasenflächen hindurchführt, und biegen rechts ab in Richtung Studentenverwaltung. Schon von Weitem erkennt man die Menschentraube davor. Morgen beginnen die Vorlesungen des neuen Semesters, und nach und nach kehren die Studierenden zurück und melden sich im Verwaltungsbüro an.

Wir passieren einige mächtige Erlen, deren Blätter vereinzelt bereits ins rötlich Braune wechseln. Ich bleibe kurz stehen, krame in meiner Hosentasche und fördere eine Handvoll Walnüsse zutage. Mit der Linken werfe ich sie aufs Gras.

Eben habe ich schon eines der Eichhörnchen herumflitzen gesehen, es wird sie sich bestimmt bald schnappen.

Dann bemerke ich, wie Lily mich ansieht. »Klar«, murmelt sie vor sich hin. »Walnüsse. Mitten auf der Wiese. Why not.«

Ich will mir einen Kommentar verkneifen. Klappt aber nicht. »Da kommt wohl jemand aus der Großstadt.«

Sie bleibt stehen. »Ja und?«

Ich weiß, ich sollte ihre Nachfrage übergehen, ihr den Koffer vor der Verwaltung abstellen und mich verabschieden.

Aber ich kriege es nicht hin.

»Ich will ja nicht unhöflich sein, aber wenn du irgendeine Ahnung von Natur hättest, wüsstest du, was ich hier tue«, sage ich und laufe weiter.

Sie folgt mir und ich höre ein lakonisches »Aha«.

»Ich werfe nicht einfach ein paar Nüsse durch die Gegend, sondern unterstütze die Wildtiere, die das im Herbst wirklich gut gebrauchen können. Die leiden nämlich ziemlich unter den klimatischen Veränderungen der letzten Jahrzehnte und sind im Gegensatz zu den ganzen Chihuahuas und Perserkatzen in der Stadt auf sich allein gestellt.«

»Wie löblich. Davon haben wir in der *Großstadt* natürlich keinen Schimmer. Was möglicherweise daran liegen könnte, dass wir ganz andere Probleme haben als hungrige ... Eichhörnchen. Oder was auch immer«, sagt sie. Ihr ironischer Tonfall kommt mir verdammt bekannt vor.

Weil Hannah auch immer so gesprochen hat.

Und ich spüre es schon, das gefährliche Kribbeln, das meine Arme nach oben rast und sich hinter meiner Stirn konzentriert.

Diese Frau findet lächerlich, was ich hier tue. Sie urteilt über mich, genauso wie Hannah immer geurteilt hat. Hannah fand es lächerlich – fand mich lächerlich – und total unsexy, dass ich mich um Tiere kümmere.

Im Sommer stelle ich auf dem Unigelände ein paar Trinkschalen auf und fülle sie täglich mit frischem Wasser, und im Herbst und Winter hänge ich einige Vogelhäuschen an die Äste. Und dann und wann versorge ich Eichhörnchen mit Walnüssen, Haselnüssen oder Eicheln. Sie vergraben die Nüsse als Wintervorrat und vergessen in vielen Fällen sowieso wieder, wo sie sie versteckt haben. Aber das spielt ja keine Rolle. Hannah hat nie verstanden, warum mir das ein Anliegen ist, und hat sich daran gestört. Eigentlich hat sie sich an fast allem gestört, was ich mache. Und was mich ausmacht. Doch das kam erst ganz am Ende raus ...

Jedenfalls kenne ich den Blick, mit dem Lily mich jetzt bedenkt. Er beschwört etwas Ungutes, Dunkles in mir herauf. Einen Schatten aus der Vergangenheit, der dazu führt, dass ich plötzlich nicht mehr richtig durchatmen kann. Weil ich mir wie ein Versager vorkomme.

Ich denke nicht weiter darüber nach, als ich sage: »Hast du überhaupt schon jemals ein Tier in freier Wildbahn gesehen? Du weißt schon. Die ohne Halsband und Leine.« Das glaube ich natürlich nicht wirklich, aber es tut gut, ihr die Kommentare von eben heimzuzahlen.

Sie schaut mich einfach nur an.

»Tauben und Möwen zählen nicht«, ergänze ich und gehe weiter, obwohl sie stehen bleibt und ich mich Schritt für Schritt von ihr entferne.

Hinter mir höre ich ihre Sohlen auf dem Kies. »Das ist jetzt nicht dein Ernst ...« Sie fixiert mich von der Seite, während sie energisch neben mir herläuft, doch ich tue so, als würde ich ihren Ärger gar nicht wahrnehmen. Was sie nur umso mehr auf die Palme bringt. Einfaches Prinzip: Ausbleibende Validierung der Gefühle führt zu noch stärkeren Reaktionen.

»Ich möchte meinen Koffer bitte selbst tragen.«

»Vergiss es«, sage ich bloß. »Der wiegt so viel wie du, und über den Kies kannst du ihn ja schlecht schleifen, oder?«

Sie entgegnet nichts mehr. Vermutlich, weil ich recht habe. Außerdem sind wir nur wenige Schritte vom Student's Office entfernt.

Sobald wir auf dem Pflaster vor der Eingangstür angekommen sind, lasse ich den Koffer auf den Boden plumpsen. »So, bitte schön.«

»Ich sage jetzt nicht Danke, weil du kein Danke verdient hast.«

»Wie du meinst.« Ich vergrabe meine Hände in den Hosentaschen.

»Bye«, sagt sie, greift nach dem Trolley-Henkel und schiebt das Ding mithilfe ihres Knies an den anderen Studierenden vorbei zur Wand, dann huschen ihre Augen zwischen der Tür und ihrem Koffer hin und her.

»Der kommt nicht weg, wenn du ein paar Minuten drinnen bist«, erkläre ich.

Sie sieht genervt zu mir herüber.

»Soll ich hier warten?«, höre ich mich sagen und wundere mich über mich selbst. Ist ja nicht so, als wären wir die letzten Minuten über besonders gute Freunde geworden.

»Natürlich nicht. Ciao!«, sagt sie vehement, geht aber dennoch nicht rein.

»Okay. Dann stehe ich hier zufällig noch ein bisschen rum und warte, dass die Eichhörnchen sich die Walnüsse schnappen. Würde ich sowieso machen. Hat nichts mit dir zu tun.«

Sie braucht ein paar Sekunden, ehe sie sich entscheidet.

Als sie schließlich in der Tür verschwindet, fange ich ihren Blick auf.

Ein seltsamer Blick.

Dankbar, verletzlich und erbost.

Und das macht mich neugierig. Die Ausstrahlung, die sie hat, ist irgendwie besonders. *Sie ist laut und leise zugleich*, schießt es mir durch den Kopf, während Lily im Inneren des Gebäudes verschwindet.

Und zum zweiten Mal innerhalb weniger Minuten nehme ich etwas wahr, das ich schon lange nicht mehr gespürt habe. Dieses Mal fühlt es sich so an, als würde etwas durch meinen Körper rieseln. Ganz leicht, wie das feine Kitzeln, wenn man am Strand mit der einen Hand den Sand in die Handfläche der anderen rieseln lässt.

Mit meiner Rechten reibe ich mir über den Nacken und lenke mich damit von dem Gefühl ab. Weil ich das grundsätzlich nicht mehr tue: etwas fühlen, von dem ich nicht weiß, was es ist.

Als Lily mit verschlossener Miene das Student's Office verlässt, den Schlüssel, einige Infoblätter und ein Kuvert in den Händen, trage ich ihr den Koffer trotzdem noch die paar Meter bis zu ihrem Wohnheim. Sie redet dabei kein Wort. Und ich ebenfalls nicht.

3

Lily

»Hi«, begrüße ich die Studentin, die mit dem Rücken zu mir steht. Sie summt irgendetwas vor sich hin und wippt mit dem Kopf im Takt, während sie hoch konzentriert ein ganzes Blech Pizza aus dem Ofen holt. Sie hat dicke Ofenhandschuhe mit bunten Punkten darauf übergezogen, und jetzt sehe ich, dass sie Kopfhörer trägt. Als sie sich ein wenig in meine Richtung dreht, heften sich meine Augen auf die frisch gebackene Pizza. Der Mozzarella darauf ist goldbraun geschmolzen und blubbert noch leicht. Es riecht nach warmem Pizzaboden und Käse und etwas Würzigem. Salami vielleicht? Jedenfalls läuft mir bei dem Anblick das Wasser im Mund zusammen und ich muss mehrmals schlucken.

Nein, es ist kein Zufall, dass ich hier in der Gemeinschaftsküche unseres Stockwerks stehe. Zuerst habe ich den Koffer in mein Zimmer gebracht, nachdem dieser Ellis darauf bestanden hat, ihn bis zum Eingang vom Wohnhaus zu schleppen. Ich habe mich noch nicht entschieden, ob ich das nun nett oder doch eher seltsam finden soll. Zumindest der Teil mit dem Koffer war gentlemanlike – der Rest seines Verhaltens leider gar nicht.

Schließlich ist er nur auf mich aufmerksam geworden, weil

ich ihm zu laut war. Und dann hat er auch noch richtig arrogante Sachen gesagt. *Wenn du irgendeine Ahnung von Natur hättest.* Dabei habe ich das Gefühl, dass er eigentlich gar nicht arrogant ist. Sein Lachen hat so sympathisch geklungen und gar nicht zu seinen spitzen Bemerkungen gepasst.

Definitiv wäre ich mit meinem Koffer auch allein zurechtgekommen. Ich meine, hallo? Ich kann meine Sachen wirklich selbst tragen. Mein Lebensprinzip *Ich-brauche-keinen-Mann-und-zwar-für-gar-nichts* ändert aber nichts daran, dass ich trotzdem froh über sein Trolleytragen war. Wenn ich das Teil allein den Hügel hochgeschleift hätte, wäre es jetzt noch mehr ruiniert. Und dass Ellis vor der Verwaltung darauf aufgepasst hat – das war sogar echt aufmerksam von ihm.

Irgendetwas an dem Typen hat mich herausgefordert. Und gleichzeitig verunsichert. Wahrscheinlich habe ich ihn deshalb erst vollgelabert und mich dann auch noch über seine Walnuss-Aktion lustig gemacht. Dabei ist es doch toll, dass er so was macht.

Je länger ich darüber nachdenke, desto bescheuerter finde ich mein Verhalten und hoffe, ihm nicht mehr so schnell über den Weg zu laufen.

Wie dem auch sei. Nachdem ich den Koffer allein in den ersten Stock gehievt und mein Zimmer und die kleine Nasszelle, die ich mit der Bewohnerin des Nebenzimmers teilen werde, in Augenschein genommen habe, habe ich die Schlüsselkarte an meinem Bund befestigt, die Tür zu unserer Doublette zugezogen und bin wie ein Lemming dem verführerischen Essensduft gefolgt. Eigentlich unklug, weil das ja nicht mein Essen ist und es an Masochismus grenzt, anderen dabei zuzusehen, wie sie sich den Bauch vollschlagen, während ich selbst hungrig bin. Aber meinem Hirn fehlt wohl inzwischen die Glukose, und es trifft keine rationalen Entscheidungen mehr, weshalb ich jetzt mitten in der Gemeinschaftsküche stehe und ein Blech voll knuspriger Pizza anstarre.

Die Küche ist geräumig, in Blau- und Grautönen gehalten, und alles sieht noch ziemlich neu aus. Gegenüber der Küchenzeile stehen mehrere Tische aneinandergereiht, Stühle mit geschwungener Holzlehne und Metallbeinen sind davor aufgestellt und auf dem Tisch direkt vor mir stehen eine geöffnete Packung Mehl, benutzte Schüsseln und leere Tomaten-Tetrapacks.

Aber als wäre die fertige Pizza der Nordpol und ich eine Kompassnadel, wandert mein Blick unweigerlich dorthin zurück. Ich hoffe, mir läuft kein Sabber runter. Zur Sicherheit (ja, ist lächerlich, ich weiß) fahre ich mir mit der Hand über beide Mundwinkel.

Die Studentin vor mir ist in etwa so groß wie ich – also nicht sonderlich groß – und besitzt üppige Rundungen, die sich deutlich unter ihrer grünen Schürze in Kaktusform abzeichnen. Sie hat ein hübsches Gesicht, jede Menge Sommersprossen auf der Nase und gerötete Wangen, sicherlich von ihrer Backaktion. Ihre langen roten Haare hat sie zu einem lockeren Dutt nach oben gebunden, aus dem die eine oder andere Strähne widerspenstig hervorragt. Ich erkenne irgendetwas Weißes an ihrem Nacken und vermute, dass es ein Mehlstreifen ist.

Das volle Pizzablech vor sich herbalancierend, bemerkt sie mich schließlich.

»Whoa!«, erschrickt sie, und das heiße Blech in ihren Händen wackelt gefährlich. Sie schafft es gerade noch, es auf einen bereitliegenden Untersetzer zu stellen.

»Hi!«, sagt sie etwas zu laut. »Ich hab dich gar nicht kommen gehört … hatte die Musik aufgedreht.« Vorsichtig stellt sie das Pizzablech hin, schlüpft aus ihren Ofenhandschuhen und nimmt sich beide Airpods heraus, die sie vorn in ihrer Schürzentasche verschwinden lässt.

»Ich bin Elsa.« Sie hält mir die Hand hin und ich schüttle sie.

»Lily. Sorry, ich wollte dich nicht erschrecken.«

»Ach, pfff.« Elsa macht eine wegwerfende Handbewegung. »Lily, sagst du? Lily Johnson?«

Sie kennt meinen Namen?

Sie grinst. »Cool! Wir wohnen zusammen! Hab ich in der Liste der Studentenverwaltung gesehen, darauf habe ich gestern verbotenerweise einen kurzen Blick erhascht, als ich mir meinen Schlüssel geholt habe, und kannte deshalb deinen Namen schon, aber … egal«, sagt Elsa in einem Atemzug.

Sie redet viel, und das gefällt mir.

»Ach, du bist meine Zimmernachbarin! Freut mich sehr!«, sage ich und hoffe, damit das laute Magenknurren zu übertönen, das mein Körper zur gleichen Zeit von sich gibt. Ich spanne alle meine Bauchmuskeln an und versuche so, das Rumoren zu unterdrücken.

Elsa blinzelt. »Äh … hast du vielleicht Lust auf Pizza?«

War ja klar, dass sie es mitbekommen hat. Selbst ein Schwerhöriger hätte das.

Ich zögere und befürchte, dass meine Wangen inzwischen die gleiche Farbe haben wie ihre. Knallrot.

Worauf wartest du? Du stirbst vor Hunger! Natürlich hast du Lust auf Pizza!

»Ich will dir echt nichts wegessen.«

Elsa verzieht die Lippen und sieht an sich herunter. »Ich weiß ja, ich bin mit einem guten Appetit gesegnet, aber so viel schaffe nicht mal ich. Setz dich zu mir, ich freue mich über Gesellschaft. Dort hinten sind Teller und Besteck.« Sie deutet vage auf einen der Hängeschränke und ich finde beides schnell. Während ich den Tisch decke, denke ich mir, wie leicht das hier ist. Mit ihr ins Gespräch zu kommen und spontan etwas gemeinsam mit einer Kommilitonin zu machen, selbst wenn es nur essen ist. Das bin ich nicht gewohnt.

»Magst du Salami?«, fragt Elsa.

Wieder muss ich schlucken, ehe ich reden kann, und verfluche meinen Körper, weil er offenbar nur noch ein Ziel hat: essen. »Ich liebe Salami!«

Elsa lacht. »Das könnte der Anfang einer wunderbaren Freundschaft werden.« Mit geübten Bewegungen teilt sie die riesige Pizza in Stücke und schiebt mir eines auf den Teller. Und während ich sie dabei beobachte, wird mir klar, dass sie recht haben könnte.

Mein gesamtes Bachelorstudium lang habe ich überhaupt nicht versucht, Freunde zu finden. Ich habe mich um Sam gekümmert, die in der Zeit ihre A-Levels gemacht (und sie zu unser aller Verwunderung sogar geschafft) hat, obwohl ihr eine leidenschaftliche Abneigung gegen jegliche Art von Lernen angeboren ist. Außerdem habe ich auf Dad achtgeben müssen, wenn er mal wieder eine seiner Phasen hatte, was die letzten Jahre immer öfter passiert ist. Mein Leben war einfacher, wenn ich nicht ständig sagen musste: *Nein, ich kann nicht zum Pub-Crawl, weil ich mit meiner Schwester lernen muss* oder *Nein ich kann nicht mit shoppen, mein Dad hat schon wieder drei Wochen getrunken, statt zu arbeiten* oder … wie auch immer.

Ich habe mich schützen wollen, damit nicht wieder über Sam und mich geredet wird, wie damals in der Schule. Neben meiner kleinen Schwester, Dad, den täglichen Aufgaben im Haushalt und den vielen Prüfungen, die ich auch noch alle mit »sehr gut« bestehen musste, um mein Stipendium zu halten, war schlicht keine Zeit mehr für so etwas wie ein eigenes Leben.

Und gerade dämmert mir, dass jetzt alles anders ist. Dass ich mich hier um niemanden kümmern muss als um mich selbst und mein Studium. Dass diese Bürde, alles am Laufen zu halten und die Probleme zu verstecken, die es ständig zu Hause gab, einfach weg ist.

Eine ungewohnte Euphorie strömt durch meinen Körper. Zwar bin ich in Marchlyn Falls im Nirgendwo, aber ich bin frei. Freier, als ich es vielleicht jemals zuvor gewesen war.

Elsa muss meinen seltsamen Blick bemerkt haben, denn jetzt sagt sie mit einem bekräftigenden Nicken: »Los, fang schon an zu essen!«

Ich warte keine Sekunde länger. Der erste Bissen ist wie … der Himmel. Besser als irgendetwas, das ich jemals in meinem Leben gegessen habe. Besser als Sex (zumindest als der, den ich bisher hatte).

Der Pizzateig ist außen knusprig und innen fluffig weich. Die Tomatensoße fruchtig und süß, dazu die leicht salzige Salami, der Käse, der feine Fäden zieht … o mein Gott, wer auch immer diese Kombination erfunden hat, sollte zehn Michelin-Sterne bekommen. Und den Nobelpreis. Beides. Alles.

Ich esse so schnell, dass ich mir die Zunge verbrenne.

Elsa lächelt zufrieden. »Es schmeckt dir«, stellt sie fest.

»Entschuldigung? Es schmeckt mir? Ich liebe diese Pizza! Du bist eine Küchengöttin!«

»Ach.« Elsa schaut verschämt nach unten. Und da verstehe ich es: Sie ist wirklich eine. Sie macht das hier gerne. Kochen, backen. Sie freut sich nicht nur, wenn jemand sagt, dass ihr

Essen lecker ist, sondern es bedeutet ihr richtig viel. Und bei meinem Lob läuft sie sogar ein bisschen rot an und grinst in sich hinein, während sie selbst von ihrem Pizzastück abbeißt.

»Wenn ich das Geld hätte, würde ich dich engagieren. Als meine private Pizzabäckerin«, sage ich. Und das von einer, deren Lieblingsgericht Ramen ist. Nein, nicht die vom fancy Japaner. Die aus der Tüte, mit dem Trockengemüse und den Geschmacksverstärkern. Und nein, die sind nicht eklig. Die sind mein Lebenselixier. Das mussten sie auch sein, weil unser Geld oft so knapp war, dass ich nichts anderes für Sam und mich kaufen konnte.

»Na ja. Wir wohnen zusammen. Könnte sein, dass du öfter mal etwas von mir essen wirst.«

Und könnte sein, dass du mir damit das Leben rettest. Also, im wahrsten Sinne des Wortes. Weil ich nicht mal mehr genug Geld in der Tasche habe, um mir eine Packung Toast und Margarine zu kaufen. Okay, für die billigste *Tesco*-Version reicht es womöglich noch. Vorhin habe ich nachgezählt. Drei Pfund und siebenundfünfzig Pence. In meinem Geldbeutel sind drei Pfund und siebenundfünfzig Pence und eine völlig nutzlose Kreditkarte. Yaaay.

Schnell beiße ich das nächste Stück Pizza ab und schiebe die Angst, die nach mir greift, vehement davon. Das habe ich inzwischen gelernt. Sachen zu verdrängen. Gefühle, Probleme. Erinnerungen. Sam hält mich manchmal für ignorant, meistens aber einfach für unglaublich resilient. Sie bewundert, wie ich trotz so vieler Probleme immer weitermachen kann. Wie ich trotz unserer Geldsorgen und der regelmäßigen Alkoholexzesse unseres Dads meine Prüfungen mit Bestnote geschafft habe. Aber sie kennt ja auch die Abgründe nicht, die in mir lauern. Und ich hoffe, sie wird es nie herausfinden.

Sie ist meine kleine Schwester, meine kleine Sam. Zwar ist sie mittlerweile neunzehn Jahre alt, aber es ist trotzdem meine Aufgabe, sie vor der Welt dort draußen zu beschützen. Und auch vor meinen dunklen Gedanken.

Ich bin bereits bei der Hälfte meines zweiten Stücks, als Elsa mit ihrem fertig ist und nun unentschlossen auf das Blech vor uns blickt.

»Schmeckt sie dir nicht?«, will ich wissen.

»Ich wollte eigentlich nicht mehr als ein Stück essen.«

»Dafür hast du aber ziemlich viel gemacht.« Mit dem Zeigefinger deute ich in Richtung Pizza.

Sie zuckt die Achseln. »Ich wollte eben das neue Teigrezept probieren.«

»Diese Pizza ist ein Meisterwerk. Im Ernst jetzt«, sage ich und ziehe mir das nächste quadratische Stück auf den Teller. »Du solltest wirklich noch eins essen.«

Ich grabe meine Zähne in den warmen, weichen Teig, schmecke den salzigen, ein bisschen fettigen Käse und kann gar nicht anders, als die Augen zu schließen und leise zu stöhnen. »Wie geil kann Pizza eigentlich schmecken?«, frage ich mit vollem Mund.

Als ich die Augen wieder öffne, sehe ich, dass Elsa noch immer unglücklich auf das halb volle Blech schaut.

»Nimm dir doch noch«, ermutige ich sie erneut.

Sie faltet die Hände zu Fäusten in ihrem Schoß, als wolle sie sie davon abhalten, sich selbstständig zu machen. »Ich muss wirklich ein bisschen aufpassen mit dem Essen.«

Ich lasse mein Pizzastück sinken, und jetzt erst wird mir klar, was sie eigentlich meint.

»Musst du nicht, Elsa«, sage ich leise. »Du kannst doch essen, was du willst.«

»Ja. Klar.« Ich höre die traurige Ironie in ihrer Stimme. »Schau mich doch an. Ich mache das sowieso zu oft.«

Jetzt lege ich meine Pizza vollends ab. »Ich weiß, es geht mich nichts an, aber: Dir ist bewusst, dass das kompletter Unsinn ist, oder? Zwei Stücke Pizza zu essen, nebenbei die beste Pizza auf diesem Planeten, ist ganz normal. Schau mal mich an. Ich esse bestimmt drei!«

»Ja … Nein …« Elsa kommt ins Stottern. Sie schließt die Augen und atmet tief durch. »Egal jetzt. Heute mache ich eine Ausnahme.« Sie zieht sich ein zweites Stück auf den Teller, beißt einmal hinein, kaut genüsslich, und ich tue es ihr gleich.

»Ich komme eigentlich aus Brighton, da habe ich meinen Bachelor gemacht. *Betriebswirtschaftslehre.*« Sie spricht das Wort mit einer besonderen Betonung aus, hält kurz inne, während sie nach unten auf den Tellerrand starrt, und mich beschleicht der Verdacht, dass sie nicht viel für ihr Studienfach übrighatte. »Meine Eltern waren aber der Meinung, ich solle unbedingt noch den Master in Business Management und Marketing draufsetzen. Deshalb bin ich jetzt an der Bloomsbury. Nicht mal die Studiengebühren haben sie abgeschreckt.«

Einen Moment lang werde ich neidisch. Sie hat Eltern, die ihre Studiengebühren zahlen. Fürsorgliche Eltern. Normale Eltern. Nicht so wie ich.

»Na ja. Ich hoffe einfach, es wird okay hier.«

Nachdenklich ziehe ich die Brauen zusammen. Elsa klingt nicht so, wie Studierende zu Studienbeginn klingen sollten. Ihr fehlt der Tatendrang und die Neugierde auf die ersten Vorlesungen und Übungen. Stattdessen kommt sie mir resigniert und irgendwie auch unglücklich vor.

»Wolltest du nicht in Brighton bleiben?«, frage ich sie.

Ihre Mundwinkel zucken. »Haben meine Noten nicht ganz hergegeben.« Sie hebt die Schultern und beginnt, an dem Rand ihrer Pizza herumzuzupfen. Als würde sie sich schämen. Genauso wie vorhin, als es um das zweite Pizzastück ging.

»Und wo kommst du her?«, fragt sie, plötzlich wieder laut und fröhlich, und es ist offensichtlich, dass sie die Aufmerksamkeit von sich lenken möchte – mit der einen Frage, die ich eigentlich gar nicht beantworten will, aber beantworten muss, wenn mich nicht alle für einen Weirdo halten sollen.

Ich räuspere mich. »Ähm … London. Ich habe dort meinen Bachelor in Psychologie gemacht und fange jetzt dann meinen Master an.«

Ich bleibe absichtlich vage und hoffe *so* sehr, dass Elsa nicht wissen will, warum ich mich für die Bloomsbury entschieden habe.

»Oh, wow, Psychologie! Möchtest du Therapeutin werden?«

»Nein, eigentlich möchte ich in die Forschung gehen. Ich möchte verstehen, was im Gehirn von Menschen vor sich geht, und neue Therapieformen entwickeln, damit ihnen besser geholfen werden kann.« Zumindest anderen Menschen werde ich dann helfen können. Denn bei der einen Person, bei der es mir am wichtigsten wäre, kann ich das ja nicht mehr.

»Krass.«

»Was meinst du?«

»Komplett sinnvoll, was du machen möchtest.«

»Management ist doch auch sinnvoll.«

»Du meinst, mein Leben lang vor einem Screen in irgendeinem Unternehmen zu sitzen und Zahlen von einer Excel in eine andere zu schubsen, damit irgendwelche Menschen, die ich gar nicht kenne, reicher werden, ist sinnvoll?«

Oh. Okay. Ich hatte keine Vorstellung, *wie wenig* Elsa für ihr Studienfach übrighat.

»Nur weil du Management studierst, heißt das nicht, dass du dir einen Bürojob in einem Unternehmen suchen musst«, sage ich.

»Wenn es nach meinen Eltern geht, schon.« Sie schaut mir in die Augen. Sie muss gar nicht mehr sagen. Mir ist auch so klar: Der Wille ihrer Eltern scheint ein dominierendes Thema in ihrem Leben zu sein.

»Wie gut, dass sie in Brighton sind und du hier«, sage ich beschwingt und versuche, damit die eigenartige Stimmung zu vertreiben.

»Ja, und ich hoffe, sie kommen auch nicht auf die Idee, mir demnächst einen Überraschungsbesuch abzustatten.«

»Du meinst, sie würden von Brighton bis nach Marchlyn Falls kommen?«

»Oh ja …«

»Das sind locker sechs Stunden mit dem Auto. Ist doch eigentlich total nett von ihnen. Sie kümmern sich eben um dich.«

»Hm«, macht Elsa nur.

Ich hebe mein Wasserglas und proste ihr zu. »Auf die Freiheit, solange wir sie haben.«

»Auf die Freiheit«, erwidert Elsa mit einem Strahlen in ihren gletscherblauen Augen und stößt ihr Glas gegen meins, sodass ein leises Klirren zu vernehmen ist. Und ich glaube, in diesem Moment kann es gar keinen passenderen Toast für Elsa und mich geben.

4

Lily

Natürlich habe ich mir etwas vorgemacht. Von wegen Freiheit genießen.

Freiheit haben Menschen, die es sich leisten können.

Dazu gehöre ich ganz sicher nicht.

Es ist morgens. Halb sieben, und ich bin seit über einer Stunde wach. Ich habe geduscht und meine Haare geföhnt. Nur auf der schwächsten Stufe, weil ich Elsa im Nebenzimmer nicht wecken wollte.

Unsere beiden Räume sehen nahezu identisch aus. Jede von uns hat ein Einzelbett, von dem aus man die Baumwipfel auf dem Campus sieht. Außerdem haben wir einen Schreibtisch samt quietschendem schwarzen Bürostuhl und einen Kleiderschrank, an dem ein länglicher Spiegel angebracht ist. Alle Möbel sind in verschiedenen aufeinander abgestimmten Grautönen gehalten und es sieht verdammt trist aus. Einer meiner Vormieter hat sich wohl Dutzende Fotos oder Postkarten an die Wand gepinnt, denn sie ist übersät mit kleinen Löchern. Sobald ich wieder ein bisschen Geld habe, werde ich mir einige Poster besorgen, damit ich diese traurige, löchrige Fläche überkleben kann.

Ich gehe ans Waschbecken, und bereits zum zweiten Mal

heute fülle ich das Glas Wasser auf und leere es in gierigen Zügen. Erstens hilft das gegen Hunger, und zweitens: Was soll ich sonst trinken? Ich besitze nicht genügend Geld, um die Kaution für eine Mensakarte zu bezahlen, und auch nicht, um sie aufzuladen, geschweige denn mir damit einen Kaffee zu holen. Ich genehmige mir also ein Glas gechlortes Wasser und liefere mir einen Starrwettbewerb mit dem Briefumschlag, der auf meinem Schreibtisch liegt.

Rosie aus der Verwaltung hat ihn mir gestern zusammen mit einem Schlüssel und ein paar Infoblättern mitgegeben. Der Schlüssel ist eigentlich gar keiner, sondern eine blaue Keycard, in der ein programmierter Microchip steckt. Damit komme ich in das Wohnheimgebäude und in Elsas und meine Doublette – zwei separate kleine Zimmer, ein winziges Bad und ein kleiner Vorraum mit Tür hinaus auf den Stockwerksflur. Meine Zimmertür kann ich nicht absperren. Ist auch nicht notwendig, weil ich Elsa zwar erst gestern Abend kennengelernt habe, aber irgendwie weiß, dass sie okay ist. Mehr als das, sie ist wirklich nett, und vor allem kocht sie gerne, und mal ehrlich – für mich ist das so in etwa der Jackpot unter den Zimmernachbarinnen.

Und hier ist auch noch ein Brief für dich, Liebes, hat Rosie gestern gesagt. Vor meinem inneren Auge sehe ich den prüfenden Blick, der mich dabei getroffen hat. Oder vielleicht war er sogar schon mitleidig. Offenbar passiert es nicht allzu häufig, dass einer der Grad Students bei der Immatrikulation einen Brief aus der Buchhaltung mitbekommt. Ziemlich sicher hat Rosie geahnt, was sich hinter dem Umschlag verbirgt: mein Untergang.

Und zwar in Form einer Mahnung. Also, nicht irgendeiner, sondern der letzten. Der finalen Mahnung. Weil ich meine Studiengebühren für die Bloomsbury noch nicht vollständig beglichen habe. Genauer gesagt habe ich bisher gerade mal ein Drittel bezahlen können, und das war auch nur möglich, weil ich alle meine Habseligkeiten verkauft und noch dreitausend Pfund Studienkredit aufgenommen habe. Mehr wollte mir die Bank nicht geben, da mein Kreditrahmen für Studienkredite ausgeschöpft sei. Ja, ich habe bereits seit meinem Bachelorstudium einen Kredit laufen, obwohl ich ein Vollstipendium hatte. Dass ich das Geld dafür verwendet habe, um Dad, Sam und mich durchzufüttern, und manchmal sogar, um unsere Miete zu bezahlen, geht die Bank ja nichts an.

Leider hat mein Sachbearbeiter Mr. Murkle (klingt wie Urkel, in Steve Urkel, finde ich) bei der Bank nicht eingesehen, dass mein Masterstudium unbedingt notwendig ist.

Weil der Mann keine Ahnung hat, deshalb.

Ja, es ist mir schwergefallen, ihm glaubhaft zu vermitteln, dass ich trotz meines Stipendiums an der UCL meinen Master an der Bloomsbury machen muss.

Aus Gründen, die ich ihm keinesfalls erzählen konnte. Weder ihm noch sonst irgendjemandem. Aber muss man denn deswegen meinen Kreditrahmen einfach einfrieren?!

Ich versuche, tief Luft zu holen, während ich weiterhin den Brief anstarre. Wie schlimm kann es sein, was da drinsteht? Ich meine, ich konnte mich gestern immatrikulieren. Sie werden mich doch nicht morgen schon wieder rauswerfen, oder? Sicher bleiben mir ein paar Wochen, bis ich meine Studiengebühren komplett überwiesen haben muss. Bis dahin werde ich das Geld irgendwie auftreiben.

Ich könnte zur Krisenstudienberatung gehen. Die wird selbst hier, an der Privatuni, angeboten. Bestimmt gibt es eine Härtefallregelung oder die Möglichkeit einer Stundung meiner Gebühren. Irgendetwas.

Und dann bist du genau das, was du nie wieder sein wolltest.

Ich wäre der Sozialfall, noch ehe ich mein Studium an der Bloomsbury überhaupt begonnen habe. Ich wäre die Komische mit den Klamotten von Primark und Poundstretcher. Die mit dem verkorksten Elternhaus, ohne Mum und nur mit einem Dad, der ein arbeitsloser Kraftfahrer ist. Der auf meiner Abschlussfeier alle Blicke auf sich ziehen würde, weil man ihm ansieht, dass er seit fünfzehn Jahren Alkoholiker ist. Wenn er es überhaupt auf die Feier schaffen würde.

Ich will so nicht sein. Auf gar, gar keinen Fall.

Du und Sam, ihr werdet es mal besser machen als deine Mum und ich, sagt mein Dad, seit ich denken kann. Es ist ein Satz, der sich bei mir eingebrannt hat und an den ich fest glaube. Das ist mein Ziel geworden: es besser zu machen.

Mit zitternden Fingern schnappe ich mir den Umschlag vom Tisch, reiße ihn auf und überfliege das Schreiben.

Marchlyn Falls, 30. September

Letzte Mahnung

Sehr geehrte Frau Johnson,

Hiermit möchten wir Sie an die Zahlung der ausstehenden Studiengebühren erinnern. Der Restbetrag von 10,486 GBP war bis zum 31. August fällig. Wir bitten Sie daher letztmalig, den fälligen Betrag bis zum 4. Oktober einzuzahlen.

Sollte auch dieser Termin ohne Geldeingang auf unserem Konto verstreichen, sehen wir uns gezwungen, Sie ohne erneute Aufforderung zu exmatrikulieren.

Ich lasse den Brief sinken und habe das Gefühl, dass der Boden unter mir schwankt, obwohl ich sitze.

Ich blinzle und schlucke. Einmal, zweimal.

Überall in meinem Körper wummert mein rasender Herzschlag und reißt an mir.

Meine Hand tastet nach der Bettdecke und meine Finger krallen sich in den weichen Baumwollstoff, weil ich den Drang habe, irgendetwas zu berühren. Etwas Echtes zu fühlen. Damit mein Körper versteht, damit *ich* verstehe, dass das alles kein böser Traum ist, sondern Wirklichkeit.

Das hier ist real.

Wenn ich nicht innerhalb von drei Tagen mehr als zehntausend Pfund auftreibe, werde ich von der Uni fliegen. Ich habe es schwarz auf weiß.

Und mit meinem nächsten Atemzug beginnt mein Gehirn, das Notprogramm abzuspulen.

Mein erster Impuls ist, einfach wegzulaufen. Ich schaue zu meinem halb ausgepackten Koffer. Ich könnte meine Sachen zusammensammeln und nach London zurückfahren. Es ist okay. Dann ziehe ich kurzfristig wieder bei Dad und Sam ein (auch wenn ich das wirklich, wirklich nicht möchte) und suche mir einen Job. In ein paar Jahren, wenn ich meinen ersten Studienkredit abbezahlt und genügend Geld angespart habe, versuche ich es noch einmal mit dem Master. Ich habe ja schon einen Studienabschluss, einen herausragend guten sogar. Ich schaffe es auch in ein paar Jahren.

Aber das erleichterte Gefühl, dass das die richtige Entscheidung ist, stellt sich nicht ein. Stattdessen entwickelt sich ein gewaltiger Schmerz in meiner Brust. Pulsierend, dunkel und wütend sitzt er hinter meinem Brustbein.

Weil ich es nicht möchte. Ich möchte hierbleiben. Ich

möchte studieren. Ich möchte es so unbedingt, dass bei dem Gedanken, es nicht tun zu dürfen, mein Körper anfängt zu brennen.

Und weil ich *ihm* damit recht geben würde. Er hat gesagt, ich könne es nicht.

Du weißt, welchem Umstand du diese Abschlussnote zu verdanken hast. Schau dir doch an, wo du herkommst. Von wem du abstammst. Du hast nicht das Zeug für eine akademische Karriere, Süße. Sozialer Aufstieg ist eine Illusion.

Seine Worte und dieser selbstgefällige Ausdruck in seinen Augen verfolgen mich noch immer. Sie sind wie die kleinen Stückchen einer Schrotflinte, die mich durchschossen haben. Nur eines davon ist hängen geblieben, genau in meinem Herzen. Und der Schmerz, der davon ausgeht, strahlt durch meinen gesamten Körper.

Der räumliche Abstand, den ich zwischen ihm und mir geschaffen habe, reicht offenbar nicht aus, damit ich mich von alldem lösen kann.

Was, wenn er recht hat? Was, wenn meine Herkunft doch mein gesamtes Leben diktiert? Vielleicht werde ich sogar irgendwann enden wie Dad. Als Wrack. Als jemand, der sein Leben erträgt. Oder eben irgendwann nicht mehr erträgt.

Meine Angst davor ist gigantisch, und sie lähmt mich so sehr, dass mein Atem nur noch stockend kommt, und ich spüre, wie sich Druck hinter meinen geschlossenen Lidern aufbaut. Eine erste Träne quillt unter meinen Wimpern hervor und läuft warm meine Wange hinab. Ich schniefe.

Es tut weh, wenn ich atme, alles tut plötzlich weh, und mit einem Ruck stehe ich auf und beginne, in meinem Zimmer auf und ab zu laufen, damit dieser Schmerz aufhört. Immer wieder stoße ich die Luft aus, kneife die Augen zusammen und presse Daumen und Zeigefinger auf meine Lider, bis ich Sternchen sehe.

Ich kann nicht aufgeben. Ich muss weitermachen und ihm beweisen, dass er unrecht hat.

Und ich werde es schaffen. Ich werde mir einen Job suchen und arbeiten. Tag und Nacht, wenn notwendig, aber ich werde meinen Studienplatz nicht verlieren und ich werde meinen Masterabschluss hier an der Bloomsbury machen. Ich habe das Zeug für eine akademische Karriere. Ich habe das Zeug, meinen Doktor zu machen und in die Forschung zu gehen. Weil ich es mir geschworen habe, seit ich ein Teenager war.

Ein Trimester muss ich überbrücken, ein einziges, ehe ich mich auf eines der Stipendienprogramme hier an der Uni bewerben kann. Ich habe es in London geschafft, mich zu qualifizieren, und ich werde es auch hier.

Wild entschlossen schaue ich mir in dem Spiegel über dem kleinen Waschbecken in die Augen. »Du machst das. Du gibst nicht auf. Er hatte nicht recht. Er ist ein Arschloch«, sage ich mir, drehe den Wasserhahn mit einem Ruck auf und klatsche mir so kaltes Wasser ins Gesicht, dass ich scharf die Luft einziehe.

Noch eine kurze Weile halte ich die Augen geschlossen und spüre dem leichten Prickeln nach, das das Wasser auf meiner Haut hinterlassen hat. Dann trockne ich mich ab und schminke mich, nur mit ein bisschen Wimperntusche, Puder und Rouge, und ohne den dunklen Glitzerlidschatten, den ich sonst so oft trage. Ich möchte seriös und vertrauenswürdig aussehen.

Es ist halb acht Uhr morgens, als ich das Wohnheim verlasse. Kurz bleibe ich vor Elsas Zimmertür stehen und horche, doch es ist völlig ruhig dort drinnen, also schleiche ich mich, so leise ich kann, aus unserer kleinen WG.

Als ich die Eingangstür hinter mir schließe und den tiefblauen Himmel über mir sehe, atme ich tief ein und aus. Heute ist der zweite Oktober. Die Luft ist frisch und riecht nach Herbst. Die Grashalme auf dem Rasen zu meiner Linken sind von Tau überzogen und zwei Vögel streiten sich lautstark um einen Regenwurm. Armes Ding.

Ich laufe den schmalen geteerten Fußweg entlang, der sich den Unihügel hinabwindet und in die Stadt führt. Als ich bei den ersten Häusern bin, entscheide ich mich nicht für die Hauptstraße, um zum Hafen zu gelangen, sondern nehme eine der schmalen Seitengassen, die parallel dazu nach unten führen. Sie besteht aus altem, knubbeligem Kopfsteinpflaster, zwischen dem Grashalme sprießen. Das Licht der schräg einfallenden Sonnenstrahlen verfängt sich darin und bringt das Grün zum Leuchten. Es ist ruhig hier oben um diese Uhrzeit und ich bin praktisch allein. Ich bewundere die Fachwerkfassaden von einigen richtig alten Häusern, die sich schief über die Gasse beugen und mir den Eindruck vermitteln, als liefe ich durch die Kulisse irgendeines Tudor-Historiendramas. Fast alle Gebäude haben diese altmodischen Sprossenfenster, manche sind hell verputzt, andere wiederum schmückt eine blanke Steinfassade, und jedes Gebäude sieht aus wie die Cottages, die man sonst nur von Pinterest oder aus schnulzigen Hollywoodfilmen kennt. Im goldenen Licht der Morgensonne zeigt Marchlyn Falls noch ein bisschen mehr von seinem Charme. Und schafft es sogar, mir wieder ein Lächeln auf die Lippen zu zaubern.

5

Lily

Mein erster Weg führt mich ins *Black Cat.* Zum einen, weil es direkt am Pier liegt und um diese Uhrzeit schon geöffnet hat (danke, Google), und zum anderen, weil Frida mein einziger Anlaufpunkt für meine völlig planlose Jobsuche ist. Die hölzerne Tür stößt ein kleines Glöckchen an, das über dem Türstock hängt und leise bimmelt, als ich eintrete. Sofort umfängt mich angenehme Wärme und Kaffeeduft, der sich mit dem von frisch gebackenem Kuchen mischt.

Zwei Sekunden. Eineinhalb Atemzüge, länger brauche ich nicht, bis ich entscheide, dass ich hier gerade mein neues Stammcafé gefunden habe. Also, zumindest in der Theorie, sollte ich jemals wieder mehr als drei Pfund in der Tasche haben (hoffentlich sehr bald).

Die Wände im *Black Cat* sind halb mit Holz vertäfelt, dazwischen schauen unverputzte, graue Steine hervor. Mehrere wild zusammengewürfelte Rundtische und Stühle mit vielen bunten Kissen laden Besucher zum Sitzen ein. Am schönsten finde ich die Bank, die in das Sims des großen Schaufensters eingelassen und ebenfalls mit bunten Kissen ausgestattet ist. Überall hängen exotisch aussehende Grünpflanzen. Mehrere, überhaupt nicht aufeinander abgestimmte Retro-

Lampen hängen von der Decke und tauchen den Gastraum in ein warmes, heimeliges Licht. Ein junges Pärchen unterhält sich leise bei Kaffee, und aus einem Lautsprecher dudelt dezent Musik. In einer hinteren Ecke steht eine Art Kratzbaum mit einem Katzenkörbchen darauf. Ich erkenne weißes Fell und muss zweimal hinsehen, ehe mir klar wird, dass das tatsächlich eine Katze ist, die dort in ihrem Bettchen liegt und friedlich vor sich hin schlummert.

»Komme sofort«, höre ich eine Stimme aus einem Nebenraum, der hinter dem Tresen mit einer offenen Tür verbunden ist und die Küche zu sein scheint. Den meisten Platz auf dem Tresen nimmt der gläserne Schaukasten ein, in dem auf zwei Etagen verschiedene Kuchen, Sandwiches, Cookies und Cupcakes darauf warten, hungrige Abnehmer zu finden.

»Lily, wie schön, dass du vorbeischaust«, begrüßt mich Frida, die in diesem Moment aus der Küche kommt, und ich bin überrascht, dass sie sich meinen Namen gemerkt hat. »Möchtest du einen Kaffee? Oder Muffins? Ich habe sie eben erst aus dem Ofen geholt.« Als ich nicht sofort antworte, fährt sie mit tiefer, verführerischer Stimme fort: »Sie haben einen flüssigen Schokokern.« Dabei wackelt sie einladend mit dem Blech in ihren Händen, als müsse sie mir die Muffins erst schmackhaft machen.

Ich starre die kleinen Kuchen an, schlucke, starre noch ein bisschen mehr. O Gott. Natürlich möchte ich Kaffee und Muffins. Ich reiße meinen Blick von dem Blech los.

»Nein danke, ich ... eigentlich wollte ich dich nur etwas fragen.«

»Oh, aber einen Kaffee trinkst du doch?«

»Ja, ich ...« Wie soll ich ihr höflich sagen, dass mich ein Kaffee um mein gesamtes restliches Geld bringen würde?

Meine Augen zucken zu der Tafel hinter dem Tresen, auf dem mit Kreide die Preise stehen. Korrigiere: Ein Kaffee im *Black Cat* würde mein Budget definitiv überschreiten.

»Keine Widerrede, geht aufs Haus«, erklärt Frida mit einer wedelnden Handbewegung, als wäre es das Selbstverständlichste der Welt. Jedoch sieht sie mich dabei etwas eigenartig an.

Sie merkt es. Sie weiß, dass ich mir nicht mal ein einziges Getränk leisten kann, und einen Moment lang ist mir die Situation so unangenehm, dass ich sogar in Betracht ziehe, eine dringende Verabredung vorzuschützen und einfach wieder zu gehen.

»Magst du Karamell?«, höre ich sie fragen, und …

Okay, hiermit ist es entschieden. Ich bleibe.

»Was ist das für eine Frage«, erwidere ich und reiße dabei übertrieben die Augen auf. Es wirkt, weil Frida lacht.

Während ich mich auf einen der drei Barhocker direkt an den Tresen setze, klopft sie den alten Kaffeesatz aus dem Sieb, die Mühle gibt ein charakteristisches hohes Mahlgeräusch von sich und der Kaffee beginnt durch das Sieb zu laufen.

Frida macht mir einen dieser überfancy Caramel Macchiatos mit Sirup im Kaffee und obendrauf, und ich frage mich, wie lange ich so etwas schon nicht mehr getrunken habe.

Es schmeckt himmlisch. Süß und wie ein Mini-Urlaub. Und ich werde gerade ein kleines bisschen glücklich, womit ich nach dem düsteren Start in den Tag überhaupt nicht mehr gerechnet habe.

Ich sitze am Tresen und löffele den karamelligen Milchschaum von meinem Kaffee, als sich die Tür öffnet. Das Glöckchen bimmelt, ein kleiner Windstoß fegt herein, und nur zwei Sekunden später erkenne ich aus dem Augenwinkel, wer den Laden betritt. Ellis.

Sofort senke ich den Kopf und ich starre voller Faszination auf meinen Milchschaum. Er stellt sich neben mich, und ich kann seinen Blick auf mir spüren.

Großartige Idee, Lily. Wirklich großartig, so zu tun, als würdest du ihn nicht sehen, obwohl er exakt dreißig Zentimeter von dir entfernt ist.

Ich höre seine Atemzüge, während ich immer noch so tue, als wäre ich völlig vertieft in meinen Kaffee, und hoffe, dass ich nicht rot anlaufe. Weil das, was ich hier gerade tue, langsam peinlich wird.

»Hey«, sagt er dann mit seiner tiefen Stimme, die mir heute irgendwie kratziger und rauer vorkommt als gestern. Außerdem glaube ich, ein Lächeln herauszuhören.

Ich sehe auf. »Oh, hey! Ich hab dich gar nicht –«

»Ja, schon klar«, unterbricht er mich mit unverhohlenem Sarkasmus in der Stimme.

Ich weiß gar nicht, was ich gerade schlimmer finde. Seine Überheblichkeit oder dass er mich sofort durchschaut hat. Und ich frage mich, warum mich dieser Typ eigentlich so sehr verunsichert.

»Morgen, Ellis«, begrüßt ihn Frida. »Na, warst du heute schon draußen?«

Was auch immer *draußen* zu bedeuten hat.

Jetzt bemerke ich, dass seine braunen Haare noch etwas feucht unter seiner Mütze hervorlugen. Er trägt wieder die gleiche navyblaue Kabanjacke wie gestern, einen braunen Strickpullover, Jeans und Lederboots. Er sieht aus wie das Model irgendeines Vintage-Klamottenlabels. Also, eines von den teuren, bei denen jedes Teil mindestens eine dreistellige Summe kostet.

»Ja, heute war guter Wind. Einmal das Übliche«, bittet

Ellis und reicht Frida einen Edelstahlthermobecher über die Theke.

Es war so klar. Natürlich bringt er seinen eigenen Becher mit. Vermutlich lebt er vegan und rettet in seiner Freizeit süße Hundewelpen.

Er muss gemerkt haben, dass ich ihn anstarre, während ich weiter den Milchschaum von meinem Kaffee löffle. Der ist bald alle, ich muss mir demnächst also eine andere Beschäftigung suchen. Jedenfalls wendet er sich jetzt mir zu und fragt: »Und? Schon eingelebt hier im kleinen Marchlyn Falls?«

»Bin gerade dabei, meine Großstadtseele ans Landleben zu gewöhnen«, erwidere ich mit einem angestrengten Lächeln und rühre in meinem Glas. Okay, warum nicht. Rühren. Ist auch eine gute Betätigung.

Ich nehme einen tiefen Schluck meines inzwischen nur noch handwarmen Kaffees.

»Pass auf, dass du dir keine Frischluftvergiftung holst«, raunt er, den Kopf etwas näher zu mir gebeugt, und ich verschlucke mich beinahe.

»Hm«, mache ich, nachdem ich das Glas wieder abgestellt und erfolgreich einen Hustenanfall unterdrückt habe. Zumindest diese Peinlichkeit bleibt mir heute erspart. »Keine Sorge. Ich werde mich so viel wie möglich in geschlossenen Räumen aufhalten.«

»Irgendetwas sagt mir, dass das kein Scherz war.«

Wieder schenke ich ihm ein bemühtes Lächeln, bleibe aber kurz an seinem Gesicht hängen. Es ist auffallend symmetrisch. Seine Augen sind groß, einnehmend und tragen ein tiefes Graublau, und seine vollen Lippen sind fein geschwungen. Ganz leicht zeichnen sich seine Wangenknochen ab. Jetzt lächelt er, dabei rutschen seine Brauen ein winziges Stückchen nach oben und ein Funkeln tritt in seine Iriden. Einen Moment lang – oder vielleicht sind es sogar viele Momente – verfangen sich unsere Blicke ineinander, und ein leises Ziehen meldet sich hinter meinem Brustbein.

Mit gehöriger Mühe reiße ich mich wieder los. Ich schaue nach unten auf mein Glas, und mein Puls hämmert mir definitiv schneller, als er sollte, in den Ohren.

Was war denn das bitte?

Während ich versuche, mich zu sammeln, höre ich Fridas Stimme: »Was wolltest du mich eigentlich vorhin fragen, Liebes?«

»Ja, genau. Also ...« Ich sehe zu Ellis, der noch immer neben mir steht und mich neugierig betrachtet. Natürlich besitzt er nicht den Anstand, sich zurückzuziehen und an einem der Tische auf seinen dämlichen Tee oder Kaffee, oder was auch immer *das Übliche* eben ist, zu warten. Er bleibt einfach stehen. Das irritiert mich. Nachdem sich Frida an seiner Gegenwart aber nicht zu stören scheint, fahre ich fort: »Ich suche einen Job, und ich habe mich gefragt, ob du vielleicht irgendetwas weißt. Ob irgendwer eine Aushilfe gebrauchen kann oder es womöglich eine Teilzeitstelle gibt, die ich neben meinem Studium ...«

»An einigen Lehrstühlen an der Bloomsbury werden neue studentische Hilfskräfte gesucht«, mischt Ellis sich ein.

Seine Worte führen dazu, dass sich alles in mir verkrampft. Als ich den Löffel auf den Unterteller neben das Glas lege, klirrt es leise. »Okaaay«, sage ich lang gezogen und bin ziemlich stolz, dass ich nicht aus Reflex ein lautstarkes *UNTER GAR KEINEN UMSTÄNDEN!* von mir gegeben habe. Weil ich so was von definitiv niemals wieder an irgendeinem Lehrstuhl als Aushilfe arbeiten werde.

»Das sind fünfzehn Stunden die Woche, und du verdienst damit locker 800 Pfund im Monat«, sagt Ellis. »Ich weiß ja nicht, was dir so vorschwebt, aber solange du nicht bei einer Table-Dance-Bar anheuern willst, wirst du hier in Marchlyn Falls keinen lukrativeren Nebenjob finden.«

»Table Dance! Ellis, um Himmels willen«, entfährt es Frida vorwurfsvoll, ehe sie sich an mich wendet und mir beruhigend die Hand tätschelt. »Mach dir keine Gedanken, Mädchen, so etwas gibt es bei uns gar nicht«, erklärt sie mit einem bösen Blick in Richtung Ellis.

»Bist du auch studentische Hilfskraft?«, will ich von ihm wissen. »Oder warum preist du mir den Job gerade so überaus charmant an?«

»Bin ich nicht«, sagt er. »Ich habe lediglich versucht, freundlich zu sein, und wollte dir helfen. Das macht man hier so«, er vollführt eine kreisförmige Bewegung mit seinem Zeigefinger in der Luft, »bei uns in Marchlyn Falls.«

»Aber du arbeitest doch an der Bloomsbury, oder nicht?«

»Ich bin Doktorand am Institut für Psychologie und habe auch einige Lehraufträge dort«, erklärt er.

Gut, dass ich diesmal schlauer war und keinen Kaffee im Mund habe. Ich hätte ihn in hohem Bogen über den Tresen gespuckt.

»Ach, interessant«, sage ich und denke mir: *Fuck, fuck, fuck.*

Unipersonal. Er gehört zum Unipersonal. Ausgerechnet am Institut für Psychologie. Ein fettes rot leuchtendes Alarmsignal beginnt in mir zu schrillen. *Du wirst das Gespräch beenden. Auf der Stelle.*

Frida muss meine Überforderung erkannt haben, denn sie fängt an aufzuzählen: »Du findest auch in der Stadt einen

Job. Versuch es mal bei Peterson, der leitet den *Sainsbury's* am Stadtrand. Und dann geh auch ins *Anchor* und das *Armitage Arms*, das sind zwei Pubs hier unten an der Promenade, und eigentlich könntest du auch die kleinen Läden auf der Seebrücke ... aber die Saison ist eigentlich vorbei ...« Sie verliert sich in ihren Überlegungen.

»Ich habe kein Interesse an einem Job an der Uni«, sage ich wie ferngesteuert zu Ellis. »Aber danke.«

Weil es wirklich nett von ihm war, das vorzuschlagen. Und weil er ja keine Ahnung hat, dass ich eher eine Niere verkaufen würde, als erneut an der Uni zu arbeiten. Ich schlucke verkrampft und zwinge mich, an etwas anderes zu denken. Denn sobald ich mich erinnere, fühle ich es wieder. Wie sehr ich mich selbst verachte für das, was ich getan habe.

Meine Hände klammern sich um mein Kaffeeglas, als mich Fridas Stimme wieder ins Hier und Jetzt befördert: »Möchtest du mir deine Handynummer dalassen? Falls ich was ausfindig machen kann, melde ich mich.« Sie hat einen schwarzen Kaffee in den Thermobecher von Ellis laufen lassen und wirft mir jetzt einen prüfenden Blick zu, während sie umständlich den Deckel wieder auf das Gefäß schraubt, ihm das Ding zurückgibt und das Geld entgegennimmt.

»Ja, äh ... ja, ich kann dich kurz anrufen, wenn du mir deine Nummer sagst?« Ich will mein Handy schon aus der Gesäßtasche hervorziehen.

»Hier«, sagt sie stattdessen und schiebt mir ihren Kellnerblock und einen Kugelschreiber hin. »Ist einfacher.«

Während ich schreibe, beobachtet Ellis mich. Seine Augen huschen über das Papier, als ich es Frida über den Tresen zuschiebe.

Ohne mich vorher zu fragen, stellt Frida mir jetzt einen der warmen Schokomuffins auf einem hübschen kleinen Tellerchen mit Goldrand und Blumenverzierung hin. Etwas perplex schaue ich darauf, und als ich bereits einatme, um abzulehnen, lässt mich ihr Augenzwinkern verstummen. *Iss ihn ruhig*, teilt sie mir wortlos mit, und ich erwidere ihr verschwörerisches Lächeln dankbar.

Währenddessen hat Ellis sich nicht von der Stelle gerührt.

»Möchtest du vielleicht ein Stück? Zu deinem schwarzen Kaffee?«, frage ich übertrieben freundlich. Es wird mir immer ein Rätsel bleiben, wie man schwarzen, ungezuckerten Kaffee trinken kann. Ich finde, das schmeckt nach angebranntem Spülwasser. Habe ich zwar noch nie probiert, aber genau so stelle ich es mir vor.

Erreichen will ich mit meinem Angebot eigentlich das exakte Gegenteil: dass er aufhört, unserem Gespräch zu folgen, und sich endlich verabschiedet. Der Mann arbeitet an der Uni. An dem Lehrstuhl, an dem ich studieren werde. Ich sollte keinerlei private Gespräche mit ihm führen. Zumal er auch noch gut aussieht. Wirklich, er sieht verdammt gut aus, ist groß und muskulös und …

Ich dürfte all das überhaupt nicht denken.

Doch Ellis geht einfach nicht. Er bleibt neben mir stehen und schaut, ohne etwas zu sagen, auf seinen geschlossenen Becher.

Seine Anwesenheit und sein Schweigen machen mich nervös. Und ich tue das, was ich immer tue, wenn ich aufgeregt bin oder über irgendetwas keine Kontrolle habe: Ich fange an zu reden. »Ich habe schon mal schlechte Erfahrungen mit einem Job an der Uni gemacht«, erkläre ich und gebe mir im Geiste eine Ohrfeige dafür. Es war überhaupt nicht notwendig, dass ich ihm das jetzt erzähle. Ihm und Frida. Und damit vermutlich der halben Stadt.

Er sieht mich überrascht an. »Oh, das tut mir leid.« Er scheint es ehrlich zu meinen. »Du könntest es noch mal versuchen. Hier ist alles ein bisschen anders als ... wo auch immer du herkommst.«

»London«, ergänzt Frida trocken, geht zu einem Tisch mit zwei jungen Frauen, die gerade angekommen sind, und nimmt deren Bestellung auf.

»Habe ich bereits bemerkt, danke. Ist trotzdem nichts für mich«, erwidere ich.

Inzwischen ist die weiße Katze aus ihrem Körbchen aufgestanden, durch den Gastraum gestreift und hat sich vor meinem Barhocker niedergelassen. Während ihr Schwanz hin und her zuckt, schaut sie neugierig zu mir herauf.

»Na, du Süße«, spreche ich sie an und warte insgeheim auf den nächsten dummen Spruch von Ellis. Es kommt aber nichts, und plötzlich duckt die Katze sich über ihre Vorderpfoten und springt nach oben, genau auf meinen Schoß.

Ich mag Katzen sehr. Tante Liz hatte immer mindestens zwei, und Sam und ich haben es geliebt, mit ihnen zu spielen, wenn wir Liz in den Ferien für ein paar Tage besuchen durften.

Ellis gibt einen verwunderten Laut von sich, während sich die Katze auf meinen Oberschenkeln einrollt und ich behutsam beginne, sie am Kopf zu kraulen. Sie fühlt sich warm und weich an, und ich liebe das Gefühl ihres flauschigen Fells unter meinen Fingerspitzen. Ein leises Schnurren ist zu hören und ich spüre die leichte Vibration des Katzenkörpers auf mir.

Und obwohl ich es eigentlich gar nicht wollte, sage ich es nun doch: »Manche Erfahrungen möchte man nicht überschreiben, man möchte sie einfach nie wieder machen.« Ohne mit dem Streicheln aufzuhören, schaue ich zu Ellis und versuche dabei, eine unbeschwerte Miene aufzusetzen. Ich lächle sogar. Glaube ich zumindest.

Wenn ich so tue, als wäre ich darüber hinweg, ist alles, was geschehen ist, weniger schlimm, oder? Irgendwann glaube ich es dann selbst.

Ellis scheint mir jedoch meine Unbekümmertheit nicht abzunehmen, denn in seinen Augen passiert etwas. Erst denke ich, dass Überraschung darin aufblitzt. Aber dann erkenne ich Betroffenheit, und mir wird klar, dass ich ihm nichts vormachen kann.

Er sieht es.

Anders als Sam oder Dad lässt er sich von mir nicht blenden. Und jetzt schäme ich mich, weil ich schon viel zu viel verraten habe. Obwohl ich mir geschworen hatte, kein Sterbenswort mehr über die ganze Sache zu verlieren. Allein aus Eigenschutz. Niemand darf davon wissen, schon gar nicht aus dem Unibetrieb.

»Ob gut oder schlecht, unsere Erfahrungen machen uns erst zu dem, was wir sind«, erwidert er nachdenklich.

Ja. Leider.

»Und das ist auch gut so«, fährt er fort.

»Finde ich nicht.«

»Sonst wären wir alle gleich, oder nicht, Miss Rainbow? Unbeschriebene, weiße Blätter. Wie langweilig wäre das?!«

Wie hat er mich gerade genannt? Miss Rainbow?!

Aber ich habe keine Zeit, mir darüber weiter Gedanken zu machen, denn er kommt näher, pflückt einen Schokotropfen von meinem Muffin und schiebt ihn sich zwischen die Lippen. Gebannt verfolge ich jede seiner Bewegungen. »Du musst schnell essen, sonst wird der Kern kalt«, sagt er mit einem Grinsen.

Ich sitze da wie festgefroren und beobachte ihn.

Mayday Mayday, Hirn an Lily, Hirn an Lily: DENK NOCH NICHT MAL DRAN, DICH ZU DIESEM MANN HINGEZOGEN ZU FÜHLEN.

Er schnappt sich seinen Becher und geht in Richtung Tür. Erst, als er sie geöffnet hat, schaffe ich es, mich wieder zu rühren, und rufe ihm hinterher: »Füchse! Bei uns gibt es Füchse!«

Okay. Offenbar gab es in meinem Hirn einen Kurzschluss. Oder mehrere. Anders kann ich mir die Wörter nicht erklären, die gerade aus meinem Mund gekommen sind.

»Wie bitte?« Er sieht mich nur verwirrt an.

Ja, Ellis, ich bin genauso verwirrt.

»Äh, in London! Wir haben Füchse! Ich habe schon welche gesehen. Und ich mag Tiere!«

»Okay, gut«, sagt er und wendet sich mit einem Lächeln ab, das schon wieder so verboten schön ist, dass mir ein leiser, unkontrollierter Laut entkommt.

»Netter Kerl, unser Ellis, oder?«, höre ich Frida neben mir fragen.

»Ja, nett«, erwidere ich. Und hilfsbereit. Attraktiv.

Und du wirst ihn so was von nie wieder ansehen oder jemals wieder ein Wort mit ihm wechseln, Lily.

6

Ellis

»Roxy ist krank.«

Ich schaue vom Bildschirm auf, aber meine Hände verharren über der Tastatur, damit ich sofort weitertippen kann, wenn, wer auch immer mich gerade stört, wieder gegangen ist. Hoffentlich in wenigen Sekunden.

Es ist Alex, studentische Aushilfe bei uns am Institut, der seinen Kopf zur Tür hereinstreckt. Ich sehe, wie unangenehm ihm das ist. Vermutlich, weil ich ziemlich gut darin bin, vernichtende Blicke in Richtung Tür zu werfen, um derjenigen Person unmissverständlich klarzumachen, dass sie wirklich ungelegen kommt.

Als arroganter Kotzbrocken zu gelten, hat durchaus seine Vorteile. Zum Beispiel macht es meine Sprechstunden (es kommt schlichtweg keiner, der eine Frage an mich hätte) und meinen gesamten Job an der Uni bedeutend einfacher, weil ich ungestört vor mich hin programmieren und statistische Probleme lösen kann, statt Bacheloranden zu betreuen.

Ich genieße eine Art Sonderstellung am Lehrstuhl, und die habe ich mir hart erarbeitet. Vor zwei Jahren habe ich mein Promotionsstudium an der Bloomsbury begonnen und seitdem mehr veröffentlicht als jedes andere Mitglied am

Institut. Ausgenommen von Professor Walsh natürlich. Als Lehrstuhlinhaberin steht sie auf so gut wie jedem Artikel mit drauf, den wir veröffentlichen.

Das ist die harte Währung des Unibetriebs: Veröffentlichungen. Paper. Wissenschaftliche Artikel, und je prestigereicher und internationaler das akademische Journal, in dem sie publiziert werden, desto besser. Die Rechnung ist ganz einfach: Je mehr Veröffentlichungen, desto mehr Forschungsgelder und zahlende Studierende gibt es an der Bloomsbury. Es erscheinen von mir nicht nur jährlich drei bis vier eigene Artikel, ich unterstütze zudem viele andere Institutsmitglieder bei ihren Erhebungen und Berechnungen. Innerhalb der letzten zwei Jahre ist mein Name bestimmt zehn Mal auf irgendwelchen Artikeln aufgetaucht. Professor Walsh lässt mich also einfach machen und behelligt mich nicht mit administrativen …

»Sie hätte die Uniführung für die Erstsemester machen sollen«, fährt Alex kleinlaut fort, und er muss schon gar nicht mehr weiterreden. Ich weiß, wie er seinen Satz beenden wird.

So ist das bei uns am Institut. Wenn man nicht wie ich eine Sonderlocke gedreht bekommt, verbringt man seinen Tag nicht nur damit, zu forschen, um seine Doktorarbeit, Habilitation, oder woran auch immer man gerade arbeitet, voranzutreiben. Man hält Seminare, betreut Studentinnen und Studenten, nimmt an Ausschüssen und Sitzungen teil – und fungiert als Tourguide.

»Du müsstest die Führung kurzfristig für sie übernehmen.«

Ich reagiere nicht, sondern starre ihn weiter über meinen Laptop-Screen hinweg an.

Er schluckt. »Rosie hat mich geschickt?«, versucht er es nun mit einem entschuldigenden Lächeln, und ich meine zu erkennen, wie ihm auf der Stirn der Schweiß ausbricht.

Eine weitere Sache, die man über den Unibetrieb wissen muss: Es gibt eine klare Hackordnung. Rektorin sticht Professorin sticht Post-Doc sticht Doktorand. Mit wem du dich allerdings nie, wirklich niemals anlegen solltest, das sind die Teamassistenten und die eine Teamassistentin, die an der Bloomsbury die Zügel der Verwaltung in der Hand halten.

Ich seufze. »Wann geht's los?«

»In äh ... vor drei Minuten.«

Mein Blick schweift sehnsüchtig zurück zu meinen Berechnungen in RStudio (mein Lieblingsprogramm), dann drücke ich zweimal auf den Speicherbutton links oben und klappe das Notebook zu. »Wo stehen sie?«

»Haupteingang. Und danke, Ellis, du rettest mir gerade den Arsch.«

»Weil sonst du die Führung hättest machen müssen?« Ich kann mir ein Grinsen nicht ganz verkneifen, denn der unscheinbare, schmächtige Alex ist zwar unfassbar intelligent, aber nicht besonders gut darin, vor Menschen zu stehen und zu sprechen. Die Führung wäre für ihn vermutlich ein einstündiger Ritt durch die Hölle gewesen.

»Ja, und es sind die Masteranden, die hätten definitiv irgendwelche Sprüche abgelassen, wenn ich sie nur mit Wikipedia-Halbwissen abgespeist hätte.«

Als er das sagt, geht ein kurzes, nervöses Ziehen durch meinen Körper, weil eine gute Chance besteht, dass Lily ebenfalls unter den Anwesenden sein könnte. Etwas mehr als vierhundert Masterstudierende haben wir insgesamt an der Uni, und es gibt nur zwei allgemeine Führungen, bevor heute die Einführungsveranstaltungen an den jeweiligen Instituten stattfinden.

Im gleichen Moment, in dem ich dieses Gefühl wahrnehme,

versuche ich es wieder loszuwerden. Ich drücke es in mir nach unten, stelle mir sogar bildlich vor, dass ich es wie eine Wand von mir wegschiebe, und augenblicklich geht es mir besser. Alles wird ruhiger um mich herum und entspannter. Vielleicht ein bisschen dumpfer, aber das macht nichts. In ein paar Minuten werde ich ohne Vorbereitung jede Menge Leute durch die Unigebäude führen müssen, da kommt es mir sehr gelegen, nicht nervös zu sein. Nicht so viel zu fühlen.

Ich quere die große Eingangshalle. Meine Schritte hallen über den schwarz-weißen Marmorboden, und dann trete ich durch den Haupteingang hinaus in die Herbstsonne.

Am Fuß der Treppe, zur Hälfte auf dem Kiesvorplatz, zur Hälfte auf dem Rasen, stehen etwa dreißig bis vierzig Leute. Sie unterhalten sich, und mein Blick scannt ganz automatisch die Anwesenden.

Mein Puls beschleunigt sich, als ich Lily zwischen den vielen Köpfen der Gruppe entdecke, und sofort runzle ich die Stirn, weil ich mich über mich selbst ärgere.

Irgendein verräterischer Teil in mir interessiert sich für sie, das ist mir klar, und dieser Teil tut gerade sein Bestes, sich meiner bewussten Kontrolle zu entziehen. Das war schon so, als ich Lily gestern das erste Mal in der Stadt getroffen habe, und heute früh im *Black Cat* ebenfalls. Wie ein Trottel bin ich neben ihr stehen geblieben und habe dann auch noch Lebensweisheiten von mir gegeben, die in etwa das Niveau von Glückskeks-Sprüchen hatten. *Außerdem hast du sie Miss Rainbow genannt. Du hast es nicht nur gedacht, du hast es laut ausgesprochen.*

Ich habe mit Lily geflirtet, und mir sind Fridas überrascht hochgezogene Brauen nicht entgangen, denn sie hat garantiert jedes Wort und jede Geste mitbekommen. Frida bekommt alles mit, was in ihrem Café vor sich geht, selbst wenn sie bei ihren Gästen Bestellungen aufnimmt oder in der Küche verschwunden ist.

Heute früh habe ich mich verhalten wie der Ellis Anfang zwanzig. Der Ellis vor Hannah, der noch offen war und auf Menschen zugegangen ist. Aber das bin ich nicht mehr, denn ich habe dazugelernt. Und definitiv will ich nicht wieder so werden wie damals. Das Einzige, was dabei herauskam, waren Schmerz, Verletzung und ein ziemlich tiefes, schwarzes Loch, aus dem ich Jahre gebraucht habe, um herauszukommen.

Mittlerweile bin ich zu der Ansicht gelangt, dass mich die ganze Geschichte mit Hannah stärker gemacht hat, und vor allem widerstandsfähiger. Nach der Trennung und unserer offiziellen Scheidung habe ich beschlossen, dass ein Leben ohne eine Frau an meiner Seite definitiv das bessere Leben ist.

Ich habe zwar Affären, aber die sind kurz genug, dass es nichts Ernstes werden kann, und ich kläre das von Anfang an. Es ist Sex. Mehr nicht. Seitdem verläuft mein Leben ohne große Probleme, und daran wird auch ganz sicher Miss Rainbow nicht rütteln.

Sie steht neben einer etwas kurvigen Rothaarigen mit Apfelbäckchen und einem Typen, der wie der Prototyp eines Rich Kid aussieht. Dunkelblonde Haare, Seitenscheitel, Blazer über Hemd und Chinos. Seglerschuhe. Dauergenervter Gesichtsausdruck, als hielte er das alles hier für reine Zeitverschwendung.

Als ich Lily dabei zusehe, wie sie sich mit einer Studentin neben ihr unterhält, schieben sich Gesprächsfetzen vom Morgen im *Black Cat* in mein Bewusstsein. Ihr Eingeständnis hat mich berührt. Was wohl an ihrer alten Uni vorgefallen ist? Ganz genau habe ich gemerkt, wie sie versucht hat, ihre Beklemmung zu überspielen, und das hat etwas bei mir in Gang gesetzt. Eine Art Automatismus, ihr helfen zu wollen und ihr zu zeigen, dass ich hinter ihre Fassade blicken kann. Ich wollte sie dort rausziehen.

Okay, Ellis, das lässt du in Zukunft. Weniger fühlen, mehr denken, wie sonst auch immer.

Mit den Fingern fahre ich mir durch die Haare und atme noch ein paarmal tief ein und aus.

»Meine Damen und Herren«, ziehe ich die Aufmerksamkeit der Studierenden auf mich. »Herzlich willkommen an der Bloomsbury University. Mein Name ist Ellis Redmaine, und ich gebe Ihnen heute eine Führung durch unsere Gebäude«, beginne ich meine Ansprache.

Beiläufig schweift mein Blick zu Lily, doch sobald sie merkt, dass sich mein Kopf in ihre Richtung bewegt, sieht sie weg. Also, nicht nur ein bisschen, sondern richtig auffällig. Ich meine sogar zu erkennen, wie sie die Kiefer zusammenpresst.

Irgendwo ertönt ein Klingelton. »Dürfte ich Sie bitten, für die Dauer der Führung Ihre Handys lautlos zu schalten?« Ich schaue erwartungsvoll in die Runde, und einige ziehen ihre Mobiltelefone hervor und tippen darauf herum.

In der Eingangshalle beginne ich die Führung und erzähle meiner Gruppe von der bewegten Geschichte des Hauses und wofür welcher Raum heute genutzt wird. Da ich bereits meinen Master hier gemacht habe, kenne ich die Daten und Fakten quasi auswendig. Wir nehmen die dunkle Holztreppe in das erste Stockwerk, von wo aus man gute Sicht auf das Buntglasfenster über dem Eingangsportal hat. Es ähnelt einer Rosette in gotischen Kathedralen, ist nach Westen ausgerichtet und erstrahlt heute geradezu in der Sonne. Es erinnert mich an ein gigantisches Kaleidoskop, dessen satte, kräftige Farben – ein dunkles Rot, Blau und Grün – die gesamte Eingangshalle verzaubern.

An den Wänden im Treppenhaus hängen Ölporträts der vorherigen Besitzer der Anlage, der ehemaligen Dekane und Rektoren. Teils sind diese Gemälde Jahrhunderte alt und hinter einer schützenden Plexiglasscheibe verborgen. Das speckig glänzende dunkle Holzgeländer, über das die Studierenden die Hände fahren lassen, zählt bestimmt schon hundertfünfzig Jahre oder mehr.

Manchmal kommt mir das Haupthaus der Bloomsbury wie ein Museum vor. Aber keines dieser toten, die stehen geblieben sind und lediglich einen verstaubten Blick auf die Vergangenheit zulassen, sondern eines, das sich weiterentwickelt und beseelt ist von den Menschen, die hier täglich ein und aus gehen. Das Gebäude lebt, die Universität lebt, und genau das versuche ich unseren neuen Masteranden zu vermitteln.

Während ich rede, bleibt meine Aufmerksamkeit erneut an Lily hängen. Wieder sieht sie absichtlich weg, und das irritiert mich, aber ich übergehe es und bedeute meiner Gruppe, mir in die Bibliothek zu folgen, die neben dem großen Vorlesungssaal das Herzstück des Uni-Hauptgebäudes ist.

Wir betreten die Galerie der alten Bibliothek, die auch heute noch von Studierenden und Angestellten genutzt wird. Mehrere Dutzend dunkle Holztische mit jeweils einer eigenen Lampe und grünem Lampenschirm darauf füllen akkurat aufgereiht den Raum. Die Wände sind über zwei Stockwerke zugestellt mit Bücherregalen, einige davon hinter einer Plexiglasscheibe, da die Werke zu alt und wertvoll sind, um gelesen zu werden. Eine gusseiserne Wendeltreppe führt vom unteren Stockwerk, wo die Tische stehen, hinauf zur Galerie, und wir können den gesamten Raum überblicken. Von der Kassettendecke hängen einige Kronleuchter. Die sind notwendig, weil die Fenster nicht genügend Licht hereinlassen, um die Bibliothek zu erhellen.

Ich rede nur im Flüsterton, damit die Handvoll Studenten, die unten verteilt an den Tischen sitzen, nicht gestört werden. »Wir sind hier im zentralen Lesesaal, der von allen Studienrichtungen genutzt werden darf. Im 19. Jahrhundert wurde ...«

Plötzlich geht Musik los. Die ersten Takte von *Bad Memories* erklingen, und ich brauche eine Sekunde, um zu verstehen, dass hier tatsächlich jemand aus meiner Gruppe sein Handy auf laut hat. Es kommt Unruhe unter den Anwesenden auf, einige sehen sich verwundert um, es erklingt ein Schnauben, gefolgt von schadenfrohen Lachern. Und dann richten sich restlos alle Blicke dorthin, wo der Lärm herkommt: zu Lily und ihrem laut klingelnden Mobiltelefon.

7

Lily

Ich starre auf mein Display, während »I am losing my head now« aus meinem Handylautsprecher ertönt. Jetzt wäre der perfekte Zeitpunkt, um in dem sprichwörtlichen Loch zu versinken, das sich vor mir auftun sollte.

Spoiler: Es gibt dieses Loch nicht, egal wie sehr ich es mir gerade wünsche.

Vierzig Augenpaare richten sich auf mich, natürlich auch das von Ellis, und ohne hinschauen zu müssen, weiß ich, was sie alle denken: *Wie dämlich kann man sein.* Und: *Mach das scheiß Ding aus!*

Mein Kopf wird heiß, unglaublich heiß. Mit zitternden Fingern drücke ich den Anruf weg, drehe mich um und stürze von Panik ergriffen nach draußen, um so schnell wie möglich zurückzurufen.

Hätte es nicht gereicht, dass von allen Menschen, die an dieser Uni arbeiten, ausgerechnet Ellis die Führung macht? Der gut gebaute, freundliche, Bringt-mein-Herz-zum-Klopfen-Ellis? Nein? Muss dann auch noch mein Handy klingeln wie bei einem Boomer, der nicht begriffen hat, dass man sein Mobiltelefon, wenn überhaupt, dann nur auf Vibration stellt, und während einer Führung nicht mal das?

Ohnehin hat Ellis ständig zu mir geschaut. Quasi bei jedem zweiten Satz.

Ich konnte gar nicht anders, als immerzu den Kopf abzuwenden. Weil … weil ich es mir vorgenommen habe. Ich habe es mir sogar geschworen, während ich (ohne jegliches Ergebnis im Übrigen) alle Supermärkte und Pubs der Stadt abgelaufen bin und mich nach Jobs erkundigt habe. Ich habe mir geschworen, Ellis nicht mehr anzusehen, nicht mehr mit ihm zu sprechen und am besten so zu tun, als gäbe es ihn nicht.

Ist halt schwierig, wenn er ständig vor einem steht und über die Geschichte der Uni labert und das, was er da redet, auch noch interessant ist. Seine tiefe Stimme klang so angenehm, dass ich versucht war, einfach die Augen zu schließen und zu lauschen. Vor allem, wenn er gelacht und es sich dabei jedes Mal so angefühlt hat, als würden kleine Seifenblasen hinter meinen Rippen zerplatzen.

Und dann kam der Anruf. Ich habe mein Handy absichtlich auf laut gelassen, weil ich es unter keinen Umständen verpassen wollte, falls sich tatsächlich jemand aus der Stadt meldet. Und wie wahrscheinlich ist es bitte, dass das genau in der Stunde der Uniführung passiert, und dann auch noch exakt zu der Zeit, zu der wir uns in der Bibliothek befinden?

Ich ziehe die Tür zur Bibliotheksgalerie hinter mir zu und starre auf das Display. Jemand hat versucht, mich von einer Festnetznummer aus zu erreichen, sie scheint aus der Gegend zu sein. Ich atme tief aus, drücke auf den grünen Button, und glücklicherweise klingelt es nur zwei Mal, ehe jemand abhebt.

»Hallo, hier spricht Lily Johnson, Sie haben gerade versucht, mich anzurufen?«

»Ives hier von der Hafenverwaltung in Marchlyn Falls.

Frida hat mir deine Nummer gegeben. Du suchst einen Job?« Die Männerstimme ist rau, aber gleichzeitig irgendwie melodisch und feminin.

»Ja?«, bringe ich mühsam hervor, weil mein Herz gerade in Rekordtempo schlägt.

»Bist du hart im Nehmen?«, ertönt es vom anderen Ende der Leitung.

Ich reiße die Augen auf, weil ich so überrascht bin. Was ist das für eine Frage? Einen irren Moment lang blitzt ein Bild vor meinem inneren Auge auf, von mir in Ölzeug auf einem Fischerboot bei einem Sturm auf hoher See, während ich versuche, ein Fischernetz an Bord zu zerren.

»Ich, äh … ja.« Ich räuspere mich.

»Gut, dann hätte ich was für dich.« Meine Gedanken schweifen zu meinem leeren Geldbeutel und der Tatsache, dass ich seit dem Muffin heute früh nichts mehr gegessen habe.

Egal, was jetzt kommt, ich mache es.

»Schießen Sie los, Ives.«

»Der Piratenladen am Pier.« Kurz glaube ich, er will mich verarschen. Will er aber wohl nicht, weil er unbeirrt weiterredet: »Ich bräuchte einen Verkäufer in der Bude. Dort kann man die Tickets für die *Hispaniola* kaufen und noch einige Mitbringsel, die wir vor und nach der Fahrt anbieten. Anhänger, Kühlschrankmagnete, all so ein Zeug.«

Es dauert ein paar Sekunden, ehe mein Hirn die Information verarbeiten kann.

Das scheint dieser Ives zu merken, denn er fährt fort: »Die *Hispaniola* ist ein Piratenschiff, also eigentlich ein alter Segler, der ein- bis zweimal täglich raus zu den vorgelagerten Vogelinseln fährt. Ich brauche jemanden, der hier in Marchlyn

Falls die Karten verkauft, wenn ich keine Zeit habe. An drei Tagen die Woche von neun bis zwölf.«

Piratenschiff. Er hat gerade wirklich Piratenschiff gesagt, oder?

»Klingt machbar«, erwidere ich und versuche, mich fieberhaft an meinen Vorlesungsplan zu erinnern, ob es irgendwelche Kollisionen gibt. Egal, entscheide ich. Wenn ich demnächst exmatrikuliert werde, weil ich meine Studiengebühren nicht bezahlen kann, werde ich gar keine Vorlesungen mehr besuchen. Sollte ich also wegen dieses Jobs etwas verpassen, werde ich eine Lösung finden.

»Die Sache ist, es wird jetzt dann Winter und die Verkaufsbude auf der Seebrücke ist nicht beheizbar. Denkmalschutz und so. Es könnte also etwas zugig werden dort drinnen. Ich zahle acht Pfund die Stunde, und du kannst eigentlich gleich morgen anfangen.«

Ich bin kurz davor, bei seinen letzten Worten laut aufzuschreien, weil ich es nicht fassen kann, halte mich aber im Zaum und antworte ruhig: »Das mit der Kälte macht nichts, ich kann mich warm anziehen.«

Ach ja? Mit deinen Used-Look-Jeans und Glitzerchucks?

»Ich fange gerne morgen an, aber ich hätte eine Bedingung«, höre ich mich sagen. »Ich möchte meinen Lohn wöchentlich ausgezahlt bekommen.«

Am anderen Ende der Leitung herrscht Schweigen. Am liebsten hätte ich nach einer täglichen Auszahlung verlangt, aber vermutlich würde er mich dann für eine Abhängige halten oder so was.

»Hm. In Ordnung. Komm am Nachmittag vorbei für eine Einweisung, kriegst du das hin?«

In meinem Kopf rattert das Programm für heute durch.

Wir haben Einführungsvorlesung in Marktpsychologie bis sechzehn Uhr, und anschließend könnte ich ganz schnell in die Stadt laufen, bevor um siebzehn Uhr die erste Übung stattfindet.

»Ja, kein Problem. Wäre Spätnachmittag in Ordnung?«

»Klar. Komm direkt zum ersten Häuschen auf der Seebrücke. Du kannst es nicht verfehlen, dort ist ein großes Holzschild in Form eines Piratenschiffs.«

»Alles klar, ich freue mich, Ives!«, verabschiede ich mich und muss ein paarmal blinzeln, nachdem ich aufgelegt habe.

Na gut, dann werde ich eben Piratin.

8

Lily

»Ah, der hat uns doch die Führung gegeben«, stellt Elsa fest, als wir uns auf die Sitzbänke im Seminarraum niederlassen. Es sind keine endlosen Reihen an abgeschrabbelten Klappstuhlbänken, wie ich sie von der UCL in London kenne, sondern relativ bequeme, ergonomisch geformte Holzstühle mit Tischen davor. In jeden dieser Tische sind Steckdosen eingelassen, und ein eigentümlicher Geruch liegt in der Luft. Eine Mischung aus dem uralten Holz der dunklen, vermutlich hundert Jahre alten Wandvertäfelungen und dem Kunststoff der neuen Einrichtung.

Ich versteife mich augenblicklich, sehe auf, und meine Hoffnung, dass sie sich verguckt hat, platzt jäh.

Ellis steht mit verschränkten Armen vorn im Raum. Er hat diese Körperhaltung, so aufgerichtet und präsent wie jemand, der häufig trainiert. Außerdem zeichnen sich die Muskeln seiner Oberarme unter dem schwarzen Longsleeve ab, und ich nehme einen schnellen Schluck aus meiner Wasserflasche, weil mein Mund sich plötzlich so trocken anfühlt.

Zwei Typen stehen neben ihm und unterhalten sich. Ich schätze sie genau wie Ellis auf Mitte bis Ende zwanzig. Sie lachen über irgendetwas und schauen dabei erwartungsvoll zu Ellis. Der sieht jedoch weiterhin mit undurchdringlicher Miene nach vorn.

»Uuuh, vielleicht sind das unsere Übungsleiter?«, meint Elsa und pikst mich mit dem Zeigefinger in den Oberarm. Ruckartig wende ich den Kopf und starre sie an. Weil das ein ziemlich wahrscheinliches Szenario ist und das doch bitte gerade alles nicht wahr sein kann.

»Ich hoffe nicht«, sage ich nur und muss wohl einigermaßen entsetzt aussehen, denn Elsa reagiert sofort.

»Wieso? Seine Führung war wirklich interessant.«

»Bestimmt.« Ich kann es nicht beurteilen, weil ich mich nach dem Vorfall mit dem Telefonat schlicht nicht mehr getraut habe, zur Gruppe zurückzukehren, sondern vor dem Haupteingang auf Elsa gewartet habe.

»Außerdem sieht er gut aus«, redet sie weiter.

Ich lasse meine Fingerspitzen über die Tischkante fahren und suche verzweifelt nach einer Möglichkeit, das Thema zu wechseln. Mein Blick huscht rechts zu den Fenstern, und ich schaue hinaus auf die sich allmählich verfärbenden Baumwipfel.

Wir befinden uns in einem Seitenflügel des alten Unigebäudes. Um in den großen Seminarraum zu gelangen, mussten Elsa und ich mehrere verwinkelte Treppen und immer schmaler werdende Gänge nehmen. Nachdem aber bestimmt dreißig oder vierzig unserer Mitstudierenden den gleichen Raum gesucht haben, konnten wir uns zumindest nicht verlaufen. Ich habe zwischendurch mindestens zwanzig Bilder für Sam gemacht und sie ihr quasi im Live-Feed geschickt, weil hier einfach alles so unglaublich hübsch ist. Die vielen Buntglasfenster in den Fluren, die knarzenden Holztreppen, das dunkle Gestein, das so oft unverputzt hervorblitzt …

Und gerade im Moment lässt mich die Erkenntnis, dass ich hier, genau hier, an dieser Uni, meinen Master absolvieren und damit einen nächsten Schritt in Richtung Forschung machen werde, ein kleines bisschen ekstatisch werden.

Das ist vermutlich auch der Grund (einen anderen kann es nicht geben, weil ich mir ja geschworen habe, mich zu diesem Mann *nicht* hingezogen zu fühlen), warum ich mich von Elsa anstecken lasse. »Ja, dieser Redmaine sieht gut aus«, räume ich ein. »Aber wichtiger ist eigentlich, dass er uns diesen ganzen Statistik-Quatsch gut erklären kann. Also sollte er unser Übungsleiter werden.« Was hoffentlich nicht passieren wird. Ich meine, da stehen drei Typen. Es gibt also eine Chance von sechsundsechzig Prozent, dass ich nicht ihn als Übungsleiter erwische, oder?

»Das habe ich sowieso aufgegeben.« Sie macht eine wegwerfende Geste. »Keine Ahnung, wie ich durch die Prüfung kommen soll, aber verstehen werde ich nichts davon.« Sie klingt ein bisschen so, als hätte sie einen Witz gemacht, beißt sich aber nervös auf die Innenseite ihrer Wange.

Ich drehe mich zu ihr. Obwohl ich sie erst vierundzwanzig Stunden kenne, habe ich sie schon jetzt unglaublich gern. Weil sie so unkompliziert und angenehm ist, ständig irgendetwas quasselt, und weil ich glaube, dass sie ein wirklich gutes Herz hat. Zum zweiten Mal, seit wir uns kennengelernt haben, sagt Elsa nun schon so was in der Art – dass sie nicht gut oder schlau genug für dieses Studium sei. Ich halte das für völligen Unsinn. Sie hat ihren Bachelor geschafft. Natürlich ist sie schlau genug für einen Master. Vermutlich braucht sie nur jemanden, der ihr die Themen richtig erklärt. Und den Glauben an sich selbst, dass sie es schaffen kann. Irgendwie habe ich das Gefühl, dass das gerade ihr größtes Problem ist.

Wir sind in der Vorlesung »Marktpsychologie«. Sie zählt zu den Pflichtveranstaltungen für mehrere Fachrichtungen – für die Psychologie-Masteranden ebenso wie für diejenigen, die Business Administration studieren, so wie Elsa. Wir haben uns unglaublich gefreut, als wir vorhin herausgefunden haben, dass wir sogar eine gemeinsame Veranstaltung besuchen.

»Das kriegen wir schon hin«, sage ich nun.

Elsa verzieht nur den Mund, und mir dämmert, dass sie bereits mit dem Schlimmsten rechnet und erwartet, durch ihre Prüfungen zu rasseln.

»Wir lernen einfach gemeinsam«, ergänze ich und nehme es mir in dem Moment ganz fest vor. Mich beschleicht nämlich das Gefühl, dass Elsa möglicherweise viel zu oft Sachen gesagt bekommt, die sie kleinmachen: Du bist nicht schlank genug. Du bist nicht schlau genug. Du bist nicht … genug.

Ich habe keine Zeit, weiter darüber nachzudenken, denn ein Typ setzt sich neben uns. Er stand schon heute Vormittag während der Führung neben Elsa und mir. Er hat mich angegrinst und mit dem Kopf im Takt meines Klingeltons mitgewippt, als ich panisch mit dem Handy hinausgerannt bin und gehofft habe, es würde sich ein Portal öffnen und mich in eine Parallelwelt befördern, wie das bei Jennefer im *Witcher* ständig passiert.

»One more drink she said …«, beginnt er leise neben mir zu singen.

Ich sage nichts, drehe nur meinen Kopf und sehe ihn mit einem – so hoffe ich – unfassbar freundlichen Lächeln an, das ihm unmissverständlich sagen soll: *Du kannst mich mal.*

Er grinst so breit und schadenfroh wie eine Comicfigur. Seine Augen blitzen vor Vergnügen, während er durch seine blonden Haare streicht, die sowieso perfekt sitzen. Überhaupt ist alles an ihm perfekt. Sein Hemd, die Chinos, die Seglerschuhe. Er sieht aus, als hätte er sich in der Location geirrt und wäre eher auf der Suche nach einem Golfplatz.

»Starke Aktion vorhin«, sagt er, und ich bilde mir ein, dass Bewunderung in seiner Stimme mitschwingt. Was absolut nicht sein kann, denn so etwas kann man nur sarkastisch meinen. Eigentlich will er mir doch sagen, dass es komplett daneben war, oder?

»Findest du, ja?«, frage ich, da mir gerade kein geistreicher Konter einfällt und ich immer noch nicht einschätzen kann, wie er es gemeint hat.

»Das war mein Ernst«, sagt er jetzt. »Das mit der Ironie kann ich irgendwie nicht so. Dieses Gelaber über die Geschichte der Uni. Bah, das war echt langweilig.«

»Wieso warst du dann überhaupt dort?«

»Was soll ich in diesem Nest sonst machen?«

Ich bin kurz davor, die Augen zu verdrehen. *Ja stimmt, es gibt hier vermutlich keine Sternerestaurants oder Edelboutiquen, in denen du die Kohle deiner Eltern verprassen kannst.* Zwar sitzen einige Jungs und Mädels mit Designerklamotten und -taschen im Raum, aber dem Typen neben uns springt das Geld förmlich aus dem Gesicht.

»Was guckst du so?«, will er an Elsa gewandt wissen und hat sich dabei ein wenig vorgebeugt.

Sie starrt ihn tatsächlich an. Sofort lehnt sie sich in ihrem Stuhl zurück und sieht angestrengt nach vorn.

Okay, interessant.

»Ich bin übrigens Hunter.« Er bietet mir die Faust an, ich schlage ein. Elsa tut es mir nach, meidet dabei aber jeden Blickkontakt.

»Lily«, sage ich.

»Ich bin Elsa«, sagt sie mit Piepsstimme.

Eine Frau betritt den Raum und läuft mit zielsicheren Schritten in Richtung Rednerpult. Sie ist klein und drahtig, hat ihre langen blonden Haare zu einem Dutt aufgesteckt und trägt ein dunkelblaues Kostüm und hochhackige Pumps. Ich schätze sie auf Mitte vierzig, und ohne dass sie irgendetwas sagen muss, weiß ich, dass das Professor Walsh ist.

»Herzlich willkommen in der Vorlesung zur Marktpsychologie«, beginnt sie mit erstaunlich kräftiger Stimme für ihre Körpergröße und lässt ihren Blick über die Anwesenden schweifen. Die letzten Gespräche verstummen. »Ich sehe einige neue Gesichter, es haben also nicht alle von Ihnen ihren Bachelor hier gemacht.«

Damit wirbt die Uni. Kleine Seminare, individuelle und engmaschige Betreuung. Es wundert mich nicht, dass Professor Walsh die Leute, die hier den Abschluss gemacht haben, zumindest vom Gesicht her kennt.

»Einige von Ihnen wissen bereits, wer ich bin, für alle anderen, die noch nicht das Vergnügen hatten: Ich leite den Lehrstuhl für Marktpsychologie und Forschungsmethoden hier an der Bloomsbury University. Diejenigen unter Ihnen, die ihren Master in Psychologie machen, werden mich noch des Öfteren zu Gesicht bekommen.« Sie deutet quer durch den Raum auf die drei Männer, die nahe der Eingangstür stehen und die Einzigen sind, die sich nicht gesetzt haben. »Das hier sind Ellis, Oliver und Phil. Sie leiten ab nächster Woche die Übungsgruppen zur Marktpsychologie. Außerdem lasse ich gleich einen Zettel herumgehen, auf dem Sie sich für Ihre verpflichtende Präsentation eintragen können. Maximal vier Personen bilden ein Team, nächsten Dienstag beginnen wir mit der ersten Präsentation.«

Kollektives Stöhnen hallt durch den Raum.

»Wer möchte starten?« Es wird auffällig ruhig. »Freiwillige vor«, versucht Prof. Walsh uns zu ermuntern. »Machen Sie sich keine Sorgen. Unsere Übungsleiter werden Sie unterstützen, und wir werden den Mut des ersten Teams auch in der Benotung honorieren.«

Noch immer herrscht betretenes Schweigen.

Ich sehe mich um. Die meisten Anwesenden schauen sehr beschäftigt in ihre Notebooks oder Notizblöcke. Ich warte ein oder zwei Sekunden, dann hebe ich die Hand und höre, wie Elsa neben mir entsetzt die Luft einzieht.

»Ist das dein Ernst?«, flüstert sie.

»Ah, dahinten in der letzten Reihe. Ihr Name bitte?« Prof. Walsh deutet auf mich.

»Lily Johnson.« Alle Blicke richten sich auf mich, und ich spüre, wie mir unter den Achseln der Schweiß ausbricht.

»Vielen Dank, dass Sie sich gemeldet haben, Ms Johnson. Suchen Sie sich eines der Themen aus dem ersten Block aus und melden Sie sich bei den Übungsleitern nach der Veranstaltung. Sie stehen Ihnen bei allen Fragen zur Verfügung. Wer sich berufen fühlt, Ms Johnsons Präsentationsteam zu ergänzen, geht bitte auf sie zu.«

Ich nicke, die anderen richten ihre Aufmerksamkeit wieder nach vorn, und eine ausgedruckte Liste wird zu uns nach hinten gereicht, auf der ich mich für die Präsentation eintragen kann.

Als das Blatt vor mir liegt und ich meinen Namen in eines der freien Namensfelder für den Termin nächsten Dienstag schreibe, wende ich mich an Elsa. »Du machst mit, oder?«

Elsa runzelt die Stirn und sieht mich an, als zweifle sie an meinem Verstand.

Ich ignoriere das, überfliege die Themen des ersten Blocks und entscheide mich für Assoziationsbildung. Zwar habe ich nur eine vage Ahnung von dem Begriff, aber ich weiß, dass er etwas mit assoziativem Lernen und Neuropsychologie zu tun hat, was genau mein Ding ist.

»Hast du gehört, was sie gesagt hat?«, wende ich mich erneut flüsternd an Elsa. »Sie benoten uns milde. Genau das, was wir brauchen. Beide, glaube ich.« Ich zwinkere ihr zu, und in ihren Augen flackert Angst auf. »Vergiss es, ich hasse Präsentationen. Wirklich, ich hasse sie. Ich habe da überhaupt kein Talent und verhasple mich die ganze Zeit und …«

»Du wirst so oder so eine halten müssen.«

»Ja, okay, aber nicht nächste Woche«, erwidert sie und beginnt, mit zittrigen Fingern an der Tassel ihrer Tasche herumzuspielen, die sie noch immer auf ihrem Schoß hat.

»Es aufzuschieben, macht es nicht …« Ich rede nicht weiter, weil ich merke, dass es keinen Sinn hat. Den Ausdruck, der gerade auf Elsas Gesicht liegt, kenne ich nur zu gut von Sam. Sie hat auch immer so geschaut, wenn sie lernen oder sich auf Referate vorbereiten musste. Es ist eine handfeste Panik, gepaart mit Trotz und dem unbedingten Willen, irgendetwas (zum Beispiel eine Präsentation über Assoziationsbildung) um jeden Preis zu vermeiden.

Ich sehe Elsa fest in die Augen. »Vorschlag: Du sagst die Einleitung und die Schlusssätze, den Rest mache ich. Auch die Vorbereitung. Ich mag Präsentationen, ich mag theoretische Themen, und ich bin der komplette PowerPoint-Profi.«

Was gelogen ist, aber ich habe das Gefühl, dass es das ist, was Elsa hören muss, damit sie sich auf meinen Vorschlag einlässt.

Sie sieht nach unten auf das Papier, doch noch immer zögert sie.

»Wir kriegen das hin«, lasse ich nicht locker. »Okay? Besser, du machst es mit mir, als mit keine Ahnung wem, oder?«

Elsa braucht noch einen Moment, dann nickt sie, sieht dabei aber so aus, als wäre sie im Begriff, ihr eigenes Todesurteil zu unterschreiben.

Sie nimmt mir den Kugelschreiber aus der Hand, doch die Spitze drückt nur ins Papier, ohne Farbe zu hinterlassen »Schreibt nicht mehr«, stellt sie fest. Sie hebt entschuldigend beide Hände. »Sorry, ich hab's ja echt versucht. Aber das ist ein Zeichen, dass ich keinesfalls bei deiner Präsentation mitmachen sollte.«

»Nein, Elsa, das ist definitiv *kein* Zeichen.« Ich krame in meinem Rucksack nach einem Ersatzstift, als sich links von mir ein Montblanc-Kugelschreiber in mein Blickfeld schiebt.

»Hier, für deine Freundin«, bietet Hunter an.

Wir starren erst beide auf den Stift, dann zu ihm. Hunter macht eine ungeduldige Geste, als würde er nicht verstehen, was eigentlich unser Problem ist. Vermutlich tut er das wirklich nicht, weil er keine Ahnung hat, wie es sich anfühlt, Angst davor zu haben, diesen Stift zu benutzen. Sollte er runterfallen, wären zweihundert Pfund dahin. Mir fährt durch den Kopf, wie viel Geld ich bekommen könnte, wenn ich ihn auf eBay verkaufen würde. Es wäre ein kompletter Monat Essen, vermutlich eher sechs Wochen …

Hunter zieht die Brauen zusammen, während sein Blick zwischen mir und dem Montblanc hin- und herpendelt. »Den kriege ich aber wieder.«

Elsa greift nach dem Stift, schreibt ihren Namen hinter meinen und gibt ihn Hunter zurück. Zum ersten Mal, seit er neben uns sitzt, schaut sie ihn dabei direkt an.

Ich reiche das Papier an die Reihe vor mir weiter, und es wandert wieder zu Prof. Walsh. Kein anderer trägt sich ein.

»Das Studium hier an der Bloomsbury ist vielleicht anders, als Sie es kennen«, dringt die Stimme der Dozentin nun zu uns. »Wir denken hier gerne *outside the box*. Deswegen möchte ich meine Veranstaltung mit einer Frage beginnen, die zumindest die Psychologinnen und Psychologen unter Ihnen sicherlich nicht zum ersten Mal hören: Wo sitzt die Seele in unserem Körper? Und was, denken Sie, hat das mit Marktpsychologie zu tun?«

Die Vorlesung dauert eine Stunde. Als sie zu Ende ist und Elsa und ich aufstehen, bleibt Hunter noch sitzen und hindert uns damit, die Sitzreihe zu verlassen. Ich bin kurz davor, ihm einen ungeduldigen Kommentar hinzuwerfen, als er zu mir aufsieht.

»Ich mache bei euch mit.«

Wir schauen ihn beide überrascht an.

»Bei der Präsentation nächste Woche, meine ich.«

»Äh …«, beginne ich.

»Ich glaube, du hast Bock. Und ich nicht.«

Ich verenge die Augen und betrachte ihn argwöhnisch. »Du machst es mir nicht gerade schmackhaft, mit dir in einer Gruppe zu sein.«

»Ich spendiere den Kaffee während unserer Treffen.«

Ich antworte nicht.

»Und Sandwiches … okay, Kuchen?«

»Alles klar«, sage ich rasch. »Und damit wir uns verstehen – wir kriegen eine Eins. Mit einer Zwei fangen wir gar nicht erst an.«

Elsa sieht zweifelnd zwischen Hunter und mir hin und her. »Wenn du eine Eins willst, solltest du dir womöglich eine andere Gruppe suchen. Kein Problem, ich melde mich freiwillig für ein späteres Datum. Die Liste liegt noch da, ich streiche einfach meinen Namen durch.« Elsa macht Anstalten, sich an mir und Hunter vorbeizudrücken, aber ich halte sie am Arm fest.

»Lasst mich einfach machen und wir bekommen die Eins.«

Gerade ist mir selbst nicht ganz klar, wie ich das mit so viel Überzeugung behaupten kann.

Während Hunter aufsteht und nach vorn geht, um sich einzutragen, sehe ich aus dem Augenwinkel, dass er sich kurz mit Ellis unterhält, der ihm die Liste aus der Hand nimmt und dann mit Hunter im Schlepptau zielgerichtet auf uns zusteuert. Was, in Gottes Namen, will er denn jetzt von uns?

Vor unserem Tisch bleibt Ellis stehen. Er hat die Stirn nachdenklich in Falten gelegt, während er erst die Namen auf der Liste kontrolliert und dann prüfend zu mir sieht. »Ihr drei haltet also die erste Präsentation nächste Woche, und zwar über …« Er vertieft sich in den Plan und zieht die Brauen hoch. »Assoziationsbildung.« Überrascht richtet sich sein Blick auf mich, und er sieht mir forschend in die Augen.

»Braucht ihr bei irgendetwas Hilfe?«

»Nein«, antworte ich wie aus der Pistole geschossen. Die anderen schauen mich verständnislos an.

»Wir melden uns, falls wir …«, versucht es Elsa.

»Wir kommen zurecht«, schneide ich ihr das Wort ab. »Kein Problem.«

Ja, doch, schon ein Problem. Ein Riesenproblem sogar, weil ich nur eine vage Ahnung von dem Thema habe und es sowieso ziemlich dämlich ist, die Hilfe der Lehrstuhlassistenten abzulehnen, wenn sie sie mal freiwillig anbieten, was ungefähr so selten vorkommt wie eine Sonnenfinsternis.

»Ihr seid die Ersten, deshalb steht euch etwas mehr Unterstützung zu als den nachfolgenden Teams«, versucht Ellis es erneut und wartet einen Moment. »Eure Präsentation sollte nicht länger als zehn Minuten dauern und einen grundlegenden Abriss über den Begriff sowie einige Beispiele aus der praktischen Anwendung beinhalten.«

»Alles klar. Danke«, sage ich, packe meinen Jutebeutel enger und will mich an Hunter vorbeidrängen, um aus Ellis' Nähe zu verschwinden.

»Also, wie gesagt: Meldet euch jederzeit bei mir oder den anderen Assistenten.« Er dreht sich halb um und deutet hinter sich auf seine beiden Kollegen, die sich noch mit Prof. Walsh unterhalten.

Als er sich uns wieder zuwendet, treffen sich unsere Blicke, und ein leises Kribbeln setzt in meinem Brustkorb ein, weil der Ausdruck in Ellis' Augen so seltsam ist. Neugierig und gleichzeitig auch irgendwie gekränkt, nachdem ich sein offensichtliches Hilfsangebot so unhöflich und ohne darüber nachzudenken ausgeschlagen habe.

»Gut, dann ... entschuldigt mich, ich habe noch einen Termin«, versuche ich das Gespräch zu beenden. Das ist nicht mal gelogen. Ich muss wirklich zu Ives an den Hafen.

Ich verlasse die Platzreihe, atme einmal tief aus und eile aus dem Raum.

Ich bin gerade im Flur angekommen, als ich hektische Schritte neben mir höre.

»Lily!«, zischt Elsa, während sie sich bemüht, mein Tempo zu halten. »Bist du verrückt geworden? Wieso behauptest du, wir brauchen keine Hilfe?«

»Weil doch klar ist, was wir zu tun haben.«

»Ach ja? Assoziations...dings? Lily! What the fuck! Mir ist überhaupt nichts klar!«

»Erstes Treffen morgen Mittag vor dem Hauptgebäude?«, schlägt Hunter hinter uns vor, und ich kann das Grinsen förmlich hören, das auf seinen Lippen liegt.

Elsa greift meinem Arm und ihre Finger schließen sich erstaunlich fest darum. »Und denk noch nicht mal dran, mich jetzt mit dem allein zu lassen«, flüstert sie, den Blick starr nach vorn gerichtet. Sie legt einen Zahn zu und beginnt, vor mir die Treppe nach unten zu laufen.

»Wir treffen uns morgen im *Black Cat* unten am Hafen, du zahlst«, rufe ich Hunter über die Schulter zu und höre noch ein »Logisch« durch den Flur hallen, ehe Hunter aus meinem Blickfeld verschwindet. Und mit ihm auch Ellis, der mit gerunzelter Stirn und verschränkten Armen neben ihn getreten ist und uns hinterherblickt.

9

Ellis

Vor mir erstreckt sich der Ozean. Der kräftige Wind treibt die Wolken über den Himmel und lässt ein Spiel aus Licht und Schatten entstehen. Das Wasser erscheint mal grau, mal mit einem Schimmer Grün, je nachdem, ob ein Sonnenfleck darüberrast. Ich halte meinen Kite in der Powerzone und surfe hinter der Brandung die Bucht entlang. Der Wind ist stark genug, dass ich Sprünge machen kann. Davon habe ich heute so viele geschafft, dass ich zu zählen aufgehört habe, und noch immer vibriert mein Körper von dem vielen Adrenalin, das durch meine Adern pumpt.

Es gibt nur wenige Sachen, von denen ich das behaupten kann, aber bei dieser einen stimmt es wirklich: Ich liebe das Gefühl zu fliegen. Ich liebe das Gefühl der Freiheit, wenn ich komplett schwerelos bin. Die Leere in meinem Kopf und das Glück in meinem Herzen, das von Tausenden Empfindungen gleichzeitig überquillt. Zu fliegen ist nichts und alles, und vor allem ist es echt. Gewaltig. Ich bin verbunden mit dem Wind und den Wellen, ich bin Teil davon. Es ist das beste Gefühl der Welt.

Und es macht süchtig. Deshalb gehe ich, so oft es meine Zeit erlaubt, mit meinem Board und dem Kite aufs Wasser.

(Natürlich muss auch das Wetter passen. Ah. Das Wetter. Der beste Freund und der größte Feind beim Kiten. Meine Wetter-App nutze ich öfter als meine Messenger-Apps. Sollte mir vielleicht zu denken geben?)

Das sind die zwei großen Anker, die mein Leben bestimmen: die Forschung und das Kiten. Weil es beides meins ist. Ich habe es mir selbst erobert, für mich. Ich habe es aus freien Stücken getan, weil mich beides fasziniert. Niemand hat mich dazu gezwungen, es gibt keine jahrhundertealte Bürde, die auf mir lastet, keine Rolle zu spielen, die ich nicht übernehmen möchte – hier draußen auf dem Meer bin ich frei. Auch wenn ich nur wenige Dutzend Meter vom Strand entfernt bin, kommt es mir jedes Mal, wenn ich mit meinem Board durch das Wasser pflüge, so vor, als würde ich mich in einem Paralleluniversum befinden. Gedanken zählen hier nicht mehr. Es ist überhaupt keine Zeit, zu grübeln oder nachzudenken, denn der Kite steht im Wind, und ich bewege mich mit rasender Geschwindigkeit über das Wasser. Ich bin im Hier und Jetzt.

Das ist etwas, wofür ich Hannah dankbar bin: dass ich wegen ihr mit dem Kitesurfen angefangen habe. Sie hat es mir beigebracht, und darüber sind wir uns nähergekommen. Es ist die eine Sache, die uns verbunden hat. Vielleicht sogar die einzige Sache.

Ich spüre die unruhige Oberfläche das Wassers unter meinem Board, den Wind auf meinem Gesicht und mache in einer Welle eine letzte Halse, bevor ich den Kite auf zwölf Uhr bringe, damit ich die Geschwindigkeit komplett verliere.

Ich suche den Strand nach meinen Leuten ab. Hugh und Andy sind heute auch hier zum Kiten, machen aber gerade eine Pause, um in unserer kleinen Surfshack ihren Wetsuit zu trocknen und sich aufzuwärmen, bevor sie wieder aufs Wasser gehen.

Während meine Augen den Strand nach Hughs leuchtend roter Mütze abscannen, fällt mir eine vertraute Gestalt auf. Verschiedenfarbige Haare, übergroßer rosa Pulli, ausgewaschene Jeans. Lily wandert dort auf und ab, wo der Sand von der Brandung noch ganz fest ist. Ich bin nicht überrascht, denn Marchlyn Falls ist so klein, dass man sich ständig über den Weg läuft. Sie telefoniert wild gestikulierend. Ich wundere mich, dass sie bei diesem Wind überhaupt irgendetwas versteht, aber sie hat sich jetzt mit dem Rücken zum Meer gedreht und fängt damit sicherlich den meisten Wind ab.

Ich entschließe mich, eine weitere Runde mit meinem Kite zu drehen. Hugh habe ich sowieso noch nicht entdeckt, und außerdem (Gott, wie erbärmlich ist das bitte?) möchte ich Lily aus dem Weg gehen. Aus ... Gründen. Natürlicher Selbsterhaltungstrieb. Gekränktes männliches Ego. Mein Wunsch nach friedlicher Koexistenz. Und irgendwie auch, weil sie meine Studentin ist und ich meinen Studierenden grundsätzlich versuche aus dem Weg zu gehen, wenn ich ihnen in Marchlyn Falls begegne.

Außerdem hat sie etwas gegen mich. Gestern nach der ersten Marktpsychologie-Vorlesung hat sie mich gemieden, als wäre ich ein Triebtäter oder hätte gerade einen Wurf Katzenbabys getötet. Kurzzeitig habe ich sogar überlegt, ob wir uns irgendwann vielleicht schon einmal begegnet sind und sie möglicherweise eines meiner zahllosen Abenteuer im Suff gewesen ist, an die ich mich (ist mir echt unangenehm) nicht lückenlos erinnern kann. Die erste Zeit nach der Trennung von Hannah vor vier Jahren war ... nun ja. Etwas wild gewesen.

Aber nein, ich hätte mich daran erinnert, wenn ich schon

einmal mit ihr zu tun gehabt hätte. Lily vergisst man nicht so einfach.

Meine Konzentration ist bei meinem Kite – muss sie sein –, dennoch kann ich immer wieder unauffällig einen Blick auf Lily werfen. Sie beendet das Telefonat, dreht sich zum Meer, schließt die Augen und lässt einen frustrierten Schrei in Richtung der Wellen los.

Weint sie auch? Vielleicht, denn in den wenigen Sekunden, die ich sie beobachten kann, ehe ich eine Wende fahre, erkenne ich pure Verzweiflung auf ihren Zügen. Dann sehe ich, wie sie tief durchatmet, die Augen wieder öffnet und auf das Meer starrt. Ich habe den Eindruck, ihr dabei zusehen zu können, wie sie ihr Rückgrat durchstreckt und noch ein Stück zu wachsen scheint. Als würde sie sich innerlich stählen.

Ich kenne das Gefühl.

Ihr Blick bleibt an mir hängen, aber mit meiner Neoprenhaube und nur halb zu ihr gedreht erkennt sie mich nicht.

Wie sie da so steht, mit ein paar bunten Strähnen, die sich aus ihrem Dutt gelöst haben und ihr um den Kopf fliegen, die Augen auf mich gerichtet, sieht sie aus wie eine Kriegerin. Entschlossen. Ruhig. Stark. Ganz anders noch als vor ein paar Sekunden.

Inzwischen ist Hugh am Strand auf mich aufmerksam geworden und sieht zu mir aufs Wasser. Mit meiner Rechten klopfe ich mir auf den Kopf, um ihm zu bedeuten, dass ich an Land kommen möchte und Hilfe mit meinem Kite benötige. Er bestätigt mit der gleichen Geste. Behutsam dirigiere ich den Kite nach unten auf den Sand.

Eigentlich ist es Zufall, dass ich ihn nur gut zehn Schritte von Lily entfernt landen lasse. Es ist Freitagmittag, der Wind bläst kräftig und kalt aus Nordwest, und trotzdem ist am Strand einiges los. Hugh und Andy stehen in Lilys Nähe, aber der Abstand zu ihr und den anderen Strandbesuchern ist dennoch ausreichend, um niemanden in Gefahr zu bringen.

Ich schlüpfe aus den Fußschnallen meines Bords, und sobald der Kite den Boden berührt, greift Hugh nach dem Segel. Keine Ahnung wieso, aber er legt es nicht sofort um, sondern läuft damit rückwärts und unterhält sich währenddessen mit Andy. *Bisschen gedankenlos*, schießt es mir durch den Kopf, denn das Einzige, was er tun sollte, wäre, den Kite zu erden und ihn festzuhalten, bis ich ebenfalls am Strand stehe.

»Hugh«, brülle ich ihm zu. »Pass mal ein bisschen auf!«

Hugh macht eine beruhigende Geste in meine Richtung, und ich kann sehen, dass die beiden über irgendetwas Witze reißen und lachen. Ich erkenne zwei Bierdosen in Andys Hand.

»Ich hab den Kite, jetzt komm mal raus hier«, höre ich Hugh mit einer ungeduldigen Geste zu mir rufen. Wir haben das bereits Hunderte Male gemacht, und Hugh ist ein erfahrener Surfer, also laufe ich langsam in Richtung Land. Schlaff liegen die Seile halb im Wasser, halb am Strand.

Doch plötzlich kommt ein kräftiger Windstoß, und ich halte die Luft an, weil Hugh verdammte Scheiße noch mal seine Hände nicht mehr am Kite hat. Der bläht sich, fegt den Strand entlang, mehrere Meter, Hugh hechtet hinterher, ist aber nicht schnell genug. Die Leinen spannen sich erneut und reißen an meinem Gurt. Ich werde von der Kraft des Segels nach vorne geschleudert und mitgeschleift. Es geht so schnell, dass ich keine Chance habe, den Bar wieder zu ergreifen, um den Kite hochzulenken, damit er niemanden treffen kann. Und dann passiert es. Lily, die völlig in Gedanken am Ufer steht und keine Ahnung hat, was da gerade von hinten auf sie zurast, wird von dem Segel umgerissen. Mit einem Schrei geht sie zu Boden, und wirklich – ich habe das Gefühl, mein Herz setzt ein paar Schläge aus.

Ächzend rapple ich mich auf und renne durch das flache Uferwasser auf sie zu. »Hugh, was zur Hölle!«, brülle ich und laufe, mein Board unter dem Arm, auf das Bündel zu, das Lily und mein Kite bilden.

Als ich ankomme, ist Hugh schon bei ihr, hat den Kite von ihr weggezogen und hält ihr die Hand hin, um ihr aufzuhelfen. Sofort bemerke ich die Schramme auf ihrer Stirn, aus der ein erster Tropfen Blut sickert.

»Hey, alles okay?«, will ich atemlos noch aus zwei Schritten Entfernung wissen und denke mir gleichzeitig: Was für eine dämliche Frage. Ich *sehe*, dass nicht alles okay ist.

»Sorry, echt«, gibt nun auch Hugh von sich und stützt Lily, während sie sich aufrappelt.

Sie klopft sich den Sand von ihrer Jeans und versucht, sich zu orientieren. Ihr Blick schweift verwirrt zwischen Hugh und mir hin und her. »Nichts passiert. Gar nichts passiert, kein Problem«, versucht sie uns und vermutlich auch sich selbst zu beruhigen. Sie lacht unsicher, und erst als ich mir die Neoprenhaube vom Kopf reiße und sie mich erkennt, rührt sich etwas in ihrem Gesicht.

Sie blinzelt. »Du! Das war *dein* Kite?«

»Ja, und es tut mir wahnsinnig leid. Ernsthaft, das hätte nicht passieren dürfen.« Ich deute auf ihre Stirn. »Du scheinst dich verletzt zu haben!«

Zunächst reagiert sie überhaupt nicht. »Sag mal, hast du was gegen mich?«, bricht es dann aus ihr hervor.

»Das war nicht sein Fehler, sondern meiner«, mischt sich

Hugh ein und macht einen Schritt zwischen uns, als müsse er schlichten. »Entschuldige! Sorry, echt. Sollen wir vielleicht einen Arzt …« Er deutet auf ihre Stirn.

Lily fährt sich mit der Hand darüber und schaut zu ihren Fingern, auf denen ein feiner Blutfilm liegt. »Shit, ich glaube mir wird schlecht.«

Sofort greife ich nach ihr. Es ist wie ein Reflex, dass sich meine Hand um ihren Unterarm schließt und ich sie festhalte, während ich mit der anderen Hand den Kite an meinem Geschirr aushake. Und ich bilde es mir nicht ein, augenblicklich lehnt sie sich ein wenig darauf.

»Scheiße, Mann, ich hab dich dort einfach nicht stehen gesehen. Ich bring dich zum Arzt«, bietet Hugh erneut an.

»Nein, nein, es ist nur … ich kann kein Blut sehen.« Sie schluckt schwer, und irgendwie ist sie schlagartig blass geworden. Mein Griff wird fester.

»Vergiss es, du musst zum Arzt«, beharrt Hugh.

»Nein, wirklich, ich muss mich nur kurz setzen, dann geht es schon wieder.«

»Du wurdest gerade von einem Kite umgemäht, natürlich musst du …«

»Hugh«, unterbreche ich ihn. Mit meiner Dozentenstimme. Der ruhigen, bestimmten, die keine Widerrede duldet. »Sie sagt, sie möchte nicht.«

Er starrt mich an. *Was ist eigentlich gerade dein scheiß Problem?*, teilt er mir stumm mit und ich erwidere seinen Blick unnachgiebig. *Du bist hier gerade das scheiß Problem.*

Weil ich weiß, was Hugh will. Ich kenne ihn. Natürlich hat er ein schlechtes Gewissen und möchte sicherstellen, dass es Lily gut geht. Das will ich auch. Aber da ist noch mehr, denn sie ist genau sein Typ, und ich verwette alle meine Surfboards, dass er den Arztbesuch als Anlass nehmen würde, um bei ihr zu landen. Für ihn ist ein Nein erst mal ein Ja. Und wenn mein Ruf bei Frauen zweifelhaft ist, dann ist der von Hugh unterirdisch.

Ich werde den Teufel tun und dabei zusehen, wie er sich an Lily heranmacht.

Weil sie deine Studentin ist und neu in Marchlyn Falls. Du hast so eine Art Fürsorgepflicht, rede ich mir ein und verziehe nur einen Sekundenbruchteil später schmerzhaft das Gesicht. Natürlich ist das Blödsinn. Der wahre Grund, warum ich Hugh loswerden möchte, ist ein anderer.

Ich fixiere ihn. »Kümmerst du dich um meinen Kite?«

Er zögert. Wir sind Kumpels, wir surfen seit Jahren zusammen, wir helfen einander mit unserem Equipment, aber definitiv habe ich ihm nichts zu befehlen.

»Ich versorge Lily und bin in fünf Minuten bei euch«, ergänze ich freundlicher. Dann falte ich meinen Kite und verpacke ihn. Er muss das nicht für mich machen; im Grunde habe ich das nur gesagt, damit er verdammt noch mal Abstand von Lily hält. Obwohl er haargenau verstanden hat, was ich meine, reagiert er nicht.

»Hugh!«

Er hebt entschuldigend die Hände. »Entspann dich, Mann.«

»Tu ich. Und das kann ich sogar, ohne mir hier am Strand mehrere Bier reinzustellen, damit ich für den höchst unwahrscheinlichen Fall gewappnet bin, den Kite meiner Surfbuddys *festhalten zu können*. Ein Fünfjähriger hätte das besser hinbekommen.«

Sowohl Hugh als auch Andy sind angetrunken, und wenn sie ernsthaft vorhaben, heute noch einmal aufs Bord zu steigen, schleife ich sie eigenhändig zurück zum Strand und ersäufe sie in der Brandung.

Ein anzügliches Grinsen legt sich auf Hughs Lippen und er hebt beschwichtigend die Hände. »Verstehe schon, ich will dir ja nicht die …«

»Fresse, Hugh.« Er kann manchmal so ein Idiot sein. Ich werfe ihm noch einen letzten, drohenden Blick zu und nehme sein Kichern wahr, ehe ich mich Lily zuwende, deren Ärmel sich inzwischen mit dem Meerwasser meines Neoprenanzugs vollgesogen hat. »Kommst du mit mir zur Surfshack? Ich habe dort Pflaster und Desinfektionsmittel. Wir sollten die Wunde auf deiner Stirn säubern. Und bist du dir sicher, dass du dir sonst nichts getan hast?«

»Yep, absolut.« Sie klingt abweisend. »Mach dir keine Umstände, ich komme auch gut …«

»Alleine klar«, unterbreche ich sie. »Habe ich verstanden. Aber die Schramme«, ich zeige auf die Stelle über ihren Augenbrauen, »stammt von meinem Kite, und das tut mir wirklich leid. Und das Mindeste, was ich jetzt tun kann, ist, dich zu versorgen.«

Ich sehe, wie sie die Zähne aufeinanderbeißt. Weil sie weiß, dass ich recht habe.

Hugh schleift meinen Kite absichtlich über den Sand, dorthin, wo sie anscheinend die ganze Zeit über saßen. Er macht Scherze mit Andy, und sie johlen irgendetwas in meine Richtung, als sie sich entfernen. Ich ignoriere die beiden Trottel, weil mir klar ist, worum es dabei geht.

Das Schlimme ist: Sie haben noch nicht einmal unrecht, denn die Art und Weise, wie ich Hugh gerade zu verstehen gegeben habe, dass er sich nicht um Lily zu kümmern hat, war eindeutig.

Ich komme einen Schritt näher und lege den Kopf schräg, damit ich ihr ins Gesicht sehen kann. »Du kannst meine Hilfe ruhig annehmen«, sage ich leise und sanft. Als ob wir uns besser kennen würden. Als ob da etwas zwischen uns wäre.

Ist es ja auch. Zumindest von ihrer Seite. Abneigung. Sie kann mich nicht ausstehen und macht noch nicht mal einen Hehl daraus. Seltsamerweise scheint das erst recht meinen Ehrgeiz zu wecken.

Ihr ist mein Tonfall gerade eben nicht entgangen, denn jetzt mustert sie mich. Forschend. Fragend. Obwohl sie ständig so abweisend wirkt, hört sie genau hin bei dem, was ich sage.

»Wieso laufen wir uns eigentlich schon wieder über den Weg?« Erneut fährt sie sich über die Stirn und hinterlässt dabei einen blutigen Streifen auf ihrer Haut. Sie wirft einen kurzen Blick auf ihre Fingerspitzen, schließt die Augen und schluckt sichtbar.

Wie von selbst rücke ich etwas näher an sie heran, um sie, falls ihre Knie nachgeben, auffangen zu können. »Weil Marchlyn Falls ein kleines Nest ist«, antworte ich.

»Wenn ich nach der Einwohnerzahl gehe, dürften die Chancen bei eins zu fünfzehntausend stehen.«

»Dann ist es wohl kosmische Vorsehung, dass wir uns ständig begegnen.«

»Mir wird schon wieder schlecht«, kommentiert sie mit einem Zucken in den Mundwinkeln und bringt mich damit zum Lachen. »Ich dachte, du bist Wissenschaftler und nicht abergläubisch.«

»Ich bin Waliser. Wir schaffen es, beides miteinander zu vereinen – das ist das Geheimnis unserer keltischen Wurzeln. Kannst du bis zur Hütte laufen?« Ich deute auf den kleinen

Holzverschlag, nahe der Promenadenwand. Einige ausrangierte Surfbretter sind daran festgenagelt und bunte Blumen und Palmen zieren die Holzlatten. Eigentlich passt der Schuppen überhaupt nicht hierher. Aber die Surfer in Marchlyn Falls haben einen guten Draht zu den Behörden (sagen wir so: Die Surfer in Marchlyn Falls sitzen in quasi jedem Verwaltungsorgan) und durften ihre Hütte hier am Strand aufstellen. Pünktlich, bevor die Herbststürme losgehen, bauen wir sie ab und schicken sie in ihren Winterschlaf in eine der Bootshallen im Jachthafen. Wir sind eine Gruppe von etwa zehn Männern und Frauen, die diese Hütte nutzen. Oft treffen wir uns hier abends, trinken ein paar Bier, fachsimpeln über das Kiten und schauen dem Sonnenuntergang zu …

Gut, okay. Partys. Wir feiern hier Partys. Und die sind ziemlich legendär. Zu Recht, weil man als Waliser lernt, die wenigen lauen Sommerabende, die einem im Jahr vergönnt sind, voll auszunutzen.

»Mir ist vielleicht ein bisschen flau, aber ich habe mir nicht die Beine gebrochen«, kontert Lily, während ich ihren Arm wieder loslasse und wir uns in Bewegung setzen. Sie betrachtet mich von der Seite, als wir durch den feinen Sand zur Hütte stapfen. »Wieso werde ich das Gefühl nicht los, dass es zwischen Hugh und dir gerade um etwas ganz anderes ging als deinen Kite?«

»Schon mal gehört, dass man sich nicht auf sein Gefühl verlassen sollte?«

»Und das aus dem Mund eines Psychologen.«

»Psychometriker. Mir sind Zahlen deutlich lieber als Gefühle«, stelle ich richtig.

»Verständlich«, sagt sie.

Ich bleibe stehen. »Ach ja?«

»Warum, glaubst du, interessiere ich mich für Neuropsychologie? Weil das ganze Wirrwarr bei uns im Kopf doch nur Chemie ist. Gefühle sind nichts weiter als Chemie im Körper. Hormone, Botenstoffe, Neurotransmitter ... Chemie lässt sich in Zahlen darstellen. Und Zahlen sind greifbar. Und alles, was greifbar ist, ist auch beeinflussbar.«

Kurz überlege ich, ob sie mich auf den Arm nehmen möchte. Weil es ziemlich selten ist, dass eine Psychologiestudentin so etwas sagt.

»Die meisten würden dir jetzt widersprechen«, erwidere ich vorsichtig, denn ich bin mir noch immer nicht sicher, ob das wirklich ihr Ernst gewesen ist.

»Die meisten?«, hakt sie nach.

Inzwischen sind wir bei der Hütte angekommen. Ed Sheeran dudelt aus einer der Bluetooth-Boxen von Andy, sein Handy liegt noch hier. Ich deute nach drinnen, wo es total düster ist, weil die Läden des einen Fensters zugezogen sind. Der Boden besteht lediglich aus ein paar sandigen Holzlatten. Zwei Bänke und ein Tisch stehen in der Mitte, auf mehreren leeren Weinflaschen stecken halb abgebrannte Kerzenstumpen. Eine Stange ist über die gesamte Länge der Hütte angebracht, und Andys und Hughs nasse Neoprenanzüge hängen dort zum Trocknen. Hier drinnen ist es windgeschützt, und es heizt schnell auf, sobald die Sonne durch das Fenster scheint, was praktisch ist, wenn man sich nach dem Surfen wieder etwas aufwärmen möchte. Wir haben eine Kiste mit Getränken, einen Verbandskasten und lagern einige Ersatzteile, die wir für unsere Kites und Boards gebrauchen können.

Ich deute einladend auf die Bank an der Außenseite der Hütte. »Setz dich schon mal.«

Als ich mit einer kleinen Sprühflasche Desinfektionsmittel,

einem sauberen Taschentuch und Pflastern herauskomme, lässt sie die Beine von der Bank baumeln und schaut auf die Brandung. »Schön, nicht?«

»Ja«, gibt sie zu. »Das Geräusch zusammen mit der unendlichen Bewegung der Wellen – das ist wie eine Mediation.«

Genau das ist es. Genau das.

Abrupt bleibe ich im Türrahmen stehen und starre sie einfach an. Schon wieder hat sie etwas gesagt, das ich verdammt gut nachvollziehen kann. Weil ich es mir selbst bereits Hunderte Male gedacht habe und es nicht besser in Worte hätte fassen können.

Und während ich langsam auf sie zukomme, passiert etwas in mir. Ein sanftes Prickeln läuft mein Rückgrat entlang und zieht meinen Nacken hinauf, bis unter die Kopfhaut. Es ist ein mächtiges Gefühl, und ein klein wenig erschrecke ich mich davor.

»Ich glaube, deswegen verlassen wir diesen Ort auch nie. Oder kommen zurück, wenn wir mal weggezogen sind«, erwidere ich leise. Nachdenklich.

»Wir?«

»Die Menschen aus Marchlyn Falls. Vielleicht sogar alle Menschen, die am Meer aufgewachsen sind.« Ich setze mich neben sie.

»Also hast du Marchlyn Falls noch nie verlassen?«

»Doch, für mein Studium. Ich habe meinen Bachelor in Oxford gemacht und sogar mal ein knappes Jahr in Australien gelebt.«

»Wow«, entfährt es ihr. Sie ist sichtlich beeindruckt, und es ist fast schon beschämend, wie sehr mich das freut.

Damit sie es mir ja nicht anmerkt, runzle ich konzentriert die Stirn und hebe die Hand mit der Sprühflasche.

»Ich kann auch selbst …«, setzt sie an. Vielleicht hat sie ein Problem mit Nähe, schießt es mir durch den Kopf.

Oder sie kann dich und deine Gegenwart ganz einfach nicht ausstehen. Schon vergessen?

Wobei unser Gespräch gerade viel zu glatt läuft, dafür, dass sie mich nicht mag.

»Wie du willst«, sage ich schulterzuckend und halte ihr die Flasche hin. »Ich weiß ja nicht, wie treffsicher du bist, aber das Zeug brennt wie die Hölle, wenn du es in die Augen bekommst.«

Ihr Blick wandert zwischen der Flasche in meiner Hand und meinem Gesicht hin und her. Ich glaube, sie versucht herauszufinden, ob meiner Warnung zu trauen ist.

Ist es. Keine Ahnung, was das für ein Mittel ist, aber ich habe es einmal ins Auge bekommen und würde es auf der Schmerzskala irgendwo zwischen Badreiniger und Pfefferspray einordnen. Ja, meine Augen haben mit beidem schon Bekanntschaft gemacht. Ich habe beide Male geheult. Zu meiner Verteidigung muss ich sagen, dass ich bei der Sache mit dem Badreiniger acht Jahre alt war und meiner Mutter einen Gefallen tun wollte. Der Plan war gewesen, ihr Arbeit abzunehmen und unser Haus zu putzen. Stattdessen durfte sie mit mir einen mehrstündigen Ausflug in die Notaufnahme machen.

»Okay«, sagt sie und schielt misstrauisch auf die Sprühflasche. »Dann mach du.«

»Schließt du kurz die Augen?«, bitte ich sie. »Und nicht erschrecken, wenn der Sprühstoß kommt.«

Ein Stückchen rutsche ich näher, und mein Gesicht ist noch eine halbe Armlänge von ihrem entfernt, als mir ihr Parfüm in die Nase steigt. Vielleicht ist es auch ihr Shampoo oder ihre Bodylotion oder … keine Ahnung, was Frauen eigentlich alles verwenden. Jedenfalls riecht es frisch und trotzdem irgendwie blumig, leicht und geheimnisvoll. So unauffällig ich kann, atme ich tief ein, um so viel wie möglich von ihrem Geruch in mir aufnehmen zu können.

Ich lege meine flache Hand schützend über ihre Augen, spüre dabei die Wärme, die ihr Gesicht abstrahlt, und auch wenn es komplett unangebracht ist, nutze ich den Moment, in dem sie mich nicht beobachten kann, und betrachte ihre Lippen. Sie sind hellrosa und voll, die Unterlippe ist ein wenig ausgeprägter als die Oberlippe. Sie sehen weich aus, sanft, einladend, und bei dem Anblick läuft ein Ziehen von meinem Bauch bis in meine Fingerspitzen.

Ich spüre Lilys warme Atemzüge auf meinem Handrücken, als ich die Flasche hebe, und ich muss mich zusammenreißen, sie nicht sofort wieder abzusetzen. Weil ich ihren Kopf festhalten, mich zu ihr beugen und sie küssen möchte.

Ich schlucke schwer, verdränge dieses komplett irre Gefühl und erschrecke mich vor meiner brüchigen Stimme, als ich sage: »Vorsicht.«

Natürlich zuckt sie zusammen, als das Mittel auf ihre Haut trifft.

»Kein Problem, schon vorbei«, murmle ich, tupfe mit dem sauberen Taschentuch über die Schramme und entferne damit auch das verschmierte Blut, während sie blinzelnd die Lider öffnet. Sie hat unglaublich lange Wimpern, und ein bisschen was von ihrem Mascara ist auf ihrer Wange gelandet.

Der Impuls überfällt mich, den schwarzen Fleck mit dem Daumen wegzuwischen. Und dieses Mal reiße ich mich nicht mehr zusammen, sondern tue es wirklich. Sanft lege ich meine Rechte an ihre Wange, jederzeit bereit, sie wieder wegzuziehen, falls Lily mir zu verstehen gibt, dass sie das nicht möchte.

Ohne Eile schiebe ich meine Finger in ihren Nacken, dort, wo sich die feinen Härchen am Haaransatz kräuseln. Mit dem Daumen entferne ich sacht die Wimperntusche von ihrer Haut.

Lily sieht mir dabei in die Augen, erschrocken und fasziniert gleichermaßen. Ihre Lippen sind leicht geöffnet, und der Gedanke, meine Stirn jetzt gegen ihre zu lehnen, mit meinen Lippen ihr Gesicht entlangzufahren, ihren Duft tief in mir aufzunehmen und sie schließlich zu küssen, lässt etwas zwischen meinen Beinen erwachen.

Ich benetze meine Lippen, einen Sekundenbruchteil lang folgt Lily meiner Bewegung, ehe sie flatternd die Lider schließt und ein leises Geräusch ihrer Kehle entkommt. Und ich schwöre, sie lehnt sich in meine Richtung. Kaum merklich, aber sie tut es trotzdem. Als würde sie oder vielmehr ihr Körper versuchen, mir näher zu kommen. Ohne ihre bewusste Kontrolle.

Ich bilde mir das nicht ein. Diese Anziehung und dieses Knistern, es ist da. Beinahe greifbar schwebt es zwischen uns, obwohl ich weiß, dass sie alles tut, um meine Gegenwart zu meiden.

All das schießt mir durch den Kopf, während sie einen kurzen Moment lang die Augen geschlossen hält. Als sie die Lider wieder öffnet, mustert sie mich still. Meine Augenbrauen, meine Nase, meine Lippen. Und sie deutet ein Kopfschütteln an.

Augenblicklich löse ich meine Hand von ihrem Hals, nehme das Pflaster in die Finger und ziehe das Schutzpapier ab. »Darf ich?«, frage ich erneut.

Diesmal bringt sie nur ein Nicken zustande.

Als meine Finger sie wieder berühren, damit ich das Pflaster anbringen kann, halte ich die Luft an.

Sie tut es ebenfalls.

Sanft streiche ich mit dem Daumen die klebrigen Seiten des Pflasters fest.

Während ich meine Hände wieder sinken lasse, blickt sie auf meine Unterarme und erkennt die Gänsehaut darauf. Ich trage noch meinen nassen Neoprenanzug, aber mir ist trotzdem nicht kalt.

»Du frierst.«

Mir entkommt eine Mischung aus Lachen und Schnauben. Es klingt resigniert und rau zugleich. Leise antworte ich: »Eigentlich nicht, nein.« Und ich wundere mich, dass ich das gerade wirklich zugegeben habe.

Die Muskeln an ihren Wangen arbeiten. Sie zwingt sich, nach vorn zu schauen, und ich kann ihr förmlich dabei zusehen, wie sich etwas in ihrem Gesicht verschließt.

Ruckartig steht sie auf. »Okay. Ich muss jetzt wirklich los, die Präsentation macht sich nicht von …« Ihre Hand fährt über ihre Jackentaschen, und unvermittelt sagt sie: »Scheiße.«

»Was ist?«

Noch einmal tastet sie hastig über ihre Jacke rechts und links, dann kontrolliert sie den Boden neben der Sitzbank.

»Ich habe meinen Geldbeutel verloren.«

»Hier am Strand?«

»Es muss bei dem Sturz passiert sein.« Sie schaut in die Ferne, wo sie mit meinem Kite kollidiert ist. »Was, wenn ihn die Wellen …« In ihrer Stimme liegt mit einem Mal helle Panik.

»Schau mal, was ich hier gefunden habe.« Plötzlich taucht

Hugh neben uns auf, als hätte er sich aus dem Äther materialisiert. Ich habe überhaupt nicht gemerkt, dass er hergekommen ist. Und er winkt mit etwas. Ich glaube, neonblauen Plüschbesatz zwischen Hughs Fingern zu erkennen, und mir ist sofort klar, dass das Teil nur von Lily sein kann.

»O mein Gott, danke! Du Lebensretter!«

»Ist ja gar nicht viel drin. Wegen vierundzwanzig Pfund machst du so ein Aufhebens?«

»Du hast nachgezählt?«, frage ich dazwischen.

»Ich musste ja reinschauen, Intelligenzbestie, hätte doch sein können, dass eine ID-Card oder so was drinnen ist. War es aber nicht.« Er wendet sich wieder Lily zu. »Woher weiß ich überhaupt, dass das deiner ist?« Argwöhnisch verengt er die Augen und hält den Geldbeutel in die Luft, als Lily danach greifen möchte. Je mehr Hugh getrunken hat, desto bescheuerter wird er.

»Jetzt gib schon her!«, fährt sie ihn an, und endlich reicht Hugh ihr das Ding.

Mit zittrigen Fingern reißt sie ihm den Geldbeutel aus den Fingern, klopft den Sand von ihm ab, stopft ihn ganz tief in die Innentasche ihrer Jeansjacke und schließt nachdrücklich die Knöpfe.

»Du hängst wohl sehr an deinem kleinen plüschigen Geldbeutel?«

»Tut das nicht jeder?«, schnauzt sie zurück.

»Relax, du hast ihn ja jetzt wieder.« Hugh klingt wie ein störrischer Teenager, der bei irgendeinem Blödsinn erwischt wurde, aber seine Schuld nicht zugeben möchte.

»Mir wird das hier echt zu blöd«, antwortet Lily mit einem Augenrollen, was mich keineswegs überrascht. »Bye.«

Sie schaut mich nicht einmal mehr an, sondern läuft einfach davon, und ich bilde mir ein, dass sie dabei frustriert aufstöhnt.

Mit verengten Augen beobachte ich sie, während sie durch den weichen Sand den Strand entlang in Richtung der Promenade stapft. Der Song aus der Bluetooth-Box wechselt zu »Ready for it« von Taylor Swift.

»Du starrst ihr hinterher«, höre ich Hugh neben mir.

»Immerhin besser, als sie so dämlich anzulabern wie du. Nachdem du zugelassen hast, dass der Kite sie umwirft.«

»Als ob dir das nicht in die Hände gespielt hätte.«

»Soll das heißen, du warst absichtlich so ein Arsch?« Ich wende mich ihm zu. »Die Sprüche gerade eben waren selbst für dich ziemlich daneben.«

»Ach, keine Ahnung. War mir eben unangenehm, und ich dachte, ich rette die Situation vielleicht mit ein paar Witzchen.« Er wartet. »Ja, hab ich nicht. Ist mir klar. Sorry ... Es waren echt nur vierundzwanzig Pfund drin«, sagt er. »Verstehe nicht, wieso sie da so ein Theater macht.«

Ich erinnere mich an unser Gespräch im *Black Cat*. »Ich glaube, sie hat nicht so viel Geld.«

»Wie kann sie dann an einer Privatuni studieren?«

»Die Frage habe ich mir auch schon gestellt. Neben einigen anderen.« Was ich insgesamt ziemlich bedenklich finde. »Sie ist eine Studentin von mir«, erkläre ich.

Hugh zögert kurz und hält mir schließlich seine Bierdose hin. »Du bist am Arsch, Mann.«

Und obwohl ich gleich noch ins Büro muss, greife ich danach und nehme einen großen Schluck.

Ich befürchte, er hat recht.

10

Lily

Holy shit, was ist denn das schon wieder?

Mein Kopf schwirrt, mein Herz hämmert und meine Kehle fühlt sich wie ausgedörrt an, als ich die sandige Treppe zur Promenade hinaufsteige. Mehrmals fahre ich mir dabei mit der Hand über das Pflaster und meine, noch immer Ellis' Berührungen auf der Haut zu spüren, obwohl das schon Minuten her ist.

Gerade bin ich total überfordert.

Erst das Telefonat mit meinem Dad, der trotz des Vormittags offensichtlich angetrunken war. Gott sei Dank war Sam nicht zu Hause, und ich hoffe inständig, dass Dad sich einfach hinlegt und Sam das Ganze überhaupt nicht mitbekommt.

Weil ich weiß, was das mit ihr macht. Ein Rückfall könnte sie ebenfalls mitreißen. Wenn Dad seine schlechten Phasen hat, verfällt Sam in eine eigenartige Lethargie. Sie ist dann wie erstarrt und nicht mehr in der Lage, irgendetwas zu machen, außer mit heruntergelassenem Rollo in ihrem Zimmer zu sitzen, Handyspiele zu zocken oder Netflix zu schauen. Ziemlich sicher wird sie auch ihre Vorlesungen sausen lassen. Erst eine, dann die andere, und irgendwann wird sie sich deshalb so schlecht fühlen, dass sie überhaupt nicht mehr hingeht und ihr Studium aufgibt. Und damit ihre Chance auf eine bessere Zukunft. Vielleicht ist sie sogar so frustriert, dass sie auch trinkt. Oder irgendetwas anderes nimmt. Sie wohnen schließlich im Londoner East End. An beinahe jeder Ecke kann man dort irgendein Zeug kaufen …

Der sengende Schmerz, der hinter meinen Rippen einsetzt, sobald ich mir dieses Horrorszenario in seinem ganzen Ausmaß ausmale, macht mir das Atmen schwer. Auch, weil ich mich schuldig fühle. Ich hätte London eben doch nicht verlassen dürfen. Ich hätte dortbleiben müssen. So lange, bis Sam stabil gewesen wäre. Bis sie sich so weit von meinem Dad gelöst hätte, dass sie sich nicht mehr von seinen depressiven Episoden herunterziehen ließe. Womöglich sogar, bis sie ihr Studium beendet hätte.

Doch meinen Master in London zu machen hätte bedeutet, meinen letzten Rest Selbstachtung zu verlieren. Wochenlang hat Sam mich bekniet, den Studienplatz an der Bloomsbury anzunehmen. Sie hat mich regelrecht bedroht. Wahrscheinlich war ihr klar, dass ich ihretwegen mit dem Gedanken spielte, nicht nach Marchlyn Falls zu gehen.

Ein bitteres Schnauben entfährt mir, denn gerade im Moment glaube ich, es war die falsche Entscheidung.

Während ich die Strandpromenade in Richtung *Black Cat* entlanghaste, reibe ich mir über das Brustbein, damit das beklemmende Gefühl dahinter leichter wird. Ich bin schon viel zu spät und laufe so schnell, dass mir das T-Shirt am Rücken klebt.

Dabei kann ich nicht mal was dafür. Ich hatte weder geplant, mit Ellis' Kite zu kollidieren, noch, dass er darauf besteht, mich mit einem Pflaster zu versorgen, und es zwischen uns … knistert. Ja, es hat verdammt noch mal geknistert. Als er mir so nahe war, hat mein Verstand ausgesetzt (passiert nicht zum ersten Mal. Ich sag nur: Füchse …). Nur dieses Mal hätte nicht mehr viel gefehlt und ich hätte ihn geküsst. Oder er mich.

Ich verstärke den Druck meiner Hand auf das Brustbein.

Lass die Scheiße, Lily.

Lass es einfach. Ernsthaft. Einmal und nie wieder.

Zumindest dieser Lebensbereich muss funktionieren. Mein Studium. Meine akademischen Ziele. Dafür bin ich nach Marchlyn Falls gekommen, und es darf nicht erneut so ein Desaster passieren wie in London.

Ich kann gar nicht mehr genau sagen, wie ich damals in diese ganze Sache mit Dorset hineingerutscht bin. Ich glaube, es hat alles mit der Besprechung zu meiner Seminararbeit begonnen.

»Leider kann ich unseren Termin nicht wahrnehmen, um Ihnen Feedback zu Ihrer Seminararbeit zu geben. Mir ist etwas dazwischengekommen«, sagte Professor Simon Dorset, als ich zur verabredeten Zeit in seinem Büro erschienen war. »Aber ich bin morgen bis sechzehn Uhr auf einer Konferenz im Winchester Hotel – Sie könnten anschließend kurz dort vorbeikommen?«

»Gerne, kein Problem«, war meine Antwort.

Das Hotel befand sich nur drei Blocks von der Uni entfernt.

Es war so verdammt naiv von mir.

An der Rezeption fragte ich nach ihm. Mr. Dorset sei auf Zimmer 115 hieß es, und klar, es kam mir komisch vor. Aber ich wollte mich nicht anstellen und die Rezeptionistin bitten, ihn anzurufen und zu mir herunterzubeordern.

Eine seltsame Nervosität hatte sich in meinem Magen eingenistet, aber ich bin trotzdem nach oben gefahren. Ich kann mich noch genau an die dicken Teppiche in den Gängen des Hotels erinnern, den staubigen Geruch und die blank polierten goldenen Griffe an den Türen.

Ich klopfte an der schweren Hoteltür, auf der die Nummer 115 stand. Dorset öffnete; er trug nur einen Bademantel, und ich machte sofort einen Schritt nach hinten, weil ich so überrascht war.

»Ms Johnson, kommen Sie herein.« Als ich zögerte, fuhr er fort: »Es ist Ihnen doch nicht unangenehm, dass ich im Bademantel bin?«

»Nein, natürlich nicht.« Ich wollte höflich sein, ich wollte entspannt sein und umgänglich, wie ich es immer war. Ich brauchte etwas von ihm und konnte mich glücklich schätzen, dass er sich die Zeit nahm, um mit mir zu sprechen.

Dabei war mir sein Auftreten echt unangenehm. Ich kann doch nicht mit einem Prof im Bademantel eine Seminararbeit erörtern? Er sah gut aus, natürlich sah er gut aus, nur etwa zehn Jahre älter als ich, die dunkelblonden Haare zurückgegelt, die Hände immer sauber und gepflegt, die Statur schmal, aber muskulös.

Wir setzten uns auf das Bett, weil es einfach keine anderen Sitzmöglichkeiten gab. Es kam mir unpassend vor, aber ich war so überrumpelt, dass ich gar nicht auf die Idee kam zu sagen: Ich möchte das nicht.

Er hatte meine Seminararbeit dabei, ausgedruckt, mit Anmerkungen. Er machte mir Komplimente zu meiner wissenschaftlichen Arbeitsweise, unterbreitete mir Vorschläge, wie ich eine Bachelorarbeit daraus machen könnte – falls ich sie bei ihm schreiben wollen würde. Ich freute mich und dachte mir: Dieser Mann interessiert sich für mich und meine intellektuelle Kapazität. Trotzdem hörte ich nur mit halbem Ohr zu, weil ich so abgelenkt war von seiner Präsenz, von der nackten Haut unter dem Bademantel, von den Muskeln, von dem Duschgelgeruch, den er verströmte. Neben ihm auf seinem Bett zu sitzen, war mir peinlich, aber gleichzeitig fühlte ich mich geehrt, wie sehr er mir vertraute, dass er mir in diesem Aufzug gegenübertrat.

Plötzlich hielt er mitten im Satz inne: »Sie beobachten mich.«

»Ich ... O Gott, nein, verzeihen Sie.«

»Wir sind hier nicht an der Uni, entspannen Sie sich.«

Dann legte er seine Hand auf meine. Mein Herz machte einen Satz und ich dachte: *Passiert das hier gerade wirklich?*

»Ich glaube, wir sind hier fertig, oder?«, fragte er dann, vielleicht hatte er meine Überforderung bemerkt.

»Ja, ja. Auf jeden Fall. Vielen Dank für Ihre Hilfe und verzeihen Sie noch einmal die Störung.« Ich stand auf und stopfte den Ausdruck in meine Tasche.

»Sie haben mich nicht gestört, Lily«, sagte er mit intensivem Blick. »Ich bringe Sie noch zur Tür.«

Während ich an ihm vorbei durch die geöffnete Tür lief, legte er seine Hand an meinen unteren Rücken. Die Berührung überraschte mich, aber sie war nicht unangenehm. Ich fühlte mich geschmeichelt, dass er, der gut aussehende, beliebte Professor Simon Dorset, einer der berühmtesten Forscher der Neuropsychologie, mir diese Aufmerksamkeit schenkte.

»Bis nächste Woche«, verabschiedete er sich.

Mit rasendem Herzen und vom Schweiß klebrigen Händen nahm ich die Treppe nach unten. Es fühlte sich komisch an. Irgendetwas kam mir an der ganzen Sache nicht richtig vor. Aber ich dachte mir nicht so viel dabei und arbeitete zu Hause sofort sein Feedback ein. Es war unglaublich hilfreich, und meine Seminararbeit wurde von beiden Prüfern mit einer Eins benotet.

»Du machst das nicht noch einmal. Du machst das nie wieder, das hast du dir geschworen«, murmle ich leise vor mich hin, als ich vor dem *Black Cat* angekommen bin. Deswegen reiße ich mich jetzt auch zusammen, atmete noch einmal tief durch, streiche meine Haare glatt (die vermutlich trotzdem aussehen wie ein sandiges Vogelnest), setze ein unbeschwertes Lächeln auf und öffne die hölzerne Eingangstür des Cafés.

11

Lily

Hunter und Elsa sind schon da. Sie haben sich einen der runden Tische in der Raummitte gesichert, und vor ihnen stehen drei Teller mit einem Schokomuffin, einem großzügigen Stück Rocky Road und einem Cupcake mit dickem Frischkäsefrosting und Zuckerperlen darauf.

Als Hunter mich erblickt, legt sich ein breites Grinsen auf sein Gesicht, genauso wie gestern während unserer ersten Vorlesung.

»Da bist du ja«, begrüßt mich Elsa etwas zu laut und fröhlich und umarmt mich. Sie hat wohl die ganze Zeit über mit ihrem Jutebeutel auf dem Schoß dagesessen, denn sie hält ihn selbst bei der Umarmung in der Hand.

»Wow, du meinst es also wirklich ernst«, stelle ich an Hunter gewandt fest und mache eine Kopfbewegung in Richtung Kuchen, während ich mich setze, mir den Rucksack von den Schultern ziehe und ihn zu meinen Füßen abstelle.

»Whoa, hast du dich geprügelt?«, fragt Hunter unvermittelt und beugt sich ein wenig über den Tisch, um meine Stirn besser betrachten zu können. Er trägt heute einen weinroten Hoodie mit dem Wappen der Universität von Cambridge. Seine Haare sind nicht ganz so ordentlich wie gestern. Überhaupt sieht er entspannter aus. Ich finde, das steht ihm viel besser als so ein geschniegeltes Outfit. Und passt besser hierher ins *Black Cat*. Und nach Marchlyn Falls.

»Beinahe.« Was ja fast der Wahrheit entspricht. Meine Hand bewegt sich wie von selbst zu dem Pflaster, unter dem es inzwischen zu jucken anfängt. Am liebsten würde ich es mir herunterreißen, weiß aber, dass ich es zumindest ein paar Stunden drauflassen sollte.

Ich fange Elsas flackernden Blick auf. »Wirklich?«, will sie mit aufgerissenen Augen wissen, und nicht zum ersten Mal frage ich mich: Wie gletscherblau können Augen eigentlich sein?

Noch ehe ich antworten kann, steht Frida neben mir. »Lily, Schätzchen, was ist dir denn passiert?« Sie beugt sich zu mir nach unten und begutachtet das Pflaster ebenfalls. Allmählich fühle ich mich wie eine Zirkusattraktion. Vielleicht sollte ich doch auf die Toilette gehen und mir mal ansehen, wie Ellis das Ding draufgeklebt hat?

»Ich bin mit einem Kite kollidiert. Unten am Strand«, erkläre ich.

»Wie bitte?« Elsas Gesichtsausdruck wird immer verwirrter.

»Mit Ellis Redmaines Kite, um genau zu sein.«

Hunter schaut mich verblüfft an, Elsa schlägt sich die Hand vor den Mund, und ich glaube, sie versucht, ein Kichern zu unterdrücken. Und Frida – in Fridas Augenwinkel entstehen kleine Fältchen, als sie leise lächelt. »Aha«, stellt sie mit diesem Unterton fest, der so viel mehr sagt als Worte.

Keinesfalls kann ich das auf mir sitzen lassen. »Moment, Moment, Moment …«, verteidige ich mich. »Es war purer Zufall, dass ich unten am Strand war. Ich komme gerade von meiner Schicht im Piratenladen. Ich muss ja am Strand vorbei, wenn ich hierherwill.«

Heute habe ich bereits zum zweiten Mal auf der Seebrücke gearbeitet. Der Job ist wirklich nicht schwer. Ich verkaufe nummerierte Tickets, die ich von einer dicken Rolle abreiße. Es gibt Kindertickets und Erwachsenentickets. Zusätzlich liegen in dem kleinen hölzernen Pavillon Mitbringsel aus, die, so wie die meisten Mitbringsel, Dinge sind, die niemand braucht: kleine Stoffseehunde mit Piratenhut, Magnete für den Kühlschrank mit der *Hispaniola* drauf, bedruckte Tassen, auf denen »Yo ho, yo ho« steht ... Ich bin erstaunt, wie viel Ives davon verkauft. Obwohl die Tätigkeit nicht besonders herausfordernd ist, macht sie mir Spaß. Das liegt auch an Ives, der an beiden meiner Arbeitstage für ein Weilchen bei mir vorbeigeschaut hat.

Ich weiß nicht, was ich erwartet habe, bevor ich ihn zum ersten Mal persönlich kennengelernt habe, aber Ives hat mich wirklich überrascht. Er ist um die sechzig, schätze ich. Ich werde mich aber hüten, ihn jemals nach seinem Alter zu fragen, weil er mich sicher raten lässt und ich dabei nur verlieren kann. Seine wallende dunkelgraue Mähne hat er zu einem Pferdeschwanz gebunden und trug an jedem Tag ein anderes, kreischend buntes Hawaiihemd (liebe ich) und Cowboystiefel.

In seinem rechten Ohr steckt ein grüner Ohrring und in seinem linken ein roter. Weil das die Bojenfarben für Steuerbord und Backbord sind, hat er mir erklärt, als ich es bei unserem ersten Gespräch nicht geschafft habe, meinen Blick davon abzuwenden. Wir haben uns so gut verstanden, dass ich mich tatsächlich getraut habe, ihn zu bitten, meinen Lohn vorerst nicht nur wöchentlich, sondern täglich auszuzahlen.

Wie zu erwarten hat er mich erst misstrauisch beäugt, sich aber dann erweichen lassen. Überhaupt scheint Ives ein großes Herz zu haben.

»Du hättest auch einfach die Promenade nehmen können?«, wirft Hunter jetzt ein.

»Hätte, hätte, Fahrradkette …« Noch während die Worte meinen Mund verlassen, erkenne ich, wie verdächtig sie klingen.

Und tatsächlich – Elsa tauscht einen vielsagenden Blick mit Frida. Kennen die beiden sich schon? Und haben sie über mich gesprochen?

»Hey, das habe ich gesehen!«, flachse ich und Elsa grinst.

»Und dann hast du dir gedacht, ich schaue mal den Kitesurfern zu«, fährt Frida in diesem eigenartigen Tonfall fort, der klingt, als würde sie sagen: *Du wolltest doch nur einen Blick auf Ellis erhaschen.*

Als ob. Denn eigentlich war ich auf der Suche nach einem Plätzchen gewesen, um in Ruhe telefonieren zu können. Seit Tagen schiebe ich das Gespräch mit meinem Dad auf. Und ich weiß nicht wieso, aber ich habe mir eingebildet, die Nähe des Meeres würde mir Kraft geben, mit ihm zu reden und ihn zu fragen, wie es so läuft. Das Rauschen der Wellen, das Schreien der Möwen, der Geruch nach Salz und Algen in der Luft würden es einfacher machen, das Telefonat hinter mich zu bringen.

Dumme Idee. Ganz, ganz dumme Idee. Zuerst hat Dad versucht, es zu überspielen, aber ich habe seine langsame Zunge genau bemerkt. Allein wenn ich daran denke, fühlt sich mein Magen an, als hätte mich jemand über eine Kante geschubst und ich wäre im freien Fall.

»Ich wollte bloß telefonieren. Außerdem hatte ich keine

Ahnung, dass Redmaine Kitesurfer und dann auch noch ausgerechnet heute am Strand ist.« Ich zögere. »Und dass mich sein Kite ummäht.«

Frida zieht die Brauen zusammen, was eine steile Falte auf ihrer Stirn entstehen lässt. »Habe ich das richtig verstanden? Du wurdest von Ellis' Kite erwischt?«

»Yep.«

»Wie kann das denn passieren?«

»Weiß ich ehrlicherweise auch nicht so genau«, berichte ich wahrheitsgemäß. »Er ist über den Strand gerauscht, und ich war so beschäftigt mit einem Telefonat, dass ich ihn gar nicht kommen gesehen habe.«

»Äh, die sind doch ein paar Meter lang. Wie kann man den nicht sehen …«, wirft Hunter ein.

»Wenn man kein Alien ist und hinten keine Augen hat, zum Beispiel«, entgegne ich feindselig. »Außerdem wäre es doch eigentlich Ellis' Job gewesen, auf seinen Kite aufzupassen, oder nicht?«

»Ja, wäre es. Normalerweise macht er keine solchen Fehler«, wundert sich Frida. »So ein fliegender Kite kann am Strand wirklich gefährlich werden.«

»Ich glaube auch eher, es war der Fehler seines Kumpels. Wie heißt der? Hugh?«

Frida verzieht einen Mundwinkel. »Ach so. Hugh.« Sie zögert. »Ich mag es nicht, wenn er zu viel Zeit mit den Jungs am Strand verbringt. Sie haben keinen guten Einfluss auf ihn.« Sie spricht über Ellis, als wäre sie seine Mutter. Und sie scheint komplett zu vergessen, dass wir eigentlich seine Studierenden sind. Also, falls wir in seiner Übung landen.

»Seit der Sache mit Hannah habe ich manchmal das Gefühl, der Junge weiß nicht, wohin mit sich.«

»Hannah?«, frage ich, ignoriere Elsas verschmitztes Lächeln und hoffe, Frida lässt sich darauf ein.

Natürlich tut sie das. »Seine Ex. Ex-Frau, um genauer zu sein.«

»Whoa«, sagt Hunter erneut. Er scheint das Wort zu mögen.

»Ellis Redmaine ist geschieden?«, fragt Elsa, während ihr Blick immer wieder zu den Kuchen vor uns schweift. »Wie alt ist er denn?«

»Achtundzwanzig, glaube ich. Seine Frau war Australierin. Kitesurf-Weltmeisterin«, berichtet Frida nur zu bereitwillig. Gerade, als ich mir eine wettergegerbte, muskelbepackte Blondine mit maskulinen Gesichtszügen vorstelle, sagt Frida: »Sie haben sich vor vielen Jahren mal in Oxford kennengelernt. Sie hatte dort ein Shooting. Sie modelt neben ihrer Surfkarriere.«

»Ah«, mache ich und versuche den seltsamen Druck zu ignorieren, der plötzlich in meinem Brustkorb herrscht. Direkt über dem Herzen. Ich bin doch nicht ernsthaft eifersüchtig auf die Ex von Ellis, oder?

»Klingt nach einer Superwoman«, höre ich mich sagen.

»War sie auch. Wir mochten sie trotzdem nicht«, plaudert Frida weiter.

»Wer ist *wir*?«

»Na, die Leute in Marchlyn Falls.« Klar. Wer sonst.

»Sie war arrogant«, erzählt Frida, und es ist lächerlich. Ich weiß, dass es lächerlich ist, doch ich bin erleichtert. »Hat sich immer von den Leuten hier distanziert und sich für was Besseres gehalten.«

»Hmm«, mache ich nur, klinge aber anscheinend nicht gleichgültig genug, denn Frida legt den Kopf schräg und schaut mir fest in die Augen. »Sag mal, ist da was zwischen dir und Ellis?«

Ich erwidere ihren Blick starr. »Animosität? Abneigung? Feindschaft?«

»Irgendeine Chemie?«, versucht es Frida, und Elsa bekommt ein Strahlen in den Augen. Weil Frida vermutlich gerade eine Frage formuliert hat, die sie selbst schon die ganze Zeit über hatte stellen wollen, sich aber nicht getraut hat.

»Frida, du träumst wohl.«

»Oder eher du. Von jemand ganz Bestimmtem«, fällt mir nun auch Hunter in den Rücken.

Ich bedenke ihn mit einem aufgebrachten Blick.

»Dieser Redmaine hat ziemlich oft zu dir geschaut. Ist mir gestern in der Vorlesung aufgefallen«, pflichtet ihm Elsa bei. »Ich glaube, der steht auf dich.«

»So was von«, bestätigt Hunter sofort.

»Blödsinn.«

Elsa ist die Erste, der auffällt, dass ich bei ihren Scherzen nicht mehr mitmache und mir einen klitzekleinen Moment lang meine Gesichtszüge entglitten sind. Weil mir das Ganze nicht einfach nur unangenehm oder peinlich ist. Etwas Dunkles kommt in mir nach oben und ich sitze wie festgefroren auf meinem Stuhl. Denn damals mit Dorset fing es genauso an. Auffällige Blicke. Interesse an meinen Fragen. Sprechstunden, die länger gingen …

Sofort habe ich mich wieder im Griff. »Oi!«, bringe ich die anderen zum Schweigen. »Erstens: Redmaine steht definitiv nicht auf mich. Zweitens: Ich auf ihn noch viel weniger. Der Typ ist ein arroganter Arsch. Drittens: Für alle, die Teil meiner Präsentationsgruppe sein möchten, wäre jetzt der ideale Zeitpunkt, einfach mal die Klappe zu halten.« Ich wende mich erneut an Frida. »Einen großen Latte macchiato mit Karamell und extra Sahne.« Als ich Fridas überraschten Gesichtsausdruck erkenne, deute ich auf Hunter. »Er zahlt!«

»Für mich auch, bitte«, meldet sich Elsa und ich zwinkere ihr bestätigend zu. Bisher war sie auffällig ruhig, dafür, dass sie redet wie ein Wasserfall, wenn wir zu zweit sind. Und ich bin mir ziemlich sicher, dass das an Hunters Gegenwart liegt.

Er mustert sie einige Sekunden lang offensiv, was dazu führt, dass Elsa den Blick wieder zum Jutesack auf ihrem Schoß lenkt. Ihre Wangen überzieht eine leichte Röte.

Hunter bestellt für sich selbst einen Earl Grey, ehe ich aufstehe und mir auf der winzigen, mit marokkanischen Fliesen ausgelegten Toilette die Hände wasche. Hier stehen Duftstäbchen, die einen durchdringenden Zimtgeruch verströmen, und ein Katzenklo unter dem Waschbecken. In der Tür befindet sich eine Katzenklappe.

Ich werfe einen Blick in den Spiegel. Ellis hat das Pflaster einigermaßen ordentlich aufgeklebt, und meine Befürchtung, ich sähe aus wie Chucky die Mörderpuppe, bestätigt sich nicht.

Als ich zurückkomme, stehen bereits zwei Kaffee und eine bauchige Teetasse da und es ist eigentümlich still. Elsa fährt mit erstaunlicher Faszination die Maserungen auf dem Tisch nach und Hunter spielt mit dem Henkel seiner Tasse. Keiner spricht.

»Habt ihr lange auf mich warten müssen? Tut mir wirklich leid«, breche ich das unangenehme Schweigen.

»Schon okay«, murmelt Elsa, greift nach ihrem Löffel und probiert ein winziges bisschen von der Sahne auf ihrem Kaffee. Ich kenne sie kaum, aber es ist nicht zu übersehen, wie verlegen sie in Hunters Gegenwart ist. Gestern während der

Vorlesung hat sie genauso reagiert. Ich glaube, sie findet ihn toll.

Und das ist er auch. Groß, gut gebaut, mit Gesichtszügen wie ein Dolce-und-Gabbana-Model. Er sieht aus wie die High-Class-Version eines Beachboys. Die steinreiche Version, die zu allem Überfluss noch einen Uni-Abschluss aus Cambridge hat.

Why not.

Je länger ich darüber nachdenke, desto mehr frage ich mich, wieso jemand wie er eigentlich mit uns Zeit verbringt. Vermutlich braucht er die guten Noten. Und er ahnt, dass er mit Elsa und mir in der Gruppe ohne viel Arbeit genau das bekommt.

Ich mustere ihn, und er erwidert meinen Blick mit hochgezogenen Brauen. »Was?«, fragt er und sieht an sich runter, als wolle er kontrollieren, ob er einen Fleck auf seinem Pulli hat.

»Du hast also in Cambridge studiert«, stelle ich fest. »Wow.« Man könnte es als Sarkasmus auffassen, doch ich meine es ernst. Die Londoner Unis sind weltweit bekannt und geschätzt, aber ein Studium in Oxford oder Cambridge spielt in einer anderen Liga. Es ist elitärer. Prestigereicher. Vermutlich auch schwieriger.

»Und dann hat es dich hier an die Bloomsbury verschlagen …«, fahre ich fort und merke, wie Elsa jedem meiner Worte gebannt folgt.

Hunter atmet laut hörbar aus. »Okay, Vorschlag: Du fragst mich nicht, warum ich an dieser Uni bin, und ich frage dich nicht.« Sein Blick nagelt mich geradezu fest. Etwas blitzt in seinen Augen auf. Ich würde nicht sagen, eine Drohung. Aber eine Bitte. Eine nachdrückliche Bitte.

Und allmählich dämmert mir, dass es triftige Gründe geben muss, warum er nicht in Cambridge weiterstudiert hat. Ebenso, wie ich Gründe habe, über die ich keinesfalls sprechen werde. Selbst Elsa ist nicht ganz freiwillig hier.

Als hätte er meine Gedanken gelesen, wendet Hunter sich ihr zu. »Und dich frage ich ebenfalls nicht, Elsa.« Er hat eine winzige Pause eingelegt, ehe er ihren Namen ausgesprochen hat. Und ich bilde mir ein, mit einer besonderen Betonung.

»Verstehe«, lenke ich seine Aufmerksamkeit auf mich und erspare damit Elsa, dass er mitbekommt, wie ihr Kopf nach und nach die Farbe einer Tomate annimmt.

Und ich verstehe wirklich. Außerdem wird mir etwas klar. Es ist nicht so, dass Elsa und ich froh sein müssten, wenn Hunter sich mit uns abgibt. Das ist eine Wahrnehmung, die ich aus London gewohnt bin. Vor allem aus meiner Schulzeit. Meine Mitschülerinnen kannten mein Elternhaus und meine kleine Schwester, und für sie war ich der Sozialfall. Die verbissene Streberin. Die Komische, die ständig nach Hause ging, statt nach der Schule mit den Freundinnen herumzuhängen, Berge an Süßigkeiten zu verdrücken und Stunden auf Insta oder Snapchat zu verbringen, um den Jungs hinterherzuspionieren.

In Marchlyn Falls ist es anders.

Die wenigsten der Studierenden sind hier, weil sie das Städtchen idyllisch oder die Uni so herausragend gut finden. Jeder hat seine Beweggründe, an der Bloomsbury zu sein. Marchlyn Falls ist für alle eine Chance, noch einmal neu anzufangen. Es ist wie das Los bei Monopoly. Der Browser, wenn man den Cache geleert hat. Die sprichwörtliche leere, weiße Seite, die uns erlaubt, unser Leben darauf noch einmal ganz neu zu schreiben.

Das finde ich befreiend. Beflügelnd, eigentlich.

»Okay. Deal«, sage ich.

»Alles klar.« Hunter antwortet schnell, als hätten wir gerade über etwas Belangloses wie das Wetter oder unsere Wocheneinkäufe gesprochen. »Sollten wir nicht mal loslegen?«

»Yep, ich habe mir auch schon Gedanken gemacht.« Als ich mein Notebook herausziehe, dessen Klappe mit einer Einhornschutzhülle versehen ist, starren die beiden darauf.

Ich sehe von einem zum anderen. »Seid ihr wirklich noch überrascht?«, will ich wissen und hole meine Stifte und einen Schreibblock hervor.

»Nein«, kommt es sofort von Elsa. Sie sticht sich mit der Kuchengabel ein Stück von der Rocky Road herunter und schiebt es sich in den Mund. Mit halb geschlossenen Augen kaut sie. Nein, sie kaut nicht nur. Sie genießt, denn ein leises Seufzen kommt ihr über die Lippen.

Fasziniert sieht Hunter ihr dabei zu. Als er bemerkt, dass ich ihn beobachte, reißt er den Blick von ihr los. »Ja, doch, mich überrascht das schon. Ich meine …« Er zögert, hebt beide Hände zu einer ratlosen Geste und fixiert meine Einhornhülle. »Warum?«

»Weil ich bunt mag?« Weil ich mich jedes Mal, wenn ich auf meine glitzernde bunte Hülle schaue, freue? Weil ich so etwas während meiner gesamten Schulzeit haben wollte, wir es uns aber nie leisten konnten, und Sam sie mir von ihrem angesparten Taschengeld gekauft und zu meinem Studienbeginn geschenkt hat? Und weil ich diese Hülle in Ehren halten werde, bis sie zu Staub zerfällt (was hoffentlich nie passieren wird, weil: ist aus Plastik, das zerfällt vielleicht in zweitausend Jahren mal).

Hunter scheint das nicht sonderlich zu überzeugen, denn er hat noch immer die Brauen fragend hochgezogen.

»Wenn du jetzt einen blöden Kommentar ablässt, fliegst du aus der Gruppe«, sage ich nur.

Elsa muss lachen und schielt dabei immer wieder zu meinem Cupcake.

»Möchtest du probieren?«

»Ja, könnte ich?«, antwortet sie sofort voller Enthusiasmus und vergräbt ihre Gabel in dem Frosting. Während Elsa kaut, gibt sie ein zustimmendes »Hmm« von sich.

Hunter schiebt ihr nun auch seinen Teller mit dem Schokomuffin hin. Sie beäugt erst den Muffin, dann Hunter, und ich sage: »Der ist der Hammer. Du solltest ihn definitiv auch probieren.«

»Ich mag keine Schokolade, du kannst ihn haben. Ich habe die Kuchen sowieso für euch gekauft«, erklärt Hunter.

Elsa lässt die Gabel sinken. »Bitte was?«

»Das haben wir doch ausgemacht. Ich gebe euch Kuchen aus …«

»Nein, das meine ich nicht. Du magst keine Schokolade?« Elsas Blick zuckt zu mir. Sie scheint ernsthaft entsetzt.

Das bin ich auch. »Was stimmt nicht mit dir?«, frage ich.

»So einiges«, antwortet er, beugt sich vertraulich zu uns. »Glaubt mir, ihr wollt meine dunklen Geheimnisse nicht kennen. Dass ich keine Schokolade mag, ist nur der Anfang.« Er zwinkert, aber ich werde das Gefühl nicht los, dass da definitiv ein Quäntchen Wahrheit dabei ist.

»Gibt es Schlimmeres, als keine Schokolade zu mögen?«, wende ich mich theatralisch an Elsa.

»Quasi unmöglich«, bestätigt sie.

»Das ist eine Charakterschwäche«, fahre ich fort, und Hunter muss lachen.

Ich mag das, merke ich, und ich habe es die letzten Jahre

viel zu selten gemacht: zusammensitzen, ungezwungen reden und herumalbern.

Elsa sticht sich jetzt ein winziges Stückchen des Schokomuffins herunter und probiert mit konzentriertem Ausdruck. Es scheint ihr zu schmecken, denn erst möchte sie sich nachnehmen, dann bemerkt sie Hunters Blick, räuspert sich und legt die Gabel weg. So schnell, als hätte er sie bei etwas ertappt.

»Nicht gut?«, fragt Hunter. Seine Stimme klingt weich, und die Art und Weise, wie er Elsa dabei ansieht, bestätigt meinen Verdacht. Er mag sie.

»Doch schon, ich …« Energisch schiebt sie den Teller in die Mitte des Tisches. »Sind wir nicht eigentlich hier, um diese schreckliche Präsentation zu machen?«, versucht sie abzulenken, wirft mir dabei einen Hilfe suchenden Blick zu und ich schalte sofort.

»Yup. Also, Folgendes habe ich mir für unsere zehn Minuten gedacht.« Ich klappe mein Notebook auf und drehe den Bildschirm so, dass Elsa und Hunter daraufschauen können. »Wir beginnen mit der Theorie und einem kurzen historischen Abriss über Assoziationsbildung, führen weiter zu einigen Forschungsbeispielen und finden dann sicher auch den Bogen zur Werbung.« Da die beiden mich einfach nur anglotzen, fahre ich fort: »Ich würde eine Einordnung hinsichtlich der klassischen und der operanten Konditionierung machen und am besten das Rescorla-Wagner-Modell vorstellen …«

Ich öffne eine Tabelle mit der Formel zu dem Modell, die ich gestern Abend gefunden habe, und einige Werte, die man damit berechnen kann, und sehe die anderen erwartungsvoll an. Weil das cool ist. Zum einen, dass ich das Modell überhaupt aufgestöbert habe, und zum anderen, dass ich die

Formel ziemlich schnell verstanden habe. Das macht Spaß. Formeln zu durchblicken und sie anzuwenden. Sachen zu verstehen.

Das macht richtig viel Spaß.

Als Elsa auf die Tabelle guckt, habe ich den Eindruck, sie bekommt Schnappatmung.

Selbst Hunter verzieht schmerzhaft das Gesicht. Nur diesmal sagt er nicht »Whoa«, sondern: »Whooow. Ich hab jetzt schon keinen Bock mehr.«

»Also: Der Parameter a steht für die Lernrate, und Delta V wäre quasi die Stärke der Assoziation ...« Ich halte inne, weil die zwei mich ansehen, als spräche ich elbisch. Ich zögere. »Okay, gut, Planänderung. Wie wär's damit: Ich fange einfach schon mal an, die Theorie zusammenzuschreiben und das Modell mit einem Datensatz durchzurechnen, und wir treffen uns einfach Sonntag noch mal. Und bis dahin überlegt ihr euch jeweils drei Produkte, die offensiv beworben werden, und was ihr persönlich mit den Produkten assoziiert? Am besten macht ihr Screenshots. Oder ihr kauft sie oder bringt sie mit, wenn ihr sie schon besitzt.«

Anschaulich. Nicht einfach labern, sondern die Präsentation anschaulich gestalten, am besten so, dass die Zuhörer was zum Anfassen haben. So zumindest habe ich es in dem Präsentationsworkshop an meiner alten Uni gelernt. Zwar würde sich Prof. Walsh dadurch nicht von inhaltlichen Mankos ablenken lassen, aber ich bin überzeugt, dass es das Zünglein an der Waage sein könnte, damit wir eine hervorragende Note bekommen.

»Du meinst, du machst diese grauenhaften Berechnungen alle selbst und wir sollen uns nur Produkte überlegen?«, vergewissert sich Elsa.

»Yup.«

»Okay, krieg ich hin«, erklärt Hunter schnell und lehnt sich zurück. Er sieht zufrieden aus. Ich glaube, weil er meint, hier den Deal seines Lebens gemacht zu haben. Von wegen.

»Perfekt, und bis dahin«, ich deute auf die Kuchenteller, die alle schon halb leer sind. »Probieren wir uns weiter durch Fridas Kuchentheke. Und auch durch ihr Sandwich-Angebot. Oder, Hunter?«

12

Lily

Okay, vielleicht hätte ich die Anrufe annehmen sollen, die mich sowohl am Freitag als auch am Montag erreicht haben. Sieben insgesamt, alle von der gleichen Nummer.

Ich wusste, wer die ganze Zeit versucht, mich zu erreichen. Rosie aus dem Studienmanagement. Ihre Nummer hatte ich mir bei der Immatrikulation eingespeichert – für Notfälle.

Spätestens nach dem dritten … oder sagen wir, nach dem fünften Anruf und der zweiten Mailboxnachricht hätte ich rangehen oder zurückrufen sollen.

Habe ich aber nicht. Weil ich mich manchmal nicht wie eine verantwortungsvolle Erwachsene, sondern wie ein Kleinkind verhalte, das die Hände vor die Augen schlägt und glaubt, es wäre dadurch unsichtbar.

Zu meiner Verteidigung muss ich sagen, dass ich seit Freitag wie eine Besessene an unserer Präsentation gearbeitet und jede Nacht nur vier Stunden geschlafen habe. Vermutlich fließt durch meine Adern inzwischen reiner Kaffee. Unser Vortrag hatte wirklich Prio. Punkt.

Und ich glaube, die ganze Arbeit hat sich gelohnt. Ich habe passende Daten aus einem öffentlichen Repository herunterladen und anhand des Rescorla-Wagner-Modells ziemlich gut reproduzieren können. Einen kleinen Teil der Berechnungen kann ich sogar live während unseres Vortrags laufen lassen. Das beeindruckt Prof. Walsh garantiert.

Gerade befürchte ich aber, dass das alles keine Rolle mehr spielt. Weil ich vorhin dieses Kuvert in meinem Postkasten entdeckt habe. Ich habe es herausgenommen, links oben den Absender *Studienmanagement der Bloomsbury University* erkannt und es sofort in meiner Jackentasche verschwinden lassen.

Während ich zu unserem Vorlesungsraum laufe, denke ich mir: Lese ich später. Oder vielleicht … mein Blick schweift zu einem der vielen gusseisernen Mülleimer, die überall auf dem Campus verteilt stehen. Vielleicht hat mich der Brief einfach nicht erreicht?

Ich schüttle den Kopf, weil mir selbst klar ist, was für eine dämliche Aktion das wäre.

In der Disziplin der Selbsttäuschung bin ich echt Olympioniken-Level.

Um neun Uhr dreißig komme ich bei dem Raum an, unsere Präsentation beginnt in einer halben Stunde. Vor der Tür warte ich auf Elsa und Hunter, damit wir gemeinsam reingehen und aufbauen können. Wir haben uns darauf geeinigt, von Hunters MacBook aus zu präsentieren, weil bei einem Mac die Wahrscheinlichkeit, dass er bei der Präsi abschmiert oder sich der Beamer nicht verbindet, am geringsten ist. Mein Notebook habe ich nur zur Sicherheit dabei.

Während ich so dastehe, die Zehen in meinen Chucks genauso verkrampft wie die Finger in meinen Fäusten, spüre ich das Kuvert in der Jackentasche, fühle die Kanten, die mich in die Rippen piksen, und zum wiederholten Mal halte ich mich davon ab, es hervorzuziehen.

Nach und nach kommen die anderen Studierenden an und suchen sich einen Sitzplatz im Seminarraum. Einige von ihnen grüßen mich gezwungenermaßen, weil ich wie ein Türsteher neben der Eingangstür herumlungere. Mitleidige Blicke treffen mich, weil ich heute präsentieren darf. Muss. Nein, eigentlich darf, schließlich habe ich mich ja freiwillig ...

Whatever.

Mit einer entschlossenen Bewegung stelle ich meine Laptoptasche ab. Und dann hole ich tatsächlich das Kuvert hervor und drehe es zwischen den Fingern hin und her. Mein Name und meine Adresse sind handschriftlich daraufgeschrieben, es handelt sich also definitiv um kein allgemeines Schreiben, das alle Studierenden an der Bloomsbury bekommen haben.

Ich merke, wie meine Finger mit einem Mal heftig zittern. Weil ich den Brief gar nicht mehr öffnen muss, um zu wissen, was drinsteht. Heute ist Dienstag, und letzten Freitag war der vierte Oktober. Der Stichtag der finalen Mahnung.

Ein fetter, schmerzhafter Kloß bildet sich in meinem Hals.

Ich schlucke, doch der Kloß ist immer noch da, als ich meinen Finger unter die zugeklebte Lasche schiebe und sie ein kleines Stückchen aufreiße. Dann lasse ich das Kuvert wieder sinken.

Gerade ist der denkbar schlechteste Zeitpunkt, diesen Brief zu öffnen. Später, nach der Präsentation, könnte ich es machen.

Trotzdem reiße ich jetzt wie ferngesteuert den Umschlag weiter auf. Es ist ein bisschen so, als würde ich während der Rushhour auf eine viel befahrene Schnellstraße treten und dabei ganz absichtlich nicht nach links und rechts sehen.

Ich halte die Luft an, falte das Papier auf, und als ich das erste Wort lese, verschwimmen die Buchstaben vor meinen Augen.

Exmatrikulationsbescheinigung.

Mit wird heiß, unglaublich heiß, und Panik schießt durch meinen Körper, als hätte mir jemand einen Stromschlag versetzt.

Hiermit bestätigen wir Ihre Exmatrikulation …

Ich lese nicht weiter, sondern schlage mir die Hand vor den Mund, als ein verzweifelter Schluchzer aus meiner Kehle kommt. Sofort drehe ich mich weg, weil ich nicht will, dass die anderen meinen Aussetzer mitbekommen.

Exmatrikulationsbescheinigung. Ich bin exmatrikuliert.

Ich habe meinen Studienplatz verloren.

Ich höre das dröhnende Hämmern meines Herzschlags in den Ohren und spüre ihn im ganzen Körper, in meinen Schläfen, in meinem Hals, in meinen Fingerspitzen.

Er tut weh, überall tut er weh.

Aus dem Augenwinkel nehme ich wahr, dass Elsa auf mich zukommt. »Lily? Was ist los?«

Tief atme ich durch. Einmal, dann noch einmal, und versuche wirklich, mich zusammenzureißen.

Besorgt legt sie mir die Hand auf den Arm. »Lily?«

In meinem Kopf überschlagen sich die Gedanken. Ich kann die Präsentation nicht mehr halten. Sie müssen das ohne mich machen. Notfalls müssen sie die Slides ablesen.

Ich habe hier nichts mehr zu suchen.

Hastig sehe ich über die Schulter. Ob sie jemanden schicken, um mich aus der Veranstaltung zu holen?

»Ich bin auch nervös. Mach dir keine Sorgen. Wir kriegen das schon hin, okay? Die Testdurchläufe gestern waren doch super!«, höre ich Elsa plappern.

Ich schaffe es nicht, ihr zu antworten, ich schaffe es nicht mal mehr, sie anzusehen. Ich starre einfach nur vor mich hin und versuche, genügend Luft in meine Lungen zu bekommen.

»Lily, rede mit mir.« Elsas Stimme klingt ängstlich und ihre Finger bohren sich fester in meinen Unterarm.

»Hi!« Hunter taucht neben ihr auf und mustert mich erwartungsvoll.

Ich reagiere auf seinen Gruß nicht. Mein Atem geht immer schneller, und ich weiß nicht mehr, was ich tun soll.

Es ist vorbei. Dein Master ist vorbei und dein Traum, in die Forschung zu gehen, ebenfalls. Du hast es verkackt. Schon vor einem halben Jahr, als du dir eingebildet hast, mit Dorset …

»Ich kann die Präsentation nicht halten«, stoße ich hervor und erschrecke selbst vor dem Klang meiner Stimme.

»Chill mal, natürlich hältst du sie«, sagt Hunter sofort.

»Es geht nicht mehr.« Ich sehe ihn an.

»Was laberst du denn?« Er verzieht das Gesicht und wird allmählich sauer, und ich kann es ihm nicht mal verdenken.

»Lily, kein Problem. Wir haben noch Zeit.« Elsas Hand umfasst meine. »Sollen wir kurz mal an die frische Luft gehen? Durchatmen? Kopf frei kriegen?«

Ihre einfühlsamen Worte sind der letzte Rest, der mich vollends meine Beherrschung verlieren lässt. Tränen schießen mir in die Augen, und hinter meinen Lidern brennt es so stark, dass ich sie zusammenkneifen muss. Aber es bringt nichts mehr; ich habe die Kontrolle verloren, und aus meinem Mund kommen nur noch unzusammenhängende, gequälte Laute. Den Rücken gegen die Wand gelehnt, sinke ich nach unten, kauere mich zu einem kleinen Paket zusammen, schirme das Gesicht mit meinen Händen ab und dann lasse ich los. Ich weine hemmungslos.

»Hey! Alles okay bei euch?«, fragt irgendwer.

»Kein Plan«, antwortet Hunter.

Elsa geht in die Knie und streichelt beruhigend über meinen Arm. »Ist schon gut. Ist schon gut«, flüstert sie.

»Lily?« Jetzt erkenne ich die Stimme, und das Einzige, was sie bewirkt, ist, dass sich zu meinem Heulkrampf nun ein Herzinfarkt gesellt.

Nicht auch noch Ellis.

Ich vergrabe den Kopf tiefer in der Kuhle vor meinen Knien und möchte einfach nur verschwinden.

»Ich weiß schon, Prof. Walsh hat etwas Druck aufgebaut, aber … niemandem wird hier der Kopf abgerissen, wenn die Präsentation nicht perfekt ist. Dafür üben wir doch. Kein Grund, die Nerven zu verlieren«, versucht Ellis mich zu beruhigen.

Ich antworte nicht, weil ich nicht mit dem Heulen aufhören kann.

Ich kann gar nichts mehr.

»Ich glaube, es hat irgendwas mit dem Brief zu tun«, höre ich Elsa sagen.

Ich halte ihn noch immer in der Hand, die inzwischen zur Faust geworden ist und das Papier zerknittert.

Kurz wird es still. Von der Tür her höre ich einige blöde Kommentare. *Was'n hier los. Drama, Drama.* Dämliches Gelächter. Wenn ich nicht so fertig wäre, würde ich den Typen den Stinkefinger zeigen.

»Würdet ihr mir einen Moment geben?«, bittet Ellis, und alles in mir schreit *NEIN!*.

Ich will nicht, dass er mich so sieht.

Die anderen beiden ziehen sich einige Schritte zurück und Ellis geht vor mir in die Hocke. Ich traue mich nicht, zu ihm aufzusehen, so sehr schäme ich mich.

Ich sehe nur seine Hände, die ineinanderliegen. Sie sind schlank, aber gepflegt, obwohl er einige Schwielen an den Fingern hat.

Er versucht, meinen Blick aufzufangen. »Schau mich an«, sagt er sanft, und keine Ahnung, wieso, aber ich gehorche. Er sieht mir fest in die Augen und fragt: »Was ist los?« Als ich nicht reagiere, fährt er fort: »Und versuch erst gar nicht, mir zu erzählen, du heulst, weil du nervös bist. Das nehme ich dir nämlich nicht ab.«

Ich stoße ein Geräusch aus, halb Lachen, halb Schnauben. Dann schniefe ich, blase meine Backen auf und presse meine Finger auf die Lider.

Kurzerhand halte ich ihm das Schreiben hin. Ich mache es einfach so. Was habe ich schon zu verlieren?

Nichts mehr. Du hast bereits alles verloren.

Zögerlich nimmt er es mir aus der Hand und überfliegt es. Seine Brauen ziehen sich zusammen, während er liest, und nach wenigen Augenblicken sieht er mich fragend an. »Warum …«

»Ich kann die Studiengebühren nicht bezahlen.«

Ich habe das Geld nicht.

Ich bin ein Sozialfall.

Eine Blenderin.

Ich habe mir etwas vorgegaukelt.

Weil ich vor einem halben Jahr einen scheißdummen Fehler gemacht habe, der mich jetzt alles kostet.

Die Sätze schießen mir durch den Kopf, als würden sie von einem Maschinengewehr abgefeuert. Und sie sind die reine Wahrheit.

Ich habe mein Kinn wieder sinken lassen und starre auf die Löcher in meiner Jeans, weil ich nicht wissen möchte, was in

Ellis vorgeht. Sicher hält er mich für eine erbärmliche Verliererin, die nichts gebacken bekommt. Ich hätte eben zur Krisenberatung gehen oder ein weiteres Mal mit meiner Bank reden sollen. *Irgendetwas* hätte ich tun müssen.

Sekunde um Sekunde verstreicht. Als ich mich traue aufzuschauen, hat er den Blick abgewandt und fixiert einen Punkt an der Wand. Dabei beißt er die Kiefer so fest aufeinander, dass ich das Muskelspiel in seinen Wangen erkennen kann.

»Ich brauche nicht mehr zu präsentieren. Es ist vorbei«, sage ich mit brüchiger Stimme und atme zitternd ein.

Er dreht den Kopf wieder mir zu, und ich habe das Gefühl, sein Blick brennt. Er wirkt entschlossen. »Nein, ist es nicht«, sagt er barsch.

Ich schüttle den Kopf. Keine Ahnung, was er …

»Wenn du einen Arbeitsvertrag an einem der Institute hättest, würde dich die Universität nicht exmatrikulieren. Es gibt Sonderregelungen für Angestellte. Es gibt immer einen Weg.«

Einen winzigen Moment, eine Sekunde, vielleicht nur den Bruchteil einer Sekunde spüre ich Hoffnung, die sich wie eine kleine Flamme in mir entzündet.

Doch sofort erlischt sie wieder.

»Das geht nicht.«

Ellis mustert mich einen Atemzug lang, dann noch einen. »Ich weiß nicht, was an deiner alten Uni passiert ist, und das ist vermutlich auch besser so.« Seine Stimme ist leise und rau, sein Gesichtsausdruck ernst und zugleich verständnisvoll. Einige Falten stehen auf seiner Stirn.

Ich halte seinem Blick stand, spüre, wie mir schon wieder die Tränen in die Augen steigen, und deute ein Kopfschütteln an. Ich kann da jetzt nicht drüber reden. Erneut vergrabe ich den Kopf zwischen meinen Knien.

Ellis stößt frustriert die Luft aus und hält das Schreiben anklagend in meine Richtung. »Egal, was es war – du musst wissen, die Bloomsbury ist ein guter Ort. Ein sicherer Ort. Überschaubar, kontrollierbar. Bei Prof. Walsh am Institut zu arbeiten, birgt kein Risiko für dich. Und ich glaube, ein Job am Institut ist momentan deine beste und vermutlich auch deine einzige Option, dein Studium weiterführen zu können.«

Als ich nur ein halblautes Stöhnen von mir gebe, fährt er fort: »Prof. Walsh könnte beim Studienmanagement ein gutes Wort für dich einlegen, wenn du bei ihr angestellt wärst.«

Ich richte meine Augen auf die Knie. »Es geht einfach nicht.«

»Lily.«

Ich reagiere nicht.

»Lily, schau mich an«, verlangt er erneut. Und als er sicher ist, dass er meine Aufmerksamkeit hat, fährt er fort: »Du sitzt gerade ziemlich in der Klemme, und ich werde das Gefühl nicht los, dass deine Exmatrikulation im Moment nicht dein einziges Problem ist.« Er wedelt mit dem Papier vor meiner Nase herum. »Aber du hast es in der Hand. Es gibt eine Chance für dich, du musst sie nur ergreifen.« Er schweigt kurz, und als ich nicht antworte, fährt er fort: »Wie viel Macht möchtest du deiner Vergangenheit über dein Leben geben?«, fragt er mit einem leichten Beben in der Stimme. Er spricht leise genug, dass nur ich ihn verstehe. Elsa und Hunter sehen betreten zu uns herüber.

Wie viel ahnt er? Was kann er wissen?

»Hörst du?«, versucht er es erneut und sieht mir in die Augen. »Hol dir die Kontrolle zurück.«

Es macht was mit mir. Seine leise, beschwörende Stimme, mit der er gerade eine meiner größten Ängste in Worte gefasst hat. Und indem er das tut, verändert sich etwas. Ich habe das Gefühl, dass er ihr damit die Kraft nimmt. Diese Unüberwindbarkeit. Sie auszusprechen, macht sie realer. Und gleichzeitig irgendwie bewältigbarer. Ich habe niemandem erzählt, was damals passiert ist, und bisher scheint auch niemand gesehen zu haben, was mein Problem ist. Oder es hat niemanden interessiert.

Prof. Walsh ist eine Frau. Das, was an der UCL passiert ist, könnte sich überhaupt nicht wiederholen.

Du bist hier sicher.

Ellis muss erkannt haben, wie es in mir arbeitet. »Du könntest bleiben. Wenn du jetzt – wenn *ihr* jetzt gut präsentiert, wird Prof. Walsh auf dich aufmerksam werden. Sie sucht händeringend kompetente studentische Hilfskräfte. Ich habe dein Transcript aus der UCL gelesen. Du bist gut, Lily, du bist verdammt gut. Wirf das nicht alles weg.«

Ellis hat recht. Wie viel Macht möchte ich Dorset über mich geben? Meinem ehemaligen Professor, mit dem ich mich auf eine Affäre eingelassen habe? Dem gut aussehenden Shootingstar der psychologischen Forschung, der mir das Herz herausgerissen und mich so tief gedemütigt hat wie noch niemand in meinem Leben? Der es geschafft hat, dass ich die Achtung vor mir selbst verloren habe, weil er …

Ellis' Fingerschnipsen vor meinen Augen bringt mich zurück in die Realität.

Mit dem Daumen deutet er über die Schulter in Richtung des Seminarraums. »Prof. Walsh wird dir einen Job anbieten. Wenn ihr jetzt einen überzeugenden Vortrag haltet. Das garantiere ich dir.« Sein Blick schweift zu Elsa und Hunter. »Ihr müsstet sie praktisch umhauen.«

Seine Worte hallen in mir nach. Ich schaue erst zu Elsa

und Hunter und dann zur Wanduhr, die über dem Seminarraum hängt.

Drei Minuten vor zehn.

Tue es. Allein schon für deine Kommilitonen.

Und weil du Dorset damit beweist, dass er falschlag.

Sozialer Aufstieg ist keine fucking Illusion.

Er ist möglich. Ebenso, wie es möglich ist, wieder die Kontrolle zu erlangen. Es ist meine Entscheidung, wie ich mein Leben gestalte und welchen Weg ich gehe. Allein *meine.*

Ellis betrachtet mich. Ein zaghaftes Lächeln legt sich auf seine Lippen. Er richtet sich auf und zeigt mit dem Arm auf die Tür des Seminarraums. »The stage is yours.«

13

Ellis

Ich hatte ja keine Ahnung.

Ich habe mit einem fahrigen Vortrag gerechnet. Unsichere Stimme, zittrige Hände, einige Verhaspler. Wie man es von nervösen Studierenden eben kennt. Vor allem, wenn man in Betracht zieht, dass Lily vor wenigen Minuten ein Häufchen Elend war und ihre Augen von den Tränen noch immer geschwollen sind. Und wenn man weiß, was hier für sie auf dem Spiel steht.

Der Typ namens Hunter Corr beginnt die Präsentation. Er liefert eine charmante Begrüßung ab und erklärt die Basics der operanten und klassischen Konditionierung und macht das ziemlich gut. Gefühlt redet er nur eine Minute, doch er spricht frei, und es ist angenehm, ihm zuzuhören. Die dritte Mitstreiterin, eine rothaarige junge Frau, steht bisher nur neben Lily und sieht so aus, als würde hier gerade der Weltuntergang auf sie warten.

Kurze Zeit später ist Corrs Teil vorüber. Er schaut auffordernd zu Lily, die sich die Haare aus dem Gesicht streicht (mittlerweile hat sie sich auch die schwarzen Pandabär-Ringe unter den Augen weggewischt) und einen Schritt nach vorn zum Rednerpult macht.

Angespannte Stille erfüllt den Raum. Es fühlt sich ein klein wenig so an wie bei einem Sprint, wenn die Athleten auf ihren Positionen knien und auf den Startschuss warten. So ziemlich jeder hier drinnen hat Lilys Heulkrampf mitbekommen, und zweifellos fragen sich alle, wie sie jetzt einen Vortrag halten will. Sie nickt Hunter zu, tippt auf eine Taste des Notebooks und beginnt mit dem nächsten Slide.

Was dann passiert, überrascht mich.

Nein, es überrascht mich nicht, es macht mich sprachlos.

Denn die junge Frau, die dort vorn steht und spricht, hat so gar nichts mehr mit der verheulten Lily gemeinsam, die ich noch vor fünf Minuten zu beruhigen versucht habe.

Es ist, als hätte sie einen Schalter umgelegt. Plötzlich geht ein Leuchten von ihr aus, sie ist ruhig und selbstsicher. Einnehmend. Charismatisch. Sie redet mit fester Stimme, als sie beginnt, die Theorie hinter einem der mathematischen Modelle zu erklären.

Ich blinzle.

Das ist ihr Element. Hier, vor Publikum zu sprechen und zu präsentieren, ist Lilys Element. Sofort weiß ich, dass ich ihr keine leeren Versprechungen gemacht habe. Prof. Walsh wird ihr einen Job anbieten, daran besteht kein Zweifel mehr.

Es gibt viele brillante Wissenschaftler, die auf ihrem Forschungsgebiet Großartiges leisten. Bei den meisten ist das Problem, dass sie nicht vortragen können und das auch gar nicht wollen. Dünne Stimme, ermüdende Slides. Aber Lily ... wow. Niemals hätte ich das von der verlegen plappernden Studentin erwartet, der ich vor wenigen Tagen den Koffer zum Wohnheim getragen habe. Sie hat bunte Haare, trägt Kleidung wie ein rotziger Teenager, aber wenn sie präsentiert, ist sie wie eine Naturgewalt, die einen völlig in den Bann zieht.

Am Freitag, nach unserem Zusammenstoß am Strand, habe ich Lilys Namen gesucht. In den zentralen Datenbanken der Uni, in denen alle Journals und nennenswerten akademischen Veröffentlichungen verzeichnet sind. Weil mir langweilig war und ich das Gefühl hatte, das wäre weniger peinlich, als ihren Namen zu googeln. Und tatsächlich. Es kam ein Ergebnis. Sie hat allen Ernstes aus ihrer Bachelorarbeit einen Artikel destilliert und ihn gemeinsam mit zwei weiteren Wissenschaftlern beim *Journal of Neuroscience* eingereicht. Er wurde angenommen und vor zwei Monaten veröffentlicht. Dass das passiert, ist ungefähr so wahrscheinlich, wie auf einer abgemähten Wiese ein vierblättriges Kleeblatt zu finden.

Ich habe mir den Artikel natürlich sofort heruntergeladen und ihn gelesen. Dann habe ich ihn Prof. Walsh weitergeleitet. Kommentarlos.

Keine fünfzehn Minuten später hatte ich ihre Antwort in meinem Postfach. *Wieso arbeitet sie noch nicht für uns?*

Ja, das habe ich mich auch gefragt. Sie ist fleißig, sie ist verdammt schlau, und ganz offenbar strebt sie eine wissenschaftliche Karriere an. Nur irgendetwas ist da. Denn es kann nicht grundlos sein, dass sie sich mit Händen und Füßen dagegen wehrt, an der Uni zu arbeiten. Nachdem sie von der prestigereichen UCL in London hierher an die Bloomsbury gewechselt ist.

Unauffällig sehe ich mich um. Alle im Raum sind still geworden und hören Lily zu. Auch Prof. Walsh. Die Beine übergeschlagen, ein Fuß unmerklich wippend, sitzt sie auf einem der Stühle am Rand und folgt dem Vortrag. Hin und wieder macht sie sich handschriftliche Notizen. Der Hauch eines Lächelns sitzt in ihren Mundwinkeln – das sieht man auf Walshs Gesicht selten. Und es liegt ein begieriger Ausdruck in ihren Augen.

Ich weiß, was sie denkt.

Einmal stockt Lily, und ich hoffe, sie sieht zu mir. Und sie tut es. Ich fange ihren Blick auf und nicke ihr zu. Ich sehe, wie sie schluckt, tief Luft holt und weiterspricht.

Einige Slides später ruft sie während der Präsentation allen Ernstes R Studio auf und lässt eine Berechnung in R laufen. Das ist ein Statistikprogramm und mein heimlicher College-Crush, weil es, wenn man es einmal verstanden hat, einfach unfassbar viele geile Berechnungsmöglichkeiten bietet. Ich würde natürlich nie öffentlich über meine R-Liebe sprechen, weil mich damit alle für komplett durchgeknallt und misanthrop hielten. Was ich unter Umständen bin. Wer weiß das schon?

Und ich kann nicht anders, ich muss grinsen. Ist das nicht bescheuert?

Nach einigen Minuten übernimmt ihre Kommilitonin mit den roten Haaren, stellt ein paar bekannte Produkte vor, die jeder kennt, und fragt das Plenum nach deren Assoziationen. Einen Cadbury-Schokoriegel. Eine Flasche mit Desperados. Walker-Shortbread. Diejenigen, die sich freiwillig melden und etwas sagen, dürfen das jeweilige Produkt behalten.

Sie haben es gut gemacht. Wirklich, die drei haben einen verdammt guten Job gemacht. Das war eine Präsentation, die ich bestenfalls am Ende eines Masterstudiums erwartet hätte, ganz sicher jedoch nicht am Anfang.

Lilys Wangen sind rot geworden, und in ihren Augen liegt jetzt ein Strahlen, als das einstimmige Klopfen der anderen auf ihren Tischplatten erklingt. Und obwohl ich es mir verboten habe, läuft ein Ziehen mein Rückgrat hinab und verursacht ein leichtes Stechen direkt in meinem Herzen.

Ich bin stolz auf Lily. Ich bewundere sie.

Und das ist bedenklich.

14

Lily

Das Erste, was ich wahrnehme, nachdem ich den letzten Satz beendet und Elsa das Bier und die Kekse verteilt hat, sind meine brennenden Wangen. Ich wische mir unauffällig die feuchten Handflächen an der Jeans ab und sehe prüfend zu Prof. Walsh, die sich erhebt und uns ein anerkennendes Lächeln schenkt.

Und dann bemerke ich Ellis' Blick, der so intensiv ist, dass er mir durch Mark und Bein geht. Ich erwidere ihn, während Prof. Walsh zu uns nach vorn kommt. Sie bedankt sich, aber ich höre nur mit halbem Ohr zu und beantworte ihr Lob mit irgendeiner Floskel.

Als ich Hunter beim Abbauen des Notebooks helfe, spüre ich, dass Ellis mich weiter beobachtet. Wärme breitet sich in meinem Nacken aus, zieht weiter in mein Gesicht, und ich habe Angst, dass ich noch röter anlaufe, als ich es ohnehin schon bin.

Wir setzen uns (erste Reihe, immerhin mit dem Rücken zu Ellis), dann legt Elsa ihre Hand auf meinen Oberschenkel und drückt fest zu. »Lily! Das war großartig! Ich hatte ja keine Ahnung …«, flüstert sie.

Erst jetzt bin ich wieder wirklich da und muss lächeln. »Ja. Ich glaube, das war gut.«

Die restliche Vorlesung zieht an mir vorbei, ich bin in Gedanken bei meiner Exmatrikulation und beiße mir so oft auf die Wange, bis ich Blut schmecke.

War die Präsentation gut genug, damit Prof. Walsh mir ein Jobangebot macht? Und würde sie das jetzt direkt nach der Veranstaltung tun oder vielleicht erst irgendwann? Nächste Woche? Definitiv wäre das zu spät. Außerdem: Stimmt es überhaupt, dass ich mit einer Festanstellung die Exmatrikulation rückgängig machen kann?

Ich sehe gefühlt dreimal pro Minute auf mein Handy, um die Uhrzeit zu checken. Die Vorlesung zieht sich, ich tippe halbherzig einige Notizen mit, kann mich aber nicht konzentrieren.

Nachdem Prof. Walsh geendet hat und ihr Notebook zuklappt, ist mein Puls bereits seit Minuten auf hundertachtzig. Ich schaue nach unten auf die Tischplatte vor mir, dann zu Prof. Walsh, dann wieder nach unten.

Du kannst sie nicht selbst fragen. Sie muss auf dich zukommen.

Die Hände zu Fäusten geballt, damit man nicht sieht, wie sehr sie zittern, schiebe ich mit den Kniekehlen den Stuhl von mir und stehe auf.

»Worauf wartest du?«, will Elsa wissen, weil ich mich mit der Geschwindigkeit einer Schildkröte bewege.

Als Prof. Walsh endlich auf uns zukommt, atme ich unwillkürlich aus. Ich schenke ihr ein Lächeln, von dem ich hoffe, dass es nicht halb so erwartungsvoll (oder verzweifelt?) wirkt, wie es sich gerade anfühlt.

»Ms Johnson, Ihr Vortrag war beeindruckend.«

Meine Schultern spannen sich an und mein ganzer Körper ist plötzlich völlig verkrampft. Ich starre sie etwas dümmlich an, bis mir klar wird, dass sie eine Antwort erwartet, deshalb fasle ich irgendwas von *Ohne meine Teammitglieder wäre das nicht möglich gewesen.* Ein Blick in Prof. Walshs Gesicht sagt mir, dass wir beide wissen, dass das nicht stimmt.

Unschlüssig bleiben Elsa und Hunter stehen, und mein Herz schlägt inzwischen so schnell, dass ich Angst habe, mir könnte schwarz vor Augen werden.

»Ich möchte keine großen Worte verlieren: Hätten Sie Interesse daran, an meinem Lehrstuhl zu arbeiten?«

Ich brauche einen Moment, ehe ich in der Lage bin, zu antworten. »Das klingt wirklich interessant«, höre ich mich sagen.

Die anderen beiden verabschieden sich höflich, und Elsa zwinkert mir aufmunternd zu, ehe sie den Raum verlässt.

Zurück bleiben Ms Walsh und ich.

Du musst es ihr erzählen.

Ich hole Luft und zwinge mich, ihr in die Augen zu sehen. »Prof. Walsh, da gibt es etwas, das Sie wissen sollten.«

15

Ellis

Ich starre auf mein halb gefülltes Pintglas. Der Schaum auf dem Bier ist fast weg. Langsam lasse ich es in der Hand kreisen und beobachte, wie sich am Glasboden einige Blasen bilden. Sie steigen nach oben, zerplatzen, und bilden kurzzeitig neuen Schaum.

Im Kopf gehe ich durch, was ich die nächsten Tage machen muss. Morgen früh den Code meiner Berechnungen noch einmal ansehen, denn mir ist aufgefallen, dass mit den Zahlen etwas nicht stimmen kann. Und dann muss ich rüber nach Llanfairfechan zu meiner Mum und meiner Nan. Ich hatte Mum versprochen, ihr dabei zu helfen, die Schafe einzusammeln. Jetzt im Herbst sollen sie im Tal näher an der Farm grasen. Es wird dauern, bis wir alle gefunden und zusammengetrieben haben, ich werde sicher erst Sonntagabend nach Marchlyn Falls zurückkehren.

Es ist komisch, an das kleine Örtchen Llanfairfechan zu denken. Einerseits ist es mein Zuhause. Dort, wo ich aufgewachsen bin. Inmitten der sanft hügeligen Landschaft in den Ausläufern von Snowdonia. Im Rücken die Berge, am Horizont das Meer, um uns herum nichts als Grün. Hellgrünes saftiges Gras, durchbrochen vom dunkleren Laubgrün der

Bäume und Sträucher, die die verschiedenen Weideflächen begrenzen. Braungrüne Heidefläche, die die Berghänge nach oben kriecht und sich, je höher man kommt, desto mehr mit dem moos- und flechtengesprenkelten Schiefergrau der Felsen vermischt.

Es gab eine Zeit, da habe ich den Anblick nicht mehr ertragen. Er ist untrennbar mit dem Vermächtnis meiner Familie verbunden, das sich anfühlt, als würde mir ein kiloschwerer Amboss um den Nacken hängen. Das Schlimme daran: Ich kann mich nicht von ihm befreien. Es ist ein Erbe, das seit Jahrhunderten von Familienmitglied zu Familienmitglied weitergegeben wird. Wir sind das Salz dieser Erde, hat mein Grandpa früher immer gesagt.

Und trotzdem habe ich versucht zu fliehen. Zunächst nach Oxford für mein Studium, dann sogar nach Australien. Ausgerechnet Hannah, die Person, von der ich dachte, sie wäre mein sicherer Weg in die Freiheit, hat mich schließlich zurück an die Küste von Wales gebracht. Weil sie dort kitesurfen wollte.

Damals habe ich gedacht, es wäre ein Wink des Schicksals, dass ich gemeinsam mit ihr in meine Heimat zurückkehre. Dass ich es doch schaffe, Familienerbe und Zukunft irgendwie miteinander zu vereinen.

Wie sich herausstellte, waren es weder Hannahs Surfkarriere noch der hehre Wunsch meiner Ehefrau, mein kompliziertes Verhältnis zu meiner Heimat zu heilen, was uns wieder nach Wales gebracht hat. Es war ein Mann. Ein anderer Mann.

Ich leere mein Pintglas mit einem Zug, fange den Blick von Dan, dem Barkeeper, auf und bestelle ein weiteres. Neben mir sitzen Hugh und Andy auf Barhockern und unterhalten sich.

Es ist noch früh am Abend und sie verschlingen gerade ihren Burger mit Pommes. Nebenher fachsimpeln sie über die RFL League, und da ich recht wenig Ahnung von Rugby habe, halte ich die Klappe und widme mich meinem Bier. Ich klaue die meisten Pommes von Andy, der sich nicht mal beschwert, weil er momentan darauf achtet, weniger Kohlenhydrate zu essen. (Ja, Hugh und ich haben ihn dafür verarscht. Ziemlich exzessiv, aber irgendwann hat es sich abgenutzt, und wir haben Andy einfach essen lassen, was er wollte, ohne es groß zu kommentieren.)

Ich stopfe also stumm die etwas trockenen Pommes in mich hinein, trinke einen Schluck von meinem frischen Bier und hänge weiter meinen Gedanken nach. Wie von selbst wandern sie zu Hannah. Zu ihrem Betrug, der im Grunde nur ein Symptom, ein ziemlich egoistischer, aber dennoch stummer Hilfeschrei unserer kriselnden Beziehung war. Zu diesem grässlichen Moment, als ich sie mit dem anderen Mann erwischt habe, zu den stundenlangen Streitgesprächen und der Trennung. Zu der anschließenden Kommunikation, die ausschließlich über Anwälte lief.

All das hat ein Loch in meinen Selbstwert gerissen. Und an ganz besonders melancholischen Tagen bilde ich mir ein, in meine Seele. Das, was Hannah mir damals an den Kopf geworfen hat, hat sich in mich hineingeätzt wie Säure.

Bist du überhaupt fähig, etwas zu fühlen? Bist du überhaupt da? Hallo? Ellis? Ist da irgendwer? Ich spüre nichts, ich spüre dich nicht!

Sie ist immer lauter geworden an dem Abend, an dem ich sie mit ihrer Affäre erwischt habe. Bezeichnenderweise ein Australier. Lange blonde Haare, Manbun, braun gebrannt, das komplette Gegenteil von mir.

Hannah hat mich angeschrien, hat mich geschubst, mehrmals, bis ich mit dem Rücken an der Wand stand. Ich habe es über mich ergehen lassen, bin immer ruhiger geworden, richtiggehend stoisch, und habe mich gewundert, wie verletzt sie war, obwohl sie doch diejenige gewesen war, die mich betrogen hatte.

An diesem Abend habe ich immer weniger gefühlt und bin schließlich wie versteinert gewesen. Versteinertes Gesicht, versteinertes Hirn, versteinerte Gedanken, versteinerte Seele. Und gleichzeitig habe ich mir gedacht: Was, wenn sie recht hat? Was, wenn ich gar nichts empfinden möchte, das über körperliche Lust oder den Ehrgeiz meines beruflichen Erfolgs hinausgeht?

Was, wenn ich es überhaupt nicht *kann*?

Lass das nicht zu, es tut nur weh, hat meine Mum immer zu mir gesagt. Zu fühlen bedeutet zu leiden. Fühlen ist Schmerz. Schon wenn ich als Schuljunge Auseinandersetzungen mit meinen Klassenkameraden hatte, hat meine Mum mir genau das eingebläut. Es war wie ihr Mantra, so oft hat sie es mir gesagt.

Ob das der Grund war, warum sie nie eine Beziehung geführt hat? Warum sie verbissen geschwiegen hat, wann auch immer ich nach meinem Vater gefragt habe?

Ich habe keine Antwort darauf. Und vermutlich werde ich sie auch nie bekommen. Es war das Überlebensrezept meiner Mutter, zu schweigen, zu verdrängen und nichts mehr zu fühlen. Oder nicht mehr so viel. Denn ich weiß, dass sie mich liebt. Mich und Nan. Aber vielleicht ist es für sie so einfacher, ihr Leben auf der Farm zu leben und die vielen Entbehrungen zu ertragen, die die Führung eines solchen Betriebs als Single Mum erfordert.

Wenn ich an meine Mum denke, dann denke ich an raue, kräftige Hände, die zupacken können und trotz des walisischen Schmuddelwetters stets gebräunt sind. Ebenso wie ihr Gesicht, das harte, fast ein wenig männliche Züge hat. Ich denke an ihre Falten, die sich viel zu früh viel zu tief in ihre Stirn und ihre Augenwinkel gegraben haben. An eine Frau, die mit dem Duft von frischer Luft und einer Note Schafsdung in der Kleidung im Dämmerlicht nach Hause kommt und erst mal an der Garderobe heimlich innehalten muss, weil sie so erschöpft ist. An ihr aufmunterndes Lächeln, das sie mir und meiner Nan schenkt und das ich ihr nicht mehr abnehme, seit ich zehn Jahre alt war. Ständig ist sie von der Sorge getrieben, dass wir es trotz der Subventionen, die wir erhalten, nicht schaffen, den nächsten Monat über die Runden zu kommen.

Die Farm ist ihr Leben. Zwölf Stunden, vielleicht vierzehn Stunden am Tag ist Mum beschäftigt. Sieben Tage die Woche, dreihundertfünfundsechzig Tage im Jahr. Es gibt keine Pausen, keinen Raum für Müdigkeit und Schwäche. Und schon gar nicht für irgendwelche Befindlichkeiten oder Gefühle. Mum trägt die Verantwortung für dreihundert Schafe und viele Hektar Land. Es ist das, was meine Familie seit Jahrhunderten getan und was sie geprägt hat.

Und ich? Ich lasse sie im Stich und nehme ihr die viele Arbeit nicht ab. Zumindest nicht, wenn es über meine Wochenenden hinausgeht. Das war schon immer so. Sobald ich ein Teenie war, wurde Marchlyn Falls mein zweites Zuhause. Fast jeden Abend war ich dort in der Unibibliothek oder mit Freunden am Pier und am Strand und später in den Pubs und dem einen Club. Nach dem Schulabschluss bin ich nach Oxford gegangen. Mum hat es nie gewagt, meine Entscheidung zu kritisieren. Wer hält sein Kind schon davon ab, in Oxford zu studieren? Und dann, als es an der Zeit war, für meinen Master eventuell näher zur Farm zu ziehen, habe ich Hannah kennengelernt.

Stets hat Mum meine Wünsche akzeptiert. Sie hat geschwiegen. Dennoch weiß ich, dass sie warten. Sie und Nan warten, dass ich endlich zur Vernunft komme, die Zelte in Marchlyn Falls abbreche und zurück auf die Farm ziehe. Dass ich das mache, was mir vorbestimmt ist.

Es wird nicht passieren.

Ich werde derjenige sein, der die dreihundertjährige Geschichte meiner Familie gegen die Wand fährt.

Der aufgibt. Der alles wegwirft.

Weil ich meinen Lebensunterhalt nicht mit der Produktion von Fleisch und dem jährlichen Weg Hunderter Schafe zum Schlachthof verdienen will. Und weil ich nicht so enden möchte wie Mum. Ständig müde, ständig überarbeitet, innerlich abgestumpft.

Aber das bist du doch auch hier, oder nicht?

Ich nehme einen weiteren Schluck Bier. Ja, vielleicht ist heute ein guter Tag, mich zu betrinken. Schließlich ist Freitag, Hugh und Andy planen garantiert etwas Ähnliches, und die Abende im *Golden Harp* können geradezu legendär werden.

»Hey, Redmaine!« Ich drehe mich Hugh zu. Er schiebt sich gerade die letzte Pommes in den Mund, kaut zweimal, schluckt. »Was'n heute los mit dir?«

Ich brumme etwas und zucke mit den Schultern.

»Fährst du morgen auf die Farm?«

Ich nicke. Und jetzt nickt Hugh auch, weil er weiß, was es mit mir macht, wenn ich zum Quell meines ewig schlechten Gewissens fahre.

»Ich weiß, was wir heute tun.« Er wackelt mit den Augenbrauen, und ich folge seinem Blick ans andere Ende des Gastraums: acht junge Frauen, die meisten davon blond, braun gebrannt, falsche Wimpern, kurze Röckchen. Ein Junggesellinnenabschied. »Wir suchen dir Ablenkung für heute Nacht!«

16

Lily

Es klingelt drei Mal, ehe Sam rangeht. Ich erkenne nicht genau, wo sie ist, aber sie trägt ihren Pyjama. Das ist für einen Freitagabend nicht ungewöhnlich, schließlich ist es bereits nach zehn Uhr. Sie hat ihre klobigen Gamingkopfhörer um den Hals geschlungen.

Ein harmloses Bild.

Trotzdem meldet sich ein ungutes Gefühl in meiner Brust.

»Heeey«, rufe ich in mein Handy und Sam muss lachen.

»Okaaaay«, sagt sie. »Du siehst ja hübsch aus. Wo bist du?«

Ich stelle die Kamera um und drehe mich einmal im Kreis. »Wir sind hier auf einem Pub-Crawl mit ein paar Leuten aus meinem Kurs.«

»Oh, wow, war das dahinten das Meer? Ich liebe das Meer!«

Ich muss lächeln. »Ich weiß.«

Das war schon immer so. Genauso wie ich, ist Sam geradezu verrückt nach Strand und Wasser, und dem Geruch von Salz in der Luft.

Ich kann mich noch genau erinnern, als wir das erste Mal am Meer waren. Zu dritt, nachdem das mit Mum passiert war.

Dad war endlich mal wieder gut drauf und hat Sam und mich an einem Wochenende mit einer spontanen Reise nach Brighton überrascht.

Wie sehr wir damals versucht haben, normal zu sein. Fröhlich und ausgelassen, wie die vielen anderen Familien, die an dem Tag einen Sonntagsausflug gemacht haben. Und ich glaube, Sam und ich haben es tatsächlich geschafft, einen Nachmittag lang das, was ein Jahr zuvor passiert war, auszublenden und endlich wieder unbeschwert zu sein. Gemeinsam mit unserem Dad. Wir wollten so, so sehr, dass diese Dunkelheit und Schwere von uns weicht. Wenn man so tut, als wäre man fröhlich, wird man es dann nicht irgendwann wirklich?

Ich weiß noch, wie uns der grobe Kieselstrand in die nackten Fußsohlen gepikt hat und Sam und ich einen Wettbewerb veranstaltet haben, wer lauter quietschen konnte. Und dass ich noch nie bessere Pommes gegessen habe als an diesem Tag auf der Seebrücke von Brighton. Dad hat gelächelt und so getan, als wäre er glücklich. Aber das war er nicht. Dad war gebrochen, seit Mum nicht mehr da war. Und als er unten am Strand auf unserer Picknickdecke saß, uns dabei zusah, wie wir durch die Gischt tollten, und glaubte, wir Kinder schauten nicht zu ihm, hat er das Gesicht in den Händen vergraben. Sogar seine Schultern haben gezuckt. Aus dem Augenwinkel habe ich ihn dabei beobachtet und umso wilder getollt und geschrien, damit Sam nur ja nicht auf die Idee kam, zu ihm zu sehen.

Wir sind nie wieder zu dritt nach Brighton gefahren.

»Nice, und sind die anderen Studenten nett? Oder so ’n bisschen … elitär?«, reißt mich Sams Stimme aus meinen Erinnerungen.

»Total nett. Vor allem meine Mitbewohnerin Elsa. Ich liebe sie jetzt schon.«

Elsa kommt zu mir gelaufen und drückt sich mit ins Bild. »Hallloooooo!«, ruft sie laut und winkt in die Kamera. Der Jasmin- und Vanilleduft ihres Parfüms steigt mir in die Nase, als ihre Wange meine berührt. Ich grinse. Ich mag Elsa, wenn sie angetrunken ist.

Umsichtig, wie sie ist, zieht sie sich sofort wieder zurück, damit ich in Ruhe telefonieren kann.

»Ich habe jetzt einen Job an der Uni«, berichte ich.

»Ah, ich dachte, du hast ein Stipendium?«

»Ja, nein … es ist kompliziert. Aber jetzt ist alles gut.« Ich zwinge mir ein unbeschwertes Lächeln auf die Lippen. Sam muss nicht wissen, wie schwierig die letzten Tage für mich waren. Sie hat genügend eigene Probleme. Außerdem stimmt es, was ich gerade behauptet habe: Nachdem ich ihr meine Lage erklärt hatte, ließ Prof. Walsh noch am gleichen Tag einen Arbeitsvertrag für mich erstellen und hat sogar persönlich mit dem Studienmanagement geredet. Meine Studiengebühren kann ich bis zum Ende des Masters nächsten Sommer monatlich von meinem neuen Gehalt abstottern, das hat Ms. Walsh so durchgeboxt. Und wenn ich mich ab Anfang des neuen Jahres zusätzlich für ein Stipendium qualifiziere, sollte ich zumindest finanziell überhaupt kein Problem mehr haben.

Ich werde Prof. Walsh für immer dankbar sein. Ihr einen Schrein bauen. Ihr ein lebenslanges Abo von Ferrero Rocher kaufen. Falls sie Ferrero Rocher mag. Aber jeder mag Ferrero Rocher. Außer sie hat eine Haselnussallergie. Dann doch lieber einen Schrein …

»Wie läuft's bei euch?«, unterbreche ich meinen wirren Gedankengang und achte ganz genau auf Sams Gesicht. Normalerweise durchschaue ich sie, auch wenn sie mir etwas vorzumachen versucht.

Und kurz zieht sich etwas tief in meiner Magengrube zusammen. Weil sie zögert. Sie antwortet nicht sofort, sie schluckt erst und sagt dann: »Bei uns ist alles okay.«

Ich schaue mich um, sehe, wie die anderen noch immer nicht in den Pub reingegangen sind. Es ist der dritte Pub. Von drei. Pub-Crawls in Marchlyn Falls zeichnen sich nicht durch besonders viele Stationen, sondern durch die schiere Menge an Alkohol aus, die man in jedem der Läden in Rekordzeit in sich hineinschüttet.

Ich entferne mich ein paar Schritte die Straße hinunter, weil ich nicht will, dass sie das hören.

»Wie waren deine Vorlesungen?«

Wieder ein kurzes Zögern. »Gut«, sagt Sam und sieht sich im Raum um, als würde sie etwas suchen. Nach einer Ausflucht, zum Beispiel.

»Warst du in allen diese Woche?« Ich will das eigentlich nicht fragen. Nicht so, als wäre ich ihre Mum oder ihr Dad. Mit diesem unterschwelligen Vorwurf darin, den ich einfach nicht verstecken kann.

Sofort kommen die Erinnerungen zurück. Tränen, Türenschlagen, Geschrei, dass sie weglaufen würde. Das Gefühl von Ohnmacht und Angst, eine unbeschreibliche Angst, dass Sam so wird wie unser Dad und ihr Leben nicht auf die Reihe bekommt. Die letzten Jahre über habe ich sie quasi in die Schule gezwungen. Und es gab Zeiten, da haben wir kaum miteinander geredet. Sie hat mich mit einer Leidenschaft gehasst, wie man nur Eltern in seiner Teeniezeit hassen kann.

Aber wir haben uns ausgesprochen, und jetzt haben wir einen Deal. Sam ist volljährig, sie ist erwachsen. Ich habe ihr nichts vorzuschreiben, und deswegen tue ich es auch nicht mehr, obwohl ich mich gerade echt zusammenreißen muss.

Eine kleine Pause entsteht. »In den meisten.«

Das bedeutet, in einer, maximal zwei. Ich kommentiere es nicht. Jetzt zu sagen *Aber du kannst doch nicht schon in der ersten Woche schwänzen* würde nur dazu führen, dass sie sofort das Gespräch beendet.

Das möchte ich auf keinen Fall.

»Und wie geht's Dad?«

»Der schläft viel«, sagt Sam, und ich bilde mir ein, dass sie bedrückt klingt. Es war nicht nur ein einzelner Ausrutscher, als ich mit ihm telefoniert habe vor einer Woche. Er trinkt wieder.

Bei der Erkenntnis explodiert ein drückender Schmerz in meinem Bauch und schickt einen heißen Schauer durch meinen gesamten Körper.

»Okay. Soll ich euch vielleicht mal besuchen kommen? Nächstes Wochenende?« Ich sage es so schnell, damit Sam gar keine Zeit hat, es mir auszureden.

Ich muss dort sein. Dann kann ich helfen. Dann habe ich mehr Kontrolle.

Du hast sowieso keine Kontrolle, Lily, meldet sich eine spöttische Stimme in meinem Kopf.

»Hey, kommst du mit rein oder was?«, höre ich Hunter von hinten über die Straße brüllen.

Ich rolle mit den Augen und Sam kichert. »Los, geh schon zu den anderen.«

»Nein, warte, wegen des Wochenendes …«

»Jetzt entspann dich doch mal und bleib, wie auch immer der Ort heißt, in dem du bist. Wir kom-men-klar«, sagt sie überdeutlich und lacht erneut.

Ich nehme es ihr nicht ab.

»Ich muss jetzt los, bye!«, verabschiedet sich Sam schnell und legt auf, ohne meine Antwort abzuwarten. Typisch.

»Hab dich auch lieb«, murmle ich.

Hunter hält mir noch immer die Tür auf, macht eine ungeduldige Handbewegung und dann tauchen wir in den Pub ein.

Es ist etwas dämmrig hier drinnen. Die feuchtwarme Luft trägt den Geruch von Bier und Schweiß mit sich. Ich brauche kurz, um mich zu orientieren, weil der Gastraum verwinkelt ist und es hier viele Nischen mit Sitzgelegenheiten gibt. Ebenso wie in den anderen beiden Pubs sind die Wände und sogar die Kassettendecke mit dunklem Holz vertäfelt. Dutzende golden beschirmte Wandlampen wechseln sich mit völlig unterschiedlich gerahmten Bildern ab. Maritime Skizzen, Ölporträts (ziemlich sicher sind die alle fake). Im Halbdunkel erkennt man die Motive nicht genau. Hinter der U-förmigen Bar befindet sich ein riesiges viktorianisches Buntglasfenster mit Einlegearbeiten, das von der Rückseite beleuchtet wird und mich ein bisschen an die Fensterrose über dem Haupteingang der Bloomsbury erinnert.

Irgendein Chartsong dröhnt aus den Lautsprechern, und es ist so voll, dass wir uns zwischen den anderen Besuchern bis zur Bar durchschlängeln müssen. David, einer der Typen aus unserer Marktpsychologie-Vorlesung, hat eine kleine Ecke bei dem Jackenständer ergattert, direkt neben dem Tresen, und wir bleiben dort. Er gibt dem Barkeeper ein Handzeichen, brüllt ihm irgendetwas ins Ohr und der nickt. Keine Ahnung, was er da bestellt hat, aber ich glaube, es wird unschön. Denn David bestellt bei seinen Runden nicht wie alle anderen Bier, sondern Shots. Der Barkeeper reiht sieben Tequilagläser auf, schüttet den Weißen rein und drapiert Zitronenspalten darüber. Er knallt den Salzstreuer daneben und sammelt die labbrigen Geldscheine ein, die David ihm reicht.

Ich stöhne angestrengt, als David jedem von uns ein Glas in die Hand drückt, Hunter gibt einen Begeisterungslaut von sich, und Elsa schafft es nur noch, den Tequila zwischen ihren Fingern anzustarren, als wäre er ihr Feind.

Ist er auch. Spätestens in einigen Minuten, wenn der Alkohol in unsere Blutbahn gelangt und unsere Gehirne vollends benebelt. Wir hatten ein Bier und einen Shot im ersten Pub, versuche ich mich zu erinnern, drei Shots im zweiten und jetzt ...

»Elsa, wir kaufen uns anschließend Wasser«, stelle ich fest, benetze wie alle anderen die Haut an der Hand, streue Salz darauf, lecke es ab, kippe den Shot. Ich spüre das Brennen und den Geschmack des Alkohols in meinem Mund, dann in meiner Kehle und schaffe es leider nicht ganz, mein Gesicht nicht zu verziehen, ehe ich in die Zitrone beiße.

Nicht nachdenken. Nicht nachdenken, was zu Hause ist.

Kurz funktioniert es. Ich nehme die aufgekratzte Energie um mich herum wahr und höre die lauten Stimmen und den Beat aus den Lautsprechern, der in meinem Brustkorb weiterdröhnt.

Und genauso, wie das Brennen des Alkohols allmählich in meiner Kehle verfliegt, wird auch das drückende Gefühl in meiner Brust leichter. Ich stimme in das Lachen der anderen ein.

»O yeah«, höre ich Hunter neben uns sagen. Er ist dran, winkt den Barkeeper heran, unterhält sich kurz mit ihm und dreht sich dann mit der gesamten Tequilaflasche zu uns um. David johlt, Elsa schlägt sich die Hand vor den Mund, und ich versuche, ein Aufstoßen zu verhindern, als Hunter unsere Gläser erneut befüllt.

Mir wird klar, dass der Abend kein gutes Ende nehmen

kann. Dafür sind wir alle schon viel zu betrunken. Bestimmt trennen mich nur noch zwei oder drei Shots von einem kompletten Absturz.

Und heute ist mir danach, mich mit ausgebreiteten Armen hineinzuwerfen.

17

Ellis

Bisher habe ich Hugh davon abhalten können, mich zu dem Junggesellinnenabschied zu schleifen. Ich schätze die Frauen auf Mitte zwanzig, und sie sehen sich zum Verwechseln ähnlich. Vielleicht sind sie Geschwister? Jedenfalls haben sie sich an einen der Rundtische auf der gegenüberliegenden Seite des Gastraums zurückgezogen. Andy ist schon seit einem Weilchen bei ihnen, und obwohl der Pub brechend voll ist, hört man ihr Gegacker bis zu uns herüber.

Mein Blick schweift über die anderen Anwesenden. Heute sind viele Besucher von außerhalb da, denn mir fallen einige unbekannte Gesichter auf.

Und dann sehe ich eines, das mir ganz und gar nicht unbekannt ist.

Lily ist hier. Sie, ihr Präsentationsteam und noch ein paar Leute aus der Vorlesung. Sie stehen auf der gegenüberliegenden Seite der U-förmigen Bar und … Haben sie gerade ernsthaft die gesamte Flasche Tequila bestellt?

»Aha«, höre ich neben mir. Hugh stößt mich leicht mit seinem Ellenbogen an. »Die Kleine kennen wir doch, oder nicht?« Er grinst anzüglich, und ich verdrehe die Augen, während ich mich zu ihm umdrehe.

»Was willst du damit sagen?« Vorsichtshalber ziehe ich mich weiter in den Gastraum hinter eine Gruppe von Bekannten zurück, weil ich vermeiden möchte, dass Lily und die anderen mich entdecken. Ich bin selbst nicht mehr nüchtern und möchte nicht, dass meine Studierenden mich so sehen.

»Du müsstest dir mal zuschauen, wie du sie anstarrst. Als wäre sie Taylor Swift oder so.«

»Unangebracht«, sage ich bloß.

»Mach sie halt klar, wenn du so auf sie stehst.«

»Hör auf, so einen Mist zu labern.«

»Na los doch!« Hugh schiebt mich nach vorn, und ich schlage seine Hand von meiner Schulter. Nachdrücklich.

Er mustert mich, und ich kann ihm dabei zusehen, wie er nachdenkt, mit aufgerissenen Augen und leicht offen stehendem Mund. Und dann scheint er zu verstehen. »Wow!«, sagt er. »Du stehst echt auf sie! Und nicht nur ein bisschen. Woohooooo«, macht er und bietet mir einen High Five an.

Ich schlage natürlich nicht ein, sondern reibe mir angestrengt über die Augen und atme anschließend tief aus.

Hugh beobachtet mich währenddessen mit einer Faszination, als wäre ich eines der sieben Weltwunder. Er mag ein Honk sein, aber er war während der Trennung von Hannah die ganze Zeit an meiner Seite. Und er weiß, dass es seitdem keine Frau gegeben hat, die mein ernsthaftes Interesse geweckt hätte.

»Schau mich nicht so an«, versuche ich seinen geiernden Blick abzutun und weiß genau, dass es wie ein Eingeständnis klingt. Ist es ja auch. Ich drehe der Bar den Rücken zu. Weil das Grüppchen, das uns abgeschirmt hat, gerade geht und wir nun wieder freie Sicht auf Lily haben. Dennoch schaffe ich es nicht, mich zusammenzureißen, und werfe immer mal wieder einen Kontrollblick über die Schulter. Sie sind so mit sich selbst und der Flasche Tequila beschäftigt, dass sie das, was um sie herum geschieht, gar nicht wahrzunehmen scheinen.

Das ist gut.

Was ich allerdings nicht so gut finde: Sie haben inzwischen eine halbe Flasche geleert. Innerhalb von Minuten.

Lass sie machen. Es geht dich nichts an.

Hugh fängt an, mir irgendetwas von seinem Neoprenanzug zu erzählen, weil er wohl an meinem Gesichtsausdruck gemerkt hat, dass ich das Thema Lily nicht weiter vertiefen will. Ich höre nur mit halbem Ohr zu. Einige junge Männer, die in der Hafenverwaltung arbeiten, haben sich an den Tresen gedrängt und geben mir Deckung. Ich nicke ihnen zu und beobachte Lily weiterhin.

Sie trägt eine hoch geschnittene, weite Jeans und ein weißes, eng anliegendes Top, das Schultern zeigt, ein kleines bisschen Bauch hervorblitzen lässt und ihre Brüste so vorteilhaft hervorhebt, dass ich kurz daraufstarren muss wie ein Dreizehnjähriger. Offenbar ist ihr warm geworden, weil sie ein Holzfällerhemd um die Hüften geschlungen hat. Wenn sie spricht, kann ich ihre runden Kreol-Ohrringe baumeln sehen, weil sie ihre bunten Haare wie so oft zu einem lockeren Dutt hochgesteckt hat. Sie ist weder so stark geschminkt noch auffällig mit kurzem Rock und tiefem Ausschnitt bekleidet wie viele der anwesenden Frauen – und trotzdem schaffe ich es einfach nicht, wegzuschauen.

Als die anderen sich um die Tequilaflasche scharen und Lily sich offenbar einen Moment unbeobachtet fühlt, verändert sich ihr Gesichtsausdruck. Ihr Lächeln zerfällt, ihre Schultern hängen herab und sie fixiert einen Punkt irgendwo auf dem Tresen. Sobald sich die anderen ihr wieder zuwenden, ist der Ausdruck wie weggewischt. Sie lacht und greift nur zu bereitwillig nach dem nächsten Glas Tequila.

Interessant. Darum geht's bei Lily. Ablenken, eine Show machen, blenden. Damit ja niemand auf die Idee kommt, hinter die Fassade zu blicken.

Ich frage mich, was sie bedrückt. Das Problem mit der Exmatrikulation ist inzwischen gelöst. Aber ich habe dieses Telefonat am Strand mitbekommen, nach dem sie richtig durcheinander war. Und ich weiß, dass an ihrer alten Uni irgendetwas vorgefallen sein muss. Es gibt offenbar so vieles, was Lily verbirgt. Zu verbergen versucht.

»Du hörst mir gar nicht zu«, tönt Hughs Stimme in meinem Ohr.

Ich drehe den Kopf zu ihm und sehe ihn einen Moment lang an. »Nein.« Wenigstens bin ich ehrlich.

»Dann sprich sie halt an«, schlägt er vor. »Das ist ja nicht mit anzusehen, wie du sie anstierst.«

»Definitiv nicht«, erwidere ich und schlucke schwer, als mein Blick erneut zu ihr schweift. Der nächste Shot, sie stoßen an, trinken ihn, und ich sehe, wie Lily sich am Tresen festhält.

Ich drehe mich komplett zu Hugh. »Bist du durstig?«

»Das fragst du noch?«

Ich drücke ihm mein halbes Bier in die Hand, kämpfe mich bis zum Barkeeper nach vorn und bestelle mir ein Wasser.

Ich muss nüchtern werden.

Gerade, als ich zurück zu Hugh gehe, höre ich ein gekünstelt hohes »Heeey«.

Eine der blonden Frauen vom Junggesellinnenabschied kommt zu uns herüber. Sie trägt ein glänzendes pinkfarbenes

Minikleid, eine Schärpe mit »Bride-to-be« darüber und hat eine Plastik-Tiara auf dem Kopf, die bereits ordentlich verrutscht ist. »Würdet ihr zwei Süßen mir bei meinen Aufgaben helfen?« Als weder Hugh noch ich sofort reagieren, fragt sie weiter: »Ihr seid doch Andys Freunde, oder nicht?«

»Logo sind wir das«, antwortet Hugh schließlich. Wir sehen alle zu dem Tisch der Mädels. Andy steht dort, umringt von vier Frauen, und streicht sich gerade durch seine kurzen Krauselocken. Seine Mum stammt aus Nigeria und die Haare hat er definitiv von ihr geerbt.

»Und wer bist du?« Hugh tritt auf die zukünftige Braut zu. Nah genug, um es als eindeutiges Flirten interpretieren zu können.

Sie muss ihren Kopf etwas in den Nacken legen, damit sie ihm in die Augen sehen kann. Lächelnd hebt sie ihre Hand und legt sie auf Hughs Brust. »Nadine!«, sagt sie.

»Hi, Nadine«, antwortet Hugh, und ich bin kurz davor, ihn ein Stückchen von ihr wegzuziehen, weil ich mir ziemlich sicher bin, dass sie schon ordentlich einen sitzen hat. Und sie ist die Braut. Sie heiratet demnächst. Klar sind Junggesellinnenabschiede dafür da, es noch mal richtig krachen zu lassen, aber sollte sie nicht besser bei ihren Freundinnen bleiben?

»Also, mit dir …« Nadine fährt mit der flachen Hand Hughs Brust entlang. Ja, er geht regelmäßig ins Gym, wir gehen oft gemeinsam. Er ist gut gebaut, aber für meinen Geschmack ist diese Nadine ganz schön offensiv. »… möchte ich ein Selfie. Okay?« Etwas ungeschickt greift sie nach dem Handy, das sie an einer Kordel um ihren Körper trägt, und tippt auf dem Display herum, während sich ihr Arm um ihn legt.

»Logo«, sagt er wieder etwas dümmlich, und erst daran erkenne ich, dass Hugh ebenfalls überfordert ist.

Als sie das Foto gemacht haben, lege ich meine Hand auf Hughs Nacken. »Bisschen frische Luft?«

»Auf keinen Fall!«, sagt Nadine bestimmt. »Du musst mir helfen, ein Freigetränk vom Barkeeper zu bekommen. Der ist echt hart zu knacken.«

Und das ist Dan aus gutem Grund. Beinahe jedes Wochenende kommen hier Junggesellenabschiede her, und zwar nicht nur einer, sondern oft mehrere gleichzeitig. Er kennt die Spielchen und lässt sich nicht mehr darauf ein.

»Ich glaube nicht, dass Dan dafür zu haben ist, sorry!«

»Komm schon! Versuch's halt.«

Ich werfe einen Hilfe suchenden Blick zu Hugh, der schadenfroh grinst und mich meinem Schicksal überlässt. Insgeheim ist er wohl froh, dass ich nun das Ziel von Nadines Aufmerksamkeit bin.

»Okay, gehen wir.« Ich kämpfe mich durch den Gastraum, Nadine im Schlepptau, deren Handflächen auf meinem Rücken liegen. Eigentlich hätte ich gerne, dass sie ihre Pfoten bei sich lässt, aber ich möchte sie nicht vor den Kopf stoßen.

»Nadine feiert heute Hen Night. Und sie hätte gerne einen Gin Tonic«, sage ich zu Dan, als er mich fragend ansieht.

Er wischt seine Hände an einem Geschirrtuch ab, das er am Gürtel hängen hat, und erwidert humorlos wie immer: »Schön für sie.«

Als er sich schon wegdrehen will, tippe ich zweimal auf die verschiedenen, teils durchweichten Zettel, die an der Innenseite des Tresens angebracht sind. Auf einem davon steht eine Strichliste mit meinen Getränken. Das heißt, ich gebe ihr den Drink aus und setze ihn auf meine Rechnung. Weil ich meine Ruhe vor ihr haben möchte und das gerade der einfachste Weg ist. Wenn es mich ein paar Pfund kostet, ist das eben so.

Nadine kreischt auf, als sie erkennt, dass sie einen Drink bekommt, und meint, ihre Challenge erfüllt zu haben. Ich lasse sie in dem Glauben. Sie stellt sich auf die Zehenspitzen, drückt mir einen Kuss auf die Wange, und ich lache auf, weil ich davon so überrascht bin. Irgendwie ist es mir trotzdem unangenehm, und im letzten Moment reiße ich mich zusammen, um nicht die leichte Feuchte auf meiner Wange fortzuwischen.

Als ich den Blick wieder hebe, fällt er auf Lily. Sie steht direkt am Tresen, einige Geldscheine in der Hand, und starrt mich an. Sofort versteife ich mich.

Dan kassiert ab, Lily reicht die vollen Gläser nach hinten, und zu meiner Erleichterung hat Nadine ihr Interesse an mir schlagartig verloren und sich zu ihren Freundinnen zurückgedrängelt. Nur ich bleibe wie festgefroren stehen und beobachte Lily dabei, wie sie mit ihren Leuten anstößt. Sie trinken, und alle schütteln sich, obwohl sie von weißem auf goldenen Tequila umgestiegen sind (der schmeckt meiner Meinung nach zumindest nicht so, als würde man das Kühlwasser eines Autos trinken). Dann brüllt Lily etwas in das Ohr ihrer rothaarigen Freundin, die nickt verständig, und Lily bewegt sich auf die Eingangstür zu.

Einen Moment brauche ich, dann setzen sich meine Beine wie von allein in Bewegung. Ich merke, wie mir die Blicke ihrer Freunde folgen, während ich den Pub ebenfalls verlasse.

Hinter mir fällt die Tür zu. Die Stille hier draußen ist angenehm, und ich höre dieses hohe Rauschen in den Ohren, das ich sonst immer nach Konzerten habe.

Lily steht allein auf dem Gehsteig und hat ihren Blick nach unten auf ihre Glitzerchucks gerichtet, die völlig verschmutzt vom klebrigen Pub-Boden sind.

»Genug Tequila?«, frage ich und sie fährt herum.

Dem erschrockenen Ausdruck auf ihrem Gesicht folgt ein Stirnrunzeln, als sie mich erkennt. Sie kneift die Augen zusammen. »Ja, kann schon sein«, gibt sie zu, und ich höre an ihrer schweren Zunge, wie betrunken sie ist.

Gespannte Stille breitet sich zwischen uns aus. Sie mustert mich, blinzelt dabei träge und legt sogar den Kopf schräg. Irgendetwas an ihr ist heute Abend anders als bisher. Liegt das nur am Alkohol?

Sie macht einen leicht schwankenden Schritt auf mich zu, sieht mir dabei aber fest in die Augen, und mir läuft ein Schauer über den Rücken.

»Schade, dass du mein Dozent bist«, sagt sie, und ich spüre förmlich, wie mein Puls in die Höhe schießt.

»Wieso schade?«, höre ich mich mit belegter Stimme fragen.

»Sonst würde ich sagen: Du schon wieder?! Tue ich aber natürlich nicht. Weil ich höflich bin. Und an meiner guten Note hänge.«

Mir entfährt ein Lacher und gleichzeitig bin ich enttäuscht von ihrer Antwort.

Was hast du erwartet? Dass sie den Elefanten, der ständig im Raum ist, wenn ihr aufeinandertrefft, direkt anspricht? Natürlich macht sie das nicht. Und das ist auch besser so.

»Die Noten vergebe nicht ich, sondern Prof. Walsh«, sage ich steif. »Außerdem sind eure Prüfungsbögen anonymisiert. Du bist also nur eine Nummer. Selbst wenn ich wollte, könnte ich dir keine schlechte Note geben.«

Ihre Mundwinkel zucken. »Nur eine Nummer?«, fragt sie kokett. Noch immer liegt ihr Blick auf mir, und trotz des Halbdunkels, das hier draußen unter dem orangefarbenen

Licht der Straßenlaternen herrscht, bilde ich mir ein, die seltsame Mischung aus Blau, Grün und Braun in ihren Augen beginne zu leuchten.

Lily kommt mir heute wirklich anders vor. Es umgibt sie etwas Weiches, Feminines, das zugleich stark ist und ... unglaublich sexy.

Ich räuspere mich, weil ich von der Anziehung und dem leisen Prickeln, das plötzlich überall in meinem Körper ist, komplett überfordert bin.

Aber sie macht es nur noch schlimmer, denn während sie mich ansieht, streicht sie sich mit dem Daumen über die Unterlippe. Ich glaube nicht, dass sie es absichtlich macht, dennoch kann ich meinen Blick nicht mehr davon losreißen, und mir wird verdammt, verdammt warm.

Ich will sie haben. Es ist wie ein niederer Instinkt, der in mir schwelt, aber er ist mächtig. Ich will sie berühren, ich will ihren Kopf in meine Hände nehmen und sie küssen, ich will wissen, wie sie schmeckt und wie sie reagiert, wenn ich sie küsse. Wie es sich anfühlt, wenn sich ihr warmer, schmaler Körper an meinen drückt, und ...

Ganz leicht schüttle ich den Kopf, weil ich das auf keinen Fall weiterdenken darf. Denn sosehr ich es möchte und sosehr ich das Gefühl habe, dass Lily heute Abend entspannter und irgendwie offener mir gegenüber als bisher ist – niemals, wirklich niemals würde ich ihren momentanen Zustand ausnutzen.

»Ich glaube, du solltest nach Hause«, sage ich knapp.

»Jup«, bestätigt sie, bewegt sich aber keinen Millimeter, sondern bleibt einfach stehen und starrt mich weiter an. Ihr Blick ruht auf meinen Lippen, und rutscht dann zu meinem Adamsapfel. Sie schluckt, und so, als würde sie plötzlich wieder zu sich kommen, atmet sie scharf ein und sagt: »O Gott.«

Abrupt dreht sie sich von mir weg, als müsste sie fliehen, und beginnt tatsächlich, mit holprigen Schritten die Straße entlangzulaufen.

Ein oder zwei Sekunden verstreichen. Dann …

»Moment mal«, versuche ich sie aufzuhalten. Im Leben lasse ich sie nicht in diesem Zustand allein zurücklaufen. Klar, wir sind in Marchlyn Falls, eigentlich dürfte hier nichts passieren. Aber es ist Freitagabend, das gesamte Umland und ein Großteil der Studenten machen Party im Ort oder betrinken sich, und ich kenne die Dynamik, die bei Horden von Betrunkenen entsteht. »Ich begleite dich bis zum Wohnheim.«

Sie bleibt stehen. »Ich will nicht von meinem Dozenten nach Hause begleitet werden.«

Das saß. Gerade fühlt es sich an, als hätte sie einen Eiskübel über meinem Kopf ausgeleert. Ich bin ihr Dozent. *Raff's endlich, ihr fucking Dozent!*

Was auch immer ich vorhin geglaubt habe in ihre Blicke und Körpersprache interpretieren zu müssen, war vielleicht Wunschdenken, aber definitiv kein Annäherungsversuch.

»Ist dir meine Gesellschaft unangenehm?«, frage ich geradeheraus und bleibe stehen. Und ich meine die Frage genau so. Wenn ich für sie nur der Dozent bin, dessen Gegenwart sie befangen macht oder vielleicht sogar stört, habe ich hier nichts mehr zu suchen. »Ist es das, Lily? Dann gehe ich in den Pub und hole deine Freundin, damit sie dich begleitet.«

Ein Weilchen betrachtet sie mich nachdenklich. Ich sehe ihr an, dass sie hadert, während sie erst in den Sternenhimmel und dann wieder zu mir schaut. »Nein, deine Gesellschaft ist mir nicht unangenehm.«

Innerlich atme ich auf. »Dann lass mich dich nach Hause bringen, wenn du schon beschließt, dich fast bis zur Bewusstlosigkeit zu betrinken.«

»Das nennt sich Pub-Crawl«, erwidert sie und hebt die Hand, als müsse sie mich zum Schweigen bringen. Ihre Bewegungen sind langsam und nicht sonderlich präzise. »Gute alte englische Tradition. Das gehört sich so«, behauptet sie.

Ich muss lachen. »Seit wann sind Traditionen was Gutes?«

»Für irgendjemanden sind sie doch immer gut.« Ich bin erstaunt, wie schlagfertig sie noch ist.

»Richtig. Pub-Besitzer, zum Beispiel. Die Bierindustrie …«, führe ich ihren Kommentar fort.

»Moment mal, wir haben Tequila getrunken, kein Bier.«

»Ich weiß.«

Sie sieht mich irritiert an. »Hast du mich beobachtet?«

»Nein«, lüge ich. »Du mich?«

»Nur … nur ganz zum Schluss. Als du Gesellschaft hattest.«

»Sie wollte einen Drink umsonst haben. Das war Teil ihrer Bride-to-be-Challenge«, erkläre ich und frage mich, wieso ich das überhaupt tue, mich erklären.

Zumal mich das Gefühl beschleicht, dass Lily mir gar nicht mehr zuhört. Sie legt eine Hand an die Stirn, reibt sich mit dem Handballen darüber und stöhnt unterdrückt auf. Oder was auch immer das für ein Geräusch ist, das sie da gerade von sich gibt.

»Alles okay?«, frage ich.

»Ja. Nein. Eigentlich nein.«

»Klingt kompliziert?« Ich hoffe sehr, sie steigt auf meine Frage ein.

»Ich bin betrunken«, gibt sie zu.

»Ich weiß. Deswegen lasse ich dich jetzt auch nicht allein nach Hause gehen. Du erinnerst dich vielleicht?«

Sie schnaubt. »Außerdem ... ich ...« Sie atmet schwer aus und sieht mir dann direkt in die Augen. »Weißt du, wie es sich anfühlt, völlig machtlos zu sein?«

O ja, das tue ich.

Während ich überlege, was ich ihr antworten kann, redet Lily einfach weiter. »Scheiße. Es fühlt sich scheiße an.« Wieder eine Pause. »Ich hab sie im Stich gelassen.« Ihre Aussprache wird immer nuscheliger, ihre Stimme schwächer. So langsam entfaltet der ganze Alkohol in ihrem Blut seine volle Wirkung.

Mir ist völlig klar, dass sie mir in nüchternem Zustand nichts von alledem erzählen würde. Trotzdem halte ich sie nicht davon ab. Vielleicht, weil ich weiß, dass sie Probleme hat, und ich mich seit Tagen frage, worum es sich dabei handelt. Deshalb vergrabe ich meinen Anstand irgendwo dort, wo ich mein Gewissen bereits vor einer halben Stunde verbuddelt habe, und frage nach. »Wen im Stich gelassen?«

»Sam. Und meinen –«

Sie schließt die Augen, dreht den Kopf in den Himmel und gibt ein frustriertes Stöhnen von sich. Ist ihr schlecht?

»Lily?«, frage ich.

Sie reagiert nicht.

»Meine Schwester und meinen Dad«, sagt sie dann mit geschlossenen Augen.

Es gibt tausend Fragen, die mir auf der Zunge liegen und die ich ihr am liebsten sofort stellen möchte. Ob es etwas mit dem Telefonat am Strand zu tun hat? Und wieso im Stich gelassen?

Aber noch ehe ich mich entschieden habe, wie ich nachfragen kann, lässt uns ein Geräusch in unserem Rücken herumfahren. Eine Horde grölender Betrunkener biegt um die Ecke und steuert auf uns zu. Es sind mindestens zehn junge und wahnsinnig laute Männer. Vermutlich sind sie auf dem Weg ins *Golden Harp*.

Eigentlich stehe ich einen guten Schritt von Lily entfernt, und ich weiß auch nicht, was den Eindruck erwecken könnte, wir zwei würden hier gleich übereinander herfallen. Dennoch höre ich aus der Ferne das anzügliche Pfeifkonzert der Männer, die überraschend schnell näher kommen, und denke gar nicht weiter darüber nach – ich fasse Lily kurzerhand an der Schulter und dirigiere sie in Richtung Hausmauer. Rechts neben ihrem Kopf stütze ich meine Hand auf und schirme sie so komplett vor den neugierigen Blicken der anderen ab. »Ist okay, die sind gleich vorbei«, sage ich leise.

Mein Schatten fällt auf ihr Gesicht, und ich kann nicht genau erkennen, wie sie reagiert. Aber ich kann es spüren, denn ihre Linke gleitet an meine Seite und zieht mich sanft näher zu sich heran.

Mein Herz stolpert. Ihr Körper ist meinem so nah, dass ich einen Sekundenbruchteil die Konzentration verliere. Ihre Brüste drücken gegen meinen Brustkorb, und jetzt ist auch ihre andere Hand an meiner Seite und hält mich fest. Ich sehe zu ihr hinab und habe das Gefühl, die Zeit bleibt stehen. Oder dehnt sich aus. Irgendetwas passiert, als mein Gesicht über ihrem schwebt und unsere Blicke miteinander verschmelzen.

Meine Aufmerksamkeit bleibt an ihren Lippen hängen, ohne dass ich das möchte, aber es passiert trotzdem, und ich spüre ihre Atemzüge an meinem Hals.

Hinter mir erklingen die Schritte mehrerer Männer.

»Uuuuh yeahhh, hier geht's wohl zur Sache, oder was«,

ruft irgendjemand, und ohne dass ich den Typen ansehen muss, höre ich, dass er sturzbetrunken ist. Die anderen bestätigen seinen Kommentar mit anzüglichen Geräuschen, und ich spüre, dass dieser Trottel hinter uns stehen bleibt. Ich drehe nur halb den Kopf, rücke noch ein winziges Stückchen näher an Lily und lasse keinen Blick auf sie zu. »Ja, und du verschwindest jetzt besser.«

Ihr Kopf sinkt an meine Brust, sie lehnt sich schwer gegen mich, und kurz bin ich von ihrer Nähe so überwältigt, dass ich vergesse zu atmen.

Aus dem Augenwinkel sehe ich, wie der Vollidiot hinter mir irgendwelche eindeutigen Bewegungen mit der Hüfte macht, aber ich reagiere nicht mehr, sondern konzentriere mich auf Lily, lege den linken Arm um ihre Schulter und warte einfach.

Das langweilt die Typen offenbar, denn sie ziehen weiter und sind wenige Momente später im *Golden Harp* verschwunden.

Die Tür fällt hinter ihnen zu, es wird wieder ruhig auf der Straße, aber ich rühre mich trotzdem nicht. Und Lily ebenfalls nicht. Wie gebannt stehe ich da, mit rasendem Herzen, und atme den Duft ihrer Haare ein. Ich habe Angst, dass ich mit der kleinsten Bewegung die Nähe zwischen uns zerstören könnte.

Ich weiß nicht, wie lange wir so eng aneinandergeschmiegt stehen, aber irgendwann reiße ich mich zusammen und löse mich von ihr.

Unsere Blicke treffen sich. Lily spricht nicht, und ich kann den Ausdruck in ihren Augen unmöglich deuten.

»Wollen wir?«, frage ich, und gleichzeitig setzen wir uns in Bewegung.

Besonders schnell kommen wir allerdings nicht voran, denn Lily läuft mit gehöriger Schlagseite und kollidiert wiederholt mit mir.

»Geht's dir gut?«, will ich wissen, weil ich tatsächlich Angst bekomme, dass sie über ihre eigenen Füße stolpern könnte. Ich lege einen Arm um ihre Taille und stütze sie. Es scheint ihr nichts auszumachen, denn sie gibt nur ein Brummen von sich, das ich als Zustimmung interpretiere.

Als wir das Ortszentrum hinter uns gelassen haben und uns am Fuß des Unihügels befinden, bleibt Lily stehen. »Mir ist schlecht.«

Ich nicke und weiß nicht, wie ich reagieren soll. »Willst du … willst du kurz anhalten, oder …«

»Wieso bist du so nett zu mir?« Sie verengt die Augen und mustert mich mit unstetem Blick.

»Ich mache nur das, was jeder tun würde«, verteidige ich mich. So ist es doch, oder?

»Du bist verheiratet.« Da sie so undeutlich spricht, bin ich mir nicht sicher, ob ich sie tatsächlich richtig verstanden habe.

Unwillkürlich versteife ich mich, aber Lily ist zu betrunken, um es zu merken. »Ich *war* verheiratet«, korrigiere ich sie leise.

»Krass«, sagt sie. »So früh schon verheiratet.«

»Hier in der Provinz heiraten wir eben früher.«

Eigentlich war das als selbstironischer Scherz gedacht, doch sie schnaubt und sagt unter halb geschlossenen Lidern: »Stimmt nicht. Du warst in Oxford. Sie hat dort gemodelt.«

Mein Kiefer verhärtet sich. Woher weiß sie das alles?

»Du hast dich von einem Model scheiden lassen.« Sie grinst schief. »Mutig.«

Dann windet sie sich aus meinem Arm und lässt sich schwer auf einen der halbhohen Granitsteine fallen, von denen irgendjemand aus der Stadtverwaltung dachte, sie wären eine passende Verschönerung des Unihügels. Sind sie nicht. Jetzt sieht es so aus, als hätte ein Riese auf dem Berg Murmeln gespielt und anschließend alles liegen gelassen.

»Nein, *sie* hat sich von *mir* scheiden lassen.« Ich sehe auf Lily hinab, während sie den Kopf auf die Arme stützt und ziemlich laut atmet. Ich habe Angst, dass sie mir auf der Stelle einschläft, deswegen greife ich nach ihrem Arm und ziehe sie mit einem Schwung wieder nach oben. »Und wir machen jetzt keine Pause, sondern gehen nach Hause, okay?«

»Hmmm«, macht sie, läuft aber folgsam mit.

Vor dem Wohnheim helfe ich ihr, die Schlüsselkarte aus ihrem Geldbeutel zu holen, und ringe mit mir. Ich kann sie nicht auf ihr Zimmer bringen. Das geht nicht. Massiv, massivst übergriffig.

Als Lily Gefahr läuft, wieder in sich zusammenzusinken, gebe ich ein gequältes Stöhnen von mir, öffne mit einer Hand die Tür, hebe sie kurzerhand hoch und trage sie.

Irgendwie schaffe ich es, sie in ihr Zimmer zu bugsieren, nachdem sie mir auf meine fünfte Nachfrage hin ihre Zimmernummer verraten hat. Ich lege sie auf ihrem Bett ab, auf dem wild verstreut irgendwelche Klamotten herumfliegen, ziehe ihr Schuhe und Socken aus (sie hat irgendetwas darübergeschüttet – Tequila?) und decke sie zu. Innerhalb von Sekunden werden ihre Atemzüge schwerer und gleichmäßiger. Eigentlich hatte ich mir vorgenommen, ihr Wasser anzubieten, aber ich will sie nicht wecken. Also gehe ich in die Miniküche ihrer Doublette, fülle ein Glas mit frischem Wasser und stelle es auf das Nachtkästchen neben ihrem Bett.

Mit einem Seufzen verlasse ich das Wohnheim und mache mich auf den Weg zurück in die Stadt. Die Chancen stehen gut, dass Lily sich morgen an kaum noch etwas erinnert.

Und das ist definitiv besser so. Für uns beide.

18

Lily

Ich höre die verdammte Uhr an der Wand ticken, so leise ist es im Büro. Heute ist mein erster Arbeitstag am Institut. Ich war schon gar nicht mehr verwundert, als ich herausgefunden habe, dass ich mir von allen (immerhin acht!) Menschen, die an diesem Institut angestellt sind, ausgerechnet mit Ellis Redmaine das Büro teilen werde. Wie könnte es auch anders sein? Mein Leben verläuft gerade sowieso wie eine dieser schrägen Hollywoodkomödien – oder sollte ich besser sagen, Horrorfilme? –, bei der man mit sensationslüsterner Faszination dabei zusehen kann, wie das Schicksal die tragische Hauptfigur (also mich) ex-machina-style von einem Desaster ins nächste laufen lässt.

Ersetze Desaster mit »Zusammentreffen mit Ellis Redmaine«, et voilà, das Drehbuch meines Lebens, seit ich hier in Marchlyn Falls bin.

Jetzt sitzt er mir gegenüber und starrt mich an. Besser gesagt, er sitzt da, tippt etwas in sein Notebook und schaut dabei immer wieder zu mir. Wenn ich seinen Blick erwidere, hält er ihn einige Sekunden lang mit geradezu beängstigend ausdrucksloser Miene fest und widmet sich dann erneut seinem Computer.

Beuge ich mich etwas nach links oder rechts oder tauche tief hinter meinen Bildschirm ab, entkomme ich seiner Sichtlinie. Leider ist das ziemlich auffällig und extrem unbequem, und jedes Mal, wenn ich das mache, sieht er erst recht zu mir.

Vorhin, als ich in den Raum gekommen bin und meinen ersten Schock überwunden hatte, dass ich ausgerechnet *ihn* als Büronachbarn habe, hat er mich mit einem knappen »Hi« begrüßt und mir wortlos ein Blatt Papier mit meinen Anmeldedaten im System überreicht. Als er es auf meinem Schreibtisch abgelegt hat, war er mir kurz so nahe, dass er mit seinem Brustkorb beinahe meinen Arm berührt hätte. Ich konnte das Waschmittel in seinen Klamotten riechen (ich mag es), dann habe ich noch den vagen Hauch eines Parfüms wahrgenommen. Zwar habe ich es tunlichst vermieden, ihn anzusehen, aber ich habe seine Präsenz neben mir gespürt. Seine Körperwärme, die Kraft, die er ausstrahlt, oder vielleicht war es auch einfach seine Größe. Ich bin mir nicht sicher, was es eigentlich war. Jedenfalls gab es da einen Teil in mir, der auf seine körperliche Nähe reagiert hat. Mit klopfendem Herzen und einem warmen Gefühl im Bauch, das sich bis in meinen Schoß gezogen hat und erst verflogen ist, lange nachdem er sich wieder mir gegenüber an seinen Schreibtisch gesetzt hat.

Na gut. Es ist immer noch da.

Ich räuspere mich und sehe mich unauffällig im Raum um. Das Büro hat nicht sonderlich viele Quadratmeter, bietet aber genügend Platz für zwei dieser absurd großen grauen Büroschreibtische, die wahlweise als Staubfänger oder Ablageplatz für Dokumente dienen (die ungefähr einmal in fünf Jahren gebraucht werden). An der Wand hinter mir hängt ein etwas verblichenes Poster aus dem Snowdonia-Nationalpark, ansonsten sind hier jede Menge dunkle Regale, die zweireihig vollgestellt sind mit Lehrbüchern, Dokumentenordnern, Büro-Utensilien …

Ich konzentriere mich wieder auf meinen Screen. Ich habe mich inzwischen erfolgreich angemeldet und sogar einen ersten Arbeitsauftrag von Prof. Walsh unter diversen »*Herzlich willkommen*«-, »*Dies ist Ihr Nutzername für bla*«-, »*Folgendes Einmalpasswort für blubb*«-E-Mails in meinem Postfach identifiziert.

Nur kann ich mich nicht konzentrieren. Zum einen, weil ich noch immer verwirrt bin, wie sehr mein Körper gerade auf die Nähe von Ellis reagiert hat. Und zum anderen schaut er ständig zu mir herüber, mit dieser stoischen Miene, die den Eindruck erweckt, man hätte sie ihm ins Gesicht gemeißelt.

Und jetzt, nach exakt dreiundzwanzig Minuten und dreißig Sekunden des angespannten Schweigens und gegenseitigen Beäugens, sehe ich mich gezwungen, etwas dagegen zu tun.

»Hattest du ein schönes Wochenende?«, frage ich.

»War okay«, antwortet er sofort, aber ohne im Tippen innezuhalten. Dann wieder Schweigen.

Hat ja super funktioniert.

Keine Ahnung, was ich jetzt tun soll, deshalb versuche ich es mit einem Witz. Ich mache eine Kopfbewegung in Richtung seiner linken Hand, die einbandagiert ist. »Mal wieder Leute am Strand umgemäht?«

»Zur Abwechslung mal nicht.« Er tippt weiter.

Ich nicke. »Am Freitag hattest du das noch nicht.«

Er hält inne und sieht zu mir auf. »Du kannst dich noch an irgendetwas von Freitag erinnern?«

Das war eine ernst gemeinte Frage, wird mir klar, und zum ersten Mal verändert sich nun auch sein Gesichtsausdruck.

Seine Mundwinkel zucken – zumindest bilde ich mir das ein, und ich habe das Gefühl, dass etwas in seinem Blick aufflackert und intensiver wird. Was dazu führt, dass ich rot werde. »Natürlich«, sage ich, erkenne seine Zweifel und gebe zu: »Okay. Wenig.«

Und das, *genau das* ist mein Problem.

Sehr wohl erinnere ich mich nämlich an einige Sachen von letztem Freitag. Glaube ich zumindest. Und die treiben mir allesamt die Hitze in die Wangen. Vor Scham, dass ich so betrunken war. Und weil er …

Wenn ich versuche, mir die Geschehnisse ins Gedächtnis zu rufen, sehe ich die ganze Zeit Ellis' Körper vor mir. Seine hoch aufragende Gestalt, die breiten, muskulösen Schultern und den schlanken Oberkörper, der sich unter meinen Fingern so fest angefühlt hat. Wie ein Fels stand er vor mir und war überall um mich herum, weil er mich vor diesen Betrunkenen beschützt hat. Außerdem kann ich mich an die blonde Frau mit der Plastik-Tiara in den Haaren und einem geradezu atemberaubenden Dekolleté erinnern, die Ellis einen Kuss auf die Wange gedrückt hat. Und an den Stich der Eifersucht, der bei dem Anblick durch meinen Brustkorb gefahren ist (wofür ich mich im Übrigen heute noch am liebsten ohrfeigen würde).

Aber ansonsten weiß ich nicht mehr viel.

Vor allem weiß ich nicht, wie ich in mein Bett gekommen bin. Egal, wie sehr ich versuche, mich zu erinnern und die Bruchstücke in meinem Hirn zu *irgendetwas* Sinnvollem zusammenzufügen. Hat Ellis mich tatsächlich bis ins Wohnheim begleitet? Wie bin ich in mein Zimmer gekommen? Wer hat mir die Schuhe ausgezogen? Und meine Socken? Meine klebrigen und mit mindestens eineinhalb Gläsern Tequila durchweichten Socken? War er das??

»Hör mal, Freitagnacht, was auch immer …«, beginne ich, weil ich das Gefühl habe, dieses Thema klären und mich entschuldigen zu müssen. Zumindest im Ansatz.

»Die Tür steht offen«, unterbricht er mich und deutet nach links.

»Ja«, sage ich bloß.

»Ich weiß nicht, ob wir das besprechen sollten, wenn das halbe Institut zuhören kann.«

Ich bin gerade dabei, ein weiteres Dokument zu öffnen, schaffe es aber nicht mehr, meinen Finger auf der Maus die winzig kleine Doppelklick-Bewegung machen zu lassen.

Wieso sagt er das jetzt so? Wieso können wir es hier nicht besprechen?

»Dann machen wir sie zu«, schlage ich vor, ohne groß darüber nachzudenken, weil mein Hirn viel zu sehr damit beschäftigt ist, nicht vollends in Panikmodus zu verfallen. »Es zieht sowieso.« Ich erhebe mich vom Stuhl und will schon zur Tür gehen.

»Wie wär's mit 'nem Pulli?«

Ich bleibe stehen. Okay, richtig unhöflich. Habe ich ihn letzten Freitag irgendwie beleidigt oder Ähnliches? Ihm Beschimpfungen an den Kopf geworfen?

Ich lasse die Luft durch die Backen entweichen und versuche, meinen rasenden Puls wieder unter Kontrolle zu bekommen. *Passt doch gut, dass er unfreundlich ist. Du meidest ihn in Zukunft ja sowieso WIE DIE PEST.*

Seltsam finde ich es trotzdem, dass er anscheinend nicht das geringste Interesse daran hat, mit mir über was-auch-immer-am-Freitag-vorgefallen-ist zu sprechen.

»Wär's okay, wenn wir einfach das Fenster schließen?«, schlage ich freundlich vor, weil ich mir wirklich vorgenommen habe, mich um eine angenehme Atmosphäre zu bemühen.

»Geh da jetzt nicht hin.«

»Wieso?«

Sein Blick wandert zum Fenster, und im Stehen erkenne ich, dass etwas auf dem Fensterbrett liegt. Es sind Walnüsse.

Gerade, als ich das Gesicht verziehe und drauf und dran bin, ihm ein *Dein Ernst?* hinzuwerfen, erscheint ein dunkelbrauner, buschiger Schwanz über dem Rahmen.

Prompt stelle ich mich auf die Zehenspitzen, um besser sehen zu können.

Und tatsächlich. Ein kleines, schmales Eichhörnchen ist da, tapst mit seinen Vorderpfoten aufs Glas, schaut zu uns hinein, schnappt sich eine Walnuss und flitzt davon.

Ellis' Blick liegt vielsagend auf mir, ich erwidere ihn mit einem spöttischen Gesichtsausdruck, aber noch ehe ich etwas sagen kann, warnt er: »Ein dummer Kommentar und ich schicke dich zum Scannen.« Er deutet auf den Stapel mit älteren Lehrbüchern, die digitalisiert werden müssen. Schlimmster Job. Dreihundert Seiten einscannen.

Ich schenke ihm ein aufgesetztes Lächeln und widme mich wieder meiner Aufgabe. »Nichts läge mir ferner«, murmle ich.

Außerdem habe ich bereits einen Arbeitsauftrag, ich muss einige Zitate für eine von Prof. Walshs Vorlesungen heraussuchen und in ihre Präsentation einfügen. Und ich habe definitiv keine Zeit, heute zusätzlich irgendetwas anderes zu machen. Nach den drei Stunden Institutsarbeit muss ich sofort in die Bibliothek, um die Hausarbeit für das Fach *Vertiefung Neuropsychologie* zu schreiben. Ich habe mir fest vorgenommen, sie tagsüber zwischen meinen Vorlesungen zu machen. Worauf ich nämlich überhaupt keine Lust habe, ist, eine weitere Nachtschicht einlegen zu müssen. Seit ich an der Bloomsbury bin, sind meine Augenringe ohnehin schon dunkler als die von Uncle Fester von der Adams Family.

Morgen müssen wir die Aufgaben abgeben. Die Benotung fließt in die Abschlussnote ein. Je besser ich dabei bin, desto wahrscheinlicher wird es, dass mir der Prof eine Empfehlung schreibt, die ich dringend für meine Stipendiatenbewerbung brauche, weil ich sie in drei Wochen …

Ganz in Gedanken scrolle ich wild (und offenbar geräuschvoll) in dem Buch-PDF, aus dem ich die Zitate zusammensuchen muss. Was dazu führt, dass Ellis schon wieder zu mir hersieht.

Ich gehe ihm wohl unfassbar auf die Nerven. Anscheinend ist ihm meine bloße Anwesenheit ein Ärgernis, und ich werde mir immer sicherer, dass das etwas mit letztem Freitag zu tun hat.

Ich beschließe, einfach direkt zu sein. »Okay, also … auch wenn du vielleicht, oder sagen wir besser, auch wenn du *definitiv* nichts davon hören willst, wollte ich mich trotzdem für Freitag entschuldigen. Was auch immer vorgefallen ist – es tut mir leid.«

Ellis antwortet nicht, sondern sieht mich nur mit gerunzelter Stirn an. Und mit jeder Sekunde, die seine Augen auf mir ruhen, wird mir wärmer.

O Gott.

»Ist denn … ist denn an dem Abend irgendetwas passiert?«, frage ich und mein Herz rast schon wieder.

Bitte nicht.

Ich muss ihn so entsetzt angesehen haben, dass er einlenkt. »Nein, keine Sorge. Außer dass du unglücklich warst, dich deshalb mit den anderen betrunken hast und ich dich zurück in dein Wohnheim gebracht habe, ist nichts passiert. Ich wollte dich nur nicht allein nach Hause laufen lassen.«

»In mein Wohnheim gebracht?«, wiederhole ich.

Fuck. Mir wird übel.

»Keine Sorge, es gibt nichts, worüber du dir Gedanken machen musst.« Als ich nicht antworte, schiebt er hinterher: »Ernsthaft, Lily. Alles okay. Ich habe dich einfach nur begleitet, mehr nicht. Das macht man so unter«, er fängt meinen verwirrten Blick auf, korrigiert sich offenbar in Gedanken selbst und fährt rasch fort, »Kollegen. Es war alles komplett unverfänglich.«

»Hm«, mache ich, weil es einigermaßen glaubwürdig klingt, was er da gesagt hat. »Wie kommst du überhaupt darauf, dass ich unglücklich war?«

»Du hast so ausgesehen, während ihr euch durch die Flasche Tequila gearbeitet habt.«

Ich schnaube abfällig. Denn ich *war* unglücklich an dem Abend. Ich mache mir wirklich Sorgen um Sam. Und um meinen Dad. Aber vor allem um Sam.

Nur würde ich das ihm gegenüber nicht zugeben, da meine Familie hier niemanden etwas angeht. Schon gar nicht meine Kollegen.

»Deine Annahmen haben wohl deine Wahrnehmung getrübt, was? Das mit meinem Studienplatz ist geklärt. Ich habe keine Probleme mehr«, stelle ich deshalb spitz fest.

Seine Brauen wandern nach oben. »Ah, packst du jetzt die Psychologin aus? Dann muss ich dich leider enttäuschen: Denn nein, ich bin kein Opfer von hypothesengeleiteter Wahrnehmung. Nur weil du vorletzte Woche einen kleinen Meltdown hattest, bin ich nicht der Meinung, du hättest ständig Probleme und seist unglücklich.«

»Scheint aber so. Das hier«, mit dem Zeigefinger mache ich eine kreisende Bewegung vor meinem Gesicht und schaue absichtlich so neutral wie möglich, »ist mein happy face. Ich sehe immer so aus.«

Ellis betrachtet mich einige Momente lang und dabei wird sein Blick ganz eindringlich. »Nein, ist es nicht«, sagt er leise. Seine Stimme klingt dabei so wissend und ein kleines bisschen heiser und lässt ein sanftes Prickeln durch meine Adern rauschen.

Weil ich ihn ständig falsch einschätze. Und unterschätze.

»Das Einzige, worüber ich an dem Abend vielleicht im Ansatz unglücklich war, war der Geschmack des Tequilas«, übergehe ich seinen Einwand und verdränge das ungewohnte Ziehen in meinem Herzen. Der Ausdruck in seinen Augen ist dunkler geworden, und vage dämmert eine Erinnerung in mir herauf, ein Gefühl von Nähe, und das Ziehen breitet sich plötzlich überall in meinem Körper aus. Überall.

»Verständlich«, räumt Ellis ein, hält meinen Blick aber noch einige Sekunden, und ich merke, wie schnell ich atme.

Schließlich widmet er sich wieder seinem Bildschirm, und mein Herzschlag wummert so heftig in meiner Brust, dass ich mich nur im letzten Moment davon abhalten kann, die Hand daraufzulegen.

Da ist nichts zwischen euch. Da ist nichts, weil nichts sein darf. *Das hast du dir geschworen.*

Mit leerem Blick lese ich in dem Dokument auf meinem Screen, ohne irgendetwas zu verstehen. Mein Hirn ist wie leer gefegt von dem … von was auch immer da gerade zwischen Ellis und mir passiert.

Unvermittelt sagt er: »Du hast mir irgendwas von im Stich lassen erzählt.«

Ich sehe ihn alarmiert an und krame in den Windungen meines Gehirns, um irgendeinen Anhaltspunkt zu finden. »Habe ich Namen erwähnt?«

Wieder zuckt Ellis' Blick zur Tür, als wäre es ihm unangenehm, darüber zu reden, und mir wird so verdammt heiß, dass ich meinen Blazer ausziehen muss. Leider bleibe ich im Ärmel hängen.

»Irgendeine Sam?«, erwidert er, während er mir dabei zusieht, wie ich mit meinem Blazer kämpfe und ihn mir schließlich komplett unelegant, das Innenfutter nach außen gestülpt, vom Arm zerre.

»Sam? Das ist alles?«

»Ja.«

»Wirklich?«

»Ja! Und erzähl mir nie wieder irgendwas von Hypthesentheorie, denn so, wie du dich gerade verhältst, kann ich mit meiner Vermutung gar nicht so falschgelegen haben.« Er starrt auf meinen verknitterten Blazer.

»Doch. Hast du«, behaupte ich und versuche, das Kleidungsstück hinter meinem Rücken auf die Stuhllehne zu schieben, was lediglich dazu führt, dass es mit einem lauten Rascheln zu Boden fällt. Ich beschließe, das zu ignorieren. »Außerdem muss ich jetzt wirklich die Zitate für Prof. Walsh fertigstellen, weil sie das Dokument in …«, demonstrativ tippe ich auf mein Handy, um die Uhrzeit abzulesen, »… einer halben Stunde von mir braucht.«

Und jetzt ist auch ein guter Zeitpunkt, um es offiziell zu machen: Nie. Wieder. Ich werde *nie wieder* in meinem Leben etwas trinken.

19

Lily

»*Was* ist das? Ich meine, *was zur Hölle*?« Elsa hält einen Löffel mit etwas undefinierbar Graubraunem darauf in die Höhe und legt ihn dann wieder ab. Ein vager Zimtgeruch steigt mir in der Nase, und ich meine, Bananenstückchen in ihrer Schüssel zu erkennen.

Nach meiner Arbeit am Institut habe ich beschlossen, mich zu stärken und mir in der Mensa gemeinsam mit Elsa ein Sandwich und einen großen Kaffee zu holen. Es ist jetzt vierzehn Uhr und der übliche Mittagsansturm vorüber.

»Porridge?«, versuche ich es. Hat zumindest Anleihen von Porridge. Also, das etwas Flüssige, Breiige daran.

»Das da Porridge zu nennen, wäre eine Beleidigung für das Gericht.«

Ich sehe mich vorsichtig um, ehe ich mich setze, weil ich Angst habe, dass einige der Mensa-Angestellten in unserer Nähe sein und Elsas Kommentare mitbekommen könnten.

»Dreimal darfst du raten, mit wem ich das Büro bei meinem Institutsjob teile.«

Elsa hält inne und sieht mich betroffen an. »Oh«, sagt sie.

»Nächstes Mal, wenn du mir sagst: ›Ich gehe nach Hause, bleib du auf jeden Fall da und hab Spaß‹, werde ich so was von *nicht* auf dich hören, sondern mit dir nach Hause gehen.«

Stundenlang habe ich mit Elsa diskutiert und im Kopf Szenarien durchgespielt, was genau Freitagnacht zwischen Ellis und mir passiert sein könnte. Wir sind zu keinem befriedigenden Ergebnis gekommen. Elsa hat berichtet, sie hätte, kurz nachdem ich gegangen war, ebenfalls vor die Tür geschaut, um sich zu vergewissern, dass alles okay ist. Ich hätte mich da wohl gut mit Ellis unterhalten, meinte sie, und deshalb hätte sie beschlossen, dass sie uns guten Gewissens allein lassen könnte. Nach wie vor hält sie Redmaine für vertrauenswürdig – immerhin hatte er mir vor gut einer Woche bei meinem Nervenzusammenbruch geholfen. Trotzdem sieht sie jetzt ein wenig zerknirscht aus.

»Ich glaube, das am Freitag zwischen Redmaine und mir war harmlos. Wirklich«, behaupte ich. Hauptsächlich, damit Elsa sich besser fühlt.

Denn ich werde mir immer sicherer, dass Ellis und ich uns am Freitag nähergekommen sind. Den gesamten darauffolgenden Tag hatte ich dieses rastlose Herzklopfen. Ich habe es auf das Adrenalin geschoben, das aufgrund des Schlafmangels und des absolut gigantischen Katers meinen Körper beherrscht hat. Was natürlich Selbsttäuschung in Reinform war, weil ich mich ständig davon abhalten musste, Ellis auf LinkedIn oder Instagram zu stalken.

Das wäre nämlich ein Eingeständnis gewesen, dass ich ein scheiß Problem habe.

Dazu war ich noch nicht bereit.

Jetzt weiß ich: Ich *habe* ein scheiß Problem.

Das, was vorhin wieder zwischen ihm und mir passiert ist, kann ich nicht mehr auf das Adrenalin schieben. Ich kann es mir auch sparen, mir irgendwelche anderen Ausreden dafür einfallen zu lassen.

Ich mag ihn.

Obwohl es einen verdammt guten Grund gibt, warum ich genau das auf gar keinen Fall darf. Denn in die Situation, in die ich mich an der UCL manövriert habe, darf ich mich nie wieder bringen.

Ich werde Abstand zu Ellis halten.

Und das Knistern zwischen uns? Ich werde es ignorieren.

Hat ja super funktioniert an deinem ersten Arbeitstag. Wie oft bist du eigentlich rot angelaufen?

»Hast du ihn denn mal gefragt, was passiert ist?«, will Elsa wissen.

»Ich habe es versucht. Also, subtil.« Oder eher wie ein Mähdrescher in einer zarten Frühlingsblumenwiese. Aber okay. »Erst wollte er nicht drüber reden, und dann hat er gesagt, er hätte mich lediglich ins Wohnheim begleitet. Mehr sei da nicht gewesen, und überhaupt seien wir Kollegen, da würde das ja wohl der Anstand gebühren … bla.«

Zu mehr komme ich nicht, denn plötzlich steht Hunter vor uns. »Naaaa?«, begrüßt er uns und knallt seinen Rucksack auf den Tisch.

»Hi«, druckst Elsa hervor und widmet sich wieder ihrem Wannabe-Porridge.

Hunters Blick bleibt an ihr hängen, als würde er erwarten, dass sie ihm auf irgendeine Weise mehr Beachtung schenkt. Tut sie aber nicht. Also beginnt er, komisch zu grinsen, und pflanzt sich neben sie.

»Hi«, erwidere ich herausfordernd. Keiner von uns beiden hat ihn gefragt, ob er sich setzen möchte. Außerdem weiß ich genau, was jetzt kommt.

»Du warst ja ziemlich schnell weg am Freitag.«

Bingo.

Außer Elsa habe ich noch niemanden von den Leuten gesehen, die beim Pub-Crawl dabei gewesen sind. Könnte unter Umständen daran liegen, dass ich die Gesellschaft der anderen gemieden und mich das Wochenende über in meinem Wohnheimzimmer verschanzt habe.

»Dieser Redmaine war ja dann ebenfalls auf einmal weg«, fährt Hunter mit lauerndem Unterton fort.

»Korrigier mich, falls ich falschliege, aber ich glaube, ziemlich viele Pub-Besucher waren an dem Abend *auf einmal weg*. Als sie müde waren. Und nach Hause gegangen sind.« Ich sehe ihn drohend an.

Es wirkt nicht.

»Ja, aber nicht drei Millisekunden nach dir.«

»Das geht dich alles überhaupt nichts an, Hunter!«

»Uuuuh, sie verteidigt sich«, stellt er fest, lehnt sich mit dem Oberkörper über die Tischplatte zu mir und taxiert mich, als gäbe es in meinem Gesicht irgendwelche verräterischen Anzeichen.

»Und du nervst«, gebe ich zurück.

Das scheint ihm überhaupt nichts auszumachen. »Er hat dich außerdem mit den Augen ausgezogen.«

»Too much info, Hunter!«, versuche ich ihn zum Schweigen zu bringen. »Beim nächsten blöden Spruch gehe ich zu Prof. Walsh und bitte sie darum, unsere Präsentation nicht zu werten«, drohe ich, fühle mich aber nicht einmal halb so cool, wie ich mich gebe. Das, was Hunter da gerade von sich gibt, macht mir Angst.

»Entspann dich mal. Ich war nicht der Einzige, dem aufgefallen ist, dass Redmaine direkt nach dir den Pub verlassen hat. Alle haben es gesehen. Und jetzt fragen sich eben einige …« Mein Blick bringt ihn zum Verstummen. »Hey! Don't shoot the Messenger. Ich wollte dir nur sagen, dass jetzt eben Gerüchte herumgehen. Ich fand es irgendwie fair, dir das mitzuteilen. Hinter dem Rücken über Leute zu reden, finde ich ein bisschen arm.«

Ich muss schlucken. *Gerüchte.* Verdammte Scheiße, es gibt schon jetzt Gerüchte! Über einen Unidozenten und mich!

Überall unter meiner Haut beginnt es zu brennen.

»Ms Johnson. Ich wollte Ihnen Feedback zu Ihren ersten Arbeitsaufträgen geben«, sagte Dorset damals, als er mich am Gang abpasste.

Ich nickte. In der Woche davor hatte ich den Arbeitsvertrag für meinen neuen Job am Institut unterschrieben, was ein absoluter Glücksfall für mich gewesen war, und ich hatte bereits einige Recherchen für Dorset gemacht.

»Kommen Sie heute um zwanzig Uhr in mein Büro.«

Unser Zusammentreffen im Hotel war kaum einen Monat her.

»Ist das nicht ein bisschen spät?«, fragte ich.

Er runzelte die Stirn. »Nehmen Sie Ihren Job am Institut eigentlich ernst?«

Als ich in sein Büro kam, lief leise Jazzmusik. Er hatte die Beine auf seinem Schreibtisch abgelegt, sein Sakko ausgezogen und trank etwas – Cognac oder Whiskey vielleicht. Als ich die Tür hinter mir schloss, deutete er wortlos auf den Stuhl vor dem Schreibtisch. Dort stand bereits ein zweites Glas mit zwei Fingerbreit Alkohol darin.

»Nein, danke, ich wollte nicht …«

»Setz dich doch.« Noch nie hatte er mich so vertraut angesprochen. Er nahm die Beine vom Tisch, schwang mit dem

Stuhl so, dass er mich frontal betrachten konnte, und sagte: »Du bist zurückhaltend. Schüchtern.«

Ich zuckte mit den Schultern. »Ich …«

»Das mag ich an dir.«

Mein Herz begann zu hämmern und ich zog den Block mit meinen Notizen hervor. »Ich habe hier noch einmal alle Aufträge mitgebracht.«

Ein Lächeln trat in seine Augen. »Gut«, antwortete er und nahm einen kleinen Schluck aus seinem Glas. Ich beobachtete ihn dabei, sah, wie sein Adamsapfel hüpfte, als er schluckte, und er merkte es, denn er lachte leise in sein Glas hinein.

Dann stand er auf, kam um den Tisch herum, stützte sich mit einer Hand darauf ab und beugte sich über mich. »Wie bist du bei deinen Recherchen denn bisher vorgegangen?«

Ich war wie gelähmt von seiner Nähe, der Geruch seines Aftershaves umfing mich, mischte sich mit einer bitteren, männlichen Note. Ich fand es nicht unangenehm, und gleichzeitig machte es mir Angst. »Oder willst du nicht vielleicht doch lieber etwas trinken?«, hauchte er, und wie ein Roboter griff ich nach dem Glas und trank einen großen Schluck. Prompt verschluckte ich mich.

»Na, na, na«, sagte Dorset, nahm mir das Glas ab, während ich hustete, hob mit seinen Fingern mein Kinn an und wischte mir mit dem Daumen über den Mund. »Nicht so hastig, Lily. Wir haben den ganzen Abend Zeit, oder nicht?«

»Sollten wir nicht meine Recherchearbeit …«

»Das tun wir doch gerade.«

»Ich weiß nicht, ob wir das nicht –«

»Du bist wunderschön, Lily, weißt du das?«, unterbrach er mich. Ich sah zu ihm auf, und plötzlich war er mir so nahe, dass mir mein Puls in den Schläfen hämmerte, und ich dachte mir nur: *O mein Gott, er wird mich küssen, Prof. Simon Dorset wird mich küssen!* Das machte er tatsächlich, und er machte es erfahren, zärtlich und geschickt, und ich war total überwältigt. Ich hielt ihn nicht davon ab, als seine Hand in meine Hose rutschte, als er mich anfasste und rieb, ich wurde feucht dabei, und es war, als wäre ich in Trance, es war, als hätte ich meinen eigenen Willen verloren, und als ich zwei Stunden später sein Büro verließ, angetrunken, die Haare zerwühlt, die Lippen geschwollen, ein angenehmes Pochen in meinem Unterleib, konnte ich nicht glauben, dass das wirklich alles passiert war.

Dass ich eine Affäre mit meinem Professor hatte.

Und ich war mir nicht sicher, ob es ganz großartig war, das Beste, was mir jemals passiert war, oder falsch. Ich war mir nicht sicher, ob ich mich schmutzig und benutzt fühlen sollte oder ob ich verliebt war. Ich war mir nicht sicher, ob das alles aus meinem eigenen freien Willen geschehen war oder ob ich mich Dorset einfach nur gefügt hatte, weil ich zu ihm aufsah, weil er mein Chef war und mein Prüfer, und weil er wusste, wie er seinen Willen durchsetzen konnte. Weil er älter war und erfahrener, weil er es schaffte, mich zu kontrollieren. Und weil er sich einfach genommen hatte, was er wollte.

Ich räuspere mich laut und versuche so, die Erinnerung loszuwerden. »Mir ist ziemlich egal, was die Leute reden, weil das kompletter Blödsinn ist«, behaupte ich und erwidere Hunters Blick. Etwas hat sich darin verändert. Ich erkenne Spuren von Mitgefühl in seinem Gesicht, und mir wird klar: Er meint es ernst. Vielleicht ist er selbst schon einmal Opfer von übler Nachrede geworden und möchte mich wirklich nur warnen, dass über mich gesprochen wird. Ohne böse Hintergedanken.

Aber ist es das überhaupt? Üble Nachrede? Oder haben die Leute, die jetzt Gerüchte streuen, nicht doch recht, und ich bin im Begriff, mich in genau die gleiche Scheiße hineinzureiten wie in London?

»Nächste Woche haben sie schon wieder was anderes, über das sie sich echauffieren können. Das interessiert mich überhaupt nicht«, fahre ich fort.

Bravo. Jedes einzelne Wort ist unaufrichtig.

Elsa wirft mir einen kurzen Blick zu, sagt aber nichts.

Und das ist auch besser so.

20

Lily

Die Woche darauf kehre ich nach einem Tag, an dem ich zwischen Seminarräumen, dem Piratenladen und dem kleinen Unibüro gependelt bin, in unsere kleine Wohnheims-WG zurück. Noch ehe die Tür hinter mir ins Schloss fällt, bemerke ich, dass etwas anders ist.

Ich hatte mal wieder keine Zeit zu essen, weil Ellis zwar mit Abwesenheit geglänzt, mir aber allen Ernstes diesen superätzenden Scan-Auftrag gegeben hat, der mir geschlagene dreieinhalb (!) Stunden vor dem Kopierer und zweifellos einen orthopädischen Rückenschaden beschert hat.

Mein Magen knurrt lautstark, während ich in unserem Vorraum stehen bleibe und zwischen der offen stehenden Badezimmertür, dem schimmernden Linoleumfußboden und Elsas einen Spaltbreit geöffneter Zimmertür hin und her schaue.

Ein leichter Putzmittelgeruch steigt mir in die Nase.

Es ist sauber. Nicht, dass es bei Elsa und mir normalerweise sonderlich schmutzig ist. Aber Flur, Boden und auch unsere kleine Nasszelle sind so lupenrein geputzt, dass selbst die Spurensicherung keine Fingerabdrücke mehr entdecken würde.

»Elsa?« Keine Antwort. Ich tippe mit einem Finger gegen ihre Zimmertür. Sie schwingt lautlos auf. Auch Elsas Zimmer ist picobello, ihre Bücher auf dem Schreibtisch liegen akkurat neben dem Notebook, einer Kollektion bunter Post-its und mehreren Schreibblöcken aufgestapelt. Eine cremefarbene Tagesdecke ist perfekt über ihr Bett drapiert. An der Wand dahinter spannt sich eine Schnur mit Postkarten und Fotos von ihr, ihrer Familie und ihren Freunden aus Brighton. Das ist neu.

Bekommt sie vielleicht Besuch?

Einige Augenblicke verstreichen, und als ich nichts höre, lehne ich ihre Tür wieder an, gehe in mein eigenes Zimmer und lege meine Tasche auf dem Bett ab. Dieser Raum bildet momentan die Antithese zum Rest unserer Doublette. Ein Stapel schmutziger Wäsche quillt aus dem löchrigen Nylonwäschekorb in der Ecke und das Bett habe ich das letzte Mal vor etwa einer Woche gemacht. Auf dem Schreibtisch befindet sich ein Sammelsurium an aufgeschlagenen Büchern (ich muss da eben an genau den jeweiligen Stellen weiterlesen), herausgerissenen, wild beschriebenen Collegeblockseiten, Textmarkern in sieben verschiedenen Farben (die brauche ich für mein Seelenheil), einem mit Fettflecken übersäten Pizzakarton und drei gebrauchten Coffee-to-go-Bechern. Die Zeugen meiner nächtlichen Arbeits- und Lernsessions, die, seit ich zwei Jobs neben Vorlesungen und Übungen mache, leider trauriger Alltag geworden sind.

Als ich mich auf mein Bett fallen lasse, verliert der Inhalt meines rekordverdächtig vollgestapelten Mülleimers das Gleichgewicht und mehrere leere Instant-Ramen-Verpackungen fallen mit einem leisen Knistern zu Boden (Ramen-Mitternachtssnacks sind die besten!).

Ich starre ein Weilchen darauf, erhebe mich dann mit einem Seufzen, fische die drei Plastikverpackungen vom Boden, schnappe mir den restlichen Müll vom Tisch und mache mich auf den Weg zur Gemeinschaftsküche, um die Sachen dort in die jeweiligen Eimer zu entsorgen.

Während ich den Flur in Richtung Küche laufe, umhüllt mich der verführerische Duft von geschmolzenem Käse. Ziemlich sicher kocht Elsa mal wieder. Zwar machen sich einige andere der Leute im Wohnheim ebenfalls dann und wann mal Essen in der Küche, aber für gewöhnlich riecht es dabei nicht so unfassbar gut.

Außerdem kocht oder backt Elsa beinahe jeden Tag irgendetwas. Ich habe mich in meinem Leben noch nie so gut und ausgewogen ernährt wie seit meinem Einzug hier. Weil Elsa natürlich nicht einfach für eine Person kocht, sondern eher für vier oder fünf. Einmal habe ich versucht, ihr Geld zuzustecken, weil ich quasi täglich von ihr verköstigt werde. Sie hat es kategorisch abgelehnt und gedroht, mir die Freundschaft zu kündigen. »Ist mein Hobby«, hat sie gesagt, »und mein Hobby lasse ich mir nicht bezahlen.«

Manchmal habe ich das Gefühl, sie braucht das Kochen für ihre seelische Ausgeglichenheit, so wie andere eben Sport treiben, lesen oder zocken.

Als ich die Stockwerksküche betrete, bietet sich mir ein gewohntes Bild: Elsa kauert vor dem Ofen und schaut gebannt durch das Glas in das Backrohr hinein.

»Hellooooo«, begrüße ich sie und mühe mich ab, den Pizzakarton so zu falten, dass er durch das relativ kleine Loch im Altpapiercontainer passt. Auch wenn sich kaum einer darum schert, versuche ich mich an die Mülltrennung im Wohnheim zu halten.

»Lily! Hi! Ich habe Lasagne gemacht. Müsste in zehn Minuten fertig sein. Willst du mitessen?«

»Kommt noch jemand?«, frage ich.

»Bisher nicht.« Sie zuckt mit den Schultern. »Aber es schauen sicher noch ein paar Leute vorbei.« Daran habe ich keinen Zweifel, denn der Duft von frischer Lasagne ist das beste Lockmittel für ungeladene, aber nicht unwillkommene Gäste. Die Leute auf unserem Stockwerk verehren Elsa und ihre Kochkünste mindestens ebenso sehr wie ich, und sie ist nicht nur mir gegenüber so freigiebig.

»Danke, dass du unsere Wohnung so sauber geputzt hast.«

»Keine Ursache. Ich dachte, es schadet nicht. Ich wollte nachher noch Mousse au Chocolat zum Nachtisch machen. Und ein neues Zimtschnecken-Rezept ausprobieren, sobald der Ofen wieder frei ist. Ich hoffe sehr, du bist hungrig«, plappert sie und schenkt mir ein einladendes Lächeln, das mir ein bisschen verrutscht erscheint.

»Ich sterbe vor Hunger, aber ... ist das alles nicht ein bisschen viel für heute? Ist ja schon«, ich schiele auf mein Handy, »kurz vor acht.«

»Macht doch nichts!« Sie winkt ab. »Geht beides ganz schnell.« Etwas zu hastig wendet sie sich ab und fährt mit dem Finger verlegen die Arbeitsplatte auf und ab, was mir irgendwie suspekt vorkommt.

»Sag mal, gibt es womöglich einen anderen Grund, warum unsere Doublette so sauber geschrubbt ist wie ein chirurgischer OP-Saal und du jetzt für eine Fußballmannschaft aufkochst?«

»Nö«, sagt sie, ohne mich dabei anzusehen.

»Elsa?«, lasse ich nicht locker.

Sie verharrt mit dem Rücken zu mir, und als sie sich umdreht, zieht sie eine verzweifelte Grimasse. »Ich muss eine Seminararbeit abgeben«, gesteht sie.

»Wann?«

Sie presst die Lippen aufeinander. »Morgen.« Pause. »Früh.«

Ich versuche, einen neutralen Gesichtsausdruck zu behalten und *nicht* die Augen entsetzt aufzureißen. Es gelingt mir, glaube ich, nicht sonderlich gut.

»Und fehlt dir noch viel?«

Ich weiß, es ist die falsche Frage, aber ich habe das Gefühl, dass ...

Elsa beugt sich nach unten zur Lasagne und murmelt: »Habe noch nicht angefangen.«

»Also wirst du morgen nichts abgeben.«

Sie nickt. »Genau so ist es.« Sie verschränkt die Arme vor der Brust und baut damit einen kleinen Schutzschild zwischen uns auf. Sie diskutiert nicht zum ersten Mal über Schul- oder Hausarbeiten. Und ich ebenfalls nicht.

Natürlich führt mein Schweigen dazu, dass sie erst recht das Gefühl bekommt, sich verteidigen zu müssen.

»Ich checke einfach überhaupt nichts«, sagt sie. »Null! Nada! Niente! Jedes Mal, wenn ich beginne, in den Lehrbüchern zu lesen, verliere ich ab dem dritten Satz den Faden. Es ist, als würde sich mein Hirn dagegen wehren, den Inhalt aufzunehmen und zu verstehen. Es geht einfach nicht. Ich bin eben doch zu dumm dafür!« Sie fuchtelt wild mit einem Kochlöffel in der Luft herum, und ich wundere mich, wie aggressiv sie klingt, obwohl ich ihr gar nichts vorgeworfen habe.

»Natürlich bist du nicht zu dumm dafür«, sage ich ruhig.

Doch sie geht überhaupt nicht darauf ein. »Ich will das

hier nicht. Dieses Studium. Diesen Master. Ich kann es nicht, und ich will es nicht!« Ihre Brust hebt und senkt sich schwer, weil sie sich so aufregt, und ich setze mich, ziehe einen zweiten Stuhl unter dem Tisch hervor und deute einladend darauf. Mit unglücklicher Miene lässt sich Elsa sinken. »Dass du es nicht willst, ist ziemlich offensichtlich. Dass du es nicht *kannst,* halte ich für ausgemachten Unsinn.«

»Ist es nicht. Ich kann es wirklich nicht«, beharrt sie.

»Worum geht es überhaupt?«

»Das Fach heißt Internationales Marketing und Management. Es geht um irgendwas mit Konsumenten und Globalisierung. Keine Ahnung.«

»Und, also ... du versuchst es nicht mal?«

»Ich *habe* es doch versucht! Aber ich kann das einfach nicht. Ich weiß ja nicht mal, wie ich anfangen muss. Ich klappe mein Notebook auf, starre das Thema an, und mir wird ganz schlecht. Ich meine, wirklich körperlich übel. Und Kopfschmerzen kriege ich auch.«

»Du solltest mit jemandem drüber reden«, schlage ich vor.

»Tue ich doch gerade.«

»Ich meine die Studienberatung oder so was.«

»Sagt die Frau, die nicht mal zur Studienberatung gegangen ist, obwohl sie exmatrikuliert wurde.« Sie hebt vielsagend die Brauen, aber ich nehme es ihr nicht übel. Zum einen hat sie recht. Außerdem spüre ich, wie verzweifelt Elsa ist. Sie wirkt wie eine verängstigte Katze, die in eine Ecke gedrängt wurde und faucht und kratzt, weil man ihr ungewollt auf die Pelle rückt.

»Okay, okay.« Beschwichtigend hebe ich die Hände. »Ich glaube, du solltest mit deinen Eltern reden. Sie können dich nicht zwingen, diesen Master zu machen, wenn es so offensichtlich gegen deinen Willen ist.«

»Vergiss es«, sagt sie sofort. »Das habe ich versucht. Monatelang. Es ist komplett sinnlos.«

Wir sehen einander an. Ich merke, dass das hier anders ist als meine Streitgespräche mit Sam über ihre Schularbeiten. Elsa ist nicht meine kleine Schwester, sie ist meine Freundin. Ich kann ihr Sachen vorschlagen, aber es steht mir nicht zu, ihr irgendetwas vorzuschreiben. Und das möchte ich auch gar nicht.

»Und jetzt?«, will ich wissen.

Sie zuckt mit den Schultern. »Keine Ahnung.«

»Kann ich dir denn irgendwie helfen?«

»Zum Beispiel meine Seminararbeit für mich schreiben?«, sagt sie im Scherz, steht auf und streift sich ihre Ofenhandschuhe über, um die Lasagne herauszuholen. Als sie die Form auf den Herd hebt, läuft mir allein bei dem Geruch und dem leisen Brutzeln, das zu hören ist, das Wasser im Mund zusammen. Ich komme mir vor wie Pawlows Hund.

»Fünfzehn Seiten, oder?«, vergewissere ich mich in ihrem Rücken. Das ist der Standard für Seminararbeiten an der Bloomsbury.

Elsa stellt bedächtig die Lasagne ab, dreht sich zu mir zurück und sieht mich an, als wäre ich verrückt geworden.

»Ich schreib sie dir. Beziehungsweise, wir schreiben sie zusammen«, sage ich.

»Spinnst du?«

»Nope.«

»Was …«

»Heute Nacht. Fünfzehn Seiten sind machbar. Wir sind zu zweit. Wir kriegen das hin.«

»Lily!« Sie sieht mich beschwörend an. »Vergiss es!«

Aber ich trete auf sie zu. »Ich meine es ernst. Morgen früh hast du deine Seminararbeit. Und dann reden wir noch mal. Studienberatung und so.«

Ich weiß, das ist Erpressung. Wenn Elsa auf mein Angebot eingeht, wird sie vermutlich allein aus Pflichtgefühl mir gegenüber zur Studienberatung gehen. Aber wäre das so verkehrt?

»Okay, also im Hauptteil zu *Wie treiben Konsumenten die Globalisierung an* haben wir jetzt: neue und bessere Produkte, Wegfall der Saisonalität, günstigere Preise, globale Informationsquellen, Konvergenz von Lebensstilen und Trends durch Social Media – dazu jeweils eine Seite. Das reicht easy. Und Faktoren, die die Globalisierung verlangsamen können ...«

»Urgh.« Elsa hält sich ihr blaues Kuschelkissen vors Gesicht und lässt sich nach hinten auf ihr Bett fallen. »Ich möchte jetzt bitte sterben. Auf der Stelle.«

Es ist halb drei nachts. Wir haben innerhalb weniger Stunden mithilfe ihrer Vorlesungsmitschriften, des von ihrem Professor als Bibel behandelten (weil selbst herausgebrachten) Standardwerks zur Globalisierung und ein paar frei zugänglicher Artikeln beinahe zehn Textseiten geschrieben. Elsa und ich waren dabei ein ziemlich gutes Team. Die meiste Zeit habe ich gelesen und diktiert und sie getippt und die Grammatik verbessert. Das hat sie echt drauf.

»Wieso denn, wir brauchen nur noch ein paar Seiten. Wie wär's, wenn du uns noch mal Kaffee kochst, und ich tippe in der Zwischenzeit schnell weiter?«, schlage ich vor.

»Würdest du?«

Ich sehe sie wortlos an und sie verschwindet in Richtung Küche.

Manisch hacke ich den letzten Absatz beim Gliederungspunkt *globale Trends durch Social Media* ins Notebook und zitiere dabei eine etwas fragwürdige Umfrage von ITV zu Instagram und TikTok. Aber hey – zumindest ziehen wir verschiedene Quellen heran.

Elsa kommt mit zwei dampfenden Bechern Kaffee zur Tür herein und drückt sie mit dem Fuß zu.

Ich wärme meine Hände an der Tasse, puste darauf und atme tief den Duft des Kaffeearomas ein. Er ist sowohl tröstlich als auch verheißungsvoll, und der erste Schluck von Elsas Kaffee mit Vanillesirup und Milchschaum ist gerade ein bisschen wie nach Hause kommen. Ich schließe die Augen, seufze leise und stelle die Tasse dann ab.

»Mach mal eine Verschnaufpause«, schlägt Elsa vor. »Ich habe dir außerdem den Vorlesungsteil zum Thema Regionalität und Nachhaltigkeit noch gar nicht herausgesucht.«

»Geht nicht. Wer rastet, wird müde.« Das stimmt tatsächlich. Sobald man sich Zeit nimmt und ein klein wenig zur Ruhe kommt, merkt man erst, wie bleiern müde man eigentlich ist. Bei einer durchgearbeiteten Nacht käme das der sprichwörtlichen Wand gleich, gegen die man läuft. Also nein, ich beabsichtige nicht, eine Pause zu machen.

»Kann ich dich mal was fragen?«, versucht Elsa dennoch, mich vom Weitermachen abzuhalten.

Ich nicke lediglich, weil ich mit einem Auge den letzten Absatz durchlese und mir klar wird, was für eine stümperhafte Satzkonstruktion ich da verwendet habe. Ich platziere den Cursor, um den Absatz umzuschreiben, als Elsa weiterspricht. »Du möchtest nicht, dass über dich und Ellis geredet wird«, stellt sie vorsichtig fest. Langsam drehe ich mich zu ihr. »Natürlich möchte ich das nicht. Weil es nichts zu reden gibt.«

Sie sieht mich mit gespitzten Lippen an und hält meinen Blick so lange fest, bis ich einknicke.

»Er ist einer unserer Dozenten! Selbstverständlich darf es da keine Gerüchte geben. Das ist … das geht einfach nicht. Außerdem läuft da ja auch nichts zwischen uns, das Gerede ist also völlig unbegründet.«

»Aber jetzt mal rein hypothetisch gesprochen, also, falls da was wäre, was wäre so schlimm daran? Es ist nicht verboten, wenn Lehrpersonal und Studierende eine Art von … Beziehung führen.«

Es muss mein weich gekochtes, übermüdetes Hirn sein, aber ich antworte ihr tatsächlich. »Das würde sicherlich nicht halten. Ich hatte noch nie so etwas wie eine längere Beziehung. Ich glaube, dazu bin ich nicht fähig. Und stell dir dann mal vor, wir sitzen im gleichen Büro. Oder er korrigiert meine Hausarbeit. Spielt keine Rolle, ob die anonymisiert ist oder nicht.«

Elsa verzieht die Lippen. »Du weißt, dass das vorgeschobene Gründe sind. Das würde sich alles lösen lassen. Außerdem verlangt doch keiner, dass ihr gleich zusammenkommt. Lernt euch doch erst mal richtig kennen.«

»Ich mache so was nicht. Auf keinen Fall! Niemand aus dem Unibetrieb! Das ist völlig ausgeschlossen.« Meine Worte sind so vehement, dass Elsa mich erschrocken mustert und dann die Augen verengt. Ich weiß nicht, ob sie ahnt, dass hinter meiner kategorischen Aussage mehr steckt, und ich bin heilfroh, dass sie gerade nicht nachfragt, weshalb.

Doch Fehlanzeige: Ich habe mich schon wieder dem Bildschirm zugewandt, als Elsa von Neuem beginnt. »Aber du magst ihn«, stellt sie fest. »Und er steht total auf dich.«

Ich antworte nicht, aber ich tippe auch nicht weiter. Meine Finger schweben über der Tastatur und in mir tobt ein Kampf.

Ich könnte mit ihr darüber reden. Über meine Gefühle für Ellis, die ich ständig mir selbst und allen anderen gegenüber zu leugnen versuche. Vielleicht könnte ich ihr sogar die Geschichte über Dorset anvertrauen.

Aber nein, das kann ich nicht. Sie würde mich verurteilen. Sie würde ihren Respekt vor mir verlieren, denn wer, bitte schön, hat etwas mit seinem ...

Ich fange ihren Blick auf. Da ist so viel Wärme und Offenheit. Sie lächelt sogar zaghaft, um mich zum Weiterreden zu animieren.

Elsa ist eine Freundin. Jemand, dem ich vertrauen kann, genauso wie sie mir vertraut, indem sie mir von ihrer ungeschriebenen Hausarbeit erzählt hat.

Sie sieht nicht meine Vergangenheit oder meine Herkunft. Sie weiß nichts über Dad oder meine schreckliche Schulzeit, und es scheint sie auch nicht zu interessieren. Das, was sie interessiert, bin ich, Lily, im Hier und Jetzt.

»Ja, ich mag ihn«, gebe ich zu. »Aber ich habe Angst, mich zu öffnen und ihn in mein verkorkstes Leben zu lassen.« Und es fühlt sich verdammt gut an, das auszusprechen und es mir einzugestehen. Mir und Elsa. Total befreiend, obwohl ich Elsa ja nur die halbe Wahrheit sagen kann.

»Wie bitte? Dein Leben ist nicht verkorkst, es ist eine einzige Erfolgsgeschichte.«

Ich schüttle nur den Kopf. »Außerdem habe ich mir geschworen, mich niemandem an der Uni zu nähern. Nicht mehr«, sage ich leise. Die Worte schwingen in der Luft, breiten sich aus, nehmen Raum ein.

An Elsas kaum merklichem Nicken erkenne ich, dass sie verstanden hat. »Wenn du darüber sprechen willst –«

»Nein!«, unterbreche ich sie nachdrücklich und sie verstummt sofort. Es ist undenkbar, über Dorset zu reden. Obwohl die Sache vorbei ist. Aber es würde bedeuten, ich müsste wiederholen, was passiert ist, was ich getan habe, was er zu mir gesagt hat.

Das bringe ich nicht über mich.

Ich leere meinen inzwischen kalten Kaffee in einem Zug, knalle die Tasse etwas zu laut auf die Tischplatte und schenke Elsa ein entschuldigendes Lächeln. Schließlich wende ich mich wieder dem Bildschirm zu. »Wir sollten hier weitermachen.« Ich scrolle auf Elsas Tablet hin und her. »Shit, was hat denn die Texterkennung hier aus deiner Mitschrift gemacht? Die Quellenangaben sind komplett zerschossen.«

»Lassen wir die Quellen halt weg?«

»Elsa, du bist in einem Masterstudiengang. Wenn wir die Quellenangaben weglassen oder da kompletter Humbug statt der richtigen Quellen steht, bist du durchgefallen. Dann wäre die ganze Arbeit umsonst gewesen. Wir könnten nach den Textteilen suchen, die wir verwendet haben, wenn wir …« Ich blättere durch den Papierwust auf unserem Tisch, um die restlichen, teils händischen Mitschriften von Elsa zusammenzukramen.

»… auf das WLAN im Unigebäude zugreifen könnten. Sobald wir dort eingeloggt sind, haben wir Zugang zu den Datenbanken mit allen wissenschaftlichen Journals.«

»Ja. Morgen um acht wieder, da machen Unigebäude und Bib auf«, erwidert Elsa trocken.

»Scheiße«, atme ich aus. »Um Punkt acht Uhr muss die Arbeit im Posteingang deines Profs liegen, oder?«

Elsa nickt. Der Zeitrahmen ist deshalb so streng, weil sie bereits eine Verlängerung bekommen hat, wie sie mir vor etwa einer Stunde gestanden hat. Das ist ohnehin eine ziemliche Extrawurst.

»Gibt's irgendwie eine Möglichkeit, an das Netzwerk zu kommen?«

»Wir könnten uns direkt an die Außenmauern der Bibliothek in den Garten stellen und hoffen, dass die dicken Mauern das WLAN nicht komplett abschirmen«, schlägt Elsa vor.

»Scheiße«, sage ich erneut und sehe zum ersten Mal seit mehreren Stunden auf mein Handy. Eine Message einer mir unbekannten Nummer leuchtet auf dem Display.

Ich entsperre den Bildschirm und klicke darauf.

Unbekannte Nummer: *Entschuldige, dass ich dir heute tatsächlich diesen Scan-Auftrag gegeben habe.*

Ich starre mein Handy an, auf die Buchstaben, die vor meinen Augen beginnen, seltsame Bewegungen zu machen, als würden sie atmen oder tanzen oder …

Ich werfe das Telefon so hastig auf Elsas Bett, als wäre es ein glühendes Stück Metall.

»Alles okay?«, fragt Elsa sofort.

Mein Herz holpert durch meine Brust, und ich weiß, dass das ziemlich sicher nichts mit dem halben Liter Kaffee und den beiden Energydrinks zu tun hat, die ich mir die letzten vier Stunden über reingezogen habe.

Elsa sieht mich verwundert an und ich erwidere ihren Blick mit aufgerissenen Augen. »Ich glaube … ich glaube, Redmaine hat mir geschrieben.«

Wortlos nimmt sie das Handy von ihrem Bett und liest

mit gerunzelter Stirn. Ich habe ihr von dem elenden Scannen heute erzählt.

»Woher hat er deine Nummer?«

»Ich habe keine Ahnung. Vom Institut?«

»Die dürfen deine Daten nicht einfach so rausgeben.« Erwartungsvoll sieht sie mich an, als sie mir das Handy wieder reicht. »Willst du nicht antworten?«

»Auf keinen Fall!«

»Er hat gesehen, dass du seine Message gelesen hast, und ist gerade selbst online. Wäre nicht zu antworten nicht komisch?«

Keine Ahnung.

Als mein erster Schreck verfliegt, mein Herz aber immer noch aufgeregt schlägt, entscheide ich mich zu antworten.

Lily: *Redmaine! Woher hast du meine Nummer?*

Die Nachricht wird sofort als gelesen angezeigt und seine Antwort erfolgt prompt.

Ellis: *Ich habe sie mir gemerkt, als du sie Frida gegeben hast.*

Lily: *Du hast dir irgendwelche gekritzelten Zahlen gemerkt? Im Ernst?*

Ellis: *Wenn ich nicht gut mit Zahlen wäre, hätte ich meinen Beruf verfehlt.*

Ich antworte nicht mehr, weil ich viel zu überfordert bin von der Tatsache, dass er mir geschrieben hat. Er hat mir geschrieben und … in meinem Magen rührt sich ein aufgeregtes Flattern. Ich tausche einen unsicheren Blick mit Elsa, die breit grinst.

»Er steht so was von auf dich! O mein Goooootttt!« Sie krallt sich ihr Kuschelkissen und drückt es sich an die Brust. »Wie aufregend! Der hotteste Typ der Uni schreibt dir mitten in der Nacht eine Message!«

»Er ist nicht der hotteste Typ der Uni. Ich finde ja Hunter –«

»Whatever, natürlich ist er heiß!«, unterbricht mich Elsa. »Was schreibst du ihm denn jetzt?«

»Nichts!«, blocke ich ab, frage mich aber insgeheim, ob es irgendeinen unverfänglichen Weg gibt, dieses Gespräch am Laufen zu halten. Aber da leuchtet mein Display schon wieder.

Ellis: *Wieso bist du eigentlich noch auf?*

21

Ellis

Gebannt schaue ich auf das Display und finde es beinahe lächerlich, wie sehr ich mir wünsche, dass sie mir jetzt antwortet. Schon an dem Tag, als wir uns am Tresen vom *Black Cat* über den Weg gelaufen sind, habe ich die Nummer eingespeichert. Seitdem habe ich gefühlte hundert Mal mein Handy in die Hand genommen, ihren Kontakt geöffnet, mir das etwas pixelige Selfie von ihr angesehen, auf dem sie so wunderschön lächelt und zwei hinreißende Grübchen hat, dann aber immer das Telefon frustriert beiseitegelegt.

Denn das, was sie beim Pub-Crawl gesagt hat, geht mir nicht aus dem Kopf. *Ich will nicht von meinem Dozenten nach Hause begleitet werden.*

Egal, ob sie den Satz später relativiert hat – sie hat ihn gesagt. Und sie hat recht. Spätestens als wir beide im gleichen Büro saßen, weil sie im Grunde dafür angestellt wurde, mir zuzuarbeiten, ist mir das wieder klar geworden. Auch wenn ich nur ein Doktorand am Institut bin, gibt es ein Machtgefälle zwischen uns. Keinesfalls möchte ich, dass sie sich deshalb mir gegenüber zu irgendetwas gezwungen fühlt und nur freundlich zu mir ist, weil sie es eben muss. Das ist eine denkbar schlechte Basis für irgendeine Art von Beziehung. Egal, ob eine Freundschaft oder vielleicht auch mehr.

Nachdem ich mir außerdem sicher war, dass sie sich an kaum etwas von dem Abend geschweige denn an den Heimweg vom Pub-Crawl erinnern kann, habe ich eben versucht, an ihrem ersten Nachmittag im Büro eine professionelle Distanz zu wahren.

Hat super geklappt. Alle drei Sekunden habe ich sie angestarrt wie ein Affe. Zumal sie besagten Abend dann sogar noch von sich aus angesprochen hat.

Besser gesagt hat sie sich entschuldigt, ohne wirklich genau zu wissen, wofür. Sie hat sogar tiefrote Wangen dabei bekommen.

Mich hat das jedenfalls komplett überfordert, und ich habe das Büro die Tage darauf gemieden, wenn ich wusste, dass sie da sein würde. Arbeitsaufträge habe ich ihr lediglich per E-Mail erteilt.

Und keine Ahnung wieso, aber heute, als es kurz vor Mitternacht war, dachte ich mir dann: *Fuck it. Du machst das jetzt einfach.*

Sie hat meine Nachricht stundenlang nicht gelesen, und ich war davon ausgegangen, dass sie schläft. Als mein Handy vorhin um drei Uhr morgens eine Vibration von sich gegeben hat, war ich richtiggehend von meinem Bildschirm aufgeschreckt. Was auch daran liegen könnte, dass ich im Halbschlaf gewesen war. Der war wie fortgeblasen, als ich gesehen habe, von wem die Message kam. Augenblick ist mein Puls in die Höhe geschossen und hat sich, um ehrlich zu sein, seitdem auch nicht mehr beruhigt.

Lily: *Das Gleiche könnte ich dich fragen.*

Ellis: *Ich muss bis morgen einen Review für den Artikel eines Kollegen abgeben.*

Das ist nicht mal gelogen. Ich hatte mir den Review etwas einfacher vorgestellt, musste aber dann doch einige Berechnungen und Formeln nachvollziehen, um brauchbares Feedback geben zu können, und die dauern deutlich länger, als ich geplant hatte.

Lily: *Ich helfe einer Freundin aus. Und warte, bis die Bibliothek wieder aufmacht.*

Ellis: *Was willst du dort?*

Lily: *Wir brauchen Quellenangaben. Vielleicht setzen wir uns auf die Treppe vor der Bib und versuchen, uns von dort aus ins Netzwerk zu wählen.*

Ellis: *Ihr seid ja richtig motiviert für diese Uhrzeit.*

Lily: *Wenn wir das nicht innerhalb der nächsten Stunden hinbekommen, haben wir nicht nur ein Quellen-, sondern auch ein Deadlineproblem.*

Ellis: *Den Weg kannst du dir sparen, ihr habt auf der Treppe keinen Empfang, wenn die Türen geschlossen sind.*

Ich zögere, starre auf das leuchtende Display und versuche, binnen Sekunden eine Entscheidung zu treffen. Und zum zweiten Mal in dieser Nacht denke ich mir: *Fuck it.*

Ellis: *Ich habe einen VPN auf meinem Notebook. Ich kann euch die Quellenangaben besorgen.*

Lily: *Nee, ist okay. Wir erledigen das morgen.*

Nein, Lily, so einfach mache ich es dir jetzt nicht.

Ich drücke auf den grünen Hörer, und es klingelt eine gefühlte Ewigkeit, ehe sie abnimmt. Ich bin mir ziemlich sicher, dass sie völlig panisch auf ihr Handy gestarrt hat.

»Du reißt lieber eine Deadline, statt meine Hilfe anzunehmen?«, frage ich.

Sie braucht ein wenig, ehe sie antwortet. »Ja?«

»Okay, ich schlage dir einen Deal vor: Du lässt mich dir helfen, dafür musst du nicht mehr scannen.«

»Das ist … Ellis, das ist eine Lose-lose-Situation.«

»Du scannst morgen nicht, sondern rechnest einen Teil unseres neuen Research Excellence Projekts. Ein bisschen Unterstützung würde mir da sehr helfen. Dafür brauche ich dich ausgeschlafen und nicht als Zombie, wir haben Zeitdruck für unsere Einreichung.«

»Okay …«

»Ja oder nein?«

»Sag Ja«, höre ich eine Stimme im Hintergrund, kann aber nicht ganz einordnen, ob ich sie kenne. »Wir haben noch Lasagne hier«, ruft die Stimme ins Mikrofon sehr viel lauter als gerade eben noch.

»Im Wohnheim, oder?«

»Ja«, presst Lily wenig begeistert hervor, atmet hörbar aus und antwortet schließlich: »Ich warte in fünfzehn Minuten unten auf dich.«

»Our night in shining armour«, begrüßt Lily mich spöttisch, während sie mir am Haupteingang des Wohnheims die Tür aufhält. Dennoch entgeht mir nicht, wie ihr Blick einen Sekundenbruchteil lang meinen Körper auf und ab wandert, ehe ich über die Türschwelle trete. Es ist recht milde für Oktober, ich trage nur eine dunkle Jeans, einen Hoodie, aber keine Jacke, und habe mir mein Notebook unter den Arm geklemmt. Obwohl ich bereits drinnen bin, steht sie noch immer neben dem Türstock, ihre Keycard in der Hand, und sieht auf irgendeine Stelle am Boden, wo nichts ist. Sie wirkt nicht sonderlich glücklich über meine Anwesenheit.

»Nur um das klarzustellen: Ich bin wegen der Lasagne hier«, scherze ich, um die Stimmung zwischen uns ein wenig aufzulockern. »Und hoffe, sie ist es wert.«

»Du hast ja keine Ahnung«, murmelt sie vielsagend und läuft vor mir die Treppe hinauf, und egal wie sehr ich mich davon abhalten möchte, mir unter ihrem Oversizehoodie und ihrer etwas unförmigen Jeans ihre Figur vorzustellen, ich schaffe es nicht.

Augenblicklich kommen Erinnerungen in mir hoch. Daran, wie nahe Lily mir war, als ich sie letzte Woche in ihr Zimmer getragen habe. Wie ihr Kopf an meiner Schulter gelehnt hat, ihre Atemzüge mein Schlüsselbein gestreift haben …

Ich verdränge es sofort.

Dafür bin ich jetzt definitiv nicht da.

Ach ja?, regt sich eine höhnische Stimme in meinem Kopf. *Du hilfst ihr aus reiner Nächstenliebe schon wieder, oder?*

»Für wen machst du eigentlich diese Nachtschicht?«

»Elsa«, antwortet Lily sofort. »Du weißt schon, die aus meinem Präsentationsteam.«

»Jup, ich erinnere mich.« Sogar sehr gut, denn ich habe mich mit ihr bereits mehrmals wortlos verständigt.

Als wir Elsas Zimmer betreten, begrüßen uns aufgestapelte Teller mit Lasagneresten, Energydrinkdosen, Kaffeetassen und ein ganzes Sammelsurium an Blättern, Lehrbüchern, Stiften …

Und Elsa, die mir mit aufgerissenen Augen entgegenstarrt.

Ich bleibe unschlüssig stehen, was dazu führt, dass Lily mich kurzerhand über die Schwelle schiebt. Mit einer Hand zwischen meinen Schulterblättern. Die Berührung dauert nur einen Wimpernschlag, aber ich spüre sie überdeutlich, selbst durch meinen Pulli hindurch, und sie lässt ein sanftes Prickeln an genau der Stelle entstehen.

Ich werfe ihr einen raschen, prüfenden Blick über die Schulter zu. Hat sie das absichtlich gemacht? Nein, merke ich, sie hat einfach nicht nachgedacht, und so, wie sie gerade schaut, ist sie wohl selbst überrascht. Trotzdem flackert etwas in ihren Augen auf, etwas Weiches, oder ... es fällt mir unglaublich schwer, den Ausdruck darin zu deuten. Ich werde nicht schlau aus ihr.

»Hi«, sage ich nach einer sicherlich viel zu langen Pause, winke Elsa einen Gruß zu, bin aber noch ganz verwirrt von dem Gefühl, das Lilys Berührung in mir ausgelöst hat.

»Hi«, druckst Elsa hervor und sieht mich an, als wäre ich eine leibhaftig gewordene Disneyfigur. Eine kurze Stille entsteht, während ich mich nach einem freien Flecken umsehe, wo ich mich setzen kann.

»Oh, Verzeihung«, ruft Elsa, springt auf, schiebt einige Ordner von ihrem Bett und deutet darauf. »Hier ist Platz.«

»Elsa Jones, oder?«, frage ich, sie nickt etwas beklommen und ich fahre fort: »Ich suche euch nur kurz die richtigen Quellen heraus und bin dann wieder weg. Du kannst ganz ... entspannt bleiben.« Sie ist erstaunlich zurückhaltend dafür, dass sie es war, die Lily zu überreden versucht hat, meine Hilfe anzunehmen.

»Ja, aber du bist unser Dozent und stehst jetzt um fast«, sie schielt auf ihr Notebook, »vier Uhr morgens mitten in meinem völlig chaotischen Zimmer und –«

Aha.

»Als ich das letzte Mal nachgesehen habe, wart ihr beide nicht in meiner Übungsgruppe«, unterbreche ich sie. Dafür habe ich gesorgt. »Ich bin also streng genommen nicht euer Dozent, sondern einfach irgendein anderer Student an dieser Uni.« Erneut hebe ich die Hand und deute ein Winken an. »Hi, ich bin Ellis! Ich bin Doktorand an der Bloomsbury und habe einen VPN. Ich glaube, ihr braucht einen VPN! Lasst mich euch helfen!«

»Okay.« Elsa schweigt einen Moment, ehe ihr etwas einzufallen scheint. »Hast du Hunger?«

»O ja«, sage ich sofort, und das stimmt sogar, denn ich habe inzwischen zwar den Review abgeschickt, seit gestern um acht Uhr abends aber nichts mehr gegessen. Nachtschichten machen extrem hungrig.

»Ich mach dir ein Stück Lasagne warm. Das mit den Quellen könnt ihr sowieso besser als ich.« Elsa verdrückt sich, ihre Schritte im Flur verhallen und es wird still im Raum.

Bis jetzt hat Lily kein Wort von sich gegeben, sondern ist mit verschränkten Armen im Türrahmen stehen geblieben.

Was nicht bedeutet, dass ich sie nicht wahrnehmen würde. Das tue ich die ganze Zeit.

Ein leiser Schauer läuft meinen Rücken hinab, weil mir klar wird, dass ich jetzt mit ihr allein bin. Diese Berührung vorhin – sie war absolut kein Zufall oder Versehen.

Gerade, als ich überlege, ob ich ihre widersprüchlichen Signale auf irgendeine nicht völlig plumpe Weise ansprechen kann, löst sie sich vom Türrahmen, durchquert den Raum und lässt sich auf dem Bürostuhl nieder. »Hast du das WLAN-Passwort?«, fragt sie, ohne mich anzusehen. Sie ist sauer. Bestimmt, weil Elsa und ich ihr quasi keine andere Wahl gelassen haben, als mich herzubitten.

»Jup«, sage ich und klappe mein Notebook auf. Währenddessen liest Lily in dem offenen Dokument auf dem Screen und tippt irgendetwas.

»Du schreibst ihr die Arbeit, oder?«

Ruckartig wendet sie den Kopf zu mir, und ich sehe an ihren geweiteten Augen, dass ich ins Schwarze getroffen habe. »Natürlich nicht«, behauptet sie.

»Entspann dich. Ihr könnt machen, was ihr wollt, ich werde euch schon nicht verpfeifen.« Ich werfe einen raschen Blick auf das aufgeschlagene Buch. »Außerdem mag ich Prof. Roth sowieso nicht besonders.«

Ihr entkommt ein kurzer Lacher, und innerlich recke ich die Faust, weil ich ihr eine (positive!) Reaktion entlocken konnte.

Du bist ganz schön erbärmlich.

Ich starte den VPN, mit dem ich mich in die gesicherten Uni-Netzwerke und damit auch die Datenbanken einwählen kann, zu denen Elsa und Lily Zugang benötigen. »Also, was braucht ihr?«

Sie diktiert mir einige Zitate, zu denen ich für sie binnen weniger Minuten die dazugehörigen Artikel samt Bibliografie finde, dann kehrt Elsa mit einem großzügigen Stück dampfender Lasagne zurück.

»Hm, Frühstück«, witzle ich nach einem Blick auf die Uhr. Es ist halb fünf, und eigentlich ist es gar kein Scherz, weil ich tatsächlich überlege, mich gar nicht mehr hinzulegen, sondern durchzumachen.

Etwas überfordert sehe ich zwischen dem Teller, der Gabel in Elsas Händen und dem Notebook auf meinen Knien hin und her.

»Wir sind noch nicht fertig, oder?«, frage ich Lily.

»Nicht ganz.«

Ich halte ihr mein Notebook hin. »Hier, such den Rest einfach selbst.«

Sie wirkt überrumpelt. »Ich kann doch nicht …«

»Das ist ein Notebook wie jedes andere auch. Such einfach«, sage ich. Stimmt nicht. Es ist *kein* Notebook wie jedes andere. Es ist mein privates, mit meiner gesamten Forschung darauf, allen angefangenen oder noch nicht fertiggestellten Artikeln. Sogar die Dokumentation meiner Scheidung ist hier gespeichert. Ich gebe ihr den Rechner dennoch. Und ich hoffe, sie versteht, was ich ihr damit sagen möchte.

Ich vertraue dir, also kannst du mir auch vertrauen.

Zögerlich nimmt sie das Notebook an sich und findet die letzten beiden fehlenden Zitate, während ich zu essen anfange. »Wow«, entfährt es mir nach dem ersten Bissen. »Wow, die schmeckt fantastisch.«

Auf Elsas Gesicht breitet sich ein Grinsen aus. Die nächsten Minuten über huschen Lilys Augen einige Male zu mir, als würde sie mir gerne beim Essen zusehen, aber es sich nicht trauen, weil es unhöflich ist.

Meine Vermutung war richtig: Lily schreibt, und Elsa kommentiert recht planlos dann und wann etwas, beteiligt sich aber kaum an der tatsächlichen Arbeit. Ich bewundere Lily dafür, dass sie das für ihre Freundin macht. Ihr ist anzusehen, dass sie völlig übermüdet ist und ihr diese Nachtarbeit wirklich an die Substanz geht.

Als ich fertig gegessen und den Teller auf dem Boden abgestellt habe, steht Lily auf, füllt ein Glas Wasser aus einem Krug, in dem Zitronen- und Limettenscheiben schwimmen, und reicht es mir.

Überrascht nehme ich es ihr aus der Hand. Das ist echt

aufmerksam von ihr. Und während sich unsere Blicke treffen, breitet sich Wärme in meiner Brust aus.

»Braucht ihr eigentlich noch einen Korrekturleser?«, frage ich mit belegter Stimme.

»Nein, geht schon«, sagt Lily, ohne den Blick von mir zu nehmen, und mein Herz beginnt heftig zu pochen.

Ich bemerke, wie Elsa auf dem Stuhl neben dem Schreibtisch unruhig wird und fragt: »Irgendjemand Kaffee vielleicht?«

»Besser, wenn nicht«, murmelt Lily, als sie sich langsam, beinahe nachdenklich wieder an den Tisch setzt.

»Ich mache trotzdem mal ein paar Tassen.« Und schon ist Elsa verschwunden.

»Lässt sie uns absichtlich allein?«, frage ich in die darauf folgende Stille hinein.

»Mag sein. Ich glaube, sie ist von der ganzen Dozentensache noch immer überfordert.« Lily sieht zu mir auf, als ich neben sie an den Schreibtisch herantrete, um besser auf den Bildschirm schauen zu können. Mit einer Hand stütze ich mich auf der Tischkante auf.

»Und du auch«, stelle ich leise fest, lehne mich nach vorn und lese die ersten paar Zeilen, irgendetwas über Konsumenten und Globalisierung. Aber ich kann mich nicht konzentrieren, weil ich spüre, wie ihr Blick an mir entlanggleitet. Von meiner Brust zu meinen Armen. Und dann bleibt er auf meiner Hand liegen.

22

Lily

Ein lang gezogener Kratzer läuft Ellis' linken Handrücken entlang und verschwindet unter dem Saum seines Ärmels. Er muss tief gewesen sein, und ich erinnere mich, dass er letzte Woche sogar einen Verband getragen hat. Seine Hand ist kräftig, aber die Finger sind trotzdem schlank, und ein paar feine, dunkle Härchen sprießen darauf.

Ich reiße meinen Blick los und muss das Bild verdrängen, das vor meinem inneren Auge erscheint: Seine Hand auf meiner Wange, sein Daumen, der sanft darüberstreicht …

Ich ziehe die Brauen zusammen, um dieses drängende Gefühl und mein wild schlagendes Herz unter Kontrolle zu bekommen.

Anscheinend habe ich jetzt das Müdigkeitslevel erreicht, an dem ich zu halluzinieren beginne. Fantastisch.

Wieso muss dieser Mann um vier Uhr morgens auch so übertrieben gut aussehen? Seine dunkelbraunen, leicht gewellten Haare sind zerzaust, und jedes Mal, wenn er hindurchfährt (das macht er ziemlich oft, wenn er nachdenkt), stehen sie in eine andere Richtung ab. Der nachtblaue Hoodie steht ihm und lässt ihn insgesamt entspannter und jünger wirken.

»Darf ich?«, fragt er, und seine Hand schwebt über meiner und der Maus. Auf meinen Fingerknöcheln nehme ich seine Körperwärme wahr und ziehe meine Hand hastig weg.

»Klar.«

Er scrollt ein wenig in unserer beinahe fertigen Hausarbeit. Ich weiß nicht, nach welchem System er darin liest, aber ich kann ihm binnen eines Sekundenbruchteils nicht mehr folgen, denn ich bin völlig abgelenkt davon, wie gut er riecht. Schon als er zur Eingangstür hereingekommen ist, habe ich zuallererst sein geradezu lächerlich attraktives Erscheinungsbild und dann seinen frischen, angenehmen Duft wahrgenommen. Sein Duschgel oder Deodorant oder Parfüm, ich weiß es nicht. Jedenfalls hat mir den gesamten Weg zu Elsas Zimmer das Herz vor Aufregung bis in den Hals geschlagen, und ich habe mir im Geiste wie ein Mantra vorgesprochen: *Reiß dich bloß zusammen!*

Dass ich Ellis über die Türschwelle geschoben habe, muss eine Übersprunghandlung gewesen sein. Kleiner Blackout, wie so oft in seiner Gegenwart. Ich habe es bereut, noch ehe ich meine Hand wieder zurückgezogen hatte. Weil ich seine Muskeln gespürt habe, die sich ganz leicht unter meiner Berührung bewegt haben. Dieses Gefühl hat augenblicklich Wärme in meinem Bauch explodieren lassen, und ich war kurz davor, gequält aufzustöhnen. Immerhin *das* habe ich dann noch unterdrücken können. Seltsam angesehen hat Ellis mich dennoch.

Und jetzt hat er sich über mich gebeugt und ist mir so nahe, dass ich seine Atemzüge höre, und mein Herzschlag kann sich gar nicht mehr beruhigen.

Ich bin erleichtert, als Elsa mit drei vollen Kaffeebechern bewaffnet zur Tür hereinkommt und damit diese knisternde

Spannung zwischen uns in den Hintergrund drängt. Aus lauter Verlegenheit nehme ich einen tiefen Schluck von dem viel zu heißen Kaffee und verbrenne mich beinahe daran.

Vorhin habe ich auf Ellis' Feststellung, dass mich seine Dozententätigkeit überfordert, gar nicht reagiert.

Weil das nicht ganz richtig ist. Sie überfordert mich nicht, sie ist wie eine gigantische, unüberwindbare Mauer. Sie ist der einzige und auch letzte Grund, der mich dazu bringt, Abstand zu wahren.

Aber wenn er mir so nahe ist, dass ich nur meine Hand ausstrecken müsste, um ihn zu berühren, weiß ich nicht, wie lange ich das noch schaffe.

Und ich glaube, er weiß das. Er will mich aus der Reserve locken.

Mitten in der Nacht kommt er ins Wohnheim, um uns auszuhelfen, lässt mich auf seinem privaten Gerät Zitate suchen (und nein, garantiert ist das nicht einfach nur *irgendein Notebook wie jedes andere*). Er wirft mir Blicke zu, bei denen meine Knie ganz weich werden, und sieht zudem auch noch aus wie ein Abercrombie-Model.

Ich bin so was von am Arsch!

Während wir zu dritt unseren Kaffee trinken, versuche ich, meine Gedanken zu sortieren und meine Entschlossenheit wiederzufinden. Am besten denke ich über etwas anderes nach, wie … meine halb gefüllte Kaffeetasse zum Beispiel. Ich wische einen Rest Kaffeesatz vom Becherrand und merke, dass meine Finger beben. Vermutlich war es nicht schlau, den fünften Kaffee innerhalb von sechs Stunden zu trinken, weil er mich nicht wacher macht, sondern nur dazu führt, dass ich zittrig werde.

Was ganz sicher nicht an Ellis' Gegenwart liegt. Keinesfalls. Es liegt am Kaffee.

Ich bin kurz davor, mit den Augen zu rollen. Wie albern bin ich eigentlich?!

Um nicht weiter darüber nachdenken zu müssen, bringe ich mich lieber in die erstaunlich leidenschaftliche Unterhaltung zwischen ihm und Elsa über das Leben in einem Cottage ein (wie in Gottes Namen sind sie auf dieses Thema gekommen?).

Anschließend pitche ich Ellis in ein paar Sätzen Elsas Seminararbeit, um uns ein bisschen rückzuversichern, dass es nicht völliger Humbug ist. Er gibt uns zwei Tipps für Anfang und Schluss, und um fünf Uhr morgens macht er sich auf den Heimweg.

»Ich bringe dich noch runter«, biete ich an, weil er ohne Schlüssel nicht rauskommt.

Das weiß er zwar, hält aber dennoch inne und murmelt dann: »Alles klar.«

Schon als wir die Tür zur Doublette hinter uns schließen, spüre ich, dass ich sich etwas zwischen uns verschiebt. Jetzt, da Elsa nicht mehr bei uns ist, liegt plötzlich wieder etwas Unausgesprochenes, Erwartungsvolles in der Luft. Als wäre sie aufgeladen, als gäbe es da eine unsichtbare Spannung zwischen uns, die mit jeder Minute, die wir in der Gegenwart des anderen verbringen, stärker wird. Und gefährlicher.

Es wird passieren. Heute.

Unwillkürlich schüttle ich den Kopf, weil ich nicht glauben kann, dass ich das gerade gedacht habe. Dennoch weiß ich, dass es stimmt. Ich fühle es, und ich bin mir sehr sicher, dass er es genauso wahrnimmt.

Ich will Ellis näherkommen, ich will ihn spüren, und dieses Verlangen zerreißt mich innerlich. Weil mir klar ist, dass ich das nicht darf.

Du hast es dir geschworen!

Und obwohl ich ihm so viele Signale gesendet habe, dass ich absolut kein Interesse habe, hoffe ich gleichzeitig, dass er etwas tun wird, bevor er nach Hause geht. Dass er sich traut, den ersten Schritt zu machen, und allein bei dem Gedanken daran erfasst meinen Körper ein Kribbeln, das mir bis in Arme und Beine fährt.

Schweigend laufen wir die Treppen hinunter, und ich fühle mich wie auf Autopilot, als wäre ich nicht ganz und gleichzeitig doch vollkommen bei mir. Ich weiß nicht, was ich tue, als ich am Fuß der Treppe mit der Keycard, die ich an meiner Hose befestigt habe, die Eingangstür entriegle und sie aufziehe. Und dann einfach weitergehe. Ich bleibe nicht stehen und hebe die Hand zum Abschied, sondern laufe durch die Tür, hinaus in die Dunkelheit. Tief atme ich die frische Luft ein, spüre die Kälte in meinen Lungen und hoffe, dass sie mir hilft, einen klaren Kopf zu bekommen.

Kann sein, dass ich gerade vor der ganzen Situation und der Nähe zu Ellis weglaufe wie ein Kleinkind.

Oder genau in sie hinein.

Erst an der Hausecke, an der der Fußweg den Hügel hinab in die Stadt abzweigt, bleibe ich stehen.

Ellis folgt mir wortlos, und er wirkt noch nicht einmal überrascht. Falls er es ist, verbirgt er es gut. Als er zu mir aufschließt, kommt er mir so nahe, dass ich den Kopf heben muss, um ihm ins Gesicht blicken zu können.

Er spricht nicht, er sieht mich nur an, und sein Blick ist so eindringlich, dass sich ein Kloß in meinem Hals bildet.

Ohne Eile hebt er die Hand, und mein Atem beschleunigt sich. Vorsichtig greift er nach ein paar meiner Haarsträhnen und lässt sie zwischen seinen Fingern hindurchgleiten.

»Wieso färbst du dir die Haare eigentlich in so vielen Farben?«

Die Frage überrascht mich. »Wieso nicht?«, erwidere ich und habe das Gefühl, nicht genügend Luft zu bekommen.

»Weil ich glaube, dass du ganz anders bist. Da sind Schatten, die dich begleiten. Erfahrungen, Erinnerungen, ich weiß es nicht. Aber sie machen dich sehr viel ernster, als du alle glauben machen willst. Vielleicht wählst du deine Haarfarben aus genau dem Grund? Damit du alle täuschen kannst. Und bei mir«, er lässt die Strähnen wieder los, »versucht du es genauso.«

Laut hörbar atme ich aus. Ich muss mich sammeln, ehe ich antworten kann, so sehr hat mich seine Feststellung getroffen.

»Es muss niemand wissen, wer ich wirklich bin«, sage ich. Denn ich habe unfassbare Angst, genauer hinzusehen, was in mir lauert. Wenn ich das tue, könnte es sein, dass ich einen Abgrund finde.

»Ist es nicht schade, sich nicht so zu zeigen, wie man wirklich ist?« Erneut hebt Ellis die Hand und fährt mit den Fingerspitzen über mein Schlüsselbein, und ich muss ganz kurz die Augen schließen, so sehr strahlt die Berührung durch meinen Körper.

»Tust du es denn? Dich so zeigen, wie du wirklich bist?«, flüstere ich.

»Jetzt gerade? Ja«, gibt er zu. »Wenn ich abweisend und distanziert zu dir bin, dann nicht. Dann versuche ich, dich nicht zu überfordern.«

Blinzelnd sehe ich zu ihm auf. »Wieso glaubst du, dass du mich überforderst?«

»Weil ich sehe, wie du dagegen ankämpfst. Du willst das,

was sich zwischen uns entwickelt, nicht zulassen. Ich kenne den Grund nicht und weiß auch gar nicht, ob ich ihn kennen möchte.« Er schluckt. »Weil ich Angst habe, dass er stärker ist als ich.«

»Und ich habe Angst, dass er es nicht ist«, flüstere ich.

Einen Moment herrscht angespannte Stille zwischen uns. Irgendwo wird ein Rollo hochgezogen, jemand startet einen Motor. Es ist bereits nach fünf Uhr und allmählich erwacht Marchlyn Falls wieder zum Leben.

Ellis holt tief Luft. »Ich glaube, du musst entscheiden, was ich für dich bin. Siehst du mich wirklich als deinen Dozenten, weil ich dem Lehrpersonal angehöre? Oder als deinen Kollegen? Oder vielleicht doch nur als einen Typen, dem du zufällig in der Stadt über den Weg gelaufen bist? Dem gegenüber müsstest du dich nicht so zurücknehmen, wie du es gerade tust. Und versuche gar nicht erst, es zu leugnen. Denn ich sehe es.« Seine Stimme wird leiser. »Und ich spüre es.«

Ich schaffe es nicht mehr, ihn anzusehen.

»Ich frag mich echt, warum«, fährt er fort. »Hast du einen Freund in London?«

»Natürlich nicht«, antworte ich sofort, aber traue mich nicht, Blickkontakt mit Ellis herzustellen.

»Ich *bin* nicht dein Dozent«, sagt er nachdrücklich, und jetzt sehe ich doch wieder zu ihm auf. »Ich bin lediglich dein Kollege und sogar selbst noch Student an dieser Uni. Ich habe genau null Einfluss auf die Notengebung, egal ob da was zwischen uns läuft oder nicht.«

Es ergibt Sinn, was er da sagt, absolut. Dennoch schaffe ich nicht mehr als ein stummes Kopfschütteln.

»Wovor fürchtest du dich? Was, glaubst du, passiert, wenn wir … wenn wir uns näherkommen würden?«

Ich will mich rasch wegdrehen, vielleicht sogar davonlaufen, ich weiß es nicht.

Doch Ellis verstellt mir den Weg. »Rede mit mir, Lily.«

»Sie werden über uns sprechen. Das tun sie ja jetzt schon. Es werden Gerüchte aufkommen, dass ich …« Gott, es fällt mir so unglaublich schwer, es auszusprechen. Ich schlucke, weil der Kloß in meinem Hals immer dicker wird und ich Angst habe, dass mir die Stimme versagt.

»Ja?« Ellis sieht mir fest in die Augen, sein warmer Blick fängt mich auf und hüllt mich ein, und ich spüre in diesem Augenblick, dass ich ihm vertrauen kann. Und dass ich das, was mich seit so langer Zeit belastet, endlich einmal aussprechen muss.

»Dass ich mit dir nur etwas anfange, damit ich gute Noten kriege, oder dass ich diese Anstellung an der Uni nur bekommen habe, weil …« Ich atme frustriert aus und versuche, mir die Tränen aus den Augenwinkeln zu blinzeln.

Jetzt bloß nicht heulen. Doch die Worte auszusprechen, fällt mir *so* schwer. Es fühlt sich an, als würde ich Ellis meine größte Angst direkt vor den Füßen ausbreiten, damit er darauf herumtrampeln kann. Ein unangenehmes Kribbeln fährt unter meine Haut, als ich weiterrede. »… weil ich mich hochgeschlafen habe. Weil ich von dort, wo ich herkomme, niemals auf anderem Wege eine akademische Karriere anstreben könnte. Ich bin einfach nicht schlau genug dafür!« Ich hebe die Schultern. »Ist doch vorprogrammiert, dass ich scheitere. Ich meine: Mein Dad ist Kraftfahrer. Meistens war er arbeitslos. Wir wohnen, seit ich denken kann, in Council Flats, in einer dieser deprimierenden Londoner Vorstadtsiedlungen. Und meine Bachelornote ist nur so gut, weil …«

Meine Stimme bricht, und noch ehe ich den Satz beendet

habe, wird mir klar, dass das, was ich gerade gesagt habe, genau das ist, was ich selbst von mir denke. Dass ein winziger Teil tief in mir der Überzeugung ist, dass ich es nie wirklich in die Forschung schaffen werde. Weil ich vielleicht fleißig bin, aber nicht sonderlich intelligent und sie das merken werden. Ohne den Rückenwind einer einflussreichen Person werde ich es niemals aus eigenen Stücken hinbekommen.

Genau wie er damals gesagt hat.

Und das fühlt sich so an, als würde jemand seine Krallen in mein Fleisch hauen, sie tief durch meinen Körper ziehen und mein Innerstes herausreißen. Qualvoll langsam, damit die Schmerzen unerträglich werden.

»Redest du dir diesen Unsinn selbst ein? Oder hat es dir irgendjemand eingeredet?«, fragt Ellis und mustert mich aus schmalen Augen. Er klingt aufgebracht, wütend sogar, und ich schaffe es nicht mehr zu antworten.

»Ich sage dir mal was: Ich stamme von Schaffarmern ab. Landwirten. Bauern. Ich kenne meinen Vater nicht und bin nur mit meiner Mum, meiner Nan und Hunderten Schafen aufgewachsen. Ich komme auch nicht aus privilegierten Verhältnissen, und es hat nicht viel gefehlt, und ich hätte mein Leben auf einer Schafweide verbracht. Und auch das wäre okay. Es gibt hier kein besser oder schlechter. Es ist egal, wo wir herkommen und welche Geschichte wir haben. Was zählt, ist, was wir draus machen. Wie wir unser Leben leben, wie wir es gestalten. Und es ist auch egal, was andere dazu sagen. Das Einzige, was zählt, ist, was *du* denkst und *du* willst. Und erzähl mir nicht, du seist nicht schlau genug für eine Karriere in der Forschung. Das ist lächerlich. Ein Artikel aus deiner Bachelorarbeit ist in einem Journal erschienen. Ein durchschnittlicher Undergraduate würde das niemals schaffen.«

»Ich habe den Artikel nicht ...« Will ich mich rechtfertigen, aber Ellis lässt mich nicht zu Wort kommen.

»Du hast innerhalb weniger Tage und trotz deiner Exmatrikulation eine Präsentation gehalten, die deine Mitstudierenden sprachlos gemacht und in Prof. Walshs Gesicht ein Leuchten gezaubert hat. Du hast gerade innerhalb einer einzigen Nacht eine Seminararbeit für deine Freundin geschrieben, die nicht einmal annähernd dein Fachgebiet ist. Und ihr werdet vielleicht keine Eins bekommen, aber es wird annehmbar sein. Erzähl mir nie, wirklich niemals wieder, du seist nicht schlau genug für eine akademische Karriere!« Obwohl er in einer Hand sein Notebook hält, unterstreicht er seinen Redeschwall mit nachdrücklichen Gesten und kommt mir dabei so nahe, dass ich seine schnellen Atemzüge auf meiner Haut spüren kann.

Ich weiß überhaupt nicht, was ich sagen soll oder kann, so sehr hat mich sein Ausbruch überrumpelt.

Als ich nicht antworte, mustert er mich mit eindringlichem Blick. »Lily? Hast du mich verstanden?«

Ja, habe ich. Aber etwas in mir drin wehrt sich gegen seine Worte.

»Du glaubst mir nicht, oder?«

Statt einer Antwort presse ich nur die Lippen aufeinander.

»Schau mich an, Lily«, verlangt er mit rauer Stimme und legt sein Notebook rasch neben sich ins Gras, ohne mich dabei aus den Augen zu lassen. »Schau mich an und sag mir ins Gesicht, dass du zu dumm bist.«

Ich beiße die Zähne zusammen und spüre etwas in mir, das immer stärker wird. Widerwille. Widerstand. Nein, es ist Wut. Wut auf ihn, dass er so mit mir redet und so etwas Absurdes von mir verlangt. Wut auf mich selbst, weil ich ihm nicht widersprechen möchte. Weil mich irgendetwas hemmt und zurückhält.

»Na schön! Ich bin zu dumm für eine akademische Karriere!« Ich werfe die Hände in die Luft.

Blitzschnell greift er nach einem Handgelenk und hält es fest. »Nein, bist du nicht«, sagt er mit einem Beben in der Stimme. »Sag es noch mal«, fordert er mich auf, als wäre das hier irgendein Spiel, und das macht mich nur noch wütender.

»What the fuck, Ellis!«

»Los, komm schon!«

»Ich bin zu dumm für …«

»Nein, bist du nicht«, unterbricht er mich, schärfer diesmal. »Sag es noch mal!«

»Ich bin zu dumm!«, schreie ich ihn an, und mit einer fließenden Bewegung zieht er mich an sich, bis mein Gesicht keine Handbreit mehr von seinem entfernt ist.

Und jetzt erkenne ich, dass auch Ellis mit Emotionen kämpft; da ist ein Zittern, das seinen ganzen Körper beherrscht. Zumindest glaube ich, dass es von ihm stammt und nicht mein eigener Körper in solchem Aufruhr ist.

»Du hörst mir jetzt mal gut zu, okay? So, wie ich dich bisher kennengelernt habe, bist du die beeindruckendste und intelligenteste Frau, die mir jemals begegnet ist. Du denkst nicht nur analytisch und bist gut mit Zahlen, du präsentierst auch, als hättest du dein Leben lang nichts anderes gemacht. Für eine Arbeit von der Qualität deiner Bachelorarbeit würden dir die meisten Masteranden ein kleines Vermögen zahlen. Du wirst deinen Master machen und dann deinen Doktor, und ganz egal in welches Feld du gehen wirst, ob Academia oder woanders, du wirst verdammt erfolgreich sein.« Einige Atemzüge wartet er, geht sicher, dass ich seinem Blick nicht ausweiche, und fordert dann erneut: »Und jetzt sag mir noch mal, dass du zu dumm bist, wenn es wirklich das ist, was du von dir selbst denkst. Ich werde dir wieder genau das Gleiche sagen. Wir können den ganzen Morgen so weitermachen.«

Seine Worte dringen in mich ein wie ein Kugelhagel, bleiben in meinen Kopf hängen und in meinem Herzen. Und sie schicken Wellen des Schmerzes durch meinen Körper. Es ist mir peinlich, wie er das alles anspricht und mich herausfordert. Ich schäme mich zutiefst, dass dieser Mann mir meine größten Ängste und innersten Überzeugungen entgegenwirft, die ich selbst verdränge. Und es macht mich so wütend, *er* macht mich so wütend, dass ich ihn am liebsten mit aller Kraft von mir stoßen würde.

Aber ich tue es nicht. Stattdessen atme ich nur heftig ein und aus, ein und wieder aus, während mich Ellis' zorniger Blick bannt.

Das alles hier ist sein voller Ernst, und die Show, die er mit mir gerade veranstaltet, scheint ihm nicht einmal unangenehm zu sein.

Einen Moment noch halte ich seinem Blick stand, dann fühlt es sich plötzlich an, als würde etwas in mir aufbrechen, sich öffnen, ganz weit und frei werden. Ich spüre meinen Herzschlag schmerzhaft und hart in meinem Brustkorb, und er jagt ein Gefühl durch meinen Körper, das stärker ist als die Wut und die Scham, die in mir brennen.

Es ist Erleichterung.

Ellis sieht mich. Er begreift, was in mir passiert, und fordert meine inneren Dämonen heraus. Weil er weiß, dass ich sie anders niemals werde bezwingen können.

Alle diese Gefühle sind so verwirrend, dass meiner Kehle ein Schluchzer entkommt.

Ellis beobachtet mich einfach nur, als wüsste er, dass ich mich diesem ganzen Chaos erst einmal stellen muss, ehe es sich lichtet. Und während er das tut, irrt mein Blick zu seinen Lippen und dann sofort wieder zu seinen Augen, in denen das Graublau seiner Iriden trotz der Dunkelheit zu brennen scheint. *Brennendes Eis,* schießt es mir durch den Kopf.

Ich weiß nicht, wer den ersten Schritt tut, aber der letzte Abstand zwischen uns schmilzt dahin und plötzlich ist überall nur noch Ellis. Ellis, der mein ganzes Gesichtsfeld ausfüllt und in diesem Moment auch mein Herz.

Ich höre auf nachzudenken, stelle mich auf die Zehenspitzen und presse meine Lippen auf seine.

Er reagiert nicht sofort. Eine Sekunde oder zwei braucht er, ehe er seine Überraschung überwindet und sich auf mich einlässt. Seine Lippen sind gleichzeitig weich und fest, und als er meinen Kuss endlich erwidert, glaube ich, mein Herz zerspringt in tausend Teile, die wild durch meine Brust wirbeln. All das passiert innerhalb von einer Sekunde, vielleicht dauert es kürzer, vielleicht viel länger. Ich habe das Gefühl für Zeit verloren.

Als Ellis sich von mir löst, hält er zunächst die Augen geschlossen. »Warum tust du das?«, raunt er. Ich höre einen rasenden Herzschlag und bin mir nicht sicher, ob es seiner oder meiner ist.

»Ich weiß es nicht. Ich weiß gar nichts mehr«, gebe ich zu. Weil ich nicht sagen kann, warum ich mich von dem Moment habe forttragen und seine verlockenden Worte in mein Herz habe tropfen lassen. Denn genau das, was ich keinesfalls tun wollte, habe ich gerade getan. Ich habe die *eine* Grenze überschritten, die ich um jeden Preis hätte wahren müssen.

Aber es hat sich richtig angefühlt.

Beide stehen wir da, regungslos im Morgengrauen. Ein kühler Lufthauch streicht über meinen Körper, und mich durchläuft ein Schauer.

Ellis bemerkt es, aber er tut nichts, außer mich anzusehen, mit einem intensiven Blick, der dazu führt, dass sich in meinem Brustkorb etwas fest zusammenzieht.

»Okay«, sagt er schließlich. »Dann treffe ich jetzt eine Entscheidung. Für uns beide.«

Mir wird kalt. Ich habe Angst, dass er geht. Dass er vernünftig ist und jetzt geht.

Ich halte die Luft an, weil der Druck in meiner Brust immer stärker wird. *Geh bitte nicht,* bettelt eine Stimme in meinem Kopf, und plötzlich bin ich mir nicht sicher, ob ich es nicht doch laut ausgesprochen habe, denn sein Blick verändert sich und ein Leuchten tritt hinein.

Ellis bleibt.

Langsam, ganz ohne Eile hebt er eine Hand, schiebt sie unter meine Haare und umschließt meinen Nacken. Dort, wo seine raue Hand meine Haut berührt, beginnt sie zu glühen.

Er nähert sich mir wieder. Ich schließe die Augen und kann nicht mehr atmen, weil ich es nicht aushalte. Weil Anspannung und Verlangen meinen ganzen Körper beherrschen und mich völlig hilflos machen.

Moment um Moment verstreicht, seine Lippen schweben über meinen und die Luft zwischen uns brennt.

Doch er überwindet das letzte Stückchen nicht.

Und allmählich verstehe ich, warum. Er holt sich die Kontrolle zurück. Er will das hier, aber bewusst. Nach seinen Regeln und in seinem Tempo. Was zwischen uns passiert, ist nicht einfach nur ein Kuss, die Befriedigung eines Bedürfnisses, das wir morgen wegreden oder so tun können, als wäre nichts gewesen. Der Kuss bedeutet für Ellis mehr, unendlich viel mehr, und mein Herz wummert so heftig in meiner Brust, dass es wehtut. Ich weiß, ich darf es nicht, ich darf mich nicht verlieben, ich darf mich nicht wieder so angreifbar machen, aber es passiert trotzdem, genau in diesem Moment.

Mein Herzschlag wird immer mächtiger und das Ziehen, das jede Zelle meines Körpers erfüllt, unerträglich stark. Ein Wimmern entkommt meiner Kehle, weil ich es nicht mehr aushalte.

Und dann liegen seine Lippen endlich auf meinen, sein Griff um meinen Nacken wird fester, er hält mich. Er gibt mir Halt, und es fühlt sich an wie eine Erlösung.

Unsere Lippen öffnen sich. Ich atme ein, wir atmen gemeinsam, und unsere Zungen berühren einander sanft. Ich spüre seine Bartstoppeln an meinem Kinn, ich schmecke den Kaffee auf seinen Lippen, ich sauge den Geruch seiner Haut ein. Ich liebe seinen Geruch.

Vorsichtig streicht seine Zunge über meine, eine Frage, die ich sofort erwidere, und als wäre dies die letzte Rückversicherung gewesen, die Ellis gebraucht hat, wird sein Kuss tiefer und leidenschaftlicher.

Da ist ein Rhythmus zwischen uns, der perfekt passt. Es gibt keine Missverständnisse, kein Herantasten mehr. Ellis küsst mich so selbstbewusst und sicher, dass ich gar nicht anders kann, als zu stöhnen. Ich lege meine Hände auf seiner Brust ab, spüre die angespannten Muskeln darunter und verliere das letzte bisschen Selbstbeherrschung. Ohne Zurückhaltung erwidere ich seinen Kuss. Meine Hand fährt nach unten, bis an den Bund seine Hoodies, und ich lasse sie unter seinen Pullover und das T-Shirt gleiten. Ich will seine warme Haut spüren, ich muss mehr von ihm spüren, und sobald ich die festen Bauchmuskeln ertaste, setzt mein Gehirn aus.

Sein Arm umschlingt mich, als ich mich gegen seinen starken Körper sinken lasse. Und gleichzeitig wandert seine andere Hand von meinem Nacken zu meinem Hals, streicht über die empfindliche Haut an meinem Schlüsselbein und hinterlässt eine Gänsehaut. Immer tiefer rutscht sie, bis sie bei meinen Brüsten angekommen ist und sie sanft knetet. Als sein Daumen über eine Brustwarze streicht, wieder und wieder, drängt sie sich unter dieser Berührung gegen den dünnen Stoff meines BHs und ich keuche leise.

Er beantwortet es mit einem Knabbern an meiner Unterlippe. Ein leichter Schmerz durchfährt mich und hallt in einem erwartungsvollen Pulsieren zwischen meinen Beinen wider. Es ist wie ein Reflex, als meine Hände nach seinen Oberarmen greifen, denn ich kann nicht anders, als mich von seiner Energie forttragen zu lassen.

Ich bewundere seine Muskeln unter meinen Fingern und frage mich, wie ein Kuss, ein einziger Kuss so anders sein kann als alle anderen, die ich jemals zuvor erlebt habe. Wie die wenigen Berührungen von Ellis dieses Verlangen in meinem Bauch entstehen lassen können, das sich wie ein Lauffeuer in meinem Körper ausbreitet und sich tief in meinem Schoß ballt.

Ich werde mutiger, rücke noch näher an ihn heran und drücke meine Hüfte nach vorn. Nicht viel, ein Stückchen nur, sodass sein Bein zwischen meinen Platz findet. Und dann mache ich eine winzige Bewegung und reibe mich an ihm. Ellis entkommt ein unkontrolliertes Geräusch, und nur einen Augenblick später umfasst er meinen Po, hält mich in genau der Stellung fest und drückt mich an sich. Ich spüre seine Erektion und das Pochen zwischen meinen Beinen. Die Begierde in mir wird immer mächtiger und ich selbst immer hilfloser.

Als er mich sachte auf seinem Schoß auf und ab schiebt und eine Bewegung nachahmt, die ich jetzt unbedingt brauche, vergesse ich alles um mich herum. Es gibt nur noch Ellis und mich und die rohe, ungezügelte Lust zwischen uns.

Aber dann löst er sich von mir und hält mich mit beiden Händen fest. Beinahe so, als müsse er mit einem Mal Abstand zu mir wahren. Einige endlose Momente lang halte ich meine Lider geschlossen, höre nur seine rauen Atemzüge und spüre dem berauschenden, unglaublichen Gefühl nach, das durch mich hindurchströmt.

Als ich die Augen öffne, merke ich, wie Ellis mich betrachtet. Er sieht mich einfach nur an, als müsse er alles an mir, jedes winzige Detail in sich aufnehmen.

»Weißt du noch immer nicht, warum wir uns geküsst haben?«, fragt er.

Lange halte ich seinem Blick stand. »Doch, ich weiß es«, flüstere ich und muss schlucken. »Aber ich bin mir nicht sicher, ob das gut für uns beide ist.«

Ein feines Lächeln sitzt in seinen Mundwinkeln und das Blitzen in seinen Augen lässt ihn jungenhaft wirken. »Dann sollten wir genau das herausfinden.«

»Wie denn?«, will ich wissen, und er muss die Unsicherheit aus meiner Stimme herausgehört haben. Oder die Verzweiflung, weil er sofort antwortet: »Ich habe einen Vorschlag. Oder sagen wir besser, ein kleines Spiel für uns.«

»Ein Spiel?«, wiederhole ich misstrauisch, während er sich umsieht und sein Notebook aus dem Gras aufhebt.

»Wir müssen einander vertrauen lernen. Indem wir uns besser kennenlernen.«

Ich sehe ihn nur stumm an.

»Wir verraten einander jeden Tag ein kleines Geheimnis.

Oder eine kleine Wahrheit über uns. Egal, was. Und wenn es nur die Lieblingseissorte ist.«

»Das …« *… ist doch vollkommener Blödsinn*, will ich sagen. *Kindisch. Und gleichzeitig unglaublich süß und zauberhaft.*

»Ich fange an«, übergeht er meine Zweifel. »Was machst du am Samstag?«

Ein hoffnungsvolles Kribbeln rauscht durch meinen Körper. Vereinbart er gerade ein Date mit mir? »Lernen, vermutlich?«

Er nickt. »Okay, dann machst du jetzt was anderes. Und zwar einen kleinen Ausflug. Mit mir.«

»Bitte was?«

»Traust du dich etwa nicht, mit mir Zeit zu verbringen?«, neckt er mich.

»Natürlich traue ich mich«, behaupte ich.

»Ich hole dich ab, Samstagvormittag um neun. Nimm feste Schuhe mit.«

Er drückt mir einen letzten Kuss auf die Lippen und dann auf meine Wange, hält seinen Kopf noch einen kleinen Moment lang gegen meinen gelehnt und flüstert: »Bis Samstag.«

Und schon ist er in der Dunkelheit verschwunden.

23

Lily

»Wow, das ist … ich glaube, das ist das Schönste, was ich jemals in meinem Leben gesehen habe«, murmle ich, als mein Blick durch das Tal schweift.

Ein leichter Windhauch fegt vom Meer im Westen zu uns herauf und streicht kühl über mein Gesicht. Vor uns liegt eine Ebene, durch die sich ein schmaler Fluss schlängelt. Rechts und links und auch am Ende des Tals erheben sich Berge, die sanft ansteigen. Je höher mein Blick schweift, desto mehr wird das Gras auf ihnen von brauner Heide durchsetzt. Die Gipfel sind gar nicht mehr grün, sondern felsig. Ich schaue zurück zum Flusslauf tief unter uns. Die Bäume, die ihn säumen, leuchten in den verschiedensten Gelb- und Rottönen, und vom Talende, dort, wo die hohen Berge des Snowdonia Nationalparks beginnen, wabern Nebelschwaden in die Senke hinein.

»Hier bin ich groß geworden«, sagt Ellis. »Kaum einer weiß das von mir, also kann man es praktisch als mein erstes Geheimnis bezeichnen. Gar nicht weit von hier ist die Farm von meiner Mum. Außerdem finde ich dieses Tal wirklich unfassbar schön.«

»Was zum Teufel machst du überhaupt in Marchlyn Falls?

Oder sonst wo auf der Welt, wenn du das hier jeden Tag haben könntest?«, scherze ich und untermale meine Frage mit einer raumgreifenden Geste in Richtung Fluss. Als Großstadtkind bin ich bisher nicht sonderlich viel in der Natur gewesen, aber selbst mir ist klar, dass das hier ein ganz besonderer Flecken Erde ist.

Ellis schmunzelt. »Das erzähle ich dir ein andermal. Erst mal bist du dran.«

Die gesamte Autofahrt hatte ich Zeit, mir Gedanken zu machen, welches Geheimnis ich Ellis verraten könnte (oder mich zu fragen, warum in Gottes Namen ich mich überhaupt auf dieses dämliche Spiel eingelassen habe). Angesichts dieser unfassbar schönen Location und der Tatsache, dass Ellis mir gerade seine Heimat gezeigt hat, muss ich wohl mit mehr aufwarten als *Meine Lieblingseissorte ist Stracciatella* oder *Ich habe noch niemals in meinem Leben eine einzige Folge* Friends *gesehen.*

»Wenn ich dich in meine Heimat entführen würde, würden wir ziemlich viele Hinterhöfe sehen. Trostlose Wohntürme. Untersetzte Männer mit Bulldoggen an der Leine und jede Menge Müll. Aber damit verrate ich dir vermutlich kein Geheimnis, weil das ziemlich sicher genau das Bild ist, das du im Kopf hast, wenn ich *East London* sage.« Ich ziehe eine Grimasse und Ellis muss lachen.

Nur einen Moment später verrutscht sein Lachen ein wenig, als er sein Handy aus der Hosentasche hervorzieht und daraufschaut. Es ist jetzt bestimmt schon das dritte Mal, dass innerhalb der letzten Stunde jemand versucht hat, ihn zu erreichen. Das Handy vibriert, und ich höre, wie er Luft durch die Backen bläst und gepresst ausatmet.

»Willst du nicht mal drangehen?«

Er verzieht schmerzhaft die Mundwinkel. »Eigentlich nicht, aber langsam glaube ich, ich sollte.« Er starrt noch einige Sekunden auf das leuchtende Display und hebt schließlich ab.

»Mum?«, fragt er.

Aha.

Ich höre eine Frauenstimme, die aufgeregt spricht, kann aber nicht verstehen, was sie sagt.

»Bitte was?«

Okay, das klingt nicht gut. Er fährt sich mit der Hand durch die Haare, sein Blick zuckt vom Horizont zu mir und wieder zum Horizont.

»Ich komme«, sagt er. »Gib mir eine Stunde. Bye.«

Er atmet schwer aus, ehe er sich mir zuwendet. »Es tut mir so leid, Lily. Ich muss dich zurück nach Marchlyn Falls bringen, es gibt einen Notfall auf der Farm und ich muss sofort hin.«

»Was ist denn passiert?«

»Die ... egal.«

Ich halte ihn am Ärmel fest und zwinge ihn, mich anzusehen, weil ich das Gefühl habe, dass ihm die ganze Sache irgendwie unangenehm ist. »Hey! Ellis! Was ist los?«

Er atmet gequält aus. »Die Schafe sind aus ihren Winterstallungen ausgebrochen.«

Er muss mir ansehen, wie wenig ich mit dem Satz anfangen kann, und ich werde das Gefühl nicht los, dass ihm das gerade recht ist.

Er nimmt mich am Arm. »Komm, ich fahre dich schnell.« Als er mich zu seinem Auto ziehen will, grabe ich meine Sohlen in die weiche Erde.

»Was macht ihr denn jetzt?«

»Sie wieder einfangen.« Er öffnet die Wagentür. Ellis fährt einen alten, kantigen Volvo Kombi. Die Rückbank ist umgeklappt und beheimatet ein ziemliches Sammelsurium an Surfequipment – Neoprenhauben und Schuhe, heillos verknotete Gurte, Flipflops ... Dieses Chaotische hätte ich ihm gar nicht zugetraut. Aber ich mag es.

»Deine Mum und du?«

»Ja, und meine Nan und vielleicht ein paar der Nachbarn. Je mehr Leute, desto besser. Und wir haben natürlich Juniper.«

»Juniper«, murmle ich verständnislos.

»Unseren Bordercollie.«

»Ah«, mache ich. Klar. Der Bordercollie. Und dann erst begreife ich. »Moment mal, ihr könnt doch ganz bestimmt Unterstützung gebrauchen, oder?«

»Natürlich wäre es –«

»Ich komme mit«, unterbreche ich ihn.

»Nein, auf keinen –«

»Ellis!« Ich gebe mich so bestimmt und entschlossen wie möglich. »Hör auf herumzueiern und lass uns fahren. Ich habe zwar keine Ahnung, wie man Schafe einfängt, aber ich kann mich sicher irgendwie nützlich machen. Ich habe mir den ganzen Tag freigenommen und habe Zeit.«

Einen Moment schaut Ellis mich noch zweifelnd an. »Okay, gut, steig ein«, gibt er sich geschlagen, und ich weiß, dass dieser Ausflug jetzt erst *wirklich* interessant wird.

Als wir keine fünfzehn Minuten später bei der Farm ankommen, versuche ich, meine Überraschung zu überspielen. Oder sagen wir, ich versuche, so wenig wie möglich mit offenem Mund zu starren – mache aber wahrscheinlich keinen besonders guten Job dabei. Deshalb entfährt mir ein »Wow«, als wir vor dem Hauptgebäude der Farm halten.

Direkt vor uns steht ein altes Herrenhaus. Die Wände bestehen aus dem gleichen grauen Stein wie so viele der Häuser in dieser Gegend, aber anders als die meisten Cottages ist es zweistöckig und die Eingangstür sogar zweiflügelig. Links von uns drängen sich mehrere graue Steincottages mit Schieferdach aneinander. Ich glaube, es sind ehemalige Ställe und Vorratshäuser, die nun zu kleinen Wohnhäusern umgebaut sind. Sie alle haben rot gestrichene Fensterrahmen und Holztüren. Die Front des Haupthauses ist über und über mit Wein bewachsen, der genauso tiefrot leuchtet. Eine Bank steht davor. Rechter Hand rauscht ein Bach, und einige Bäume und Sträucher frieden ein großzügiges Gartengrundstück mit kurz gemähtem Rasen ein. Die Sträucher tragen ebenfalls kräftige Gelb- und Rottöne, von vielen haben sich Blätter gelöst und sprenkeln den Rasen. Das Ganze sieht aus wie ein herbstliches Ölgemälde.

»Ellis, mein Junge, wen hast du uns denn da mitgebracht?« Eine ältere Dame mit wettergegerbtem Gesicht, grauem Dutt, einer Schürze und moosgrünen Gummistiefeln tritt auf uns zu.

Ellis gibt ein unterdrücktes Seufzen von sich, als er die Fahrertür zuschlägt. »Das ist Lily, eine Freundin. Wir waren gerade zufällig hier in der Gegend und –«

»Lily, freut mich!« Sie lässt ihn gar nicht ausreden und scheint sich nicht mehr für Ellis' fadenscheinige Erklärungen zu interessieren. »Ich bin Ruth, die Nan von Ellis«, kommt sie seiner Vorstellung zuvor.

»Hallo, Ruth, ich freue mich auch sehr, Sie kennenzulernen.« Ich strecke ihr die Hand hin, die sie beherzt schüttelt. Ihre trockenen und schwieligen Hände vermitteln mir augenblicklich das Gefühl von Geborgenheit. Einen winzigen Moment schaue ich darauf, zwinge mich aber sofort, wieder aufzusehen. »Es ist meine Schuld, dass Ellis nicht allein gekommen ist. Ich habe mitbekommen, dass Sie womöglich Hilfe gebrauchen können, und darauf bestanden, dass er mich mitbringt.«

Ellis' Nan kichert. »Ja, das klingt schon glaubhafter.« Ein liebevoller Tadel liegt in ihrer Stimme und Ellis rollt mit den Augen. »Freiwillig bringt er sonst nämlich keinen Besuch mit.« Sie zwinkert mir verschwörerisch zu, und ein Seitenblick zu Ellis verrät mir, wie unangenehm ihm die ganze Situation ist. Verlegen lässt er den Autoschlüssel an seinem Finger hin- und herschwingen. Ich habe ihn noch nie so unsicher erlebt, und mir wird klar, dass er mir gerade ziemlich unfreiwillig sehr viel mehr und sehr viel größere Geheimnisse verrät, als er ursprünglich geplant hat.

Ein Grinsen sitzt mir in den Mundwinkeln, das ich nur mit Mühe zurückhalten kann. Der perfekte Mr. Redmaine hat also auch eine Achillesferse.

Keine Ahnung, wieso ich diese Erkenntnis gerade so sehr feiere, aber ich tue es. Vielleicht, weil ich mich in Ellis' Gegenwart ständig so verunsichert fühle und er endlich auch mal einen Schwachpunkt zeigt.

Erneut lasse ich den Blick über das ganze Anwesen schweifen und frage mich ernsthaft, wieso er nicht möchte, dass ich diesen Teil seines Lebens mitbekomme. Es ist wunderbar hier.

Selbst seine Nan ist mir auf Anhieb sympathisch.

»Rhian ist schon auf dem Berg und sammelt die ersten Schafe ein«, erklärt Ruth. »Rob und Andrew sind auch schon oben, ihr könnt direkt hinterher. Mit euch kriegen sie vielleicht eine Kette hin.« Ruths Blick bleibt auf meinen Glitzerchucks hängen. »Aber du brauchst erst besseres Schuhwerk.«

»Auf den Berg?«, rufe ich Ellis nach, als er in Richtung Haupthaus läuft.

»O ja«, antwortet er vielsagend und sein Lächeln bedeutet mir: *Du wolltest es so.*

Vielleicht bereue ich ein bisschen, Ellis meine Hilfe aufgedrängt zu haben. In den etwas zu großen, klobigen Wanderschuhen stolpere ich über den unebenen Grasboden, fixiere die beiden Schafe, die wohl gerade überlegen, ausgerechnet links von mir zu entwischen, und murmle leise vor mich hin, dass sie das bloß lassen sollen.

Einer der beiden Nachbarn (ich glaube, es handelt sich um Andrew) läuft auf dem Hang zehn Meter über mir, Ellis unter mir. Der Schweiß steht mir auf der Stirn, obwohl ich im Grunde nichts anderes zu tun habe, als geradeaus zu laufen und mich in Richtung eines Schafs zu bewegen, sobald es versucht, durch unsere menschliche Kette zu entweichen.

Seit zwei Stunden kämmen wir so die Berge hinter der Farm ab.

Im Grunde sind die Schafe dafür gemacht, auch den Winter draußen zu verbringen, hat mir Ruth erklärt, während sie mit mäßigem Erfolg passende Schuhe für mich gesucht hat (meine Füße sind kleiner als die aller anderen Familienmitglieder, und ich trage drei Paar Wollsocken, damit ich darin nicht hin und her rutsche). Aber für heute Abend ist ein ziemlich mächtiger Sturm angesagt und sie wollen keines ihrer Tiere verlieren. Außerdem bräuchte der Berg eine Pause. Auf mein überraschtes Gesicht hin hat Ruth erläutert, dass sie Teil eines Naturschutzprogramms seien, das sie dazu verpflichtet, die Weiden auf dem Berg sechs Monate ruhen zu lassen, ehe die Schafe dort den nächsten Sommer verbringen. Wenn sie sich nicht an die Vorgaben halten, droht eine Strafzahlung.

Die Farmhäuser und die mit einem Steinzaun eingefriedete Weide sind bereits in Sicht. Wir müssen die knapp hundert Tiere jetzt nur noch dazu bekommen, dort hineinzulaufen.

Gerade, als die beiden Schafe links von mir entwischen wollen, ich panisch die Arme ausstrecke, um sie irgendwie abzuschrecken, und mich im Geiste schon hinter ihnen herhechten sehe, stößt Ellis neben mir einen Pfiff aus (von wegen Schafe seien ängstlich und nicht sonderlich clever – es sind durchtriebene Schlitzohren!). Juniper flitzt mit gebeugtem Kopf heran, die Schafe verwerfen ihren Fluchtplan und rennen, angetrieben von der Hütehündin, zum Rest der Herde nach vorn.

Ich sende Ellis einen dankbaren Blick, aber er sieht mich gar nicht, weil er mit voller Konzentration Juniper irgendwelche anderen Befehle erteilt. Die ganze Zeit höre ich nur Pfiffe, lang gezogene und kürzere, woraufhin Juniper ihre Laufrichtung ändert. Sie treibt die Schafe näher zusammen, bis sie durch das geöffnete Gatter sind, ein kleines Stück auf der von zwei Steinmauern eingefassten schmalen Straße laufen, um dann auf ihre wirklich große, saftig grüne Weide abzubiegen. Offenbar wissen sie ganz genau, wo sie hinmüssen.

Ich bleibe stehen, als das letzte Schaf auf die Straße abbiegt, und wische mir mit dem Ärmel den Schweiß von der Stirn. Dabei wandert mein Blick unweigerlich wieder zu Ellis, wie er einige Nachzüglerschafe mit einem für mich völlig undefinierbaren Laut zurück auf die Spur bringt.

Das mache ich seit zwei Stunden schon so. Wenn ich nicht auf den unebenen Boden achten musste oder die Schafe vor mir mit einem hypnotischen Blick von ihrer Flucht abgehalten habe, habe ich Ellis beobachtet. Wie behände und unermüdlich er den Berg abläuft, ohne überhaupt aus der Puste zu kommen. Wie souverän er die Entfernungen abschätzt und mit den Tieren interagiert und dabei nicht einmal im Ansatz grob mit ihnen ist. Wie er mit Juniper zusammenarbeitet. Er weiß, was er tut. Und auch wenn es mir total absurd vorkommt (weil: wie bescheuert kann man sein?), finde ich ihn gerade unglaublich sexy. Dieser Mann treibt Schafe zusammen, trägt dabei eine zerschlissene Jeans und ein Flanellhemd, das an seinen breiten Schultern spannt, als wäre er ein wandelndes Klischee, und ich finde das sexy.

Ich muss schlucken und schließe für einen Moment peinlich berührt die Augen.

»Er macht das gut«, höre ich eine altersraue Stimme und merke erst jetzt, dass Ruth neben mir steht und Ellis dabei zusieht, wie er das Gatter hinter dem letzten Schaf sichert. Ihre wachen blauen Augen mustern mich neugierig.

»Ja, das ist ziemlich überraschend«, gebe ich zu.

Ruth lacht herzlich und meine Wangen werden warm.

»Nein, so meinte ich das gar nicht«, versuche ich mich zu retten. »Es ist nur, wenn man ihn aus der Uni kennt, dann kann man sich das hier«, ich mache eine ausladende Bewegung in Richtung der Weide, »überhaupt nicht vorstellen.«

Jetzt schleicht sich ein wehmütiges kleines Lächeln auf ihr Gesicht. »Ja, er hält seine beiden Leben getrennt. Das war selbst bei seiner …« Sie hält inne. Ich bin mir sicher, dass sie kurz davor war, seine Ex-Frau zu erwähnen, und hoffe insgeheim, dass sie weiterspricht. Egal, was sie sagen wollte, ich möchte *unbedingt* mehr wissen.

Aber so weit kommt es nicht, denn Ellis' Mum Rhian stößt zu uns, pustet sich eine Haarsträhne aus der Stirn und lehnt sich schwer auf ihren Schäferstock. »Ihr zwei bleibt über Nacht?«, fragt sie nicht sonderlich freundlich und fixiert mich dabei aus verengten Augen. Als wolle sie prüfen, ob ich das zu entscheiden hätte. Als wolle sie herausfinden, ob wir ein Paar wären.

Ich will schon peinlich berührt abwinken und klarstellen, dass ich definitiv nur den Nachmittag aushelfen wollte, aber … eigentlich möchte ich gerne hierbleiben.

Etwas ratlos zucke ich mit den Schultern.

Ruth mit ihrer unverstellten Ehrlichkeit war mir vom ersten Moment an sympathisch. Rhian ist anders als ihre Mutter – härter, drahtiger und verschlossener, mit einem resoluten Zug um den Mund. Und ich spüre, dass sie mir gegenüber Vorbehalte hat.

Vorhin am Berg hat Ellis uns nur knapp vorgestellt. Ich habe keine drei Sätze mit Rhian wechseln können, und erst jetzt habe ich Zeit, sie wirklich zu betrachten. Sie ist größer als ich, mindestens einen Meter fünfundsiebzig, und schlank. Ihr kastanienrotes Haar hat sie ebenso wie Ruth zu einem Dutt gebunden, aber einige Strähnen haben sich daraus gelöst, und gerade stopft sie ihre Haarpracht mit geübten Bewegungen unter eine dieser Schiebermützen, die ich schon so oft bei den Männern in Marchlyn Falls gesehen habe. Rhian strahlt so viel Kraft und unbedingten Willen aus, dass ich ganz fasziniert von ihr bin, obwohl sie sich so mürrisch gibt.

Das Beeindruckendste an ihr sind aber definitiv die strahlend blauen Augen, die in ihrem gebräunten Gesicht leuchten wie zwei Aquamarine. Wie das Meer hier in Wales an einem besonders sonnigen Tag. Ellis' Augen sind anders, weil sie eine Spur Grau durchzieht. Auch das ist die Farbe des Meeres. Aber eher an einem stürmischen Tag.

Einträchtig schweigend stehen wir da und beobachten Ellis dabei, wie er einige der Schafe kontrolliert, ob sie Verletzungen von dem recht hastigen Abtrieb davongetragen haben. Das Leuchten in den Augen der beiden Frauen verrät mir, wie stolz sie auf ihn sind und wie sehr sie sich freuen, dass er hier ist. Was sie wohl davon halten, dass sein Leben im Grunde in Marchlyn Falls stattfindet? An der Uni, in den Pubs und am Strand und nicht hier auf der Farm? Ziemlich sicher hätten sie ihn gerne für immer hier in Llanfairfechan.

»Ich muss heute auf jeden Fall noch zurück nach Marchlyn Falls, ich habe gar keine Sachen dabei«, greife ich Rhians Frage erneut auf, und Ruth geht sofort darauf ein.

»Papperlapapp, wir haben alles hier, was du brauchst. Du kannst in einem der Gästecottages schlafen. Bleibt zum Abendessen und über Nacht. Es ist schon fast dunkel, und wenn der Sturm erst mal da ist, macht es keinen Spaß, den Berg herunterzufahren.«

Mir fällt auf, dass Rhian schweigt und mich mit ihrem durchdringenden Blick weiterhin mustert.

»Aber ich will wirklich nicht …« *… zur Last fallen*, wollte ich sagen, aber Ruths Blick hält mich davon ab, und in meinem Brustkorb entsteht ein warmes Gefühl, das sich bis in meinen Bauch ausbreitet.

»Ihr zwei übernachtet heute«, erklärt sie ihrem Enkel, als er auf der anderen Seite der hüfthohen Steinmauer auftaucht. Seine Brauen heben sich fragend, sein Blick pendelt erst zwischen seiner Mum und mir hin und her und bleibt schließlich auf mir haften. Eine Sekunde lang, dann noch eine. Der Ausdruck in seinen Augen ist für mich völlig unlesbar. »Wirklich?«

»Eigentlich, also …«, komme ich ins Stottern, weil ich den

Eindruck habe, der Vorschlag ist ihm unangenehm. Er wollte mich schon gar nicht hierherbringen, und garantiert möchte er jetzt nicht …

»Na komm schon, Ellis«, sagt seine Nan leise. Es klingt wie eine Warnung. Was meint sie damit?

Ellis sieht sie an, presst die Lippen aufeinander, und sie scheinen sich irgendwie stumm auszutauschen, ich kann ihnen nicht mehr folgen. Dann nickt er kaum merklich, wendet sich mir zu, hebt die Arme einladend in Richtung Farmhaus und sagt mit etwas übertriebener Begeisterung: »Willkommen auf Carneddau Farm.«

24

Ellis

Zu behaupten, ich sei überfordert, wäre die Untertreibung des Jahrhunderts. Lily hier auf der Farm mit meiner Mum und meiner Nan zu sehen, ist wie ein Fehler in der Matrix. Etwas, das nicht passieren sollte und von dem ich mir geschworen habe, dass es nie wieder passieren wird. (Was komplett kindisch ist, ich habe es mir aber trotzdem geschworen. Es war während einer meiner richtig schlechten Nächte.) Ich würde eine Frau, für die ich etwas empfinde, nicht mehr einfach so mit auf die Farm nehmen, und meiner Mum und meiner Nan vorstellen.

Jetzt geschieht es trotzdem.

Zweimal war Hannah hier. Einmal vor unserer Hochzeit und einmal danach. Sie mochte Carneddau nicht. Die Schafe, die feuchte Kälte hier oben, den vielen Regen und Schlamm, die langen Arbeitstage. (Für mich. Sie blieb natürlich nur im Cottage, aber ich war eben nicht bei ihr.) Damals habe ich gedacht, dass sie recht hat. Endlich sah jemand, wie entbehrungsreich das Farmleben war. Sie verstand, warum ich all das nicht wollte, und ich war überzeugt davon gewesen, die richtige Frau an meiner Seite zu haben, weil sie meinen Zwiespalt erkannte und mich trotz der Bürde einer jahrhundertelangen Farmertradition nicht dazu drängte, sie weiterzuführen.

Erst später ist mir klar geworden, dass es dabei nicht um mich, sondern lediglich um sie ging. Ihre Wünsche waren wichtig, nicht meine.

Der Druck, der auf mir lastet, genau das tun zu müssen, was mir vorbestimmt ist, und die Absolutheit, die ein Leben hier draußen in den Bergen bedeutet, weil für nichts, aber auch gar nichts anderes Zeit wäre als die Tiere und die Farm – das war ihr schlicht egal.

Hannah fand das alles hier zwei Stunden lang exotisch, dann befremdlich, und am Ende des Tages wollte sie nicht einmal übernachten.

Ich habe mich minderwertig und schlecht gefühlt, dass ich ihr einen Besuch überhaupt zugemutet habe, und war anschließend ein ganzes Jahr lang nicht mehr hier gewesen. Wegen Hannah, die ich nach Australien begleitet und dort geheiratet habe, und auch meinetwegen. Weil ich mich meinem inneren Konflikt nicht stellen wollte und das bis heute nicht gemacht habe.

Und jetzt sehe ich Lily zu, wie sie mit erstaunlichem Appetit den Gemüsestew in sich hineinschaufelt, Nans selbst gebackenes Brot darin eintunkt und sich immer wieder über die Finger leckt. Jedes Mal, wenn sie dabei dieses leise Geräusch macht, kann ich gar nicht anders, als zu ihr zu sehen. Und es fühlt sich so an, als würde jemand einen elektrischen Schlag durch meinen Körper jagen, der bis in meine Lenden widerhallt.

Mir ist klar, dass ich sie anstarre wie ein verliebter Teenager. Ich kann es trotzdem nicht ändern. Gott sei Dank bekommt das keiner mit, denn die drei sind vollauf damit beschäftigt, sich zu unterhalten. Lily spricht abwechselnd mit Mum und Nan, zuerst über *Doctor Who* und Lilys verschiedene Haarfarben, dann über die Herbststürme und den letzten verregneten Winter. Sie fragt Nan nach dem Rezept für den Stew und sagt, dass sie es unbedingt ihrer Freundin Elsa mitbringen muss. Zuerst war Mum auffällig zurückhaltend, hat Lily lange, kritische Blicke zugeworfen und ihr nur recht einsilbig geantwortet. Sicherlich hat sie befürchtet, dass Lily so ist wie Hannah. Doch das ist sie nicht, und das scheint auch Mum verstanden zu haben, denn vorhin hat sie Lily zum ersten Mal angelächelt. Also, so richtig. Offen und warm, und mein Herz hat dabei schneller geschlagen.

Ich bin völlig baff, wie selbstsicher sich Lily aus der Großstadt in dieser Unterhaltung bewegt, obwohl sie mit diesen beiden Frauen doch rein gar nichts gemein haben kann. Vielleicht bemüht sie sich absichtlich so um das Gespräch, weil sie gemerkt hat, dass mich ihre Anwesenheit verunsichert. Denn wenn es so wäre, dann … Ich muss schlucken, während ich abwesend Junipers Kopf tätschle, die ihn auf meinem Oberschenkel abgelegt hat und ganz verliebt zu mir aufschaut. Ginge es nach dem Hund, wäre ich jedes Wochenende hier.

Zu sehen, wie Lily in unserem beinahe museumsreifen Esszimmer sitzt, isst und sich mit meiner Mum und Nan versteht – es erleichtert mich nicht nur, sondern ich finde es so unfassbar attraktiv, dass ich gerade ein wenig an meiner Zurechnungsfähigkeit zweifle.

Ich will diese Frau so sehr. Und das macht mir Angst.

Alles verlief in geregelten Bahnen, und dann kam diese Frau und stolperte mit ihren bunten Haaren und ihrem kaputten Koffer in mein Leben. Gerade stolpert sie sogar in den streng geheimen Teil meines Lebens auf der Farm. Sie sieht alles und reißt sämtliche Schutzmauern ein, die ich über so viele Jahre errichtet habe. Vermutlich, ohne es überhaupt zu bemerken.

Sie jetzt hier zu sehen – es lässt mich spüren, so viel spüren, dass ich das Gefühl habe, in meinem ganzen Körper leuchten alle Nervenenden gleichzeitig auf. In mir glüht alles.

Und ich merke haargenau, wie ich dabei bin, mich in diese Frau zu verlieben. Wie mein Herz jedes Mal schneller schlägt, wenn ich sie ansehe. Sie ist hier, sie hat Mum und Nan getroffen, und sie verstehen sich gut. Und das Wichtigste: Sie urteilt nicht. Dass ich mit Schafen arbeite, von einer Farm abstamme. Ich habe gespürt, dass sie es nicht verurteilt. Ganz im Gegenteil, ich glaube, sie ist beeindruckt.

Nach dem Essen machen Lily und ich einen kleinen Spaziergang durch den Garten. Es ist bereits dunkel und der Wind bläst kräftig, und ich will ihr das Cottage zeigen, in dem sie heute übernachten kann. Sie trägt einen der schweren Regenmäntel von Mum und ertrinkt trotz aufgekrempelter Ärmel fast darin. Schützend lege ich meinen Arm um sie und bin überrascht, wie gut es sich anfühlt, so eng umschlungen mit ihr den kaum beleuchteten Kiesweg entlangzulaufen.

»Kein Wunder, dass du so tierlieb bist. Du scheinst ja nicht mit besonders vielen Menschen zu tun gehabt zu haben, wenn du hier groß geworden bist«, scherzt sie und deutet in Richtung der Berge, die hinter der Farm ansteigen und sich inzwischen nur noch als dunklere Schatten vor uns erheben.

»Bingo, Miss Rainbow«, sage ich und bleibe stehen. Sie sieht zu mir auf, und als eine erneute Windböe kommt, streiche ich ihr eine Strähne aus dem Gesicht. Einen Moment verharre ich, überlege dann aber nicht länger, sondern lege eine Hand an ihre Wange, beuge mich nach unten und küsse sie. Ganz sanft und leicht, und mein Rückgrat kribbelt, als ich ihre Lippen auf meinen spüre. Sofort lehnt sie sich gegen mich, als hätte sie nur darauf gewartet, und ich ziehe sie näher zu mir heran.

Nach dem Kuss halte ich meine Lider noch ein wenig geschlossen, und als ich sie wieder öffne, erkenne ich ein Glitzern in Lilys Augen, und ich habe das Gefühl, dass es ein Summen in meinem Brustkorb auslöst.

»Danke, dass du so offen und nett mit meiner Familie warst.«

»Machst du Witze? Deine Mum und deine Nan sind super!«

»Jup. Weil du sie nicht kennst. Meine Familie kann auch ganz anders. Gerade eben haben sie sich nur von ihrer offenen, verträglichen Seite gezeigt.«

Lily antwortet nicht mehr, sondern starrt auf meine Brust. Dann wendet sie hastig den Kopf ab, und ich kann es im Halbdunkel nicht genau erkennen, aber ich bilde mir ein, dass sich ein wehmütiger Ausdruck auf ihre Züge geschlichen hat. Ihr Blick verliert sich in der Ferne, in der nichts zu entdecken ist außer Dunkelheit, und ich nehme mir fest vor, sie bald nach ihrer Familie zu fragen.

»Wir müssen noch einen Whiskey vor dem Kamin trinken«, erkläre ich mit erhobener Stimme, um gegen den immer stärkeren Wind anzukommen, und schaffe es, sie aus ihrer eigenartigen Stimmung zu reißen. Erstaunt sieht sie mich an.

»Alte Redmaine-Tradition für Besucher. Frag am besten gar nicht, was es damit auf sich hat. Dazu müssen wir aber nicht ins Haupthaus, das können wir auch in deinem Cottage.«

»Meinem Cottage?«

»Wir vermieten hier einige Cottages über Airbnb. Nan kümmert sich um sie, Mum versucht es mit Gastkommunikation – ich muss wohl nicht erwähnen, dass sie ziemlich häufig Fragen dazu hat.« Ich schenke Lily ein gequältes Grinsen und deute nach vorn, wo durch die kleinen Sprossenfenster warmer Lichtschein zu uns gelangt. Nan hat den Kamin bereits angeschürt, denn ein leichter Rauchgeruch liegt in der Luft.

»Du kannst dort übernachten. Die Buchungen im Herbst sind eher mau, die Leute fliegen dann wohl lieber ins Warme.«

Die Eingangstür des Cottages ist so niedrig, dass ich den Kopf einziehen muss, um durchzukommen. Lily passiert die Tür problemlos.

Als wir den Hauptraum betreten, bleibt sie mit offenem Mund stehen. »Das sieht aus wie in einer Filmkulisse.«

»Ist aber keine Attrappe. Alles echt.« Demonstrativ klopfe ich gegen einen der uralten, dunklen Holzbalken, die die niedrige Decke tragen.

Es gibt einen kleinen Hauptraum mit einer winzigen Küche, einem Esstisch aus dunkelbraun lasiertem Holz und zwei windschiefen Stühlen mit hoher Lehne. Sie stehen auf einem Perserteppich, weil darunter der uralte Granitsteinboden durchscheint. Außerdem gibt es noch das dunkelrote Sofa, das direkt vor dem Kamin steht, in dem leise ein Feuer prasselt.

Daran schließt ein Schlafzimmer an, mit einem modernen, breiten Boxspringbett und vielen Kissen. Die Faszination von Frauen für Kissen werde ich nie verstehen, keine Ahnung, warum Mum darauf bestanden hat, so viele davon auf die Betten zu legen. Hätte sie auf »diesem Instagram« gesehen. Den Satz allein fand ich schon befremdlich, habe mich aber gehütet, näher nachzufragen. Eine altmodische Lampe taucht das Schlafzimmer in ein heimeliges Licht. Es riecht etwas nach Rauch und altem Holz, und das ganze Cottage ist von dem Kaminfeuer angenehm erwärmt.

Lily schaut nur mit vor Staunen offen stehendem Mund durch den Raum, und ich sehe ihr an, wie sehr ihr das hier gefällt. Als ob sie noch nie in einem Ferienhaus gewesen wäre. Ein leichter Druck meldet sich hinter meinen Schläfen, und ich werfe ihr einen prüfenden Blick zu, den sie gar nicht bemerkt. Vielleicht war sie das tatsächlich noch nie?

Ich räuspere mich, und Lilys Aufmerksamkeit gehört wieder mir.

»Dort hinten ist das Bad mit einer Dusche. Nan hat dir schon Handtücher bereitgelegt und offenbar einen …« Ich stocke. »Offenbar ein altes T-Shirt von mir und eine Jogginghose. Sorry dafür.« Ich lächle gequält.

»Was denn, das ist superlieb von deiner Nan. Ich würde tatsächlich gerne duschen.« Sie sieht mich abwartend an.

»Klar, natürlich. Sollte ich nach diesem Tag definitiv auch. Du findest im Bad alles, was du brauchst. Auch einen Fön und so Dinge. Ich komme in einer halben Stunde wieder vorbei mit dem Whiskey. Du weißt schon.«

»Familientradition«, sagt sie lächelnd und winkt mir zu, als ich aus dem Cottage in die Dunkelheit trete.

25

Lily

Mindestens zehn Minuten stehe ich unter dem heißen Wasserstrahl und genieße es, wie die Wärme meinen gesamten Körper entspannt. Der Spiegel ist voller Dampf, als ich aus der Dusche komme und mich mit dem riesigen weichen Handtuch abtrockne, das Ruth auf dem Bett bereitgelegt hat. Dank der verlaufenen Wimperntusche sehe ich aus wie ein Pandabär, aber das ist kein Problem, denn Ellis hat wirklich nicht übertrieben: In dem kleinen, hellen Bad gibt es alles, was ich brauche. Deo, Hautcreme, sogar eine frische Bambuszahnbürste samt Zahnpasta.

Ich habe keine Lust, mir die Haare zu föhnen, weil es hier drinnen sowieso angenehm warm ist, und rubble sie nur mit einem zweiten Handtuch trocken.

Als ich zurück ins Schlafzimmer komme, sehe ich zwischen meinen eigenen Klamotten und dem ausgewaschenen T-Shirt und der Jogginghose hin und her und entscheide mich für die alten Sachen von Ellis. Weil ich ganz schön ins Schwitzen gekommen bin heute auf dem Berg und das Gefühl mag, nach dem Duschen frische Kleidung anzuziehen. Auf jeden Fall ist diese Jogginghose bequemer als meine Highwaist-Jeans, vor allem nach zwei großen Portionen Stew.

Ich mag es, Ellis' Kleider zu tragen. Noch vor wenigen Tagen hätte ich jeden, der mir prophezeit hätte, wo ich gerade bin und was ich hier tue, für verrückt erklärt. Aber jetzt genieße ich es, auf Carneddau zu sein. Ich bin zum ersten Mal in so einem alten Gebäude wie diesem Cottage, das zudem so zauberhaft eingerichtet ist. Einen Moment ringe ich mit mir, klettere auf das riesige Bett, das mit frischer, gestärkter Bettwäsche bezogen ist, und lege mich mit ausgebreiteten Armen und Beinen darauf. Und es ist himmlisch.

Ich komme mir vor wie in einem Luxushotel.

Wie es sich wohl anfühlt, in einer so idyllischen Umgebung groß zu werden, in Häusern, die vermutlich mehrere Hundert Jahre alt sind? Sieht man diese Schönheit noch, erkennt man das Privileg, hier leben zu dürfen?

Alles auf dieser Farm, selbst Rhian und Ruth, ist so weit entfernt von meiner Realität in Marchlyn Falls und London, dass ich das Gefühl habe, in einer völlig anderen Welt zu sein. Verträumt streiche ich über den halb abgeblätterten Aufdruck von Curt Cobain auf dem T-Shirt, stelle mir vor, wie Ellis es als Teenager getragen hat, und muss unwillkürlich lächeln.

Ein Klopfen an der winzigen Eingangstür lässt mich hochschrecken. Barfuß tappe ich durch den Raum und öffne Ellis, der mit übergezogener Kapuze und einer Flasche Whiskey in Händen dasteht. Der Anblick des breiten Grinsens, mit dem er mich begrüßt, lässt die ganze Welt um mich herum zusammenschrumpfen, bis es nur noch ihn gibt und sein unfassbares Herzklopfen-Lächeln. Einige Regentropfen zeichnen sich dunkel auf dem Jerseystoff seines Hoodies ab, und ich wundere mich, wie anders er plötzlich ist. Er ist so viel weicher und offener als noch vor ein paar Wochen in Marchlyn Falls, und ich finde diesen neuen Ellis so anziehend, dass mein Körper zu sirren anfängt, als er an mir vorbei das Cottage betritt. Ich glaube, er hat auch geduscht, denn seine Haare sind etwas feucht und der frische Geruch von Duschgel umgibt ihn. Außerdem trägt er eine andere Jeans und einen ausgewaschenen, dunkelgrünen Hoodie, der ihm hervorragend steht.

Sein Blick gleitet über meinen Körper und er muss grinsen. Die Jogginghose ist mir zu weit, doch die Schnur am Bund verhindert, dass sie mir über die Hüften rutscht. Das T-Shirt ist natürlich auch zu groß, was mir sehr gelegen kommt, weil ich meinen BH noch nicht angezogen habe und der viele Stoff meine Rundungen kaschiert.

»Ich sehe lächerlich aus, gib's ruhig zu«, begrüße ich ihn gespielt knurrig.

»Egal, was du anhast, du wirst nie lächerlich aussehen«, kontert er sofort, und obwohl ich mir nicht sicher bin, ob er das aus reiner Höflichkeit gesagt hat, fühle ich mich gleich weniger unsicher.

Sein Blick fällt auf den Kamin, in dem das Feuer fast ausgegangen ist. Er stellt die Flasche ab und nimmt zwei Scheite aus dem Korb, entfacht die Glut erneut mit irgendeinem Metalldings, das daneben an der Wand hängt, und schichtet Holz auf. »Da muss man nachlegen«, erklärt er halb belustigt, halb vorwurfsvoll.

Ich hebe die Arme. »Ja, keine Ahnung.« Ehrlicherweise habe ich einfach nicht aufgepasst. Und habe auch noch nie in meinem Leben ein offenes Feuer am Brennen gehalten, geschweige denn angesteckt. »Großstädter, du weißt schon.« Ich grinse und er erwidert es sofort.

»Hätte ich fast vergessen.« Er zwinkert mir zu, schenkt dann zwei Fingerbreit Whiskey in die Gläser, die er zuvor aus einem der Küchenschränke geholt hat, und reicht mir eines davon. »Lechyd da«, sagt er. Ich weiß, dass es die walisische Version von Prost ist, und erwidere es mit einem »Cheers«.

Als wir uns beide auf das Sofa setzen, mit mindestens einem Meter Abstand dazwischen, schauen wir zunächst dem Flammenspiel im Kamin zu. Den Rücken gegen die Armlehne gedrückt und die Füße angezogen, weil der Steinboden eiskalt ist, sitze ich da und nippe an dem Whiskey.

»Und? Wie findest du es hier?«, will Ellis wissen, greift wie selbstverständlich nach meinen nackten Füßen, bemerkt, dass sie kalt sind, und zieht sie zu sich auf den Oberschenkel, ehe er sanft mit seiner freien Hand über die Fußrücken reibt, damit sie wärmer werden.

Seine Berührungen und diese liebevolle Geste lassen mein Herz ganz weit werden, und ich brauche einen Moment, bis ich mich wieder konzentrieren kann.

»Krass. Also, krass schön. Und so … anders. Ich war noch nie auf einer Schaffarm. Und auch noch nie in einem Nationalpark.«

»Ihr seid früher nicht viel verreist, oder?«, fragt er. Sein Tonfall ist sanft und behutsam, aber ich versteife mich trotzdem und bringe nur ein beklommenes Kopfschütteln zustande. Seine warme Hand bleibt auf meinen Füßen liegen, und sein Daumen beschreibt kleine Kreise auf meinen Fußrücken. Ich glaube, er macht es gar nicht bewusst.

»Du redest nicht viel über sie«, stellt er vorsichtig fest, während er seinen Kopf auf die Lehne sinken lässt und die dunklen Holzbalken mustert, die den Kamin einrahmen. Als ich nicht sofort antworte, zuckt sein Blick zu mir.

Ich hebe die Schultern. »Vielleicht gibt es da nichts Interessantes zu wissen.«

Er sieht mich weiterhin erwartungsvoll an, als wüsste er, dass ich nur Blödsinn rede.

»Ich habe eine jüngere Schwester, Sam. Sie hat gerade mit ihrem Studium an der University of Westminster begonnen.«

Er nickt. »Was studiert sie?«

»Tourismusmanagement.« Ich hole Luft. »Ich finde es toll, wie deine Mum und deine Nan diese Farm führen«, versuche ich von seinen Fragen abzulenken.

»Na ja, sie haben ihr Leben lang nichts anderes gemacht. Ebenso wie ihre Eltern, Großeltern, Urgroßeltern …«

»Das ist ganz schön viel Verantwortung.«

»Das ist es«, bestätigt Ellis leise.

»Du willst sie nicht«, stelle ich fest und beobachte ihn dabei über den Rand meines Glases hinweg. »Warum wolltest du fort von hier?«

Ellis nickt, als hätte er bereits auf diese Frage gewartet, und dreht sich mir zu. »Sie sind süß, die Schafe, oder?«

»Sehr.«

Seine Miene ist völlig ausdruckslos. »Spätestens, wenn sie ein Jahr alt sind, werden sie geschlachtet. Zumindest all die Tiere, die nicht zur Zucht verwendet werden. Schaffarmen verdienen ihr Geld schon lange nicht mehr mit Wolle, dafür ist der Preis auf dem Weltmarkt viel zu gering. Fleischproduktion. Das alles hier dient lediglich der Fleischproduktion.« Ich muss ihn ziemlich entsetzt angesehen haben, denn er fährt fort: »Einige Schafherden werden auch zur Landschaftspflege verwendet. Aber das sind wenige. Fast alle Schafe, die du auf dem Weg hierher gesehen hast und die wir gerade auf ihre Winterweide getrieben haben, werden geschlachtet.«

»Das ist …«

»Schockierend? Willkommen auf dem idyllischen Land.« Er klingt sarkastisch und ziemlich verbittert – und ich kann es verstehen. »Ich bin damit aufgewachsen, und es hat meine Seele zerfressen. Ich kann dir gar nicht sagen, wie oft ich mit meiner Mum über die Schafe gestritten habe. Auf den ersten Blick sieht das alles so romantisch aus. Jeden Tag draußen an der frischen Luft vor dieser atemberaubenden Kulisse in Snowdonia, jeden Tag mit Tieren zu tun haben …«

»Genau«, gebe ich kleinlaut zu.

»Aber das ist nur der Schein. Dahinter steckt harte Arbeit, ein Einkommen an der Armutsgrenze und, sorry, falls das jetzt ein bisschen ideologisch klingt, die Ausbeutung der Tiere. Ich habe gesehen, wie sehr Mum schuftet. Sie hat sich ihr Leben lang halb totgearbeitet. Sie hatte nie einen Mann an ihrer Seite, der sie dabei unterstützt hat. Sie hatte Nan, und als ich alt genug war, um mitzuhelfen, auch mich. Und ich weiß gar nicht, ob sie das alles überhaupt möchte. Ob es sie erfüllt. Aber sie macht weiter, weil meine Familie es eben seit Jahrhunderten getan hat. Und weil sie allen beweisen möchte, dass sie es kann. Als Frau. Allein.«

Er pausiert, nimmt einen großen Schluck aus seinem Glas und spricht weiter: »Deshalb bin ich geflohen. Zuerst nach Oxford, weil meine Noten er hergegeben haben. Irgendwie hatte ich nie ein Problem mit dem Lernen, obwohl ich hier auf der Farm ziemlich eingespannt war und meine Wochenenden am liebsten in den Pubs und dem einen Club in Marchlyn Falls verbracht habe. Aber wer lernt, muss nicht mithelfen, ganz einfach.« Er lächelt mich listig an, wird dann aber gleich wieder ernst. »Und dann bin ich nach Australien gezogen.«

»Aber Australien hat nicht geklappt«, ergänze ich. So

viel Unausgesprochenes schwingt in diesem Satz mit. Über Hannah, über die kaputte Ehe. So viel, was ich gerne wissen möchte, mich aber nicht zu fragen traue.

»Ist es dir leichtgefallen, dein Zuhause zu verlassen?«, frage ich stattdessen.

Carneddau ist wirklich ein Zuhause. Ein echtes, richtiges Zuhause, in dem man sich wohlfühlen kann. Mit Menschen, die einen auffangen, wenn man es braucht. Seine Mum und seine Nan sind starke Persönlichkeiten, und ja, ganz sicher machen sie Ellis auch Druck. Aber sie lieben ihn und sind für ihn da. Er kann sich auf sie verlassen, davon bin ich überzeugt.

Noch ehe ich diesen Gedanken ganz zu Ende gedacht habe, entsteht ein seltsames Gefühl in mir. Die Leichtigkeit, die ich den ganzen Abend verspürt habe, trübt sich. Als würde man einen Tropfen Tinte in ein Glas voll Wasser fallen lassen. Erst nach mehreren Atemzügen wird mir klar, was es ist. Ich bin neidisch auf das, was Ellis hat. Und es tut weh, zu sehen, wie eine Familie sein könnte, die nicht so dysfunktional ist wie meine.

»Was ist … was ist eigentlich mit deiner Mum?«, fragt Ellis in die Stille hinein, und das schwere, melancholische Gefühl in meiner Brust ballt sich schlagartig zu einem unheilvollen Kloß zusammen. Ich muss schlucken, dann zwinge ich mich, zu ihm aufzusehen. In seinem Blick liegt ehrliches, unschuldiges Interesse.

Er hat ja keine Ahnung.

Es dauert, während ich mit mir hadere, denn es ist wie ein Reflex, nicht darüber zu sprechen. Jahrelang habe ich ihn mir antrainiert, und es kostet mich unglaubliche Überwindung, mich nun darüber hinwegzusetzen. Doch ich weiß, dass ich es Ellis schuldig bin. Nachdem er sich mir so sehr geöffnet und mich hierhergebracht hat, kann ich es ihm nicht mehr vorenthalten. Schließlich hat es mein gesamtes Leben auf den Kopf gestellt. Es hat mich und so gut wie alle wichtigen Entscheidungen, die ich in meinem Leben bisher treffen musste, geprägt.

Und deshalb sage ich es ihm. Einfach so.

»Sie hat sich umgebracht.«

26

Ellis

Es ist wie eine Wand, gegen die wir gefahren sind und die ich nicht habe kommen sehen.

Lilys Worte klingen durch den Raum, zertrümmern die leichte und lockere Atmosphäre wie ein Vorschlaghammer, und ich brauche mehrere Momente, um zu begreifen, was sie mir da gerade gesagt hat.

»Das tut mir leid«, flüstere ich und nehme ganz automatisch ihre Hand. Ich weiß nicht, ob ich meiner Betroffenheit Ausdruck verleihen kann oder ob das völlig unangemessen ist, und noch während ich abwäge, ob es mir zusteht, weiter nachzufragen, sagt sie mit veränderter, fröhlicher Stimme: »Ist schon lange her.«

Doch da sind ein leichtes Zucken ihrer Unterlippe und kleine Fältchen in ihren Augenwinkeln, während sie etwas verkrampft lächelt. Ich erkenne die Risse in ihrer Fassade, und mir wird klar, dass dahinter eine gewaltige Trauer liegen muss. Oder Angst. Oder beides.

»Vierzehn Jahre, um genau zu sein. Ich war acht und meine Schwester sechs. Also keine Sorge, wir hatten viel Zeit, um uns damit abzufinden, und inzwischen hab ichs verarbeitet«, scherzt sie augenzwinkernd.

Aber das nehme ich ihr nicht ab. »Das muss an eurer Familie ganz schön gerüttelt haben«, wage ich mich vor.

»Ich glaube, dafür war ich einfach noch zu jung, und Sam sowieso. Und falls du denkst, ich habe auch Probleme und werde … so was machen: Es ist alles gut! Mir geht es gut!«, plappert sie weiter und unterstreicht das Gesagte mit einer beschwichtigenden Geste. Im Traum wäre ich nicht darauf gekommen, ihr ebenfalls suizidale Tendenzen zu unterstellen – sie sich selbst aber offenbar schon. »Außerdem habe ich mir vorgenommen, mit der Entscheidung meiner Mum bewusst umzugehen«, fährt sie rasch fort. Ihre Hand hat sie mir längst entwunden.

»Wie meinst du das, mit der Entscheidung bewusst umgehen?«

»Na ja. Ich möchte nachvollziehen, was damals passiert ist.«

»Kann man das überhaupt?«

Sie trinkt einen Schluck, und ich habe den Eindruck, dass sie damit Zeit schinden und ihre Unsicherheit überspielen möchte.

»Natürlich nicht im Detail. Kannst du dich noch daran erinnern, als ich dir erzählt habe, dass ich in die biopsychologische Forschung gehen möchte? Meine Mum ist der Grund. Ich möchte nachvollziehen, welche Vorgänge im Gehirn zu unüberlegten Entscheidungen führen, zu irrationalen und schädlichen Affekthandlungen. Ich will wissen, wie es zu gestörten Hirnfunktionen kommt, und erforschen, wie sie unterbunden werden können.«

Eine kurze Pause entsteht, in der ich noch versuche, meine Gedanken zu ordnen, denn es gibt so viel, was ich ihr antworten möchte.

»So, Pitch over«, versucht sie, die Stimmung aufzulockern, und lacht.

Ich weiß nicht, ob ich schon jemals einen Menschen getroffen habe, der ein persönlicheres oder dringenderes Motiv für sein Studium formuliert hat als Lily. Noch immer mustere ich sie und versuche herauszufinden, ob ich weiter nachfragen kann. Nach den Dingen, die wirklich wichtig sind: wie es ihr damit geht. Also, wie es ihr *wirklich* geht, ganz abgesehen von ihren Gründen für die Studienwahl.

Doch ich entscheide mich dagegen, rutsche auf dem Sofa näher zu ihr und nehme erneut ihre Hand.

»Du musst kein Mitleid haben«, sagt sie ernst, will mir ihre Hand wieder entziehen, aber diesmal lasse ich es nicht zu.

»Ich habe kein Mitleid. Ich zeige dir mein Mitgefühl, das ist etwas ganz anderes. Und ich bin dir dankbar, dass du das mit mir geteilt hast und ich endlich ein Stückchen mehr von dir verstehe.« Am liebsten würde ich sie in den Arm nehmen, traue mich aber gerade nicht.

Sie braucht ein wenig mit einer Antwort. »Vielleicht solltest du gar nicht mehr von mir verstehen«, flüstert sie, und ich nicke, denn heimlich habe ich auf genau so einen Satz gewartet.

»Vielleicht sollte ich noch viel, viel mehr von dir verstehen«, erwidere ich und schaue ihr tief in die Augen. »Weißt du, jahrelang habe ich meine Mutter belächelt. Weil sie so stoisch und kühl ist und nichts wirklich an sich herankommen lässt. Spätestens nach Hannah habe ich verstanden, dass ich genauso bin. Und dass es mein Leben leichter macht. Ich dachte mir: Was für eine Scheiße, deine Mum macht es echt richtig! Es ist einfacher so!«

»Finde ich auch.« Lily sieht mich mit einem eigentümlichen, beinahe schon begeisterten Ausdruck an. Als wäre da endlich jemand, der sie versteht.

Mir ist bewusst, dass sie Gründe suchen wird, warum das mit uns nicht funktionieren kann. Ich kann ihren Widerstand fast körperlich spüren. »Aber manchmal trifft man Menschen, bei denen das nicht mehr so einfach geht. Man kann nicht mehr kontrollieren, was man fühlt. Es geschieht einfach.« Ich halte ihren Blick fest, weil ich möchte, dass sie versteht. Dass ihr klar wird, dass das mit ihr und mir nicht nur irgendein bedeutungsloser Spaß ist. Zumindest für mich. Stille entsteht zwischen uns, und mein Puls rast, als ich erst Panik auf ihrem Gesicht erkenne und dann merke, wie es sich verschließt.

Und ich weiß, dass ich jetzt kämpfen muss.

27

Lily

Ich verstehe, was er mir sagen will. Ich verstehe es sehr gut, doch es geht auf gar keinen Fall.

Du darfst dich nicht darauf einlassen, du darfst ihm jetzt nicht vertrauen und deine Gefühle zulassen.

Obwohl mein Herz es möchte. Mein Herz möchte so sehr, dass wir uns näherkommen. Es sehnt sich nach seiner Aufmerksamkeit, seiner Zuneigung und seinen Berührungen.

Aber da ist etwas in meinem Innern, das sich dagegen wehrt. Weil ich Angst habe, dass ich gar nicht in der Lage bin, Ellis das zu geben, was er von mir möchte. Was er braucht. Ich bin zweiundzwanzig Jahre alt und hatte noch nie eine richtige Beziehung. Vermutlich kann man mit mir so etwas gar nicht führen. Ich glaube, die Affäre, die ich mit Dorset hatte, ist das Einzige, wozu ich in der Lage bin. Und was ich verdiene. Ellis denkt vielleicht, er hätte Gefühle für mich. Aber wenn er mich und meinen ganzen Ballast erst einmal wirklich kennt, wird sich das sehr schnell ändern.

Es würde schieflaufen. Ellis würde binnen kürzester Zeit genauso wenig für mich übrighaben wie Dorset. Er wäre gelangweilt von mir, würde mich unattraktiv finden … keine Ahnung. Ich *weiß*, dass genau das passieren wird.

Und auch wenn Ellis mir Stein und Bein schwört, dass eine kaputte Beziehung zwischen uns mein Studium hier an der Bloomsbury nicht gefährden könnte – ich nehme es ihm nicht ab. Hätte ich das Beziehungsende mit Dorset so für möglich gehalten? Niemals. Deshalb werde ich den Teufel tun und meine zweite und vielleicht letzte Chance auf einen Masterabschluss aufs Spiel setzen.

Ich hole tief Luft, um Ellis eine Abfuhr zu erteilen, doch als ich seinen Blick festhalte, kommt mir kein Wort über die Lippen. Da ist dieser unbedingte Wille in seinen Augen, mich dazu zu bewegen, dass ich mich auf ihn einlasse. Und obwohl er ruhig und ernst erscheint, erkenne ich die Verletzlichkeit, die er vor mir zu verbergen versucht.

Ich rutsche von ihm weg, bis ich die Armlehne im Rücken spüre, und beginne einfach so draufloszureden: »Ja, manchmal verliert man die Kontrolle über seine Gefühle, und exakt das ist der Grund, weshalb ich forschen möchte. Ich will wissen, was man tun kann, damit man sie eben nicht verliert und etwas tut, das einfach nicht vernünftig ist. Seit ich acht Jahre alt bin und verstanden habe, was meine Mutter tatsächlich gemacht hat, will ich genau das: rationalisieren, was in ihr vorgegangen ist, damit ich sichergehen kann, dass mir nicht das Gleiche passieren und meine dunkle Seite mich verschlingen wird. Denn ich weiß, dass ich sie habe. Meine DNA besteht zu fünfzig Prozent aus der Frau, die Selbstmord begangen hat, und zu fünfzig Prozent aus der eines Alkoholikers, der sein Leben nicht auf die Reihe bekommt.«

»Lily –«, versucht Ellis mich zu stoppen.

Aber ich lasse es nicht zu. »Und wenn es eine Sache gibt, die ich die letzten Monate über gelernt habe: Ich mache Fehler. Ich habe ein Talent, mein eigenes Leben zu torpedieren, und zwar mit irrationalen, impulsiven Entscheidungen.« Denn egal, wie sehr ich versuche, mit meiner bunten Kleidung und meinen perfekten Studienergebnissen davon abzulenken: Tief in mir ist etwas Unberechenbares und Düsteres, und Ellis hat das bereits erkannt. Genauso wie er erkennen wird, dass man so jemanden wie mich gar nicht mögen kann. Oder lieben.

»Lily, jetzt mal ganz ruhig, du musst nicht –«

»Der Kuss war ein Fehler«, sage ich schnell. Ich werfe ihm den Satz förmlich vor die Füße, damit er mir endlich nicht mehr widerspricht. Das alles hier ist ein Fehler. In mir herrscht Chaos, ein Kampf mit mir selbst, und meine Synapsen sind kurz davor, meiner Panik nachzugeben.

»Ach ja?«

»Ich darf dich da nicht mit hineinziehen.«

Ellis sieht mich so an, als hätte ich gerade eine außerirdische Sprache gesprochen. Vielleicht sollte ich mir einen Exolinguisten als Partner suchen?

Vielleicht solltest du dir auch gar keinen Partner suchen, sondern ohne weitere Desaster deinen Abschluss machen? Schlimm genug, was du dir an der UCL geleistet hast.

»Meine gestörte Mum, mein dysfunktionaler Dad. Wer weiß, wann ich selbst durchschmore. Du hast echt keine Ahnung, worauf du dich bei mir einlässt. Das hier«, ich mache eine ausladende Handbewegung in Richtung des Farmhauses, »ist großartig. Eine wahnsinnige Verantwortung, aber es ist ... Du hast echt andere Probleme. Du trägst Verantwortung für deine Studenten, für deinen PhD, für die Farm. Ich werde dich nicht auch noch mit meinem Mist belasten.«

Ellis lacht. »Du belastest mich nicht.«

»Aber es wird passieren. Deswegen ist das ganze Spiel mit

dem Näher-Kennenlernen und Seine-Geheimnisse-Offenbaren – also, es ist ein netter Gedanke, aber wir sollten es einfach lassen.«

»Hattest du denn schon mal … ich meine, hast du manchmal schlechte Phasen, in denen es dir nicht gut geht oder du darüber nachdenkst …«

»Nein!«, unterbreche ich ihn sofort. »Nein, natürlich nicht!«

»Wieso denkst du denn dann, dass es dir auch passieren wird? Oder dass du destruktive Entscheidungen triffst?«

Ich muss schlucken. Weil meine Mum es getan hat, genauso wie mein Dad jedes Mal, wenn er zur Flasche greift. Selbst Sam hätte bereits ihr Leben sabotiert und die Schule geschmissen, wenn ich sie nicht mit aller Macht davon abgehalten hätte.

Und dann wäre ich hier die große Ausnahme? Ganz sicher nicht.

»Wie wäre es, wenn wir einfach nur Kollegen und Freunde bleiben?«, schlage ich vor. »Wir teilen ein Büro, ohne uns zu streiten, grüßen uns, wenn wir uns am Strand treffen, helfen einander aus und … das war's auch schon.«

Ein gefährliches Funkeln tritt in Ellis' Augen, und einen Moment lang habe ich sogar Angst, dass er wütend wird. »Du möchtest mit mir befreundet sein? Mehr nicht?«

Ein kurzes Zögern. »Das würde alles sehr viel einfacher machen.«

»Was alles?«

»Meinen Studienabschluss, deinen PhD, unsere beiden Jobs.«

Ohne Vorwarnung umfasst er meine Taille und zieht mich zu sich auf seine Seite des Sofas. Ein Kissen fällt zu Boden und ein Schwall seines frischen Dufts trifft mich. Mir wird schwindelig von der plötzlichen Nähe. »Glaubst du das wirklich? Dass unsere beiden Leben einfacher werden, wenn wir nur Freunde sind?«

»Ja, das glaube ich wirklich.«

Ein undurchsichtiges Lächeln hebt seine Mundwinkel, und sein Blick tastet über mein Gesicht, meine Augen, meine Nase, meine Wangen und bleibt schließlich auf meinem Mund hängen. Er schluckt, ehe er mir wieder in die Augen sieht. »Du weißt, dass das Blödsinn ist.«

»Ist es nicht.«

Ellis schweigt einen Moment, und ich kann an seinem Gesicht ablesen, wie es in ihm arbeitet. »Fordere mich nicht heraus«, sagt er mit rauer Stimme. Mein Herz macht bei seinen Worten einen lächerlich aufgeregten Hüpfer in der Brust.

Ich muss schlucken und kann nun ebenfalls nicht anders, als auf seine Lippen zu schauen. Dabei will ich das gar nicht. Ich blinzle, schließe einen winzigen Moment die Augen und frage: »Wie meinst du das?«

»Genauso, wie ich es gesagt habe. Wir sind so viel mehr als Freunde.« Seine Stimme bebt leicht. Als ich meine Lider wieder öffne, verschmelzen unsere Blicke erneut miteinander, und die Intensität zwischen uns bringt mich an den Rand meiner Selbstbeherrschung.

Ich darf jetzt nicht aufgeben.

»Nein, das sind wir nicht!« Trotzig entziehe ich mich seinem Arm und rücke ein Stück von ihm ab, bis ich erneut in die Ecke des Sofas gedrängt sitze. Im letzten Moment kann ich mich davon abhalten, auch noch die Arme vor der Brust zu verschränken.

Das Funkeln in seinen Augen wird stärker. »Möchtest du, dass ich dir beweise, dass wir mehr sind?«

Seine Worte schicken eine Gänsehaut über meine Unterarme.

»Das kannst du nicht.«

Du weißt genau, dass das nicht stimmt.

»O doch, das kann ich.« Er steht auf, beugt sich über mich, und mir entkommt ein überraschtes Keuchen, als er mich hochhebt. Mühelos trägt er mich in das Schlafzimmer, wo er mich auf dem Bett ablegt. Einen Moment sieht er auf mich hinab, dann kniet er sich vor mich, damit sein Gesicht auf gleicher Höhe mit meinem ist. »Und ich werde es, wenn du mir die Erlaubnis gibst.«

»Wie willst du das denn –«

Statt einer Antwort sieht er mich nur an und mein Herz bleibt stehen.

O Gott.

Ein aufgeregtes Kribbeln schießt durch meine Adern, ballt sich in meinem Brustkorb und schickt Hitze bis tief hinein in meinen Schoß.

Ich bin so überfordert, dass ich nicht mehr weiß, was ich sagen soll.

»Lily?« Er wartet, bis ich ihn ansehe. »Ich brauche deine Erlaubnis«, sagt er erneut und schaut mir dabei tief in die Augen.

»Wofür?« Ich blinzle, und mir wird so unglaublich heiß, mein ganzer Körper glüht.

»Um dir zu zeigen, was wir sind.«

»Und was, wenn ich sie dir nicht gebe?«

Er hebt beide Arme. »Dann gehe ich und lass dich allein. Sofort.«

Als ich nicht reagiere, nur weiter schnell atme, nähert er sich mir wieder. »Aber das ist nicht, was du willst, oder?«

Ich schaffe nur noch ein Kopfschütteln.

Er streift seine Schuhe ab und kommt zu mir auf das Bett, so nahe, bis sein Gesicht über meinem schwebt. Seine Nase streicht über meine, unsere Lippen berühren sich fast, und ich warte, ich warte, aber nichts passiert.

»Sag es mir, Lily«, fordert er leise mit einer Stimme wie Sandpapier, die durch meinen ganzen Körper schwingt und eine brennende Begierde auslöst. Ich muss ihn jetzt küssen, ich muss.

Als ich den letzten Abstand zwischen uns überwinden will, bewegt er sich ein kleines Stückchen von mir weg. Ein frustriertes Wimmern löst sich aus meiner Kehle. Das hier ist ein Spiel für ihn.

»Du musst es mir sagen«, wiederholt er.

Meine Hand schnellt nach vorn, legt sich an seine Seite, ich will ihn zu mir herunterziehen, aber er ist wie ein Fels.

Eine Haarsträhne ist ihm in die Stirn gefallen, sein Blick ist schwer vor Lust, und er benetzt seine Lippen genau in dem Moment, in dem meine Aufmerksamkeit darauf gerichtet ist.

»Bleib bei mir«, flüstere ich schließlich. »Bleib heute Nacht bei mir.«

Einen Herzschlag später hat er mich zu sich nach oben gezogen und seine Lippen liegen auf meinen. Sein Kuss ist roh und intensiv, ein Arm schiebt sich unter mich, zieht mich näher an ihn heran und seine Zunge bricht in meinen Mund ein.

Wie sehr er sich zurückgehalten haben muss, die letzten Minuten über, schießt es mir durch den Kopf, aber der Gedanke verfliegt sofort wieder, weil Ellis mich völlig gefangen nimmt.

Ich gebe nach, ergebe mich seinem leidenschaftlichen Kuss, unsere Zungen streichen übereinander, ungeduldig und tief, und jede Zelle meines Körpers beginnt zu vibrieren.

Der Druck seines Arms in meinem Rücken verstärkt sich, und ganz sachte lehnt er sich über mich und gemeinsam sinken wir aufs Bett.

Keine Sekunde hören wir auf, einander zu küssen, während er neben mir beginnt, mit seinen Fingerspitzen die empfindliche Haut an meinem Hals zu streicheln, sanft, aber ohne Unterlass. Seine Hand wandert tiefer, fährt mit leichtem Druck über meine Taille und findet ihren Weg unter mein T-Shirt, und ich weiß nicht, wie er es macht, doch ich liebe, wirklich *liebe* jede Berührung von ihm.

Als er erkennt, dass ich keinen BH trage, entschlüpft ihm vor Überraschung ein Ächzen, seine Hand schließt sich um meine Brust und massiert sie sanft, während seine Lippen nach unten wandern und meinen Hals liebkosen. Die Empfindungen, die gleichzeitig durch meinen Körper rauschen, sind fast zu viel für mich. Ich stöhne, denn ich habe das Gefühl, mich unter seinen Händen aufzulösen.

»Sei laut für mich, Lily«, murmelt er an meinem Hals, während er mit den Fingerspitzen meine Brustwarzen nimmt und daran zieht und der leichte Schmerz Schockwellen durch meinen Körper schickt. Als er auch meine andere Brust umfasst, sie zuerst streichelt, mit dem Daumen über meine Brustwarze reibt und sie schließlich zwischen den Fingern hin und her dreht, erstickt er mein Stöhnen mit einem tiefen Kuss.

Ich habe die Augen geschlossen, als er sich von mir löst und sich aufrichtet. Blinzelnd öffne ich sie und sehe, wie er sich Hoodie und T-Shirt über den Kopf streift. Mein Blick bleibt an seinem muskulösen Oberkörper hängen, auf dem noch ein Rest Sommerbräune schimmert. Er trainiert regelmäßig, das ist offensichtlich, und obwohl er schlank ist, zeichnen sich die definierten Muskeln an Armen, Bauch und Brust ab.

Er sieht auf mich herab, streicht sich die Haare aus der Stirn und kommt dann wieder zu mir nach unten.

»Gefällt dir, was du siehst?«, murmelt er an meiner Wange und streichelt meinen Körper auf und ab, und obwohl noch eine Schicht Kleidung zwischen uns ist, meine ich, dass ein Brennen überall dort auf meiner Haut liegt, wo seine Hand ist.

Statt einer Antwort fahre ich über seine Brust, spüre die wenigen Haare und seine warme Haut, und meine Hand wandert in seinen Nacken, weil ich ihn zu mir nach unten ziehen will. Er erlaubt es mir, erlaubt mir einen kurzen Kuss, neckt meine Zunge einen Augenblick lang mit seiner, aber dann löst er sich schon wieder, stützt sich auf der Seite neben mir auf und öffnet ohne Eile die Schleife meiner Jogginghose. Ich spüre seine Finger am Hosenbund, wie sie sanft darunterstreichen, und halte die Luft an, denn ich habe …

»Lily? Trägst du keine –«

Ich schüttle nur den Kopf und kann zusehen, wie Ellis einen Moment lang die Fassung verliert.

Mein Blick fällt auf seine Jeans, die sich von seiner Erektion ausbeult. Ich setze mich auf und strecke meine Hand nach ihm aus, weil ich ihn berühren und seine Härte spüren möchte, aber mit einem »Schschsch« hält er mich davon ab und drängt mich zurück aufs Bett. Mit einer Hand schiebt er meine Jogginghose nach unten, während er mir einige Haare aus dem Gesicht streicht und mir tief in die Augen schaut.

Und ich merke, wie ich feucht werde, weil es genau das ist, was ich jetzt möchte. Ich will seine Hände auf meiner nackten Haut spüren und helfe ihm, meine Hose über die Füße zu streifen.

Seine Fingerknöchel streichen die Innenseiten meiner

Oberschenkel auf und ab, und seine Hand nähert sich immer mehr meiner Mitte, aber berührt sie nicht. Ich spreize meine Beine unwillkürlich, gebe ihm Raum, und als er zum ersten Mal über meine empfindlichste Stelle fährt, drücke ich meinen Hinterkopf tief ins Kissen und stöhne erneut.

»Soll ich aufhören?«, fragt er, sein Mund plötzlich ganz nahe an meinem Ohr, und ich schüttle den Kopf und hauche mit zusammengepressten Lidern ein Nein. Und dann tasten seine Finger weiter und er murmelt voller Bewunderung: »Du bist so feucht.«

Er streichelt mich mit der ganzen Hand. »O Gott«, seufze ich.

Als sein Finger meine Klitoris findet und rhythmisch und gleichmäßig auf und ab gleitet, weil ich schon so feucht bin, fange ich am ganzen Körper zu zittern an.

Ellis hält inne, lässt seine warme Hand auf mir liegen, ich zucke erwartungsvoll. Als sich sein Blick in meinen bohrt, stößt er mit einem leichten Kopfschütteln hervor: »Wir sind nicht nur Freunde.«

Ich sage nichts. Er beginnt erneut, meine Klitoris zu streicheln, und ein Kribbeln rast durch meinen gesamten Körper bis in die Zehenspitzen. »Verstehst du mich, Lily?« Der Druck seines Fingers wird stärker, Hitze fließt durch meine Adern, ballt sich pochend in meinem Unterleib, aber jedes Mal, wenn ich das Gefühl habe, etwas baut sich in meinem Innern auf, stoppt er seine Bewegungen. Als würde er es spüren, als könne er meinen Körper lesen.

»Antworte mir«, verlangt er mit seiner verführerischen rauen Stimme, die ein aufgeregtes Ziehen in meinem Bauch entstehen lässt. Wieder bewegt er seinen Finger, reibt über meine empfindlichste Stelle, heizt mich weiter an und hält dann erneut inne. Meine Schenkel beben, und ich stöhne frustriert auf, weil er einfach nicht weitermacht.

»Schau mich an und antworte mir. Sag es mir ins Gesicht.«

Mir ist klar, was er bezwecken, was er mir hier beweisen will. Und auch wenn ich weiß, dass er recht hat, auch wenn ich es genieße, wie sehr er die Führung an sich reißt, macht es mich wütend.

Als unsere Blicke sich treffen, sehe ich, dass seine Augen ganz verhangen sind vor Lust. Er hängt an meinen Lippen, wartet auf meine Antwort, er braucht diese Nähe genauso sehr wie ich.

Ich schlucke meinen Stolz herunter und wimmere: »Bitte, hör nicht auf.«

Meine Finger in seine Haare gekrallt, halte ich ihn mit Gewalt in meiner Nähe. Mir ist klar, dass ich bettle, und ein zufriedenes Grinsen legt sich auf seine Lippen, ehe er mich küsst, so tief und leidenschaftlich, dass sich alles um mich herum zu drehen beginnt. Aber er bewegt seine Hand nicht mehr.

Ich hebe ihm meine Hüfte entgegen, will seine Berührungen wieder, diese Reibung, ich brauche sie …

»Sag es mir«, fordert er, und es klingt wie ein Befehl.

Seine Hand schließt sich enger um meine Mitte und jetzt gebe ich auf.

»Wir sind nicht nur Freunde«, sage ich, und nur einen Moment später gleitet ein Finger in mich, während seine Lippen wieder auf meinen liegen. Ich stemme meine Fersen in die Matratze, drücke mich gegen seine Hand, bis Ellis einen zweiten Finger hinzunimmt, er sie leicht krümmt und damit einen Punkt in mir trifft, der so empfindlich auf seine Berührungen reagiert.

Träge umkreist seine Zunge meine, im gleichen Rhythmus wie sein Daumen meine Klitoris. Als er seine Lippen wieder von meinen löst und mit den Fingern in mich stößt, wieder und wieder, kann ich nicht mehr anders. Ich strecke meine Hand aus, umfasse seinen harten Schaft durch den Stoff seiner Hose hindurch und beginne, auf und ab zu reiben. Ich bewundere seine Größe, und mich durchzuckt die Begierde so heftig, dass ich wimmere. »Ich will dich in mir spüren«, stoße ich hervor.

»Nicht heute«, flüstert er. »Ich habe nichts zum Verhüten da.«

Ich gebe einen verzweifelten Laut von mir, aber sofort ist da wieder seine Hand, die meinen Körper entlangstreicht, meine Brüste liebkost, meine Oberschenkel streichelt, und ich schmelze unter seinen Berührungen.

Plötzlich ist er über mir, stützt beide Ellenbogen auf der Matratze links und rechts von meinem Kopf ab und reibt sich an mir, mit ein oder zwei Bewegungen, ich kann es gar nicht genau sagen, weil ich die Augen schließe und mir nichts mehr wünsche, als Ellis in mir zu haben. Ohne dass ich es will, entkommt mir ein Schluchzen.

»Aber das spielt doch keine Rolle«, beruhigt er mich und streicht mit seinem Daumen über meine Lippen, die ich ganz automatisch ein Stückchen öffne. »Es geht heute sowieso nicht um mich«, dringt seine Stimme zu mir, und als ich die Augen wieder aufmache, hält er meinen Blick fest und senkt sich langsam auf mich herab, bahnt einen Weg mit leichten Küssen meinen Bauch entlang, immer tiefer und tiefer. Fragend sieht er zu mir, als er zwischen meinen Beinen angekommen ist und mit einer Hand bereits meine Schenkel spreizt, bis ich ganz offen und schutzlos vor ihm liege. Ich nehme einen kalten Lufthauch wahr, als er auf mich bläst, und stöhne ein raues, völlig verzweifeltes: »Ja.«

Ich lasse mich nach hinten sinken, und dann spüre ich seine Zunge auf meiner Klit, seine Lippen, wie er sanft an mir saugt, und mein Herzschlag beschleunigt sich, mein Atem auch. Ein Prickeln läuft durch meinen Körper, weil es sich so unglaublich anfühlt, so magisch. Noch nie in meinem Leben bin ich so erregt gewesen, noch nie habe ich so etwas gespürt, und als er mich weiter spreizt und beide Schenkel festhält, während er mich mit präzisen Bewegungen leckt, mich herausfordert, mich quält, kann ich nicht mehr stillhalten. Ich winde mich unter seinen Berührungen und drücke meinen Rücken durch, als er mit seiner Zunge tief in mich hineinstößt. Als ich bereits das Gefühl habe, mich aufzulösen, gleitet er mit zwei Fingern in mich, massiert mich von innen, krümmt seine Finger zu meinem G-Punkt, während seine Zunge mit leichten Kreisen meine empfindlichste Stelle neckt, und ich gebe mich ihm völlig hin, spüre nur noch seine Finger und seine Zunge und meine Lust, die jede Zelle meines Körpers beherrscht. Mein Körper ist schweißbedeckt, ich bebe unter seinen Berührungen, und ein gewaltiger Höhepunkt baut sich in mir auf. Mein Stöhnen wird schneller und lauter, aber Ellis macht unbeirrt weiter, und ich explodiere unter seinem Mund, zucke unkontrolliert am ganzen Körper. Noch immer hört er nicht auf, zieht meinen Höhepunkt in die Länge, bis ich nicht mehr kann und zu empfindlich für seine Berührungen werde.

Mit einer Hand an seinem Kopf bedeute ich ihm aufzuhören, und als er zu mir nach oben kommt, küsse ich ihn gierig und will meinen eigenen Geschmack probieren. Erneut greife ich nach seiner Hose, weil ich nicht die Einzige sein möchte, die auf ihre Kosten kommt, doch er hält meine Hand fest. »Das hat Zeit. Wir haben Zeit«, sagt er, umschlingt mich mit seinen Armen und zieht mich ganz nahe an sich heran. Schützend umgibt sein Körper meinen, ich sinke in seine Wärme hinein, und er drückt mir einen Kuss auf den Kopf, während ich mich eng an ihn kuschle.

Mein Herzschlag wummert durch meine Glieder, ein sanftes Pochen hallt noch in meinem Unterkörper nach, und mit jedem Schlag spüre ich deutlicher, wie sehr Ellis recht hatte. Noch nie in meinem Leben habe ich so viel Nähe zu jemandem empfunden und mich so hingeben können. Und zum ersten Mal schöpfe ich Hoffnung. Vielleicht wird doch alles gut. Ich weiß, dass ich Ellis vertrauen kann. Es kann nichts Schlimmes geschehen, wenn wir uns aufeinander einlassen.

Alles wird gut werden. Alles ist doch schon gut. Mit diesen Gedanken im Kopf werden meine Lider schwer, und eng umschlungen schlafen wir schließlich ein.

28

Ellis

»Guten Morgen.« Ich laufe an Lily vorbei, streife sie absichtlich mit dem Arm, atme ihren Duft von Kokos und Mandel tief ein, aber bevor sie sich zu mir umgedreht hat, nehme ich am hinteren Ende des Konferenztisches zwischen meinen Kollegen vom Institut Platz.

Prof. Walsh hat zu einer Besprechung eingeladen. Sicher geht es um die Vorbereitung zur fünften *Conference on Research in Psychology*, die in drei Wochen von unserer Uni ausgerichtet wird.

Die Bloomsbury hat sich geradezu darum gerissen, in diesem Jahr die Konferenz in den ehrwürdigen Unigebäuden abzuhalten. Sie möchte bei den Big Playern der Academia mitspielen. Ein paar internationale Größen der psychologischen Forschung drei Tage lang auf dem Campus zu bespaßen und über ihre aktuellen Projekte reden zu lassen, ist tatsächlich ein kluger Schachzug.

Lily lehnt am Türstock, sieht zu mir, hält meinen Blick länger, als sie vielleicht sollte, und ich erkenne ein begieriges Funkeln in ihren Augen, das mir schlagartig das Blut in die Lenden schießen lässt. Erst zwei Tage ist unser Ausflug nach Carneddau her, und es fühlt sich alles ziemlich unwirklich an, obwohl wir uns seitdem ständig Textnachrichten und dämliche gifs hin- und herschicken.

Ich habe bei ihr im Cottage übernachtet, wir haben gemeinsam mit Mum und Nan gefrühstückt, Lily und ich noch eine Runde mit Juniper gedreht, und dann sind wir zurück nach Marchlyn Falls gefahren. Im Auto hat sie meine Hand gehalten und wir haben uns zum Abschied lange geküsst, und ich weiß gar nicht, wann ich das letzte Mal so absurd glücklich war wie an diesem Tag. Oder gestern. Oder heute.

Dieses Kribbeln, das jedes Mal da ist, wenn wir uns ansehen, fühlt sich an, als würde jemand Stromstöße durch meine Neuronen feuern. Es ist so heftig und gleichzeitig so fantastisch, dass ich mich mehrmals erwischt habe, wie ich breit zu grinsen angefangen habe (diese Art von debilem Grinsen, das man hat, wenn man high ist, befürchte ich), obwohl ich allein in einem Raum war, über die Straße gelaufen bin, mir im *Black Cat* einen Kaffee geholt habe ... Es passiert einfach so. Ich scheine völlig die Kontrolle über mein somatisches Nervensystem verloren zu haben.

Ich habe auf zwei Kontinenten gelebt, war verheiratet, habe einen Winter lang in Kapstadt auf den krassesten Wellen vor dem Tafelberg gekitet und damit wochenlang meinen Adrenalinspiegel auf ein ungesundes Maß hochgeschraubt, ich habe die Geburt von Dutzenden Lämmern und einem Wurf süßer Hundewelpen miterlebt, aber das alles kommt nicht mal in die Nähe der Empfindungen, die ich in der einen Nacht mit Lily gehabt habe. Das Gefühl ihrer warmen Haut unter meinen Händen, ihre vollen, weichen Lippen, von denen ich nicht genug bekommen konnte, ihr Stöhnen, während ich sie langsam, aber sicher auf ihren Höhepunkt ...

Das charakteristische schnelle Geräusch von Absatzschuhen im Flur reißt mich aus meinen Tagträumen. Schon fegt Prof. Walsh zur Tür herein, unter dem linken Arm einige Unterlagen, in der rechten Hand eine Tasse mit (wie immer garantiert kaltem) Earl Grey. Geräuschvoll lässt sie die Mappen und Kopien auf den Tisch fallen, schaut in die Runde ihrer Institutsmitglieder und ein paar wissenschaftlicher Hilfskräfte, die uns aus dem MINT-Department unterstützen werden, und sagt: »Guten Morgen!«

Sie sprüht richtiggehend vor Energie. Lily und ich tauschen einen vielsagenden Blick und müssen beide grinsen. Wir sind so viele in dem kleinen Besprechungsraum, dass nicht alle einen Sitzplatz gefunden haben. Lily hat sich freiwillig für einen Stehplatz entschieden, und als ich ihr mit einer wortlosen Geste meinen Stuhl anbiete, verneint sie.

Das war unser Deal, auf den wir uns auf der Rückfahrt von Carneddau geeinigt haben: Was auch immer das zwischen uns ist, wir hängen es erst mal nicht an die große Glocke.

»Herzlichen Dank, dass Sie heute alle hier sind, um das Institut für Psychologie und Psychometrie bei der Organisation der anstehenden Konferenz zu unterstützen.«

Eigentlich würde ich viel lieber an meinem nächsten Artikel arbeiten oder mit Lily in unserem Büro …

Ich stoppe meine absolut unpassenden Gedanken und runzle die Stirn, damit ich mich besser auf das konzentriere, was Ms. Walsh erläutert.

»Kommen wir direkt zum Orgateil: Ich schlage vor, wir bilden verschiedene Task Forces. Eine, die für die Räumlichkeiten und die Hardware verantwortlich ist, die wir den Rednern zur Verfügung stellen, eine zweite für die Empfänge und das Catering und eine dritte, die den Ablauf und die Betreuung der teilnehmenden Wissenschaftlerinnen und

Wissenschaftler übernimmt.« Sie blickt in die Runde, wartet auf Anmerkungen oder Widerspruch und teilt anschließend die Gruppen ein. Ich bin in der Hardware-Gruppe, und Lily ist in der Empfangs- und Catering-Gruppe, was ich schade finde.

Weil du ein verliebter Vollhonk bist. Krieg dich mal in den Griff.

»Bevor ich es vergesse: Wir hatten noch ein paar Verschiebungen bei unseren drei Keynote Speakern. Leider fällt Prof. Gerard aus gesundheitlichen Gründen aus, aber ich freue mich sehr, dass wir Prof. Simon Dorset gewinnen konnten ...«

Ein dumpfes Klirren lässt Prof. Walsh verstummen. Alle drehen sich nach dem Geräusch um.

Lily steht neben der Tür, starrt auf den Boden, wo ihre Kaffeetasse samt Inhalt liegt, und sieht plötzlich ganz blass aus.

»Alles okay?«, fragt Prof. Walsh, und Lily braucht einen Moment, ehe sie antworten kann.

Einen Moment zu lange. Mit verengten Augen beobachte ich sie.

»Ja, natürlich, Verzeihung, ich hole eben was zum Aufputzen.« Ihre Stimme klingt ... gehetzt?

Als ich mich erheben und hinter ihr herlaufen möchte, trifft mich Prof. Walshs irritierter Blick. Ich sinke zurück in den Stuhl.

29

Lily

Scheiße.

Scheiße, Scheiße, Scheiße.

Ein schmerzhaftes Brennen, als würde jemand an jedem meiner Haare einzeln reißen, schießt von meiner Kopfhaut durch meinen ganzen Körper, während ich auf die Tasse zu meinen Füßen und den bräunlich weißen Milchkaffee starre, der langsam in den Teppich sickert.

Er wird hier sein.

»Alles okay?«, höre ich wie aus weiter Ferne, fühle mich nicht angesprochen, und erst nach einigen Augenblicken merke ich, dass Prof. Walsh mich gemeint hat. Ich antworte irgendetwas und habe meine Worte schon vergessen, bevor ich den Satz zu Ende gesprochen habe.

Irgendwie schaffe ich es, den Sitzungsraum zu verlassen, und schließe die Tür hinter mir. Meine Bewegungen sind wie in Trance. Oder wie in einem Traum.

Einem riesigen fucking Albtraum.

Professor Simon Dorset kommt hierher. An meine Uni, an meinen Lehrstuhl, auf eine Konferenz, die ich mit organisieren werde.

Ich stehe mit dem Rücken gegen die Wand gelehnt und

versuche zu atmen, einfach zu atmen, weil es sich so anfühlt, als würde die Welt um mich herum enger und ich stünde plötzlich in einem dunklen, langen Tunnel.

Ich sehe den Boden vor meinen Füßen, das zerkratzte, uralte Parkett, das unter einem schützenden Teppich hervorlugt, er ist beige und schwarz. Beige und schwarz. Ich merke, dass ich viel zu schnell atme. Mit einem Schlag ist mir so kotzübel, dass ich Angst habe, mich übergeben zu müssen. Hier und jetzt, auf diesen Teppich.

Eine Hand auf meinem Brustbein abgelegt, versuche ich tiefer und ruhiger Luft zu holen. *Konzentrier dich. Einen Lappen. Hol einen Lappen aus der Institutsküche und wisch den Kaffee auf.*

Ich werde es hinkriegen. Vielleicht bin ich an den Konferenztagen krank? Irgendein fieser, hoch ansteckender Virus. Klingt glaubhaft, ist ja nicht so, als hätte einer nicht schon die gesamte Welt lahmgelegt …

Jedenfalls werde ich sicherstellen, *ihm* nicht zu begegnen.

Ganz einfach. Easy. Unsere Wege werden sich nicht kreuzen, er wird überhaupt nicht wissen, dass ich hier bin, Problem gelöst.

Ich richte mich auf, wische mir die Wimperntusche unter den Augen weg und laufe auf wackeligen Beinen zur Institutsküche drei Räume weiter.

Wie kann es sein, dass ausgerechnet Dorset auf diese Konferenz kommt? Gibt es keine anderen Profs, die über ihre Recherchen und Studien sprechen können? Wahrscheinlich hat Walsh auch noch Himmel und Hölle in Bewegung gesetzt, um *genau ihn* als Ersatzsprecher zu bekommen.

Simon Dorset ist Anfang dreißig und der internationale Shootingstar in der kognitions- und neuropsychologischen

Forschung, weil er es geschafft hat, bahnbrechende neue Erkenntnisse im Bereich Angstkonditionierung zu gewinnen. Seine wissenschaftliche Arbeit ist eng verwandt mit den Themen, über die ich später forschen möchte. Schon klar, dass ich diesen Mann nicht meine gesamte Karriere lang meiden kann. Nur habe ich nicht damit gerechnet, dass sich unsere Wege so bald kreuzen würden. Und ausgerechnet hier, am Arsch der Welt, wo ich versuche, mein Leben wieder zusammenzusetzen, weil es in seine Einzelteile zerfallen war.

Wegen ihm.

Schuld war ich natürlich trotzdem selbst, weil ich mich überhaupt auf eine Affäre mit diesem Mann eingelassen und mich in ihn verliebt habe. Obwohl ich wusste, dass er mein Professor und Prüfer war und meine Abschlussnote vergeben würde.

Das alles hat mich nicht davon abgehalten, mit ihm zu schlafen, und zwar nicht nur einmal. Beinahe zwei Monate ging unser Verhältnis. Es war verboten, aber auch verdammt aufregend gewesen. Plötzlich kam ich mir so erwachsen vor und wurde gesehen. Nicht nur von irgendjemandem, sondern von einem der berühmtesten und beliebtesten Dozenten meiner Universität. Ich habe mich nicht mehr gefühlt wie die Studentin, über die getuschelt wurde oder die mitleidige Blicke erntet, weil sie ständig bei ihrer Familie zu Hause abhängt und keine Freunde hat. Nie habe ich mit der Popularität meiner Mitstudentinnen mithalten können und bin mir jahrelang minderwertig und ausgeschlossen vorgekommen. Doch mit einem Schlag hatte ich ihnen etwas voraus. Ich hatte etwas, das sie nie erreichen würden.

Dorset ist zielstrebig, erfolgreich, gebildet und intelligent. Zudem sieht er noch so unfassbar gut aus, dass ich überhaupt nicht glauben konnte, dass jemand wie er mit mir, ausgerechnet mir, der komischen Studentin mit den bunten Haaren und den kajalumrandeten Augen, eine Art von Beziehung eingehen würde.

Natürlich sind wir nie zusammen ausgegangen, wir haben uns in Hotelzimmern getroffen, später dann in seiner Wohnung. Wir hatten Sex, manchmal haben wir uns Essen bestellt – erst im Nachhinein ist mir klar geworden, wie einseitig er unser Verhältnis gestaltet hat.

Und wie naiv ich gewesen bin.

Du hast dir und ihm bewiesen, dass du doch aus der Gosse kommst. Dass du deine akademische Karriere mit Sex verdienst, statt sie zu erarbeiten.

Denn genau das hat er an unserem letzten gemeinsamen Abend sogar selbst zugegeben. Nach meiner mündlichen Abschlussprüfung hatte ich mich vorgewagt und ihm gesagt, dass wir uns doch nun nicht mehr verstecken müssten. Dass wir unsere Beziehung offiziell machen könnten, weil ich mit ihm nicht ausschließlich im Verborgenen bleiben wollte. Und als ich sagte, dass ich mich in ihn verliebt hätte und gerne mit ihm zusammen sein wollte … hat er seine Hand an mein Gesicht gelegt, mit dem Daumen über meine Wange gestreichelt und mit einem Funkeln in den Augen geflüstert: »Ich verrate dir mal was: Deine Bachelornote ist eine glatte Eins geworden.«

Er hat mein Lächeln erwidert, als ich breit zu grinsen begann, doch irgendetwas darin war nicht aufrichtig, da war ein harter, unnachgiebiger Ausdruck in seinen Augen, und ein komisches Gefühl hatte sich in meinem Bauch eingenistet. »Und weißt du, wie du diese Eins geschafft hast?« Während er sprach, hielt er meinen Blick fest, und innerlich stellte ich mich bereits auf ein Kompliment ein. »Du hast sie dir ervögelt, denn deine Leistungen würden nicht einmal das Mittelmaß erreichen.«

Es hat sich angefühlt wie eine Ohrfeige.

Die Bedeutung seiner Worte sickerte Sekunde um Sekunde in mein Hirn und dann in mein Herz, und er sah mir dabei zu, wie sich der Schock auf meinem Gesicht ausbreitete. Und ich glaube, es machte ihm sogar irgendeine Art von kranker Freude. Währenddessen hörte er nicht auf, mich zu streicheln, immer weiter hat er gestreichelt, mit seinem Daumen auf meiner Wange, als wolle er damit den Schmerz besänftigen, den seine Worte in mir angerichtet hatten.

Er kam näher, bis ich seinen minzigen Atem auf meinem Gesicht gespürt habe. Und obwohl ich wie erstarrt war, fuhr er leise fort: »Du hast nicht das Zeug für eine akademische Karriere, Süße. Sozialer Aufstieg ist eine Illusion. So jemand wie du wird nie eine Chance in der Forschung haben.«

Es war, als hätte er mir einen Baseballschläger in den Körper gerammt, mitten in meine Eingeweide, denn ich versuchte zu atmen, aber es ging nicht mehr.

Niemals werde ich vergessen, wie ich nach Luft geschnappt habe und er mich dabei mit diesem harten, überlegenen Ausdruck im Gesicht angesehen hat. Denn in dem Moment dämmerte mir, worum es ihm von Anfang an bei unserer Beziehung gegangen war. Um Macht. Und die Befriedigung eines widerlichen Bedürfnisses, mich zu steuern. Ich war sein Spielzeug. Sein kleines, illegales Spielzeug, das er kontrollieren konnte.

Als ich mich von ihm lösen wollte, weil ich seine Nähe nicht mehr ertragen konnte und so verletzt war, dass mir Tränen in den Augen brannten, wanderte seine Hand auf meine

Schulter und hielt mich fest. »Schschsch … willst du etwa schon gehen, Süße? Ich glaube, du schuldest mir noch einen Gefallen für deine Bestnote im Bachelor. Und ich habe auch schon gesehen, dass du zu einem Master zugelassen bist. An meinem Institut.«

Eine diffuse Angst kroch bei diesen Worten in mir nach oben.

Seine Hand wanderte zu meinen Brüsten, schob sich in meinen BH und kniff in meinen Nippel. Mein Blick war seiner Bewegung gefolgt, und erst da merkte ich, wie ich am ganzen Körper zitterte.

Damals hat mein Körper Nein zu Dorset gesagt. Mein Körper hat mir das Nein geradezu entgegengeschrien. Aber ich habe es nicht ausgesprochen. Weil ich tief in meinem Innern der Überzeugung war, dass ich es nicht anders verdient hätte. Natürlich hatte niemand echte Gefühle für mich. Das, was mir Dorset gegeben hatte, war eben das, was ich bekommen konnte.

Mit einem schweren Seufzer drücke ich die Tür zur Institutsküche auf und sehe mich um. Der Geruch einer halb gegessenen Banane vom Tresen und abgestandener Kuhmilch aus dem Milchschäumer liegt in der Luft. Eine geöffnete Walkers-Chipspackung lehnt an einer ganzen Kollektion benutzter Kaffeetassen, aber ich finde keinen Lappen und mache mich auf den Weg zu den Damentoiletten. Da gibt es immerhin Papierhandtücher.

Als ich vor dem Spiegel stehe, betrachte ich mein Bild, meine blasse Haut, die aufgerissenen Augen, die etwas zerzausten Haare, deren Farben allmählich verblassen, aber schnell wende ich mich ab, weil ich meinen eigenen Anblick nicht ertrage.

Ich rupfe eine Handvoll Papiertücher aus dem Spender und mache mich auf den Rückweg in den Besprechungsraum.

»Wir wollen doch nicht, dass du einen schlechten Start in deinen Master hast, oder?«, hat Dorset mich damals gefragt. Seine Hand war in mein Genick gewandert und hatte mich erbarmungslos festgehalten, während er mir einen langen, harten Kuss gab. Ich fügte mich, weil ich um meinen Masterstudiengang Angst hatte. Und weil dieser Mann Professor Simon Dorset war. Mein Professor. Wie viele Frauen hätten sich darum geschlagen, genau das mit ihm zu haben, was ich haben konnte?

Selbst wenn es nur Sex war?

Mehr konnte ich doch gar nicht erwarten. Denn wer war ich schon? Die ständig abgebrannte Lily mit den Billo-Klamotten, die aus dieser peinlichen, verkorksten Familie stammte. Selbst meine studentischen Leistungen waren unterdurchschnittlich.

Und jetzt sollte ich mich erkenntlich dafür zeigen, dass er mir eine so gute Note gegeben hatte. Ja, ich war ihm etwas schuldig.

Er zog mich aus und ich wehrte mich nicht. Noch einmal habe ich mit ihm geschlafen. Ich habe ihn geküsst, ich habe mich ihm hingegeben, aber es hat sich angefühlt, als stünde ich dabei neben mir. Als wäre ich eine Maschine, die funktioniert und das tut, was man ihr sagt. Mein wahres Ich, das schockierte, zutiefst verletzte und überforderte Ich, war in mir vergraben.

Zu Hause duschte ich so lange, bis das Wasser nur noch eiskalt aus der Brause kam, und dann kauerte ich mich auf meinem Bett zusammen und weinte lautlos, damit Sam oder mein Dad es nicht mitbekamen.

Dabei wusste ich nicht mal, wieso. Es war doch nichts Schlimmes passiert? Simon hatte mir zum Abschied sogar noch einen Kuss gegeben. Trotzdem fühlte ich mich schlecht. Schmutzig irgendwie, weil ich eigentlich keinen Sex mehr mit ihm hatte haben wollen, aber trotzdem mitgemacht hatte. Ich hatte mich seiner Lust angepasst, sogar laut gestöhnt, weil es das einzige Ventil für diesen Druck hinter meiner Brust gewesen war.

Und ich hatte Simon damit recht gegeben.

Ich hatte mit ihm geschlafen, um während meines Masters keine Probleme zu bekommen.

Die ganze Nacht starrte ich mit offenen Augen an die Decke, mit pulsierenden, stechenden Schmerzen hinter meiner Stirn von den vielen Tränen, und mir dämmerte, was dieser Abend mit ihm bedeutet hatte. Dass ich es nie schaffen würde, Dorset in seine Schranken zu weisen, solange er mein Professor und ich nicht in der Lage war, Nein zu ihm zu sagen.

Nein. So ein kurzes, einfaches Wort. Und gleichzeitig das schwerste Wort der Welt.

Selbst wenn ich zu einer Vertrauensperson innerhalb der UCL gehen und Dorset unpassenden Verhaltens bezichtigen würde – was sollte ich ihnen erzählen? Dass ich zwei Monate lang freiwillig eine Affäre gehabt hatte, dass ich völlig verliebt in ihn gewesen wäre, ihm sogar eine feste Beziehung vorgeschlagen hätte und ihn nur fünf Minuten später plötzlich nicht mehr gemocht und keinen Sex hatte haben wollen?

Vielleicht würde er die ganze Sache abstreiten. Ziemlich sicher würde ein Disziplinarverfahren angestrengt werden, mit offiziellen Untersuchungen, und ich müsste meine Schande vor allen ausbreiten und zugeben, wie einfältig und naiv ich gewesen war. Und würde die Universität ernsthaft einen ihrer berühmtesten Wissenschaftler loswerden, weil eine Studentin ihn beschuldigte, ein einvernehmliches Verhältnis mit ihm gehabt zu haben? Und dass er ihr einredete, sie hätte nur deshalb eine so gute Note bekommen, das klang doch nicht im Entferntesten glaubwürdig.

Stimmte es überhaupt, was Simon behauptet hatte? War ich wirklich schlechter als der Durchschnitt? Oder hatte er es nur gesagt, weil es ihm irgendeine Art von Macht über mich gab?

Ich wusste es nicht. Doch die Scham und Angst, dass ich alles nur noch schlimmer machen würde, wenn ich über meine Affäre redete, wurden in dieser Nacht immer größer.

Ich war verwirrt und verletzt, unendlich verletzt.

Und ich schwieg.

Zwei Tage später hatte ich die Bewerbung an die Bloomsbury abgeschickt, alles, was sich zu Geld machen ließ, vertickt, und war hierhergekommen.

Ich bin geflohen. Nur offenbar nicht weit genug.

Lautlos schiebe ich mich zurück ins Besprechungszimmer. Während ich mit einem Papierhandtuch über den Teppich rubble und als Ergebnis der Kaffeefleck nicht kleiner wird, sondern lediglich jede Menge winzige Papierfetzen in dem rauen Gewebe hängen bleiben, versuche ich, irgendwie der Panik Herr zu werden, die kribbelnd unter meiner Haut sitzt.

Ich spüre Ellis' Aufmerksamkeit auf mir, der nur zu warten scheint, bis Prof. Walsh ihre Ansprache beendet. Ständig sieht er sich zu mir um, aber ich schaffe es nicht, seinen Blick zu erwidern. Als Ms Walsh die letzten Anweisungen gegeben hat, verlasse ich sofort den Raum, ohne auf ihn zu warten, und laufe, so schnell ich kann, den Gang entlang nach draußen.

30

Lily

Mein Handy vibriert. Ich schaue auf das Display, sehe Ellis' Namen darauf aufleuchten und drehe es um.

Es ist das siebte Mal, dass er seit gestern anruft. Er hat außerdem ungefähr zwanzig Messages geschrieben, die ich alle unbeantwortet gelassen habe.

Was komplett bescheuert von mir ist. Und unfair.

Am Wochenende haben wir zwei wunderschöne Tage miteinander verbracht und plötzlich ignoriere ich ihn. Zumindest müsste ich ihm sagen, was los ist. Das bin ich ihm schuldig.

Nur hatte ich dafür bisher den Arsch nicht in der Hose.

Er war gestern Abend sogar vor meiner Wohnheimstür, aber Elsa war glücklicherweise nicht da, und ich hockte wie festgefroren auf meinem Bett und habe mich nicht gerührt, bis sich seine Schritte im Gang entfernt haben.

Jetzt sitze ich hinter dem schmalen weißen Tresen im Pavillon am Pier und blicke zum ungefähr hundertsten Mal durch die verschnörkelten Sprossenfenster die Brücke entlang, weil ich Angst habe, er könnte hier aufkreuzen.

Doch es ist nicht Ellis, den ich unter der Handvoll Touristen auf dem Pier ausmachen kann, sondern Ives, der, seinen Gehrock über dem Arm, auf den kleinen Laden zusteuert.

Während er eintritt, lockert er seine Halsbinde. Er trägt außerdem eine Kniebundhose, ebenfalls aus rotem Samt, Kniestrümpfe und Schnallenschuhe. Keine Ahnung, wo er das Zeug herhat, vermutlich aus einem Kostümverleih, aber vor allem die Kinder feiern seinen Aufzug jedes Mal, wenn er als Kapitän der *Hispaniola* mit ihnen zu den Vogelinseln fährt. Mit etwas Glück rasten einige Seehunde am Strand vor den Felsen, und außerdem gibt es wohl eine Grotte, in der Ives eine Truhe versteckt hat – eine Schatztruhe, versteht sich. Die wahre Attraktion, zumindest ist das meine Vermutung, ist sowieso Ives selbst mit seiner schillernden Persönlichkeit und den unglaublichen (und ziemlich sicher erfundenen) Geschichten, die er während der gesamten Bootsfahrt über den knatternden Lautsprecher von sich gibt. Einmal durfte ich mitfahren, *damit du weißt, was du da verkaufst*, hatte Ives gesagt, und ich war fasziniert von seiner Darbietung.

Direkt hinter Ives folgen zwei braunhaarige Jungs, vielleicht acht und zehn Jahre alt. Sie halten einige Pfundscheine in den Händen und laufen zielstrebig auf den Tresen zu. Ich bin mir sicher, dass sie sich Tickets für die nächste Fahrt in einer halben Stunde kaufen wollen.

»Kannst zumachen für heute, Lily«, erklärt Ives, dann wandert sein Blick nach unten zu den beiden Jungs. »Wir können nicht fahren.« Er legt seinen Gehrock ab. Der rote Samt ist schwer. Jetzt im Herbst ist das cool, aber ich frage mich, wie er in dem Ding die Sommer bei prallem Sonnenschein überlebt.

»Wieso?«, will ich wissen und schaue in die enttäuschten Gesichter der zwei Jungs, die Ives ehrfurchtsvoll betrachten.

»Weil Walter da ist.«

Ich schüttle nur den Kopf. »Walter?«

»Walter. Das Walross. Er ist im Hafen und blockiert damit unsere Fahrroute.«

»Hast du gerade Walross gesagt?«

Er sieht mich an, als wäre ich schwer von Begriff. »Natürlich habe ich gerade Walross gesagt. Weil da ein Walross ist.«

Auf die Gesichter der beiden Jungs tritt ein Leuchten, sie nehmen hastig das Geld vom Tresen wieder an sich und rennen brüllend und mit den Armen wedelnd ihren Eltern entgegen.

Ives muss lachen.

»Das hast du jetzt aber nicht nur gesagt, damit die Kinder nicht so traurig sind, oder?«, frage ich misstrauisch.

»Du kannst ja selbst schauen, wenn du mir nicht glaubst. Die Polizei war schon da und hat das Hafengebiet abgesperrt.«

Ich werfe ihm einen zweifelnden Blick zu.

»Na los doch«, sagt er und macht eine wedelnde Handbewegung in Richtung Hafen. »Bisschen Ablenkung kann dir nicht schaden.«

Ich sehe ihn misstrauisch an. Wieso …

»Du machst den ganzen Tag schon ein Gesicht, als wäre dir irgendeine Laus über die Leber gelaufen«, kommt er meiner Nachfrage zuvor.

»Ist nur ein bisschen stressig mit der Konferenzvorbereitung«, murmele ich.

»Ach, du meine Güte, schon wieder so eine Konferenz. Dann wird die Stadt wieder voll mit Schlipsträgern sein«, brummt er, aber trotzdem schleicht sich ein kleines Lächeln auf seine Lippen. So unangenehm scheint ihm die Anwesenheit der Academia wohl nicht zu sein.

»Hey, hast du was gegen Wissenschaftler?«

»Wenn sie nett sind, dann nicht.« Er zuckt mit einer Schulter. »Oder heiß«, ergänzt er halblaut und ich muss lachen.

»Was denn? Ist ja sonst wirklich nicht viel zu holen hier in der Nebensaison!«

»Dann solltest du vielleicht mal einen Kurztrip nach Liverpool machen. Oder Conwy zumindest. Kleiner Tapetenwechsel und so.« Ich traue mich nicht, anzüglich zu zwinkern, weil ich Angst habe, etwas zu dick aufzutragen. Und bin noch immer überrascht, dass wir hier tatsächlich Ives' Liebesleben diskutieren.

Er verzieht das Gesicht. »Bloß nicht, dort lebt mein Ex. Furchtbarer Mann. Behauptet noch immer steif und fest, ich hätte ihn betrogen.«

»Was du nicht hast«, antworte ich mit gespielt ernstem Blick und ziehe meinen Rucksack unter dem Tresen hervor.

»Natürlich nicht! Na ja. Ein bisschen vielleicht. Aber wer kann einem heißen Professor aus London schon widerstehen?« Theatralisch wirft er die Hände in die Luft, und ich kann gar nicht schnell genug aus dem Pavillon kommen, weil ich Angst habe, Ives könnte bemerken, dass mir gerade einen winzigen Moment die Gesichtszüge entglitten sind.

Unten am Hafen scharen sich einige Schaulustige um die Absperrbänder, und aus etwa dreißig Metern Distanz erkenne ich irgendetwas Großes, Graues, das sich bewegt. Außerdem bilde ich mir ein, einen modrigen Fischgeruch wahrzunehmen.

Es riecht hier wirklich ziemlich fürchterlich.

Offenbar muss ich mein Gesicht verzogen haben, denn plötzlich steht Ellis' Freund Hugh neben mir und stößt einen wissenden Lacher aus. »Man riecht sie für gewöhnlich, bevor man sie sieht.«

Ich wende mich ihm zu. »Die Walrosse?«

»Klar. Die sind hier ein oder zwei Mal im Jahr. Meistens sind es nur einzelne Jungtiere, die auf der Durchreise sind. Der da ist aber bereits im dritten Jahr in Folge hier.«

Ich ziehe überrascht die Brauen hoch, weil ich Hugh bisher nur angetrunken (am Strand) und betrunken (im Pub) erlebt habe und ihm so viel Interesse an den Vorgängen in der Stadt gar nicht zugetraut hätte.

Einige Atemzüge lang betrachte ich ihn von der Seite. Er trägt sein Cap wie immer, und darunter kringeln sich seine halblangen blonden Locken hervor. Er hat ein verschlissenes T-Shirt und eine braun-grüne Arbeitshose an. Ist er Gärtner?

Erst jetzt merke ich, dass Hugh einen notdürftig in Papier gewickelten Fisch in den Händen hält. Ich rümpfe die Nase. »Vielleicht stammt der seltsame Geruch ja von dir.«

Sein Blick folgt meinem. »Hey! Beleidige nicht Roberts Abendessen.«

Wer um Himmels willen ist denn nun Robert schon wieder?

»Robert der Kater«, erläutert Hugh, als er meinen fragenden Gesichtsausdruck sieht. Aber noch immer kapiere ich nicht, was Hugh meint. »Weiß, flauschig, hinterlässt ständig Haare auf den Klamotten der Cafébesucher?«

»Ach, *der* Kater. Ich dachte, er gehört Frida.«

Hugh lacht, ein bisschen so, als wäre ich ein kleines Dummerchen. »Du hast da was nicht ganz verstanden. Man besitzt Robert the Bruce nicht. Robert the Bruce sucht sich aus, wer ihn an welchem Tag füttern darf und wen er mit seiner nicht enden wollenden Haarflut beglückt.«

Meine Mundwinkel wandern nach oben. »Ich mag Robert.«

»Jeder mag ihn, wir alle sind nur seine Untertanen und er ist der heimliche König der Stadt.«

»Langsam erkenne ich beunruhigende Parallelen zu Mr. Bigglesworth aus *Austin Powers.*«

»Hat verdammt lange gedauert, bis du die wahren Zusammenhänge erkannt hast«, raunt Hugh mit dramatisch aufgerissenen Augen und dreht sich wieder nach vorn. »Wenn es um den Königsthron geht, ist Bruce aber nur die Nummer zwei. Nach Walter, der die Macht besitzt, den gesamten Hafen lahmzulegen und nach Lust und Laune die Freizeitboote mit seinem massigen Leib zu zertrümmern, wenn er denkt, es wären kleine schwimmende Sonnendecks. Manchmal onaniert der Bursche auch in aller Öffentlichkeit. Er ist wirklich schamlos.«

Ich pruste los. Irgendwie ist Hugh … echt okay.

»Du verfolgst Walters Aktivitäten also genau.«

Er zuckt mit den Schultern. »Muss ich wohl, bin ja als Ranger für das gesamte Gebiet verantwortlich.«

»Wow, du bist Ranger? Ich dachte, die gibt es nur in Nationalparks?«

Er machte eine ausladende Bewegung. »Wie du siehst, gibt es hier Meer und Strand und Küstenlinie mit ziemlich vielen Tieren und Pflanzen, auf die man ein Auge haben sollte. Und Walter, natürlich.« Er zwinkert mir zu. »Ich bin also auch außerhalb eines Nationalparks gut beschäftigt.«

»Ziemlich cool.«

»Fand ich auch. Definitiv cooler, als mein Leben in Laboren zwischen Reagenzgläsern und Pipetten zu verbringen und einen chronischen Vitamin-D-Mangel aufzubauen wie die ganzen anderen Biologen.«

Der Mann ist Biologe?

»Aber dafür hätte ich sowieso erst mal einen Master und einen PhD machen müssen, Gott bewahre … Apropos: Hast du Ellis heute schon gesehen?«, fragt er mich, als müsste ich das wissen. Hat Ellis ihm von uns erzählt? Mir wird warm.

»Nein, du?«

Er nickt und mustert mich dabei neugierig. »Musste nach Carneddau. Irgendwas mit Internet sei zusammengebrochen oder so. Bin mir aber sicher, er kommt heute Abend zurück und holt die Stunden im Büro nach. Kompletter Workaholic, dieser Typ.«

Innerlich atme ich auf, weil ich ihm damit zumindest bis abends nicht irgendwo über den Weg laufen kann.

Wir schauen beide wieder nach vorn, denn ein Raunen geht durch die knapp zwei Dutzend Anwesenden. Walter hat eine Flosse gereckt und gähnt herzhaft.

Ein Weilchen stehen wir da, und Hugh tritt von einem Fuß auf den anderen.

Und dann sagt er, völlig ohne Zusammenhang: »So habe ich ihn lange nicht mehr gesehen.«

»Walter?«

Hugh schenkt mir einen vielsagenden Blick, aber ich weiß wirklich nicht, was er meint.

Jetzt dreht er sich zu mir. »Ellis. Er mag dich.«

Ich mag ihn auch, schießt es mir durch den Kopf. Doch ich spreche es nicht aus. Obwohl mein Herz hämmert, versuche ich eine neutrale Miene zu bewahren.

Erwartungsvoll sieht Hugh mich an. Innerlich wappne ich mich bereits für eine *Wehe-du-tust-ihm-weh-dann-tu-ich-dir-weh*-Ansprache.

Er hat ja keine Ahnung, wie nahe er damit der Wahrheit kommt.

»Ellis ist nett«, erwidere ich und versuche dabei nichts, aber auch gar nichts von dem, was in meinem Innern tatsächlich vorgeht, durchscheinen zu lassen.

Prompt zieht Hugh die Brauen zusammen. Was erwartet er denn?

Dass du auch sagst, dass du ihn magst.

Nur kann ich das nicht. Zum einen geht ihn das einfach nichts an (ist klar, Kleinstadt, jeder weiß alles oder jeder will alles wissen, aber trotzdem). Und zum anderen würde es natürlich stimmen. Ich mag Ellis sogar so sehr, dass ich die ganze Nacht nach unserem Ausflug nach Carneddau nicht habe schlafen können, weil ich so aufgeregt war und mich so sehr gefreut habe, ihn am nächsten Tag wiederzusehen. Aber die Dinge haben sich geändert. Dorset wird hier sein, und ich weiß nicht, was passieren wird, wenn ich ihm erneut über den Weg laufe. Falls ich ihm über den Weg laufe.

Ich weiß nur, dass sich unter diesen Umständen das, was Ellis und ich haben, keinesfalls weiterentwickeln darf.

Weil ich mir selbst nicht mehr vertraue seit der Sache mit Dorset. Weil Ellis es nicht verdient hat, sich an jemanden zu binden, der so kaputt ist wie ich.

Was, wenn ich noch genauso schwach bin wie vor ein paar Monaten? Was, wenn Dorset sich mir wieder nähert? Was, wenn ich wieder nicht in der Lage bin, Nein zu sagen? Wenn ich mich einlullen lasse von seinen Worten, seiner Präsenz, seinem unbedingten Willen? Würde ich Ellis vielleicht sogar betrügen? Das darf auf keinen Fall passieren.

»Schau mich nicht so an, Hugh! Mehr wirst du aus mir nicht herausquetschen.« Ich lache, knuffe ihn spielerisch in den Oberarm, und er scheint mir meine Scharade für den Moment abzunehmen.

»Muss los«, behaupte ich, obwohl das gar nicht stimmt.

»Ja, ich auch.« Hugh verabschiedet sich, indem er mir mit dem Fisch zuwinkt, der einen ziemlich starken Geruch verströmt. Ich sehe ihm nach, und es fühlt sich so an, als wäre das angestrengte Lächeln auf mein Gesicht gemeißelt.

Dann drehe ich mich um, und atme einmal tief ein und aus.

Du musst es tun. Besser jetzt als später.

Ich zücke mein Handy aus der Hosentasche und beginne mit zitternden Fingern zu tippen.

31

Ellis

Hey Ellis. Ich habe den Eindruck, die Gefühle zwischen uns sind etwas einseitig, und ich glaube, es ist besser, wir haben keinen Kontakt mehr, der über unsere Arbeit am Institut hinausgeht. Es tut mir leid, falls ich dich verletzt habe, das war nie meine Absicht.

Never. Niemals schreibt Lily mir so eine Nachricht. Nicht nach dem Wochenende. Nicht nach dem, was wir in dieser Nacht miteinander geteilt haben. Und wie sie zu mir gewesen ist.

Zehn Tage ist die Message inzwischen her. Ich war gerade auf Carneddau, als ich sie bekommen habe, und mir ist tatsächlich das Handy aus der Hand gefallen, weil ich so überrumpelt war.

Bis heute habe ich sie bestimmt hundert Mal gelesen. Mehrmals war ich kurz davor, sie zu löschen, Lilys Nummer ganz generell zu löschen und sie zu blockieren, weil ich so sauer war. Verletzt. Enttäuscht. Keine Ahnung.

Seitdem herrscht in mir Chaos.

Zuerst habe ich gedacht, ich hätte etwas falsch gemacht. Ich wäre zu aufdringlich gewesen, hätte sie zu etwas gedrängt, was sie gar nicht gewollt hat. Das ist in etwa der schrecklichste Gedanke, den ich mir ausmalen kann. Oder war meine Familie ihr doch zu viel, obwohl sie scheinbar so gut miteinander ausgekommen sind?

Zweimal habe ich versucht, Lily vor ihren Kursen abzupassen, um persönlich mit ihr zu sprechen, aber sie war wie ausgewechselt. Kalt und abweisend, sie hat mir nicht einmal richtig in die Augen gesehen.

Ich möchte nicht mit dir reden, und das solltest du respektieren – und das habe ich dann auch, weil ich gespürt habe, dass einfach kein Herankommen möglich war, und weil ich keine Szene machen wollte.

Ich habe sogar ihre Freundin Elsa gefragt, was los ist, aber die hat nur etwas mitleidig geguckt und mir versichert, sie wisse es auch nicht. Lily scheine es allerdings gut zu gehen.

Ist eben doch scheiße, etwas zu fühlen. Ich hätte mich auf die ganze Sache mit ihr nicht einlassen dürfen. Ich hätte einen weiten Bogen um sie machen sollen. Das hat sie mir auf Carneddau ja sogar selbst gesagt, oder nicht?

Je mehr Tage vergangen sind, in denen ich mit leerem Blick auf ihre Message gestarrt und vergebens auf das »Lily schreibt …«-Zeichen gewartet habe, desto klarer ist mir geworden: Es liegt nicht an mir. Irgendetwas ist an diesem Montag in dem Besprechungsraum passiert, was Lily veranlasst hat, sich völlig zurückzuziehen. So sehr, dass sie es nicht mal in Erwägung gezogen hat, mir zu erklären, was wirklich los ist.

Dass sie keine Gefühle für mich hat und mich mit ihrem Rückzug davon abhalten möchte, mehr für sie zu entwickeln – das nehme ich ihr nicht ab. Sie hat mich ja noch nicht einmal gebeten, dass wir Freunde bleiben können. Sie möchte einfach überhaupt keinen Kontakt mehr haben.

Ganz ehrlich? Das ist Bullshit. Ihr Verhalten ergibt absolut keinen Sinn, und ich werde verdammt noch mal herausfinden, was das eigentliche Problem ist.

Und zwar heute.

»... Ja? Für dreißig Personen, genau. Acht davon sind Vegetarier ... okay, super. Nein, kein veganes Essen.« Lilys Stimme dringt durch die angelehnte Zimmertür zu mir, und der Klang verursacht ein nervöses Ziehen in meinem Magen. Die letzten Tage war sie nicht mehr im Büro, sondern hat ihren Orgakram für die Konferenz wohl vom Wohnheim aus gemacht.

Der Schein ihrer Schreibtischlampe wirft einen gelben Streifen auf mein Hosenbein, als ich mich dem Türspalt nähere.

Die Hand bereits erhoben, um sie aufzustoßen, halte ich inne. *Bist du sicher, dass das eine gute Idee ist?*

»Sehr gut, ich nehme Sie dann übermorgen in Empfang. Ja ... klasse! Danke.« Lily hat das Gespräch beendet, ich höre das Quietschen ihres Bürostuhls und beschließe, meinen Zweifeln keinen Raum mehr zu geben. Mit einer Hand stoße ich ihre Zimmertür auf.

Es ist komplett verrückt, aber Lily sitzt mit dem Rücken zu mir, tippt etwas in ihr Notebook, doch sie schreckt nicht auf, sondern verharrt mitten in der Bewegung, als sie das leise Schwingen der Tür vernimmt.

Sie weiß, dass ich es bin.

»Lily«, sage ich bloß, bleibe im Türrahmen stehen und sehe, wie sich ihre Schultern leicht nach oben ziehen. Sie antwortet nicht, sie dreht sich noch nicht einmal zu mir um. Und es ist komisch, weil ich so wütend auf sie war und so verletzt, aber jetzt, da sie vor mir sitzt und ich *endlich* mit ihr reden kann, werde ich ganz ruhig.

»Ich muss gestehen, ich bin beeindruckt, wie du es schaffst, mir auf diesem winzigen Campus und in dieser kleinen Stadt zwei Wochen lang aus dem Weg zu gehen.« Ich sage es nicht im Scherz, es ist mein voller Ernst.

Langsam wendet sie den Kopf, sieht mich an, und der Ausdruck in ihren Augen trifft mich. Hat sie … hat sie Angst vor mir?

»Warum bist du hier?«

»Weil ich eine Erklärung möchte.« Ich schließe die Tür hinter mir und ihr Blick irrt zur Klinke.

»Es gibt nichts zu erklären. Ich habe dir alles gesagt, was du wissen musst.«

»Ach ja?« Ich mache einen Schritt in den Raum hinein.

»Bleib, wo du bist«, verlangt sie und hebt ihre flache Hand, als wolle sie mich damit aufhalten. Sie hätte mir ebenso gut ins Gesicht schlagen können.

»Wow, Lily. Was … was zur Hölle? Ich darf dir nicht mehr näher als zwei Schritte kommen?«, frage ich.

»Du hättest überhaupt nicht herkommen sollen. Ich habe gesagt, dass ich nicht mit dir reden möchte, und du ignorierst es einfach. Das geht nicht.«

Sie hat recht. Ich hätte nicht in ihr Zimmer kommen dürfen, obwohl sie gesagt hat, sie wolle nicht mit mir sprechen.

Beschwichtigend hebe ich beide Hände. »Keine Sorge, ich gehe. Sobald du mir eine Antwort gegeben hast. Eine ehrliche Antwort und nicht irgendwelche Phrasen.« Ich beobachte sie ganz genau, folge jedem Zucken in ihrem Gesicht, weil ich verstehen möchte, was in ihr vorgeht. »Was ist an diesem Montag im Konferenzraum passiert, dass du plötzlich wie ausgewechselt bist?«

Ihr Blick flackert einen winzigen Moment, ehe sie sagt: »Nichts ist passiert. Du täuschst dich.«

»Nein, ich täusche mich nicht. Und ich bilde es mir auch nicht ein. Was war es? Sag's mir. Habe ich …« Ich fahre mir mit der Hand über den Nacken, weil es mir schwerfällt, es auszusprechen. »Bin ich auf Carneddau zu weit gegangen? Hast du das alles nicht gewollt?« Denn wäre das der Fall, wäre es unverzeihlich.

Lily schließt die Augen, runzelt die Stirn und schüttelt den Kopf, als verstünde ich einfach nicht. Und das tue ich wirklich nicht.

»Die Gefühle zwischen dir und mir sind einseitig. Das ist mir an diesem Montag klar geworden. Und ich schätze dich zu sehr, als dass ich dich verletzen möchte. Deswegen müssen wir auf Abstand gehen.«

Blabla, sie sagt es, und keinen Sekundenbruchteil lang schafft sie es, mir dabei in die Augen zu sehen. Sie starrt nach unten auf ihre ineinander verknoteten Finger und reibt unablässig mit ihrem rechten Daumen über ihre linke Handinnenfläche.

Das macht mich wahnsinnig.

»Und weil du mich so schätzt, ignorierst du mich einfach? Antwortest nicht auf meine Nachrichten und drückst meine Anrufe weg? *Weil du mich so sehr schätzt, Lily?*«, frage ich laut.

Noch immer sieht sie mich nicht an, noch immer schweigt sie, und es fühlt sich an, als fräße sich eine brennende Zündschnur durch mein Innerstes.

Bis ich explodiere.

32

Lily

»What the fuck!«

Ellis ist wütend, und irgendwie erleichtert mich das. Ich *möchte*, dass er wütend wird. Dass er beleidigt ist und mich anfängt zu hassen, weil er mich für gefühlskalt hält. Das würde alles so viel einfacher machen.

»Es ist besser so«, sage ich knapp.

»Gar nichts ist besser so.« Noch einen Schritt kommt er näher. Ich sinke in meinem Stuhl zusammen und vermeide den Augenkontakt, damit er die Lüge in meinem Gesicht nicht erkennt.

Ein Schwall seines Aftershaves trifft mich und ich will das nicht. Ich will ihn nicht so nahe bei mir haben, denn das macht diese ganze Auseinandersetzung so viel schwerer für mich.

»Schau mich an und sag es mir ins Gesicht. Sag mir die Wahrheit!«

Ich reagiere nicht.

»Lily!«, ruft er, und jetzt hebe ich tatsächlich den Kopf, unsere Blicke bohren sich ineinander, und ich erkenne, wie die Muskeln an seinen Wangen hervortreten, weil er die Kiefer so fest aufeinanderbeißt.

Ich stelle sicher, dass er mich ansieht, denn die nächsten

Worte kann ich aus vollster Überzeugung sagen: »Du hast jemand Besseren verdient als mich.«

Er braucht einen Moment, ehe er reagiert. Wahrscheinlich hat er mit etwas ganz anderem gerechnet.

»Was für ein Scheiß! Das ist komplette Scheiße, die du da redest! Wie kommst du überhaupt auf so etwas?«

Weil es stimmt.

In meinem Innern verkrampft sich etwas. Ballt sich schmerzhaft klein und fest zusammen. Als hätte jemand Teer über mein Herz gegossen, der sich jetzt verhärtet und dafür sorgt, dass es Schlag um Schlag langsamer wird. Bis es stehen bleibt.

»Ich *will* niemand Besseren! Ich will dich!« Ellis kommt vor mir in die Hocke und versucht, mir ins Gesicht zu blicken, was ihm nicht gelingt, weil ich den Kopf wegdrehe.

Tränen steigen mir in die Augen und ich muss schniefen.

»Weil du keine Ahnung hast, wer ich bin«, flüstere ich. Weil ich mich so sehr schäme für das, was ich mit mir habe machen lassen. Was, wenn Dorset mich wieder irgendwie unter Druck setzt? Was, wenn ich ...

Ellis unterbricht meine ziellosen Gedanken, indem er eine große, warme Hand auf meine beiden legt und mich damit zwingt, meine Finger endlich still zu halten. Einen Moment verkrampfe ich. Dann atme ich aus und entspanne mich ein winziges bisschen, als er meinen Arm hinaufstreicht. Seine Berührung ist wie ein warmes Tuch, das sich um mich legt, beruhigend, voller Geborgenheit und Halt, obwohl ich doch gerade alles tue, um ihn von mir wegzustoßen. Sie bewahrt mich davor, mich noch weiter in meiner Angst zu verlieren, und ich habe das Gefühl, dass ich sie in diesem Moment genauso sehr brauche wie die Luft zum Atmen.

Ellis' Hand fährt in meine Haare, und sanft dirigiert er meinen Kopf nach oben, damit er mir in die Augen schauen kann. »Ich weiß, wer du bist. Ich weiß, worauf ich mich einlasse, und deine Zweifel werden mich nicht davon abhalten.« Das ist keine leere Versprechung. Er meint es ernst.

»Du wirst mich verachten«, flüstere ich.

»Wieso sollte ich?«

Ich schüttle nur den Kopf.

»Ich werde dich niemals verachten. Und ich verspreche dir, dass ich bei dir bleibe. Damit du, was auch immer es ist, das dir Angst macht, besiegen kannst. Wenn du mich lässt. Lässt du mich, Lily?«

Die Frage schwingt durch mich hindurch wie die Schallwellen einer gigantischen Glocke, die Schicht für Schicht meine Schutzmauern zertrümmern.

Ich schaffe ein Nicken, dann zieht er mich an sich bis an die Kante meines Stuhls und schließt mich in seine Arme.

Ich lasse mich gegen ihn sinken, ertrinke in seiner Umarmung, und eine gefühlte Ewigkeit halten wir einander einfach nur fest.

Als sich Ellis ein Stückchen von mir löst und mich fragend ansieht, nicke ich erneut, und nur einen Herzschlag später treffen unsere Lippen aufeinander.

Es ist, als würde jemand einen Stromschlag durch meinen Körper jagen und damit jede einzelne Zelle in Brand setzen. Wie von selbst öffne ich meine Lippen, unsere Zungen berühren sich, winden sich umeinander, ausgehungert, verzweifelt, und ich kralle meine Finger so fest in seine Schultern, dass er stöhnt. Sein Arm schlingt sich um meinen unteren Rücken und er zieht mich mit sich nach oben.

Ellis' Nähe ist wie eine Droge, von der ich zehn Tage auf

Entzug war und die jetzt endlich wieder durch meine Adern rauscht.

»Ich kann nicht schon wieder …« Ich halte mich davon ab, weiterzusprechen.

»Was kannst du nicht schon wieder«, wiederholt er zwischen zwei Küssen und versteht gar nicht, welches Gewicht dieser Satz hat. Beinahe hatte er mein Herz so weit, dass ich mich geöffnet und ihm alles erzählt hätte.

Du darfst es ihm niemals sagen, schießt es mir durch den Kopf.

Und dieses Gefühl, das an mir reißt, der Wunsch, ihn nicht mehr loszulassen, obwohl ich spüre, obwohl ich *weiß*, dass sich in zwei Tagen ein Desaster anbahnt, wird unerträglich stark. Es ballt sich in meinem Brustkorb und drückt gegen meine Kehle. Mir entweicht ein unkontrollierter, gequälter Laut, und sofort löst sich Ellis von mir und macht einen halben Schritt von mir weg.

»Sprich mit mir«, fordert er mich sanft auf. Dabei lösen sich seine Hände von mir, und sofort fühlt es sich falsch an. Als ob etwas fehlen würde. »Egal, was es ist. Sag es mir.«

»Aber es ist so schwer«, raune ich voller Verzweiflung und ziehe die Nase hoch.

»Okay, weißt du was – du musst es mir nicht erzählen. Es spielt überhaupt keine Rolle, denn alles, was ich wissen muss, sehe ich vor mir. Ich sehe dich, Lily, ich spüre dich, und der Rest interessiert mich nicht.«

Seine Worte bohren sich in mein Herz, nisten sich ein und lassen es hart und schmerzhaft schlagen.

Und ich erlaube es mir. Weil ich ihn spüren und so gern glauben möchte, dass er recht hat. Dass die Vergangenheit die Vergangenheit ist und mich nicht mehr beeinflusst.

Ich denke nicht mehr nach, als meine Hände auf seinen Hüften zum Liegen kommen und ihn wieder zu mir ziehen.

Auf die Zehenspitzen gestellt beuge ich mich zu ihm vor, und nur eine Sekunde später verschmelzen unsere Münder miteinander. Ich küsse ihn, weil ich muss. Weil ich ihn brauche.

Vertraue ihm. Vertraue dir. Zusammen seid ihr stark.

Und während ich es schaffe, meine Angst weit weg an den Rande meines Bewusstseins zu drängen, vertieft Ellis den Kuss, wird roher und leidenschaftlicher, als wüsste er, dass er damit die letzten Zweifel aus meinem Geist katapultieren kann.

Langsam lasse ich meine Hände an seinem Oberkörper nach unten gleiten. Alles an ihm ist hart und angespannt, und das Gefühl seiner Muskeln unter meinen Händen lässt ein Kribbeln bis in meine Fingerspitzen rasen.

Ich spüre seine Erektion an der Hüfte und zögere nicht mehr, sondern dränge mit meiner Hand zwischen uns und lege sie darauf. Während ich langsam auf und ab reibe, entkommt Ellis ein kehliger Laut. Er zwingt mich, innezuhalten.

»Wenn du das tust«, er hat seine Augen geschlossen, muss schlucken, und erst jetzt öffnet er die Lider, und ich erkenne, wie sein Blick von Lust verhangen ist. »Dann ... ich weiß nicht, ob ich mich noch einmal so zurückhalten kann.«

»Was, wenn du nicht musst«, hauche ich an seinem Ohr, küsse eine sanfte Spur seinen Hals entlang und sehe die Gänsehaut, die sich über seinem Schlüsselbein bildet.

Nur einen Augenblick erlaubt er mir, ihn so zu liebkosen und zu reizen, und bleibt ganz still stehen, doch dann verliert er die Beherrschung, fasst meinen Kopf mit beiden Händen und lenkt ihn nach oben. Er küsst mich so intensiv, dass ich feucht werde und mir ein Wimmern entkommt. Ohne den Kuss zu unterbrechen, hebt er eines meiner Beine an und legt es sich um seine Hüfte, und sofort nehme ich das andere Bein hoch.

Er fasst mich enger und plötzlich liegen wir auf meinem schmalen Bett, er über mir. Beide halten wir inne und betrachten einander wie gebannt. Mit dem Daumen fährt er erst zu meinem Kinn, öffnet meinen Mund ein wenig und streicht sachte meine Lippen entlang, die unter dem Druck leicht nachgeben. Sein Blick saugt sich daran fest, und die Art und Weise, wie er mich ansieht, ist so heiß, dass ich ganz automatisch eine Bewegung mit meiner Hüfte mache und mich gegen ihn presse, damit ich mehr von ihm spüren kann.

»Die letzten zehn Tage ohne dich waren die Hölle.« Der dunkle Schimmer und die Verletzlichkeit in seinen Augen verraten mir, dass er jedes Wort genauso meint.

»Für mich auch«, gebe ich zu. Seine Hand stiehlt sich in meine, und er drückt sie in das weiche Kissen neben meinem Kopf, während sich unsere Finger ineinander verschränken.

Er schaut mir tief in die Augen. »Du musst keine Angst haben. Zu zweit sind wir stärker. Ich bin da. Egal, was es ist, ich helfe dir, es zu tragen. Ich lasse dich nicht allein.«

Er küsst mich, sein Körper drückt gegen meinen, an unmöglich vielen Stellen, und er bewegt sich auf und ab, auf und ab, und obwohl mehrere Schichten Kleidung zwischen uns sind, wird das Verlangen in mir mit jeder Bewegung stärker.

»Verstehst du?«, spricht er weiter. »Ich bleibe bei dir.« Wieder küsst er mich, und seine Berührungen, sein Versprechen, es ist einfach zu viel. Ellis ist wie eine Flutwelle, die mich einnimmt und mitreißt, meinen Verstand völlig außer Kraft setzt und mich nur noch fühlen lässt.

»Ich will dich«, sage ich atemlos.

»Ich dich auch, Lily«, erwidert er mit rauer Stimme. »Und du hast keine Ahnung, wie sehr.«

Ich komme ihm entgegen, küsse ihn erneut, und als ich dieses Mal anfange, an seinem Gürtel zu nesteln, zögert er nicht mehr. Er hilft mir, ihn zu öffnen, und befreit sich von seiner Jeans, während er mich immer wieder küsst. Dann liegt seine Hand an meiner Hüfte, seine Finger auf meiner erhitzten Haut, und er zieht meine Hose nach unten, streift sie über meine Knöchel und den Pulli über meinen Kopf.

Auch er entledigt sich seines Longsleeves; ich greife in seinen Bizeps und möchte ihn wieder nach unten ziehen, weil er zu weit von mir weg ist. Doch er gibt nicht nach, sondern lässt seine Hand bewundernd über meinen Körper wandern. Meine Beine, meine Oberschenkel, meinen Bauch, mein Dekolleté, als müsse er jedes kleine bisschen von mir in sich aufnehmen und für immer abspeichern.

Das Gefühl seiner warmen Hand auf mir – es ist, als würden sich Tausende kleine Blitze unter meiner Haut entladen.

Und als er wieder neben mich kommt und sich auf seinen Ellenbogen lehnt, fahre ich mit meinen Fingern sein Gesicht entlang, seine Augenbrauen, seine Nase. Er nimmt meine Hand, drückt einen Kuss auf die Innenfläche, ehe er meinen Kopf festhält und mir tief in die Augen sieht. »Bist du dir sicher, dass du es willst?«, fragt er erneut.

»Ja«, flüstere ich, mehr schaffe ich nicht, aber das muss ich auch gar nicht. Er kommt noch ein Stückchen näher, schiebt seine Hand unter meinen Rücken und löst meinen BH, und als sein Blick meinen nackten Körper auf und ab wandert, entkommt ihm ein: »Wow, Lily.«

Seine Hände umfassen meine empfindsamen Brüste. Besitzergreifend fährt er meine Kurven entlang, und ich schließe die Augen, weil ich völlig in seinen Berührungen aufgehe. Ich liebe jeden einzelnen Moment davon.

Er beugt sich über mich, leckt meine Brustwarzen, beißt ganz sanft hinein und beruhigt sie wieder mit seiner Zunge, und ich kann spüren, wie feucht ich unter diesem Wechsel an Schmerz und Liebkosungen werde.

Mit seiner Zunge fährt er eine Linie meine Haut entlang bis zu meinem Bauchnabel, streichelt gleichzeitig meine Brüste, umfasst sie, langsam, ohne Eile, als gäbe es nur ihn und mich auf dieser Welt, während sein Kopf tiefer wandert, bis er über meiner Mitte angekommen ist. Durch den Stoff meines Slips hindurch saugt er an mir und ein erwartungsvolles Beben durchläuft mich. Seine Zunge berührt meine Klit und gerade, als er seine Finger im Höschen einhakt, um es zur Seite zu schieben, halte ich ihn davon ab.

»Zieh deine Shorts aus«, bitte ich ihn, und als er es tut und plötzlich nackt neben mir liegt, streiche ich ebenso gierig über seinen Körper wie er gerade noch über meinen. Ich fühle seine Muskeln, seinen schlanken Torso, ein paar wenige Haare auf seiner Brust, es ist nichts als Perfektion unter meinen Händen. Seine Erektion drängt heiß und schwer gegen meinen Oberschenkel, und ehe er auf die Idee kommen kann, mich davon abzuhalten, setze ich mich auf und umfasse seinen Schaft. Er ist groß und so hart, und ich stöhne, als ich einen Lusttropfen unter meinen Fingerspitzen spüre. Es fühlt sich an wie ein Triumph, zu wissen, dass er genauso angetörnt ist wie ich.

Als ich beginne, auf und ab zu reiben, schließt Ellis die Augen. Aber nur einen kurzen Augenblick scheint er sich in meinem Rhythmus zu verlieren, bevor er die Beherrschung wiedergewinnt und meinen Kopf mit einem Kuss zurück in die Kissen drängt.

Jetzt erlaube ich ihm, mein Höschen abzustreifen, und als seine Finger auf meiner Mitte liegen und in meine Feuchtigkeit sinken, keuche ich laut. Ellis erstickt das Geräusch, indem er meine Lippen mit seinen bedeckt und seine Zunge in mich gleiten lässt. Sein Kuss ist tief und fordernd, während er meine Beine weit spreizt und einen Finger in mich schiebt, und ich habe das Gefühl, mich unter ihm aufzulösen. Es ist berauschend, es nimmt mich völlig gefangen, und das Pulsieren in meinem Unterleib rast durch meinen gesamten Körper.

Als ich erneut nach ihm greifen, ihn berühren und ebenso um den Verstand bringen möchte wie er mich, ist er sofort über mir, hält meine Arme fest und schüttelt tadelnd den Kopf.

»Jetzt ist der letzte Moment …«, beginnt er, doch ich lehne mich zu ihm nach oben, ohne den Blickkontakt zu unterbrechen, und sage: »Ich will dich in mir, Ellis.«

Er greift nach unten auf den Boden, holt ein Kondom aus einer seiner Hosentaschen, und innerhalb von wenigen Sekunden hat er es übergestreift.

Sein Blick ruht zwischen meinen Beinen, als er mich sanft streichelt. Erneut dringt er mit einem Finger in mich ein, nimmt dann einen zweiten hinzu, um mich zu dehnen, und ich kann nicht anders, als meine Hüften hin und her zu wiegen und die Augen zu schließen, weil ich in seine Berührungen hineinschmelze.

Plötzlich löst er seine Finger von mir, packt mich an den Oberschenkeln und zieht mich mit einem Ruck zu sich. Erschrocken keuche ich, doch dann merke ich, wie er meine Beine noch ein Stückchen spreizt und sich vor mir platziert. Seine Spitze ist an meinem Eingang, und ich wimmere, weil ich ihn endlich, endlich in mir spüren möchte.

Er legt eine Hand auf meinen Brustkorb und hält mich auf der Matratze fest, während er Zentimeter für Zentimeter in mich eindringt. Er ist groß, er ist verdammt groß, und obwohl er noch nicht ganz in mir ist, habe ich das Gefühl, nicht mehr von ihm aufnehmen zu können.

»Alles okay?«, raunt er, hält inne, ich nicke und stöhne ein »Ja«, und er zieht sich ein wenig aus mir zurück.

Das will ich nicht, ich will mehr von ihm, ich will alles von ihm, lege eine Hand an seine Seite und möchte ihn zu mir ziehen. Doch er sperrt sich, und als ich seinen Namen flüstere, hält er meinen Kopf fest und zwingt mich, ihn anzusehen. Erst als er sicher ist, dass ich ganz da bin, ganz bei ihm, stößt er mit einer einzigen Bewegung so tief in mich, dass er mir den Atem raubt.

Wir stöhnen beide, halten inne, völlig überwältigt von dem Gefühl, einander so nahe zu sein.

Doch ich halte es nicht aus und beginne, mich unter ihm zu bewegen, erst langsam und zögerlich, dann mutiger, denn die Reibung, die dadurch entsteht, macht mich süchtig. Meine Lider nur halb geöffnet, weil es so überwältigend ist, ihn in mir zu spüren, merke ich, wie er sich über mich beugt und sanft an meinem Kinn knabbert, während er eine zweite, vorsichtigere Bewegung mit der Hüfte macht, damit noch tiefer in mich hineingleitet und etwas in mir berührt, das mich vor Lust laut aufstöhnen lässt.

»Das. Das ist es, Lily«, raunt er an meinem Ohr, und mein Herz hämmert wild, während er beginnt, immer wieder in mich zu stoßen, und die Lust, die er dadurch in mir freisetzt, raubt mir den Verstand. Ich stöhne lauter, weil ich nicht weiß, wohin mit den Gefühlen, die sich in mir zusammenbrauen, und Ellis flucht leise, einen wilden Ausdruck in den Augen, während er immer heftiger in mich eindringt.

Seine Hand spreizt sich auf meinem Bauch, er hält mich damit fest, als würde er seine eigenen Stöße spüren wollen. Der leichte Druck, die Art und Weise, wie jede seiner Berührungen mich noch mehr anheizt, noch mehr die Kontrolle verlieren lässt, ist mächtiger als alles, was ich jemals für einen Mann empfunden habe.

Er küsst mich, gleitet mit seiner Zunge tief in meinen Mund, nimmt auch diesen Teil von mir gefangen und füllt ihn mit sich aus.

Es gibt nur noch ihn, er ist überall, und ich habe das Gefühl, mich ihm völlig hingeben zu können und eins mit ihm zu werden. Unsere Bewegungen verschmelzen miteinander, wir finden einen Rhythmus, und ich spüre, wie die Begierde in mir stärker wird, wie sich ganz langsam ein Höhepunkt in mir aufbaut, wie mein Herz rast und mein Atem rau wird.

Doch plötzlich zieht er sich aus mir zurück, schlingt seinen Arm unter meinen Rücken und dreht mich um. Ohne ein Wort zu sagen, richtet er mich auf, und ich fühle seine warme, harte Erektion an meinen Pobacken.

Er hinterlässt eine Spur von Küssen an meinem Hals, massiert mit einer Hand meine Brust und kneift mich in meinen Nippel, und ich wimmere leise, weil mich dieses Gefühl und die Lust so sehr überfordert.

»Wieso hörst du auf?«, frage ich heiser.

»Das tue ich doch gar nicht«, flüstert er mir ins Ohr. Ich spüre, wie er meinen Hintern mit einer Hand ein wenig hochhebt, und nur einen Sekundenbruchteil später dringt er wie von selbst so tief in mich, dass ich vor Lust beinahe aufschreie.

33

Ellis

Sie stöhnt, als ich erneut in sie eindringe, meinen Schwanz völlig in ihr versenke, und ich schaue nach unten zu der Stelle, wo sie mich in sich aufnimmt. Es entsteht ein feuchter, gleitender Laut, wenn ich mich aus ihr heraus- und dann wieder in sie hineinbewege. Als ich ihre Brust in die Hand nehme, ihre Nippel kneife und ihren Schmerz mit dem sanften Streicheln meiner Fingerkuppe besänftige, zieht sie sich noch enger um mich zusammen und ein heiseres Grollen löst sich aus meiner Kehle.

»Leg deine Hände auf dem Gestell ab«, verlange ich von ihr. Sie tut es, ohne mir zu widersprechen, und ihre Gefügigkeit macht mich so an, dass ich mich einen Moment konzentrieren muss, um nicht sofort zu kommen.

Ich sehe ihre Feuchtigkeit, wie sie auf meiner Haut glänzt, und beginne dann erneut, in sie hineinzustoßen. Mit kraftvollen, kontrollierten Bewegungen, während ich sie an den Hüften festhalte und meine Finger sich in ihre verführerischen, weichen Rundungen drücken. Ich weiß nicht, ob ich jemals so viel Lust empfunden und beim Sex so viel gespürt habe.

Meine Bewegungen werden schneller, und wieder schreit sie auf, während ich sie gnadenlos vögle. Sie legt den Kopf in den Nacken, sodass ihre Haare auf meiner Brust kitzeln, gibt einen kehligen Laut von sich, und ich dringe noch tiefer in sie ein.

Ich liebe es, wie sie stöhnt, wie sie keucht, es turnt mich so an, dass ich wieder kurz davor bin zu kommen.

Meine Hand wandert über ihren Bauch nach unten. Auf ihrer feuchten, heißen Pussy bleiben meine Finger liegen, und ich dehne ihre Vulvalippen ein Stück, sodass ihre empfindlichste Stelle schutzlos frei liegt. Mit dem Daumen streiche ich darüber, ein einziges Mal nur, aber es reicht, dass sie lustvoll zusammenzuckt. Ich habe schon Angst, dass es zu viel für sie ist. Ihr Atem wird schneller und ihr Stöhnen intensiver, während ich weiter in sie stoße.

Ihre Hände krallen sich um das Kopfteil des Bettes. »Komm für mich, Lily«, verlange ich, und sie wimmert nur. »Hörst du mich?« Ich mache kleine, kreisende Bewegungen mit meinem Daumen, und dann spüre ich, wie sich etwas in ihr aufbaut und ihr Körper zu beben beginnt. Sie ist wie ein Vulkan kurz vor dem Ausbruch.

»Ja«, keucht sie, und ich verstärke den Druck meines Daumens auf ihre Klitoris, halte sie einfach nur fest, während meine Stöße sie erschüttern und sie die Kontrolle verliert. Ihr Körper spannt sich immer mehr an. Plötzlich stöhnt sie meinen Namen und explodiert dann so heftig unter meinen Händen, dass ich sie festhalten muss, damit sie das Gleichgewicht behält.

Ich spüre, wie sie um mich herum pulsiert, ihr ganzer Körper zuckt unkontrolliert, und ich brauche nur noch drei Stöße, ehe auch ich in einem gewaltigen Orgasmus komme, der mir den Atem raubt.

Mein Brustkorb hebt und senkt sich gegen ihren Rücken,

als ich mich aus ihr zurückziehe, und endlose Augenblicke lang halte ich sie von hinten umschlungen, und drücke ihr Küsse auf Hals und Schläfe.

Nur langsam beruhigt sich unser beider Herzschlag wieder.

Gleichzeitig sinken wir nach unten auf ihre Matratze, es ist nur ein Einzelbett, aber das macht nichts, wir brauchen nicht viel Platz, denn wir schmiegen uns eng aneinander. Lily dreht sich in meinen Armen zu mir, streicht mir eine verschwitzte Locke aus der Stirn und legt ihre Hand an meine Wange.

Wir können nicht aufhören, einander anzusehen.

»Ich weiß, es klingt lächerlich, aber«, ich schüttle den Kopf, »ich weiß nicht, ob ich jemals …«

Sie erstickt meinen Satz mit einem Kuss, so zärtlich und gefühlvoll, dass ich das Gefühl habe, mein Herz quillt über.

Eine Gänsehaut überzieht ihre Arme, und ich zerre die Decke unter uns hervor und breite sie über ihr aus. Als ich zu ihr darunterschlüpfe, unsere Beine sich wie von selbst ineinanderschlingen und wir uns in die Augen sehen, wummert mein Herz so stark, dass ich kurz die Luft anhalten muss.

Ich habe das Gefühl, direkt in ihr Innerstes blicken zu können, sehe Unsicherheit und ganz viel Zuneigung, umfasse ihr Gesicht und gebe ihr einen langen, innigen Kuss.

Dann nehme ich ihre Hand und drücke sie auf mein Herz. »Spürst du das?«

Sie nickt. »Mein Herzschlag kommt einfach nicht mehr zur Ruhe. Das bist du.«

Sie nimmt meine Hand, legt sie über ihr eigenes Herz. »Meiner auch nicht.«

»Das ist gut.«

Auf ihre Lippen tritt ein Lächeln, das erst nach einigen Atemzügen ihre Augen erreicht. Als hätte sie sich überlegen müssen, ob sie sich wirklich darauf einlässt. Doch sie tut es, drückt ihre beiden Hände auf meine an ihrer Brust und sagt: »Ja, das ist es.«

34

Lily

Es ist fast neun Uhr abends und bereits stockfinster draußen, als ich Ellis mit einem Kuss an meiner Zimmertür verabschiede.

Ich sehe ihm nach, während er den Flur entlangläuft. Noch immer kann ich nicht glauben, was gerade passiert ist, und fasse mir an die geschwollenen Lippen, um mich zu versichern, dass alles echt ist. Ich träume nicht.

Nachdem ich die Tür geschlossen habe, lehne ich mich mit dem Rücken dagegen und halte einige Momente inne.

Und dann bebt etwas in meinem Brustkorb und ich muss plötzlich lachen. Weil ich nicht begreifen kann, dass durch meinen Körper ein so absurdes Gefühl rauscht. Ich bin vollgepumpt mit Glück und komme mir vor wie eines dieser Glücksbärchis, das plötzlich zu strahlen beginnt und damit die Bösewichte in Schach hält.

Oder die Vergangenheit. Heute Abend habe ich beschlossen, mich nicht mehr von ihr gängeln zu lassen, sondern Ellis zu vertrauen. Und mir auch. Vor allem mir.

Sowieso kann es sein, dass ich mich in die ganze Sache mit Dorset viel zu sehr hineingesteigert habe. Wenn ich mich auf der Konferenz im Hintergrund halte und ihn ignoriere –

was soll schon passieren? Seit unserer letzten gemeinsamen Nacht hatte ich keinen Kontakt zu ihm, und vermutlich hat dieser Mann keinen einzigen Gedanken mehr an mich verschwendet.

Er kann mir nichts anhaben.

Weil ich stärker bin, als ich glaube.

Und weil ich jetzt nicht mehr allein bin. Da ist jemand, der mich unterstützt. Ellis wird ebenfalls auf der Konferenz sein, und er wird mir ... helfen. Oder was auch immer.

Ich weiß, dass das, was Ellis und ich teilen, stärker ist als Dorset und sein krankes Kontrollbedürfnis.

Du kriegst das schon hin.

Leise summend krame ich in dem Regal in unserem Vorraum nach Teebeuteln, muss grinsen, als ich die Packung mit *Heiße Liebe* von mir schiebe und mich für eine Tasse Lavendeltee entscheide, als es klopft.

Ziemlich laut sogar.

Lächelnd und mit einem kleinen Augenrollen reiße ich die Tür auf, überzeugt davon, dass es noch einmal Ellis ist. Stattdessen blicke ich in ein anderes bekanntes Gesicht.

»Sam?!«

»Hi! Lily!« Ehe ich meine Überraschung überwunden habe, liegt mir meine Schwester in den Armen und drückt mich fest an sich. Völlig perplex erwidere ich ihre Umarmung, atme ihren vertrauten Duft ein, und erst dann ziehe ich sie enger an mich.

»Was ... ist alles okay?«, frage ich, halte sie an beiden Schultern von mir weg und mustere sie.

»Klar!« Sie lächelt fröhlich. Verdächtig fröhlich.

»Aber ...«

»Ich hatte eben Lust, meine Schwester zu besuchen.« Sam

lässt ihre Reisetasche auf den Boden fallen und schaut sich um. »Ist das deins?« Sie deutet auf die offen stehende Zimmertür, und einen siedend heißen Moment überlege ich, ob noch irgendwo eine verräterische Kondompackung herumliegt. Vor ihr hechte ich in mein Zimmer, werfe einen Kontrollblick hinein, ziehe die völlig verknitterte Bettdecke glatt, kippe zur Sicherheit das Fenster und erst dann lasse ich sie eintreten.

Sie wirft mir einen eigenartigen Blick zu. »Irgendwas ist doch mit dir«, stellt sie mit verengten Augen fest und sieht sich um, ehe sie sich auf meinen Bürostuhl plumpsen lässt.

»Nein, was sollte sein? Ich bin nur überrascht, dass du da bist.«

»Ich habe gedacht, ich bleibe ein paar Tage.«

»Klar! Sehr gerne! Ich frage Elsa nach ihrer Luftmatratze. Aber …« Heute ist Montag, das Wochenende gerade vorbei. Im Grunde sollte sie keine Zeit haben, mal eben so ans andere Ende des Landes zu fahren. »Hast du keine Vorlesungen?«

Ich habe mich einfach nicht im Griff. Natürlich muss ich das jetzt fragen, obwohl ich ganz genau weiß, was passieren wird. Es ist eine jahrelang eingeübte Dynamik: Sie trödelt, verpasst ihre Termine, kriegt ihre Sachen nicht auf die Reihe, und ich stehe wie ein menschgewordener Terminplaner hinter ihr und erinnere sie an ihre verschiedenen Aufgaben.

Nur ist Sam jetzt erwachsen, und es steht mir nicht mehr zu, ihr Druck zu machen. Das weiß ich selbst.

Prompt verändert sich etwas in Sams Gesicht und ein völlig neutraler Ausdruck erscheint darauf. Das ist immer so, wenn sie zumacht. »Hab alles im Griff«, sagt sie knapp. Wie oft habe ich den Satz gehört. Er heißt nichts anderes als: *Lass mich in Ruhe.*

»Egal, ich freu mich, dass du da bist.« Sie reagiert nicht.

»Sam! Wirklich. Ich freue mich sehr. Und ich hätte auch überhaupt nicht nachfragen sollen.«

In dem Moment höre ich das Klirren eines Schlüsselbunds am Türschloss, ein »Huhu«, und nur einen Augenblick später steckt Elsa den Kopf zu uns herein.

»Hi, bin zurück aus dem *Black Cat* … oh, sorry! Wollte nicht stören!« Elsa macht einen Schritt rückwärts.

»Tust du nicht.«

Ich stelle die beiden einander vor und glaube, sie mögen sich sofort.

»Kommst du direkt aus London?«, will Elsa wissen. »Du musst furchtbar hungrig sein! Ich koche uns was«, sagt sie bestimmt.

Sam hebt die Hände. »Das ist wirklich nicht notwendig, wir –«

»Sie macht es gerne«, raune ich Sam mit einem Augenzwinkern zu, und sie gibt sich geschlagen.

Zwei Stunden sitzen wir in der Gemeinschaftsküche, trinken eine halbe Flasche Wein und genießen Elsas Pasta Pomodoro, und ich ertappe mich dabei, wie ich leise in mich hineinlächle. Gerade fühlt es sich an, als wäre der gute Teil meines Zuhauses bei mir, und das, was mich immer so belastet hat, ist in London geblieben. Außerdem ist da noch … Bestimmt zum fünften Mal schaue ich auf mein Handy, weil Ellis mir ständig Nachrichten schickt.

Ich antworte ihm, und das Lächeln auf meinem Gesicht wächst sich zu einem dämlichen Grinsen aus, was sowohl Elsa als auch Sam bemerken.

»Wer da wohl schreibt«, stellt Sam fest und hebt anzüglich die Braue.

Elsa kommentiert es nicht. Ihr ist klar, dass die Situation kompliziert sein muss. Zwar weiß auch sie nichts von der ganzen Geschichte mit Dorset, hat aber sehr wohl mitbekommen, dass Ellis und ich einige Tage keinen Kontakt hatten.

»Ist das Ellis?«, fragt sie in dem Moment halblaut und sieht mich forschend an.

Als ich lächle, hebt sie überrascht die Brauen. »Wie cool!«

»Okay, Moment, Moment. Mir fehlt hier irgendwie der Kontext. Würde mich jemand aufklären?« Sam schaut zwischen uns hin und her, und Elsa interpretiert mein Dauergrinsen als Einverständnis, dass sie loslegen kann.

»Lily hat einen …«

Freund?, ergänze ich in Gedanken. Aber das ist er doch gar nicht, oder? Noch nicht.

»Jemanden«, werfe ich also ein. »Es gab ein paar Missverständnisse, die wir aufklären mussten. Vorhin war er da. Ich glaube, ihr habt euch nur um ein paar Minuten verpasst.«

»Was? Blauer Hoodie, dunkle Haare, bisschen lockig?«, will Sam wissen.

»Ja genau!«

»Der hat mir die Tür aufgehalten«, berichtet sie und reißt die Augen auf. »Der ist heiß!«

»Hmmm«, bestätige ich, und mir wird ziemlich warm, als ich an das denke, was vor wenigen Stunden passiert ist. In diesem Moment kommt mir das alles total unwirklich vor, und ich trinke lieber einen Schluck Wein, weil ich Angst habe, rot anzulaufen.

»Vor allem hat er mir mit deiner Schwester zusammen einmal so richtig den Arsch gerettet«, erzählt Elsa.

Eigentlich hatten wir ein stilles Agreement, nicht mehr über die ganze Sache mit der Seminararbeit zu sprechen.

Doch irgendwie scheint es Elsa ein Bedürfnis zu sein, es zu erwähnen. Vor Sam.

»Wie das?«, will sie wissen. Natürlich will sie das. Sam liebt Gossip.

»Indem sie eine Seminararbeit für mich geschrieben hat. In nur einer Nacht.«

Sam sieht anerkennend zu mir, ich rolle mit den Augen. »Wir haben die zusammen geschrieben, Elsa. Ich hab dich lediglich ein bisschen unterstützt.«

Sam und Elsa werfen sich vielsagende Blicke zu. Sie wissen offenbar beide, was sie von meinem Dementi zu halten haben.

»Die Sache ist die«, Sam beugt sich vertraulich in Richtung Elsa, »so etwas macht ihr auch noch Spaß.«

Jetzt sehen mich beide an, als wäre ich ein Alien, ehe wir alle drei in Gelächter ausbrechen.

Doch Elsa wird recht schnell wieder ernst. »Ohne Lily hätte ich längst hingeworfen.«

»Und ohne dich wäre ich schon längst verhungert«, gebe ich sofort zurück, weil ich mit Elsas Geständnis total überfordert bin.

»Du weißt gar nicht, wie stark du bist. Und wie wichtig für uns«, sagt Elsa jetzt leise, sieht mir dabei fest in die Augen, und mein Herz macht einen Satz. Weil es genau das ist, was ich heute Abend hören muss. Aber das ist bei Elsa oft so. Sie spürt, was man braucht, ohne dass man es überhaupt sagen muss.

Kurz nach Mitternacht gehen wir schließlich ins Bett. Elsa leiht uns ihre Luftmatratze (mit elektrischer Luftpumpe, Gott sei Dank), und Sam besteht darauf, mir das Bett zu überlassen.

Als wir das Licht ausgemacht haben, liege ich noch ein ganzes Weilchen wach. Ich bin mir ziemlich sicher, dass es Sam genauso geht, denn ich warte vergebens auf ihre regelmäßigen, tiefen Atemzüge. Immer wieder wälzt sie sich hin und her, was jedes Mal die Matratze knarzen lässt.

Mit offenen Augen starre ich an die Decke, öffne mehrmals den Mund, um etwas zu sagen, bringe es dann aber doch nicht über mich.

»Jetzt sag's schon«, dringt Sams Stimme aus der Dunkelheit zu mir.

Tief atme ich aus. »Dad trinkt wieder«, stelle ich fest.

»Hm«, bestätigt sie. Auch ohne ihre Antwort hätte ich gewusst, dass es stimmt. Selbst wenn Dads Suchtproblem das Leben einer erwachsenen Frau wie Sam im Grunde nicht mehr so stark beeinflussen sollte, verletzt es doch das kleine Mädchen, das noch immer in ihr verborgen ist. Sie wohnen zusammen, Sam bekommt alles aus nächster Nähe mit. Und jedes Mal, wenn sie das tut, wird sie lethargisch und kriegt nicht einmal mehr die täglichen Aufgaben wie Wäsche waschen oder die Spülmaschine ausräumen auf die Reihe. Hat Dad wieder eine seiner Episoden, zieht Sam sich völlig in sich selbst zurück und verbarrikadiert sich in ihrem Zimmer.

Normalerweise.

»Gut, dass du hier bist«, höre ich mich sagen. Ich greife in der Dunkelheit nach unten, ertaste ihre Hand und drücke sie. Weil ich stolz auf sie bin, dass sie es zumindest geschafft hat, zu mir zu kommen. Manchmal ist vor den Problemen wegzulaufen eben doch ein erster Schritt in die Freiheit.

»Ich bin stolz auf dich«, sage ich laut, weil ich das Gefühl habe, dass wir alle das viel zu selten hören.

Ein Satz, den eigentlich mein Dad hätte sagen sollen.

Aber jetzt habe ich ihn gesagt, und ich glaube, das macht ihn nur noch wertvoller. Denn Sam und ich haben einander und brauchen niemanden sonst. Keine Mum und keinen Dad.

»Und ich auch auf dich«, sagt Sam, dreht sich auf die Seite und stützt ihren Kopf auf der Hand auf. Ich kann nur ihren Umriss erkennen, weil es so dunkel ist. »Und jetzt erzähl mir endlich mehr von diesem Ellis!«

35

Lily

Ich bin verdammt nervös und mir ist flau im Magen. Wie gebannt starre ich auf die doppelflügeligen Türen mit den goldenen Griffen, die gar nicht mehr zur Ruhe kommen, da im Minutentakt neue Konferenzteilnehmer eintreten.

In der Empfangshalle des Hauptgebäudes haben wir unseren Willkommensstand aufgebaut, wo wir die Namenskärtchen für alle Teilnehmenden und Jutebeutel mit Infomaterialien unserer Sponsoren und ein paar Gimmicks verteilen. Neben Stickern, kleinen Notizblöcken und billigen Kugelschreibern beinhalten die Beutel auch diesen Edelstahlthermobecher, wie Ellis einen hat. Ziemlich passend zur Jahreszeit finde ich, außerdem ist das Logo der Bloomsbury University darauf eingraviert. Seit Tagen habe ich gehofft, dass ein paar der angemeldeten Gäste nicht auftauchen, damit ich mir einen der übrig gebliebenen Becher schnappen kann.

Und jetzt stehe ich hinter dem Tresen, registriere Teilnehmer für Teilnehmer, gebe die Beutel aus, und die Becher sind mir völlig egal.

»Lily!« Frida steht plötzlich neben mir und hält eine große, runde Kuchenplatte hoch. »Hier sind die bestellten Muffins.

Entschuldige, dass sie so knapp fertig geworden sind, aber dafür sind sie jetzt ganz frisch.«

»Super«, sage ich mit vorgeschütztem Enthusiasmus und deute nach oben. »Würdest du sie direkt auf die Kaffeetische vor den Seminarräumen … Hunter?«

Er ist hinter Frida aufgetaucht und trägt je rechts und links ebenfalls einen Kuchenbehälter.

»Ja, keine Ahnung. Sie hat mich gerade auf dem Parkplatz abgefangen und zum Helfen gezwungen«, verteidigt er sich und hält hilflos die beiden Tupperwaren hoch.

»Eine Hand wäscht die andere«, murmelt Frida spitz, und ich bin mir nicht sicher, ob ich ihren Tonfall nicht gerade falsch interpretiere.

Tue ich nicht, denn Hunter erwidert leise: »Oh, for fuck's sake …«, und folgt Frida in den ersten Stock. Was ist zwischen den beiden vorgefallen?

Etwas verwirrt kehre ich zum Empfangstisch zurück und tue wieder das, was ich die ganze Zeit getan habe: Ich starre in Richtung Tür.

Mehrmals habe ich mir heute bereits eingebildet, Dorset zu erkennen. Jedes Mal hat sich mein Puls überschlagen, einmal bin ich sogar von meinem Stuhl aufgesprungen, doch jedes Mal war er es nicht.

Dabei ist es nur eine Frage der Zeit, bis er auftauchen wird, denn heute, am ersten Konferenztag, finden auch die Keynote Speeches statt.

Vorhin war Ellis kurz bei mir, hat mich zur Seite genommen, wir haben uns geküsst, aber er hat gespürt, dass ich nicht ganz bei ihm war.

Oder besser gesagt, bei mir.

Ich habe behauptet, ich sei müde, weil ich es nicht mehr

gewohnt wäre, mit jemandem im gleichen Raum zu schlafen. Was eine Lüge war, eine ziemlich schlechte sogar, und Ellis hat mich zweifelnd angesehen, dann aber keine Gelegenheit mehr gehabt nachzuhaken, weil seine Kollegin Liv ihn um irgendetwas gebeten hat – worum ich heimlich froh war.

Ellis ist für das Equipment im großen Vorlesungssaal verantwortlich und damit auch dafür, dass die Technik bei Dorsets Vortrag und allen darauf folgenden reibungslos funktioniert. Allein die Vorstellung, Dorset wieder persönlich gegenüberzustehen, überfordert mich.

Und was passieren würde, wenn Ellis und er aufeinandertreffen ... ich muss mir eine Hand auf den Bauch legen, weil es sich anfühlt, als würde jemand etwas Spitzes dort hineinpressen. Kurz schließe ich die Augen und hoffe, dass der Schmerz gleich wieder vergeht.

Und dann höre ich die Stimme. Seine Stimme, und sie lässt mich erstarren.

Ich öffne die Augen. Dorset steht zwei Meter neben mir und spricht mit Liz, die ihn begrüßt und registriert.

Einen weiteren Sekundenbruchteil brauche ich, um zu verarbeiten, was ich sehe. Die mir so vertrauten, fein geschnittenen Gesichtszüge, seine dunkelblonden welligen Haare, in die sich ein paar wenige graue Strähnen gestohlen haben und die er mit etwas Gel nach hinten gebändigt hat. Die hellen, blaugrünen Augen leuchten, als sich Ellen aus dem Empfangsteam zu ihnen gesellt. Er trägt einen kurzen Bart an Oberlippe und Kinn, einen für ihn so charakteristischen dunkelblauen maßgeschneiderten Anzug und ein blütenweißes Hemd ohne Krawatte. Der Kragen steht ein Stückchen offen und lässt einen Blick auf seine stets gebräunte Haut zu, und mein Herz hämmert so schnell, dass mir schwindelig wird.

Meine Aufmerksamkeit bleibt an seiner schmalen Hand hängen, den schlanken Fingern und den wenigen Haaren auf seinem Handrücken. Er greift nach einem Kugelschreiber und zieht die Anzugärmel mit einer schnellen Bewegung beider Arme ein Stückchen nach hinten. Eine Bewegung, die ich so oft an ihm beobachtet habe.

Schlagartig wird mir übel, und während Liz vor lauter Aufregung beinahe den Stift fallen lässt, als Dorset ihn ihr lächelnd zurückreicht, drehe ich mich abrupt weg und verstecke mich hinter einem der langen Stoffplakate, die neben dem Tresen hängen.

Es schwankt hin und her. Ganz sicher ist Dorset jetzt auf mich aufmerksam geworden, doch ich hoffe, er hat nicht genug von mir gesehen, um mich zu erkennen.

Den Rücken zum Empfangstresen gedreht, bleibe ich hinter dem Plakat stehen, presse die Augen zu und versuche, mich zu beruhigen.

Alles gut, es ist alles gut. Gleich ist er weg.

Dorset hat sich kein bisschen verändert. Er ist nicht sonderlich groß, aber athletisch und schlank. Ich weiß, dass sich unter seinem Anzug ein Sixpack versteckt und dass er stolz darauf ist. Der Mann hält ständig Diät und geht jeden Tag ins Fitnessstudio. Sein makelloses Äußeres macht einen Teil der Faszination aus. Mit jeder Pore seines Körpers strahlt Dorset Perfektion aus. Er ist charmant, intelligent und unfassbar erfolgreich.

Und all das ist lediglich Fassade. Nur weiß das keiner, der nicht auch die andere Seite von ihm kennengelernt hat.

Die egozentrische, kontrollierende. Die abgrundtief hässliche.

Der Klang von Stöckelschuhen auf dem Steinboden nähert

sich, während ich noch immer wie gelähmt hinter dem Plakat stehe. Als wichtigster Vortragender der gesamten Konferenz wird Dorset selbstverständlich von Prof. Walsh persönlich in Empfang genommen. Sie begrüßt ihn für ihre Verhältnisse überschwänglich, die beiden nennen sich sogar beim Vornamen.

Scheinbar kennen sie einander gut.

Erst als sie über die Treppe nach oben laufen, vertieft in ein Gespräch, traue ich mich aus meinem Versteck hervor.

Die Blicke von Liz und Ellen folgen ihm und Prof. Walsh. Und nicht nur die. Ich habe das Gefühl, dass die Unterhaltungen in der Halle leiser geworden sind und alle Dorset hinterherstarren, als wäre er irgendeine Hollywoodgröße.

Stumm beobachte ich Liz und Ellen. Bilde ich mir das nur ein, oder hat Liz sogar rote Wangen bekommen?

Du warst auch mal eine von ihnen.

Frida und Hunter kommen wieder am Empfangstresen vorbei und Frida mustert mich. »Du arbeitest zu viel, Schätzchen, du bist ja ganz blass.« Sie hält inne. »Hol dir einen von den Muffins aus dem ersten Stock. Dann kriegst du wieder ein bisschen Energie.« Verschwörerisch zwinkert sie mir zu und wird dann auf die Menschentraube im Foyer aufmerksam. Männer und Frauen in Anzügen, die einander vorgestellt werden. Ich bin mir sehr sicher, dass sie gerade smalltalken. Ein Mann lacht etwas steif, die anderen stimmen ein.

»Gott, wie wenig ich diese Wichtigtuerei vermisse …«, murmelt Frida. Aber noch ehe ich nachfragen kann, was genau sie damit meint, ist sie schon außer Hörweite. Hunter folgt ihr langsamer und mustert mich dabei mit nachdenklich gerunzelter Stirn. Sein Blick wandert von der Treppe, wo Walsh und Dorset eben verschwunden sind, zu mir.

Gott sei Dank fragt er nicht nach und folgt Frida nach draußen. Ich hole meine Colaflasche unter dem Tresen hervor und nehme einen Schluck, um den bitteren Geschmack auf meiner Zunge loszuwerden. Die Kohlensäure prickelt gegen meine Zähne und die durchdringende Süße breitet sich in meinem Mund aus. Aber der schlechte Geschmack bleibt.

Während Dorsets Keynote schaffe ich es tatsächlich, dem Raum fernzubleiben. Zum dritten Mal ordne ich die leeren Flaschen in den Kästen um und richte anschließend die Servietten auf den Tischen mit Kaffee und Muffins vor dem Vorlesungsraum, zu denen die Konferenzteilnehmer in der Pause strömen werden. Dabei versuche ich, Dorsets Stimme auszublenden, die durch die geschlossenen Türen zu mir dringt und ein komisches Gefühl in meiner Brust entstehen lässt. Das Timbre ist vertraut, es schickt mir einen unangenehmen Schauer über den Rücken, dennoch schaffe ich es nicht, wegzuhören. Ich stelle mir vor, wie er mit seiner charismatischen Ausstrahlung vor dem überfüllten Saal steht und vorträgt und dann und wann ein Witzchen einbaut, über das alle lachen, während sie ihm fasziniert und konzentriert zuhören.

Wieder und wieder führe ich mir vor Augen, wer dieser Mann ist. Er ist derjenige, der mir gesagt hat, ich sei nicht intelligent genug für die Forschung. Der seine Macht mir gegenüber ausgenutzt hat, bis ich nachgegeben und mit ihm geschlafen habe, auch dann noch, als ich es nicht mehr wollte.

Es ist derselbe Mann. Lily, das ist derselbe Mann. Lass dich nicht in die Irre führen von der Begeisterung aller anderen. Sie wissen nicht, wer er ist. Sie kennen ihn nicht.

Als das Q&A endlich beendet ist (natürlich wurde der Zeitplan maßlos gesprengt, aber klar – wer würde dem berühmten Prof. Simon Dorset nicht eine Frage stellen, wenn sich die Möglichkeit ergibt?), strömen die ersten Leute aus dem Saal hinaus. Ich ziehe mich in eine Ecke des Flures zurück, hinter einen Infotisch der *British Psychological Society*, und behalte aus der Distanz die Kaffeestation im Auge. Meine Aufgabe wäre es, Teller und Kaffeekannen nachzufüllen, sollten sie leer werden, aber den Teufel werde ich tun, mich darum zu kümmern, wenn Dorset in der Nähe ist.

Lächerlich eigentlich. Als ob ich mich vor ihm verstecken müsste. *Er* ist doch derjenige, der sich für sein Verhalten schämen sollte. Trotzdem traue ich mich nicht, ihm gegenüberzutreten. Weil ich mich noch immer davor fürchte, dass er mich wieder einlullen würde. Mir die Worte im Mund verdrehen und mich erneut dazu bringen könnte, Dinge zu tun, die ich eigentlich überhaupt nicht möchte.

Einige Minuten vergehen, weitere Leute scharen sich um die Stehtische, trinken Kaffee, essen Muffins und unterhalten sich. Es ist voll hier in dem breiten Flur und mit etwas Glück übersieht Dorset mich.

Aber dann schiebt er sich doch in mein Blickfeld, und ein panisches Kribbeln schießt mein Rückgrat hinauf. Eine Tasse Kaffee in Händen, stellt er sich an einen der Tische mit direktem Blick auf den Stand der *Psychological Society* und damit auch auf mich. Als ich erkenne, wer sich zu ihm gesellt, bleibt mein Herz stehen.

Ellis tritt neben ihn, stellt seine Kaffeetasse ab und schüttelt Dorset herzlich die Hand, und ich habe wirklich das Gefühl, dass meine Beine unter mir nachgeben.

Die beiden unterhalten sich, und als Ellis mir den Kopf zuwendet und mich anlächelt, folgt Dorset seinem Blick.

Abrupt drehe ich mich weg und murmle: »Scheiße, Scheiße, Scheiße.«

Einer der Mitarbeiter am Stand der *Society* wendet sich mir zu. »Alles in Ordnung bei Ihnen?«

»Ja, klar. Alles gut.«

Wie lange willst du das so machen?

Ich benehme mich wie ein kleines Kind. Wenn ich dich nicht sehe, siehst du mich auch nicht, oder wie? Dabei sind sie sowieso auf mich aufmerksam geworden, und zwar beide.

Wahrscheinlich sagt Ellis gerade so was wie: *»Schauen Sie mal, dahinten steht meine Freundin, eigentlich müssten Sie sie kennen, sie hat bei Ihnen am Institut studiert.«*

»Die da? Ja, kenne ich. War ein guter Fick. Mehr aber auch nicht.«

Ich schüttle den Kopf, weil das ziemlich sicher *nicht* das sein wird, worüber sie reden. Trotzdem rast mein Herz und mir tritt der Schweiß auf die Stirn.

Ich weiß nicht, ob ich es mir nur einbilde, aber ich meine, die Blicke der beiden Männer meinen Nacken hinaufkriechen zu spüren. Ich ringe mit mir, zwinge mich, ruhig ein- und auszuatmen, und streife meine feuchten Handflächen an den Oberschenkeln ab. Schließlich nehme ich all meinen Mut zusammen, recke das Kinn etwas nach oben und drehe mich zu ihnen um.

Zuerst sehe ich Ellis an, bemühe mich um ein Lächeln – und dann begegne ich Dorsets Blick.

Und ich versuche, mich zusammenzureißen, ich versuche es so sehr. Dennoch zucke ich zusammen, als mich der stechende Ausdruck in seinen Augen trifft.

Ellis sagt irgendetwas, winkt mich zu sich, und gleichzeitig verändert sich Dorsets Miene. Ein Flackern, ein kurzes Aufleuchten huscht darüber.

Ich schlucke verkrampft, halte Dorsets Blick noch einen Atemzug fest und muss mich dann wegdrehen, weil ich es einfach nicht mehr schaffe.

Und weil Ellis es bemerkt hat. Ihm ist nicht entgangen, wie Dorset mich angesehen hat und dass irgendetwas zwischen uns vorgegangen ist, denn auf seiner Stirn hat sich eine steile Falte gebildet. Ich sehe Ellis noch einmal an, tippe mit dem Zeigefinger auf mein Handgelenk, mache eine entschuldigende Geste über die Schulter, als hätte ich dringend etwas zu erledigen, und laufe dann zielstrebig den Flur entlang in Richtung Treppe.

Scheiß drauf, falls Muffins und Kaffee ausgehen. Niemals werde ich mich zu den beiden stellen und smalltalken. Niemals.

Und dann, eine halbe Stunde später, passiert es doch.

Der nächste Vortrag hat begonnen, und ich habe mich nach zwanzig Minuten in der Frauentoilette im Keller (wo mich garantiert die nächste Dekade niemand gefunden hätte) wieder nach oben in den ersten Stock gewagt. Dort sammle ich die benutzten Tassen ein und kontrolliere die Pumpkaffeekannen auf ihren Inhalt, als jemand meinen Namen sagt.

»Lily Johnson.«

Ich verharre, spiele im Kopf alle Möglichkeiten durch, erkenne, dass ich keine mehr habe, und drehe mich um.

Simon steht gut zwei Meter vor mir und sieht mich überrascht an. Garantiert ist er das nicht, weil bei diesem Mann nichts ist, wie es auf den ersten Blick scheint.

Ich verstecke meine zitternden Hände hinter dem Rücken

und antworte nicht, zwinge mich aber, ihm in die Augen zu sehen.

Nicht wegsehen. Diesen Sieg gestehst du ihm nicht zu.

»Was machst du hier?« Er hebt die Hände und deutet in die Runde.

Je weniger Simon weiß, desto besser, entscheide ich binnen eines Herzschlags, und frage: »Hat dir das mein Kollege nicht vorhin schon gesagt?«

Kollege. Ich fühle mich wie eine Verräterin. Auch wenn ich Ellis aus reiner Vorsicht so genannt habe. Es fühlt sich falsch an. Als würde ich ihn betrügen.

»Ach, Redmaine, meinst du? Das Gespräch kam gar nicht auf dich.«

Er lügt. Ich bin mir so sicher, dass er lügt. Er und Ellis haben über mich geredet, als sie zu mir herübergesehen haben. Ellis hat mir sogar gewunken, und auf Dorsets Gesicht ist dieser wölfische Ausdruck getreten.

Sie müssen über mich gesprochen haben. Oder täusche ich mich?

»Ich studiere hier.«

Er hebt eine Braue und seine Mundwinkel zu einem Lächeln, das seine Augen nicht erreicht. »An die Bloomsbury hat es dich also verschlagen.«

»Nein, hat es nicht. Ich habe mich dafür entschieden. Das ist ein Unterschied.«

»Glückwunsch. Tolles Institut.«

Ich verziehe keine Miene, und jetzt erscheint ein kurzes Funkeln in seinen Augen. »Ich glaube, wir sollten uns mal etwas ausführlicher unterhalten. Nicht hier. Heute Abend bei einem Drink während des Dinners?«

»Garantiert nicht«, sage ich.

»Gut, dann eben gleich.«

What the fuck? Hat der Mann nicht gehört, was ich gesagt habe?

»Es gibt nichts zu besprechen«, wehre ich ab.

Er kommt näher, legt beschützend die Hand an meinen unteren Rücken und zeigt auf einen der Seminarräume. Geradezu überdeutlich nehme ich seine Berührung wahr. »Natürlich gibt es das.« Seine Stimme ist leise und tadelnd, als wäre ich ein kleines Dummerchen, und das freundliche Lächeln auf seinem Gesicht verrutscht dabei keinen Millimeter.

»Ich möchte nicht mit dir sprechen, ich habe hier zu tun«, sage ich kühl.

Er beugt sich ganz nahe zu mir, seine Lippen direkt neben meinem Ohr, und alles in mir verkrampft sich. »Mach jetzt keine Szene«, flüstert er leise, aber scharf, sieht mit starrem Blick geradeaus auf den Boden und klingt dabei so herrisch und unnachgiebig, dass ich tatsächlich Angst bekomme.

Erinnerungsfetzen von unserer letzten gemeinsamen Nacht prasseln auf mich ein, ich sinke in mich zusammen und schaffe es nicht, dem sachten Druck seiner Hand in meinem Rücken Widerstand zu leisten.

Wie ein Roboter laufe ich neben ihm her, es sind nur wenige Schritte bis zum nächsten Raum.

Er bugsiert mich hinein, schaut sich noch einmal um, aber es ist schlicht niemand da, der von uns Notiz nehmen könnte, da alle in den Vorträgen sind. Dann schließt er die Tür hinter uns, und mein Blick irrt zur Klinke, auf der er vorsorglich seine Hand ruhen lässt, während er mich eindringlich mustert.

Ruhig bleiben. Alles in Ordnung. Was soll schon passieren, hier, mitten auf einer Konferenz?

Simon lässt schließlich die Klinke los und kommt mir viel zu nahe. Ich will zurückweichen, doch er hält mich am Arm fest, streicht eine Strähne aus meinem Gesicht, und auf meinen Unterarmen stellen sich die Härchen auf.

»Was ist los, Süße?«, fragt er mit schräg gelegtem Kopf, und ich muss mich zusammenreißen, ihn nicht von mir zu stoßen, so wütend macht mich dieses herablassende Kosewort.

»Gar nichts ist los, und ich habe auch nichts mit dir zu besprechen. Und vor allem nimmst du deine Finger von mir!«

Er hebt beide Hände, als würde ich ihn mit einer Waffe bedrohen, und tritt einen Schritt zurück. Sicherer fühle ich mich trotzdem nicht.

»Es steht dir nicht, wenn du lügst.«

Wie kann er nur? Welches Recht hat er, mich mit einer solchen Selbstverständlichkeit zu tadeln?

»Sprich mich nie wieder an. Ich möchte nichts mehr mit dir zu tun haben. Nie mehr.« Es fühlt sich gut an, das zu sagen.

Er verengt die Augen. »Haben wir hier ein Problem?«

Ich halte seinen Blick fest. »Nicht mehr.«

Nickend, als würde er verstehen, was ich ihm damit mitteilen will, sagt er: »Jetzt pass mal gut auf. Ich weiß nicht, was du dir einbildest, das zwischen uns passiert ist, und woher du die Dreistigkeit nimmst, auf diese Art und Weise mit mir zu reden, aber –«

»Ich? Die Dreistigkeit?«, unterbreche ich ihn. »*Du* bist doch derjenige, der mir eingeredet hat, ich hätte meine Abschlussnote nur bekommen, weil ich mit dir geschlafen habe. Du bist derjenige, der Sex von mir gefordert hat, damit mein Master gut laufen würde. Weißt du, was das ist? Widerlich!

Dein Verhalten ist widerlich, und wenn du nicht möchtest, dass irgendetwas davon ans Licht der Öffentlichkeit kommt, sprichst du mich am besten nie wieder an.«

Er mustert mich, einen Atemzug lang, dann legt er den Kopf in den Nacken und lacht. Er *lacht*.

Dieses Arschloch lacht mich aus. Ich werde so wütend, dass ich ihm am liebsten ins Gesicht schlagen würde.

»Das ist, was du denkst? Dass ich mich dir aufgedrängt habe? Hör mir mal gut zu, Süße. Du warst die, die mir hinterhergelaufen ist wie ein kleines verliebtes Küken, die sich angebiedert hat, mir immer wieder zu verstehen gegeben hat, dass sie Interesse an mir hat. Wiederholt hast du von dir aus deine Noten angesprochen. Und jetzt willst du die ganze Geschichte mir in die Schuhe schieben?«

»Was … das stimmt doch alles gar nicht.«

»Natürlich stimmt es. Was ist los mit dir, Lily? Hast du das denn vergessen? Setz dich mal, du kommst mir ganz fahrig vor.«

Er nimmt meine Hände, sein Parfüm steigt mir in die Nase. Dieser Geruch, nach dem ich mich am Anfang so verzehrt habe, ruft in mir inzwischen nichts als Abscheu hervor.

Ich ziehe meine Hände zurück und balle sie an meinen Seiten zu Fäusten. »Ist das deine Masche, ja? Deine Studentinnen zu verführen und ihnen dann ein schlechtes Gewissen einzureden?«

Wieder lacht er, laut und herzhaft. »Mach dich nicht lächerlich. Was du mir vorwirfst, ist absurd. Die Annäherung ging allein von dir aus, wir können uns doch einfach die Messages ansehen, die du mir geschickt hast, nicht wahr?«

Ich starre ihn an, befeuchte meine Lippen. Sein Blick bleibt darauf hängen, aber er rührt sich nicht.

Wie kann er das nur behaupten? Er verdreht die Wahrheit komplett. So war es nicht. Ja, ich habe ihm die erste Nachricht geschickt, weil ich an seinem Institut gearbeitet habe, aber …

Das ist doch nicht alles von mir ausgegangen, oder?

Ich blinzle.

Ich kann es nicht nachweisen. Ich habe alle Unterhaltungen mit ihm gelöscht und anschließend seine Nummer blockiert.

Ich weiß schlicht nicht mehr, was genau ich ihm geschrieben habe.

»Ich kann Beschwerde über dich einreichen, Simon. Es gibt klare Statuten, die ein Verhältnis zwischen Lehrpersonal und Studierenden –«

»Sie werden angemahnt, aber sie sind nicht verboten«, unterbricht Simon mich. Er hat sich informiert. Das hier passiert ihm vielleicht nicht zum ersten Mal. »Und jetzt hörst du mir mal gut zu.« Wieder nähert er sich, und dieses Mal fixiert er mich dabei mit einem harten Ausdruck in den Augen. »Wenn du mir eine solche Ungeheuerlichkeit noch einmal vorwirfst, *ein einziges Mal*, sehe ich mich gezwungen, mit deiner Departmentsleiterin zu sprechen. Prof. Walsh, nicht wahr? Wir kennen uns gut. Ich werde sie bitten, ihr Betreuungspersonal für die Konferenz in Zukunft etwas besser auszusuchen, weil ich keine Avancen dulde.«

Ein Rauschen setzt in meinen Ohren ein. Ich muss schlucken, ehe ich etwas herausbringe. »Bitte was?«

»Oder was ist das hier?« Er winkt mit seiner flachen Hand.

»Willst du mich verarschen?«

»Dann kann ich ihr auch gleich deine Messages zeigen und ihr erklären, wie du versucht hast, deine Abschlussnote zu verbessern, indem du dich mir angeboten hast.«

»So etwas habe ich niemals gemacht.«

»Bist du dir sicher?«, fragt er und schaut mir tief in die Augen.

Ich habe keine Ahnung, welche Messages ich ihm geschickt habe. Ich kann mich an den Wortlaut und was man in sie hineininterpretieren könnte, schlicht nicht mehr erinnern. Gerade will ich einfach nur hier weg.

»Das würdest du nicht wagen«, erwidere ich und weiß selbst, was für eine hohle, nichtssagende Antwort das ist.

»Lass es besser nicht darauf ankommen.« Die Art und Weise, wie er mich ansieht, die Drohung, die in seinen Augen liegt, bewirkt, dass mir eiskalt wird. »Du willst doch in die Forschung gehen, nicht wahr? Wenn irgendetwas von unserer kleinen unbedeutenden Liaison jemals an die Öffentlichkeit gerät oder du dir einbildest, mir an bestimmten offiziellen Stellen irgendwelche Vorwürfe machen zu müssen, schwöre ich dir, wirst du in der neuropsychologischen Forschung nie einen Fuß auf den Boden bekommen. Oder in irgendeinem anderen Gebiet, das auch nur annähernd etwas mit der Psychologie zu tun hat.«

Ich bin so aufgewühlt von seiner Drohung, so überfordert davon, wie dieses Gespräch gelaufen ist, dass mir die Tränen in die Augen steigen. Hastig blinzle ich sie weg.

»Fick dich, Simon«, sage ich, dränge mich an ihm vorbei, reiße die Tür auf – und bleibe wie angewurzelt stehen.

Ellis lehnt an der Fensterbank gegenüber der Tür, die Arme verschränkt und den Blick so brennend, dass ich überrascht keuche.

36

Ellis

Ich schaue auf die geschlossene Tür, höre gedämpfte, aufgebrachte Stimmen – und bin komplett überfordert.

Ich kann die Worte nicht verstehen, aber es ist offensichtlich, dass Lily und Dorset streiten. Sie kennen sich, sie kennen sich sogar sehr gut, obwohl Dorset vorhin, als wir uns nach seiner Keynote unterhalten haben, das Gegenteil behauptet hat.

Lily hat diesen Mann kein einziges Mal mit nur einer Silbe erwähnt. Und jetzt ist sie mit ihm in diesem Raum.

Ganz ehrlich, was soll ich denken? Was *kann* ich denken?

Den gesamten Tag hat sich Lily heute seltsam verhalten. Sie war wie ein verschrecktes Reh, als würde sie sich vor etwas fürchten. Sie wollte mich nicht küssen und war irgendwie total gestresst. Und überfordert. Ich habe es auf die Konferenz geschoben und dass sie dafür so viel tun muss.

Aber erst als Dorset seine Hand auf ihren Rücken gelegt, ihr irgendetwas ins Ohr geflüstert und sie mit dieser vertrauten Geste in einen der leeren Seminarräume geführt hat, ist mir klar geworden, weshalb sie mir gegenüber so distanziert gewesen ist.

Lily hatte mir den Rücken zugewandt, und ich war sogar

froh darum, denn mitzubekommen, wie sie diesen Mann auch noch mit verliebtem Blick ansieht, hätte mich zerstört.

Und während ich vor dem Seminarraum stehe und mich zum dritten Mal davon abhalte, die Tür aufzureißen und wie der betrogene Liebhaber in ihre Unterhaltung zu platzen, verstehe ich, was die letzten Wochen über Lilys Problem war.

Sie hat was mit diesem Mann. Deswegen hat sie sich so lange zurückgehalten und mir mehrmals erklärt, dass wir uns nicht aufeinander einlassen dürfen. Und als sie erfahren hat, dass Dorset als Keynote-Speaker nach Marchlyn Falls kommt, an diesem beschissenen Montag, hat sie plötzlich behauptet, unsere Gefühle wären einseitig.

Vermutlich läuft noch immer was zwischen ihnen. Warum sonst würden sie so miteinander streiten?

Die Empfindung, die sich in meinem Bauch ausbreitet, ist düster und niederschmetternd. Ständig balle ich an meinen Seiten die Fäuste und lasse sie wieder locker, einfach nur um die Aufruhr in mir irgendwie im Zaum halten zu können.

Weil das Schlimmste, das Unvorstellbare eben doch die Wirklichkeit ist.

Es ist nicht das erste Mal, dass mir genau das passiert. Ich bin schon einmal in eine Unterhaltung geplatzt. Eigentlich war es keine Unterhaltung mehr gewesen. Meine Ex-Frau Hannah hat sich in einem der Surfshops in Abersoch Beach, eine gute Stunde von hier, mit jemandem gestritten. Ich habe es am Rande mitbekommen, weil ich ganz ungeplant an dem Tag zu ihr gefahren und an den Strand gekommen war. Ich hatte sie überraschen wollen. Hat nicht funktioniert. Stattdessen hat sie mich überrascht. Mit ihrem Liebhaber.

Ich habe vor der Tür gewartet, genau wie jetzt. Und als es drinnen still geworden war, bin ich doch hinein. Sie schienen mein Klopfen nicht gehört zu haben. Weil sie beschäftigt waren. Hannah hat mit diesem Mann herumgeknutscht.

Und jetzt stehe ich da, und die ganze Scheiße scheint sich zu wiederholen.

Ich kann nicht mal sagen, was gerade stärker in mir wütet. Der Ärger? Meine Enttäuschung? Die niederschmetternde Erkenntnis, dass ich mich zum ersten Mal seit Jahren ernsthaft auf jemanden eingelassen habe und dass auch diese Person mich angelogen hat, weil es da eigentlich einen anderen gibt?

Ich bin so wütend, dass ich die Zähne aufeinanderbeiße, bis sich mein Kiefer verkrampft.

Plötzlich wird die Tür aufgerissen, Lily taucht im Türrahmen auf, die Wangen gerötet, einen seltsamen Glanz in den Augen. Sie scheint verärgert zu sein, will schon losstürmen, doch als ihr Blick auf mich fällt, bleibt sie abrupt stehen.

Die Wut in ihrem Gesicht weicht innerhalb von Sekunden Entsetzen. Oder ist es Angst? Ich weiß es nicht, weil ich gerade nicht einmal mehr in der Lage bin, klar zu sehen. Ich blinzle mehrmals und versuche, aus dem Tunnel auszubrechen, in dem ich mich innerlich befinde.

Jeder Muskel in meinem Körper ist zum Zerbersten angespannt, ich bewege mich nicht, sondern schaffe es nur, Lily schweigend zu fixieren.

Sie stößt einen undefinierbaren Ton aus, ich glaube, es ist ein halb unterdrückter Schluchzer. Dann schüttelt sie den Kopf und läuft los.

Im gleichen Moment öffnen sich die Türen zu den Vortragsräumen, Menschen strömen plaudernd heraus, der Flur füllt sich innerhalb kürzester Zeit, und jetzt erscheint auch Dorset in der Tür. Zuerst hebt er die Brauen, als er mich sieht. Er wirkt überrascht. Doch dann erkennt er die Wut in meinem Gesicht und beginnt hämisch zu grinsen. Es belustigt ihn wohl, dass ich wie ein scheiß eifersüchtiger Teenager mit mahlendem Kiefer vor der Tür stehe.

»Ellis, nicht wahr?«, versucht er ein Gespräch zu beginnen. Doch ich bin so beschäftigt mit dem Tumult in mir, mit der Wut und dem Schmerz und … was auch immer es ist, das sich gerade durch meinen Körper frisst wie ein Buschfeuer, dass ich nicht antworte. Ich wende mich ab und folge Lily.

Es dauert, bis ich sie finde. Sie ist mittlerweile ein Stockwerk tiefer gelaufen und hält auf den Haupteingang zu. Ich rufe ihr hinterher, aber sie reagiert nicht.

Erneut rufe ich, sie schaut über die Schulter, läuft jedoch weiter.

Und dann bin ich bei ihr, greife nach ihrem Arm und zwinge sie, stehen zu bleiben. »Lily!«

Ihr Blick fällt auf meine Hand; erst jetzt wird mir bewusst, dass es überhaupt nicht klargeht, was ich hier gerade tue. Sofort lasse ich sie los.

»Was war das gerade eben?«, will ich wissen.

Sie stößt die Luft aus, schüttelt den Kopf, möchte sich scheinbar rechtfertigen und hält sich im letzten Moment doch zurück. »Nichts.«

Wut brodelt in mir hoch. »Fuck, Lily! Das war nicht *nichts*!«

»Ich kann dir das jetzt nicht erklären.«

Und dann verliere ich doch die Kontrolle. Ich greife wieder nach ihrem Arm und ziehe sie mit mir in die kleine Abstellkammer neben dem Haupteingang. Sie wehrt sich nicht einmal mehr. Der Hausmeister und die Putzfrauen lagern hier ihre Utensilien, es ist stickig und warm, und der beißende Geruch von Plastik und Reinigungsmitteln liegt in der Luft.

Lily stolpert gegen eines der Regale, einige Putzmittelflaschen fallen darin um, und ich stütze sie am Ellenbogen, bis sie ihr Gleichgewicht wiederfindet. Sofort ziehe ich meine Hand wieder zurück.

Stumm starren wir uns an. Es gibt hier keine Fenster, und eine nackte Glühbirne an der Decke strahlt in einem kalten weißen Licht auf uns herab.

Wir sind beide wütend, und ich kann erkennen, wie Lily die Lippen fest aufeinanderpresst.

»Das ist der Grund?« Ich deute in Richtung Tür. »*Er* ist der Grund, warum du nichts mit mir anfangen wolltest?«

Lily zuckt zusammen, weil meine Stimme so laut war, und sofort nehme ich mich zurück. Ich darf sie nicht einschüchtern oder bedrängen, das ist unfair und komplett erbärmlich, egal wie fuchsteufelswild ich bin.

Sie zögert. Vielleicht traut sie sich nicht mehr, mir zu antworten, weil ich so ungehalten war? Doch dann schließt sie die Augen und schluckt schwer. Als sie die Lider wieder öffnet, schafft sie es nur einen Herzschlag lang, meinen Blick festzuhalten. »Ja.«

Und wirklich, als ich das Wort höre, habe ich das Gefühl, dass irgendetwas in mir platzt. Zerspringt wie eine Tontaube, die von einer Kugel zerschmettert wird.

»Aber anders, als du denkst«, schiebt sie eilig hinterher.

»Ja? Es ist anders? Dann erklär's mir! Ständig diese Andeutungen und Halbwahrheiten. Ganz ehrlich? Ich habe es satt. Sei wenigstens ein Mal ehrlich zu mir.«

Lily schüttelt den Kopf, hebt die Schultern, und ihr steht die Verzweiflung ins Gesicht geschrieben.

Nur gerade ist mir das egal. Ich will endlich wissen, woran ich bin.

»Läuft da was zwischen euch?«, frage ich scharf, und es ist lächerlich, aber ich fürchte mich sogar ein wenig vor ihrer Antwort.

Wieder schließt Lily die Augen und presst die Lippen aufeinander, und ich sehe ihr an, wie sehr sie mit sich kämpft. »Nicht mehr«, sagt sie und starrt auf das Regal in meinem Rücken. Und einige Augenblicke bilde ich mir ein, dass der Boden unter meinen Füßen schwankt.

Alle Luft entweicht aus meiner Lunge, und ich brauche kurz, ehe ich antworten kann. »Nicht mehr? Und deswegen fasst er dich auch an, ja?«, bricht es aus mir hervor. »Deswegen zieht ihr euch in einen Raum zurück und diskutiert heimlich?« Ich drehe mich weg und fahre mir durch die Haare. »Mit Professor Simon Dorset! Fuck!«

Ich weiß, ich bin eifersüchtig, ich weiß, es ist lächerlich, ich sollte drüberstehen und ihr sagen: *Mach doch, was du willst. Wir sind einander nichts schuldig.*

Aber dem ist nicht so, zumindest fühlt es sich nicht so an. Ich mag sie so sehr, dass sich allein der Gedanke, sie könnte etwas mit diesem Dorset haben, anfühlt, als hätte jemand einen giftigen Stachel in meine Brust gebohrt und würde immer weiter zudrücken. Ich schließe die Augen und reibe mir über das Gesicht. »Und wenn das zwischen euch vorbei ist, kannst du mir dann sagen, worüber ihr euch gerade gestritten habt?«

Lilys Kinn zittert. »Nein, kann ich nicht.« Und plötzlich werden ihre Augen feucht, sie kämpft mit den Tränen, und der Schmerz, der sich dahinter verbirgt, steht ihr ins Gesicht geschrieben.

Es ist, als hätte mir jemand einen Kübel eiskaltes Wasser über den Kopf gekippt.

Sie weint, und zwar wegen mir. Und das geht überhaupt nicht.

Laut hörbar atme ich aus. »Wieso nicht?«, will ich leise wissen. Lily so niedergeschlagen vor mir zu haben, lässt meinen Zorn binnen Sekunden verrauchen.

Ich spüre förmlich, wie sie sich zurückzieht, ich sehe, wie ihre Schultern zusammensacken und sie den Kopf senkt, damit sie ihre Tränen verbergen kann, und das üble Gefühl in meiner Magengegend wird immer stärker. Irgendetwas stimmt hier nicht.

Ich will nach ihrer Hand greifen, aber sie zieht sie weg. Kein Wunder, ich Idiot habe sie ja vorhin noch festgehalten und gezwungen, gegen ihren Willen mit mir zu sprechen.

»Lily?«

Nichts.

»Rede mit mir«, bitte ich sie.

Sie schluchzt.

»Du kannst mir vertrauen. Egal, was es ist. Egal, welche Probleme du hast, du kannst es mir erzählen. Wir finden eine Lösung. Für alles.«

Es dauert einige Momente. Sie schnieft, blinzelt, wischt sich mit dem Ärmel über der Hand die Lippen ab, und dann hebt sie langsam den Kopf. Ich sehe, wie der Puls in ihrer Schlagader pocht, wie schnell sie atmet, als wäre sie gerade hundert Meter gesprintet. »Ich möchte dir nichts darüber erzählen«, sagt sie mit leiser, aber fester Stimme. »Und das musst du respektieren.«

Dorsets Gesicht schwebt vor mir, der überraschte Blick, das hämische Grinsen, und ich werde mir immer sicherer, dass er Lily auf irgendeine Weise unter Druck setzt. Und zwar unter gewaltigen Druck. Ist Dorset der Grund, warum Lily sich zu Anfang mit Händen und Füßen dagegen gewehrt hat, am Institut zu arbeiten? Hat Dorset etwas mit den schlechten Erfahrungen zu tun, die sie damals im *Black Cat* angedeutet hat?

»Was hat er mit dir gemacht?« Meine Stimme zittert, und ich versuche so sehr, die Wut, die mich wie ein Blitzschlag trifft, zu unterdrücken.

Lily schüttelt nur matt den Kopf. »Vergiss es«, sagt sie. »Und das mit uns …« Sie schnieft einmal, dann ein zweites Mal, und mir wird klar, was sie im Begriff ist zu tun.

»Wage es nicht, Lily. Wage es nicht«, warne ich sie und versuche, es nicht wie ein Flehen klingen zu lassen. Meine Stimme kommt mir selbst rau und fremd vor.

»Vielleicht sollten wir ein wenig auf Abstand gehen und eine Pause machen. Uns auf unsere Arbeit konzentrieren. Zumindest, solange die Konferenz noch läuft.«

»Ist das dein Ernst?«, fahre ich auf.

Jetzt sieht sie mich an, und die Angst und Verzweiflung in ihren Augen reißt mir das Herz heraus. Ich möchte sie in meine Arme schließen, sie halten und für sie da sein, doch ich spüre, dass sie das jetzt nicht wollen würde.

»Bitte, Ellis. Ich will einfach nur diese Konferenz hinter mich bringen – und dann … dann können wir reden, okay? Und wenn du nur einen Funken Respekt für mich aufbringen kannst, dann akzeptierst du meinen Wunsch und verlierst kein Wort mehr über die ganze Sache. Auch nicht Dorset gegenüber. Versprich mir das!« Beschwörend sieht sie mich an.

Noch während ich versuche, die Bedeutung ihrer Worte zu verarbeiten, stößt sie frustriert die Luft aus. »Ellis! Du musst es mir versprechen!«

Wie betäubt schüttle ich den Kopf. »Ich kann dir das nicht versprechen.«

Sie fixiert mich. »Wenn du irgendetwas davon Dorset gegenüber erwähnst, werde ich es dir nie verzeihen. Hast du das verstanden?«

Ich blinzle, weil mir gerade wirklich die Worte fehlen.

Aber Lily wartet nicht länger, sondern drängt sich mit einem unwilligen Laut an mir vorbei, reißt die Tür auf und lässt mich einfach stehen.

Sie lässt mich wirklich einfach stehen.

Einige Momente starre ich blicklos auf die Putzmittelflaschen in einer kleinen Plastikwanne zu meinen Füßen.

Und dann fasse ich einen Entschluss.

37

Lily

Ich stemme die Hände auf den Rand des Waschbeckens und starre mein Spiegelbild an.

Meine dunkel umrandeten Augen sind aufgerissen, und die Haut unter der dünnen Schicht Rouge und Make-up ist bleich. Ein leichter Schweißfilm klebt mir am Körper, obwohl ich vor nicht mal einer Stunde geduscht habe und es wirklich nicht warm hier drinnen ist.

Du kannst das.

Ich lege meine eiskalten, feuchten Hände in den Nacken, schließe die Augen und genieße die Kühle auf der Haut.

Als ich nach den Papierhandtüchern im Spender greife, merke ich, wie sehr meine Finger zittern. Ich trage dunklen Nagellack. Er passt gut zu meinen Smokey Eyes und dem schwarzen, knielangen Paillettenkleid mit dem Herzausschnitt. Meine bunten Haare, deren verschiedene Farben allmählich ausbleichen, habe ich zu einem Dutt hochgesteckt.

Heute ist das große Conference Dinner im Bellevue-Hotel, das, ziemlich untypisch für Konferenzen, von Prof. Walsh auf den ersten der drei Veranstaltungstage gelegt wurde. Zumindest haben damit alle Teilnehmenden Zeit, sich kennenzulernen und auszutauschen.

Für die Veranstaltungen tagsüber habe ich mir von Sam eine graue Hose und eine recht unauffällige Bluse ausgeliehen, aber ich konnte die gleichen Sachen nicht auch noch abends tragen.

Sowieso hat mich mein Graue-Maus-Outfit nicht davor bewahrt, dass Simon auf mich aufmerksam wurde. Deswegen versuche ich jetzt auch gar nicht mehr, mich zu verstecken. Soll Dorset mich doch sehen. Ich werde mich auf kein Gespräch mehr einlassen. Dieser Mann wird an mir abprallen, und auch wenn es bescheuert ist, das Outfit hilft mir dabei. Ich fühle mich darin stärker und entschlossener.

Schon ein Weilchen habe ich mich nicht mehr richtig geschminkt. Eigentlich seit ich in Marchlyn Falls bin. Vielleicht weil hier alles familiärer und behüteter ist. Ich brauche exakt vier Minuten vom Wohnheim bis zu den Vorlesungsräumen, und irgendwie fühlt es sich jedes Mal so an, als wäre die Uni Teil … *meines Zuhauses*, kommt es mir in diesem Moment vor. Marchlyn Falls und die Bloomsbury sind wirklich eine Art Zuhause für mich geworden, obwohl ich noch keine zwei Monate hier bin.

Und jetzt ist Simon hier. Er beschmutzt es. Er beschmutzt mein Zuhause und zieht innerhalb weniger Stunden alles in Mitleidenschaft, was ich mir bisher aufgebaut habe.

Ich streiche mein Kleid glatt, zupfe meinen Ausschnitt zurecht und lehne mich nach vorn, um mein Gesicht näher im Spiegel betrachten zu können. Mit meinen Zeigefingern fahre ich unter meinen Augen entlang, um ein paar Kajalreste zu entfernen, und dann zucke ich zusammen, weil plötzlich die Tür aufgestoßen wird.

»Elsa? Was machst du denn hier?«

Ihre roten Haare ragen wirr unter ihrer Mütze hervor, ihr

Mantel ist falsch zugeknöpft, sie muss echt in Eile sein. Sie sieht sich auf dem Flur um, als wäre sie auf geheimer Mission, ehe sie die Tür hinter sich schließt. »Ich suche dich«, antwortet sie kryptisch.

»Okaaay.«

»Ich weiß nicht, was mit dir los ist, aber du warst den ganzen Nachmittag so komisch, und ich habe dich angesprochen und du hast überhaupt nicht reagiert, und ich dachte mir echt, wow, hier stimmt irgendwas nicht«, trifft mich ihr Redeschwall. »Und das hat mir keine Ruhe gelassen, und deshalb ... bin ich dir gefolgt.« Sie klingt etwas bedröppelt.

»Verstehe«, sage ich erst nur, weil mich ihre Feststellungen gerade überfordern. »Ich habe dir wirklich nicht geantwortet?«

»Nein, hast du nicht. Und während du dich geschminkt hast, hast du so verbissen ausgesehen, als wärst du eine Rugby-Spielerin, die sich gleich in einen Scrum stürzen würde.«

Ich schlucke. »Irgendwie fühle ich mich auch so.«

Das Licht der matten Glühbirnen, die hier in der Damentoilette angebracht sind, spiegelt sich in Elsas großen blauen Augen. »Was ist denn los?«, will sie wissen und tritt zu mir ans Waschbecken. Als ich nicht sofort antworte, sagt sie: »Ich mache mir echt Sorgen.«

Ich lehne mich mit dem Hintern gegen den Beckenrand, lasse den Kopf sinken und reibe mit Daumen und Zeigefinger über meine Augenbrauen, weil es mir so schwerfällt, darüber zu reden. »Ich habe mich mit Ellis gestritten.«

Ein heißer Knoten ballt sich in meinem Bauch, sobald ich die Worte ausgesprochen habe. »Wir haben gestritten, und dann bin ich einfach gegangen.«

Mit einem Schlag fühlt es sich so an, als würde alles in mir bleischwer werden und mich nach unten ziehen. Ich glaube, ich habe alles falsch gemacht.

»Und worüber?« Elsa stützt ihre Hände hinter sich ans Waschbecken, lehnt sich etwas zurück und beobachtet mich aufmerksam.

Mein Herz rast, es dröhnt in meinen Ohren. Was soll ich ihr antworten? Bin ich wieder zu feige, die Wahrheit zu sagen? Bin ich bereit, weiter zu lügen, die zwei wichtigsten Menschen, die ich in Marchlyn Falls habe, weiter anzulügen, weil ich mich für die Wahrheit zu sehr schäme?

Ich atme tief ein und presse hervor: »In London hatte ich eine Affäre mit einem Prof. Und er ist jetzt hier. Auf dieser Konferenz.«

»Oh«, macht Elsa nur.

Und weiter? Verrätst du Elsa, was wirklich passiert ist? Oder machst du genau das, was Dorset, dieses Arschloch, von dir verlangt hat, und schweigst über die Umstände eures Verhältnisses?

»Das bedeutet, seine Anwesenheit ... verwirrt dich?«, versucht es Elsa weiter.

»Nein.« Ich schnaube. »Sie verwirrt mich nicht. Du musst mir etwas versprechen, Elsa.«

»Ja?«

»Du wirst niemandem verraten, was ich dir jetzt erzähle. Okay?«

Sie sieht mich mit einem beinahe schon angstvollen Ausdruck an und bringt nur ein wenig überzeugendes »Hmhm« heraus. Ich rede trotzdem weiter.

»Als damals die Affäre mit diesem Prof losging, habe ich mich total geehrt gefühlt. Es war so verboten und so heiß, dieses kleine Geheimnis mit ihm zu haben. Aber dann irgendwann wurde es komisch. Er hat mir gesagt, dass ich meine guten Noten nur hätte, weil ich mit ihm schlafe, und dass ich mich erkenntlich zeigen sollte, wenn ich auch den Master gut bestehen möchte.«

Elsas Hand schnellt nach vorn. Ihre Finger umfassen meinen Arm und drücken so fest zu, dass es wehtut. »Das ist nicht dein Ernst!«

»Doch, ist es«, sage ich.

»Das ist komplette Scheiße, Lily. Hörst du mich? Das ist komplette, kranke Scheiße, was er da von dir verlangt hat!«

Ich presse die Lippen aufeinander, weil mir plötzlich Tränen in den Augen stehen. »Ich bin aus London geflohen. Das ist der Grund, warum ich überhaupt an der Bloomsbury angefangen habe.« Ich versuche, mir die Tränen wegzublinzeln. »Und jetzt ist Dorset hier, und ich habe sogar jemanden, der mir wirklich wichtig ist, wegen ihm verletzt. Weil ich mich zu sehr geschämt habe für das, was zwischen Dorset und mir passiert ist. Und weil ich mich vor seinen Drohungen fürchte und es noch immer nicht schaffe, diesen Mann in seine Schranken zu weisen und Nein zu sagen. Und ich hasse mich selbst dafür.«

»Moment mal, er hat dich bedroht?«

Stöhnend atme ich aus und rede einfach weiter. »Ellis war natürlich eifersüchtig. Weil er keine Ahnung hat, wie sehr ich Dorset verabscheue. Woher soll er es auch wissen? Außerdem glaube ich, dass seine Ex-Frau ihn betrogen hat.« Der Ausdruck, mit dem er mich betrachtet hat, als ich aus dem Raum mit Dorset gekommen bin – er war so getroffen, dass ich mir sicher bin, dass das nicht nur etwas mit mir zu tun hatte.

Egal, das ist jetzt gerade alles egal.

»Lily?«, unterbricht Elsas Stimme meinen Gedankenstrudel. »Dieser Typ. Dieser Prof, keine Ahnung, wie er heißt – er bedroht dich?«

»Er hat gesagt, wenn ich über unser Verhältnis rede, dann werde ich nie meinen PhD machen, er wird alles dafür tun, dass ich es nicht schaffe, bla, bla.«

»Dieser Typ ist so ein Wichser«, fährt Elsa auf. »Er hätte niemals eine Affäre mit einer Studentin beginnen dürfen, und er weiß das, und deswegen gaslightet er dich jetzt.«

»Wahrscheinlich hast du recht.«

Ich checke die Uhrzeit auf meinem Handy. In zwanzig Minuten beginnt das Dinner. Ich muss die Caterer beaufsichtigen und verfügbar sein, falls sie Fragen haben. »Das Letzte, was ich jetzt machen möchte, ist, da wieder rauszugehen und so zu tun, als wäre nichts, aber ich glaube, ich muss.«

Elsa greift nach meinen Händen. »Und das wirst du auch, okay? Scheiß auf diesen Typen. Du machst heute Abend dein Ding. Solltest du diesem Arsch über den Weg laufen: Ignorier ihn, ja? Ignorier ihn einfach. Und wenn irgendwas ist, bin ich da. Ich hänge hier im Flur ab und tue so, als gehöre ich hierher. Wenn nötig, den ganzen Abend. Außerdem ist Ellis auch unter den Gästen. Wir kriegen das schon hin!«

»Ellis wird sicher nichts mehr mit mir zu tun haben wollen, nach heute Nachmittag.«

Elsa sieht mich mitleidig an. »Du bist so schlau, Lily. Echt. Aber manchmal bist du einfach so was von blind.«

Sie gibt mir eine feste Umarmung, ehe wir die Toilette verlassen. Dabei stoßen wir beinahe mit einem kleinen Grüppchen zusammen, das in Richtung Restaurant läuft. Obwohl es wochentags ist, ist das Lokal gut besucht.

Erst auf den zweiten Blick erkenne ich, mit wem wir um ein

Haar kollidiert wären. Das ist Hunter, der in Sakko, Hemd und Anzughose neben einem Pärchen mittleren Alters herläuft. Garantiert sind das seine Eltern. Die Gesichtszüge von Hunter und der Frau ähneln sich geradezu frappierend – die gerade Nase, die breiten Kieferknochen, die vollen Lippen. Sie ist ebenso blond wie er, aber braun gebrannt (kommen wohl gerade von ihrer Jacht in Saint Tropez?) und äußerst schlank. Sie trägt ein Kostüm, das genauso gut Herzogin Kate anhaben könnte, und an ihren Handgelenken funkeln Goldarmbänder mit eingelassenen Edelsteinen. Der Mann neben ihr ist in etwa so groß wie Hunter. Ich kann schwer sagen, woran es liegt, aber er strahlt etwas Herrisches aus. Vielleicht ist es seine Körperhaltung? Er hat dichtes graues Haar, sein Teint ist ebenfalls gebräunt, was den perfekt sitzenden dunkelblauen Anzug und das blütenweiße Hemd darunter erst recht zur Geltung bringt. Irgendein teures Parfüm steigt mir in die Nase.

Die Frau wirft uns einen irritierten Blick zu, als ich reflexartig »Hi, Hunter« sage.

Hunters Züge, die mir bisher richtiggehend versteinert vorkamen, werden etwas weicher, als er Elsa und mich sieht. »Hey«, sagt er, eine kurze Pause entsteht, und nachdem die Frau kaum vernehmlich seinen Namen gemurmelt hat, fährt er fort: »Darf ich vorstellen? Das sind Lily und Elsa, zwei Kommilitoninnen von mir. Lily, Elsa, das sind meine Eltern Daniel und Linda Corr.« Seltsam, wie seine Stimme klingt. Seltsam, wie steif er wirkt.

Elsa scheint das Gleiche zu denken, denn ich sehe aus dem Augenwinkel, wie sie die Brauen hebt.

»Freut mich, Sie kennenzulernen, Mr. und Mrs. Corr«, erwidere ich und schüttle beiden die Hand.

Elsa bringt nur ein knappes »Hallo« zustande und reicht Hunters Eltern ebenfalls die Hand.

Ich erkenne an den verkniffenen Augen seiner Mum und der absolut ungerührten Miene seines Dads, der es nicht schafft, zumindest einen Hauch von Freundlichkeit auf sein Gesicht zu zimmern, dass wir hier absolut stören. Oder vielleicht sind wir auch in den Familienstreit des Jahrhunderts geplatzt?

»Unsere Reservierung, nicht wahr, Hunter?«, sagt Mrs. Corr.

»Selbstverständlich, Mama.«

Mama? Hunter spricht, als wären wir in einer Folge von *Downton Abbey* gelandet, und ich habe das Gefühl, ich kenne diesen Typen, der da gerade vor mir steht, überhaupt nicht.

Er lächelt bemüht und senkt den Kopf leicht zur Verabschiedung. »Ihr entschuldigt uns«, sagt er jetzt, die drei laufen leise murmelnd weiter, und Elsa und ich bleiben verdattert zurück.

»Wer war das?«, flüstert Elsa neben mir.

»Keine Ahnung.« Ich zucke die Achseln. »Das Zombie-Alter-Ego von Hunter und dessen gruselig perfekte Eltern?«

38

Lily

Ich lasse Elsa im Erdgeschoss zurück und mache mich auf den Weg in den ersten Stock. Das Bellevue-Hotel ist eines der besten Häuser der Stadt. Im hinteren Gebäudeteil gibt es über dem teuren Restaurant einen großen Saal, in dem die knapp hundert Dinnergäste der Konferenz Platz finden werden. Ich hatte ziemliches Glück, dass er an diesem Abend noch frei war, häufig ist er über Monate ausgebucht, hatte mir die redselige Dame an der Rezeption vor drei Wochen erzählt.

Meine Absatzschuhe versinken in dem Perserteppich, der in dem breiten Gang bis zum Dinnersaal ausliegt. Die Schuhe drücken schon jetzt, aber obwohl es in der Academia erstaunlich freigeistige Menschen gibt, habe ich mich nicht getraut, meine Chucks zu dem Kleid anzuziehen.

An den Wänden hängen in regelmäßigen Abständen zweiarmige Lampen mit kleinen Schirmchen und werfen Lichtkegel auf die Tapeten, deren Blümchenmuster aussieht, als stamme es aus der Zeit von Jane Austen höchstpersönlich. Es riecht ein wenig nach teurer Politur und nach den alten, etwas staubigen Polstermöbeln, die alle paar Meter in dem großzügigen Flur stehen und zum Sitzen einladen.

»Lily!«, zischt jemand hinter mir.

Ich drehe mich um, und Sam steht in einer Nische im Flur und dreht sich hin und her wie ein Mannequin, um mir ihre Uniform vorzuführen. »Sehe ich nicht fantastisch aus?«

Eher nicht, denn die Bluse ist ihr viel zu weit, genauso wie die schwarze Hose, die sie hinten am Bund mit einer Sicherheitsnadel notdürftig enger gesteckt hat. Sie ertrinkt förmlich in den Klamotten, und das weiß sie selbst auch.

»Total sexy«, sage ich abwesend, und mein Blick zuckt zur Treppe, wo demnächst die Gäste ankommen werden.

Es war Sams Idee, beim Catering zu unterstützen, sie hat vor zwei Tagen sogar selbst bei der Firma angerufen und sich als Aushilfe angeboten. Wenige Stunden nach dem Telefonat hat sie sich persönlich vorgestellt und den Job tatsächlich bekommen. So viel Eigeninitiative bin ich von ihr gar nicht gewohnt. Eigentlich wäre es mir lieber, dass sie so schnell wie möglich nach London zurückkehrt und ihr Studium dort fortsetzt, aber ... nun ja. Momentan habe ich andere Probleme, und für Sam ist es definitiv besser, dass sie etwas Geld verdient und unter Leute kommt, statt nur in meinem Wohnheimzimmer zu sitzen und auf ihrem Handy zu daddeln.

»Oh, warte nur ab, vielleicht reiße ich mir heute Abend in diesem Outfit noch einen heißen Wissenschaftler auf.« Sie zwinkert mir zu, und ich finde das absolut nicht witzig.

»Auf *gar. Keinen. Fall.*« Ich fixiere sie. »Sam? Das ist mein voller Ernst. Du machst hier deinen Job, bedienst die Gäste, und das war's.«

»Wow, entspann dich mal.« Sie sieht mich verstört an. Oder betroffen? Natürlich hat sie mitbekommen, wie nervös ich seit zwei Tagen bin, und vor allem heute Nachmittag haben sie und Elsa gemerkt, dass ich aufgewühlt war.

»Wenn du dir diesen Doktoranden-Guy geschn...«

Ich drehe mich von ihr weg, ehe sie den Satz vollenden kann. »Ich bereue schon jetzt, dass ich dich bei dieser Konferenz dazugeholt habe.«

Sam hat Erfahrung im Catering. Seit sie sechzehn ist, jobbt sie auf Events und macht das wirklich sehr professionell und gut. Sie schmeißt sich während ihrer Arbeitszeit nicht an irgendwelche Typen ran. Ziemlich sicher will sie mich nur ärgern. Hoffe ich zumindest.

Sam verzieht sich, weil sie bei den Getränken eingeteilt ist und den Gästen, ehe sie den Saal betreten, auf einem Tablett Prosecco und Orangensaft anbieten wird.

Ich habe mich gerade mit einer Mitarbeiterin der Cateringfirma neben die Eingangstür des Dinnersaals zurückgezogen, um den Menüplan ein letztes Mal durchzugehen, als Prof. Walsh mit erhobenen Händen auf mich zustöckelt. »Lily, das haben Sie ganz großartig organisiert, der Saal sieht fantastisch aus.«

Sie deutet auf die kleinen Blumengestecke in Herbsttönen, die zwischen den Kerzenleuchtern auf jedem der runden Tische stehen. Die Tischdecken tragen einen zarten Terrakottaton und reichen bis zum Boden, ebenso wie die Stuhlhussen. Insgesamt sieht es wirklich hübsch aus.

Ich ringe mir ein Lächeln ab. »Danke, Prof. Walsh. Ehrlicherweise haben Sadie und Marc genauso viel …« Die Worte bleiben mir im Hals stecken, weil plötzlich jemand vor uns steht, und ich muss nicht einmal den Kopf zu ihm drehen, um zu erkennen, dass es Dorset ist.

Er hat seinen Anzug gewechselt, trägt jetzt Schwarz mit einem weißen Hemd, das (natürlich) wieder einen Blick auf seine unbehaarte Brust erahnen lässt. Ich sehe nicht zu ihm, sondern senke sofort die Lider, starre mit hämmerndem Herzen auf die schnörkeligen Zwiebelmuster im Teppich und rufe mir Elsas Worte ins Gedächtnis.

Ignorier ihn. Ignorier ihn einfach.

»Martha.« Sie begrüßen sich mit Küsschen. »Du siehst fantastisch aus«, schmeichelt er ihr, und mir wird übel.

Eisern schweigend stehe ich neben den beiden und hoffe so sehr, dass ...

»Kennst du eigentlich Lily Johnson? Sie ist eine unserer Studentinnen und hat die Konferenz mitorganisiert.«

Fuck.

Ich sehe auf, spüre, wie mir der Schweiß aus allen Poren tritt, als sich unsere Blicke treffen, aber ich lasse mich von dem seltsamen Glimmen in seinen Augen nicht einschüchtern.

Du bist aus Stahl. In dir ist alles aus Stahl. Er kann dir nichts anhaben.

»Hallo«, sage ich bloß und bemerke Prof. Walshs irritierten Blick, weil sie von ihren Studentinnen sicher andere Reaktionen auf den großen Professor Dorset gewöhnt ist.

Doch noch ehe sie meine unterkühlte Begrüßung kommentieren kann, nicke ich beiden zu, wende mich ab und gehe in zügigen Schritten in Richtung Ausgang.

Das Blut rauscht in meinen Ohren, als ich den Flur entlanglaufe. Ich konzentriere mich auf das Ein- und Ausatmen und blinzle, weil mein Sichtfeld auf einmal so klein geworden ist.

Das war doch jetzt gar nicht so schlimm, rede ich mir ein. *Außerdem wirst du ihn den restlichen Abend meiden, und wenn, dann nur in Gesellschaft antreffen. Was soll schon passieren?*

Alles okay. Es ist alles okay.

Alles ganz …

Der Satz gefriert in meinem Gehirn, als ich zur Treppe sehe.

Da steht Ellis.

Scheiße.

Ich versuche, nicht so auffällig hinzuschauen, aber natürlich tue ich das. Ich *muss* hinsehen, denn sein brennender Blick versengt mich geradezu.

Er trägt einen schmal geschnittenen dunkelblauen Anzug und ein weißes Hemd ohne Krawatte. Seine Haare hat er mit etwas Gel oder Wachs in Form gebracht, und er sieht so verdammt gut aus, dass ein schmerzhaftes Ziehen durch meinen Körper schießt.

Mehrere Sekunden lang starren wir uns einfach nur an, und meine trommelnden Herzschläge dröhnen mir in den Ohren.

Padam – Padam – Padam – Padam.

Irgendwie schaffe ich es, mich von ihm loszureißen, drehe mich weg und trete auf die Cateringchefin zu. Ich frage sie etwas, es macht nicht einmal Sinn, und sie scheint komplett verwirrt, weil sie keine Ahnung hat, was ich von ihr will.

Ich weiß es selbst nicht, sondern fasle irgendwas, nur damit ich mich nicht mehr auf Ellis konzentrieren muss.

Meine Knie sind weich, überall in meinem Körper ist ein Kribbeln, das sich anfühlt, als würden Tausende kleiner Insekten an mir emporkrabbeln.

Nach einigen Sekunden traue ich mich, wieder Richtung Treppe zu schauen.

Ellis ist weg. Ich atme stöhnend aus. Eigentlich möchte ich ihm hinterherrennen und mich entschuldigen. Ihm sagen, dass ich das mit der Beziehungspause nicht so gemeint habe, gerade völlig überfordert bin und Angst habe, dass Dorset mich irgendwie verleumden oder anschwärzen wird. Oder dass er versuchen wird, unsere Affäre wieder aufleben zu lassen, und sein krankes Machtspielchen mit mir von vorn beginnt. Ich fühle mich so unzulänglich und machtlos. Und vor allem schuldig.

Ich will Ellis und möchte nicht, dass Dorsets Anwesenheit einen Keil zwischen uns treibt. Ich brauche ihn.

Doch ich stehe wie festgenagelt im Flur und rühre mich keinen Millimeter.

Ein ganzer Schwall an Gästen nähert sich über die Treppe, bestimmt zwei Dutzend Konferenzteilnehmer, die wohl gemeinsam in ihrem Hotel losgelaufen sein müssen. Sie sind gut gelaunt, schnappen sich Getränke von den Tabletts, die Sam und ihre Kollegin inzwischen nach vorn zur Treppe gebracht haben, und bewegen sich dann langsam in Richtung Dinnersaal, wo Prof. Walsh in wenigen Minuten den Abend eröffnen wird.

Ein warmes Prickeln in meinem Nacken lässt mich über die Schulter schauen. Hinter dem letzten plaudernden Gästepaar bemerke ich Ellis, der an der Wand schräg gegenüber von mir lehnt, die Hände in den Hosentaschen vergraben, und mich unverwandt ansieht.

Seine Miene ist undurchdringlich, und ich habe keine Ahnung, was er denkt oder warum er dort drüben steht.

Sam, die gerade zurück zum Saaleingang geht, schaut zwischen Ellis und mir hin und her. Versteckt an ihrer Seite macht sie eine verständnislose, fuchtelnde Geste in Ellis' Richtung und schafft es, dass der Inhalt der zwei übrig gebliebenen Sektflöten auf ihrem Tablett dabei nicht überschwappt.

Ich schüttle nur den Kopf, und sie sinkt ein kleines bisschen in sich zusammen, als sie sich neben der Tür postiert. Ich glaube, sie versteht.

Zumindest in etwa.

Ein Blick auf mein Handy, das an einer Kordel um meinen Körper baumelt, verrät mir: zwei Minuten vor acht. Ellis sollte längst an seinem Tisch sitzen, doch er macht keine Anstalten, in den Saal zu gehen.

Also mache ich mich selbst auf den Weg. Als ich auf gleicher Höhe mit ihm bin, halte ich die Luft an, weil mein ganzer Körper so sehr wummert. Erst, als ich mich setze, geht Ellis auch zu seinem Platz.

Vierzehn runde Tische sind im Saal verteilt. Auf jedem Teller stehen Namenskärtchen, aber leider habe ich es in dem Trubel nicht mehr geschafft, zu schauen, wo Dorset sitzt. Ich habe vorab nur sichergestellt, dass er und ich nicht am selben Tisch sind.

Etwa vier Tische weiter entdecke ich ihn schließlich. Gerade, als ich überlege, Liv, die neben mir sitzt, zu fragen, ob sie mit mir den Platz tauschen möchte, damit er mich nicht direkt sehen kann, fällt mir auf, dass Dorset mich beobachtet.

Ziemlich sicher war er erstaunt, wie kühl meine Begrüßung ausgefallen ist. Vielleicht ärgert ihn das. Was ich nicht verstehe, weil *er* derjenige war, der nicht wollte, dass eine Verbindung zwischen uns auf irgendeine Weise öffentlich wird.

Etwas Hartes – oder ist es sogar schon ein Drohen? – tritt auf Dorsets Gesicht. Ein mulmiges Gefühl kriecht meine Kehle hinauf, ich schlucke verkrampft und sehe schnell weg.

Aus dem Augenwinkel heraus erkenne ich einen Schatten, und plötzlich taucht Ellis neben unserem Tisch auf. Einen halben Schritt hinter mir bleibt er stehen, die Arme vor der Brust verschränkt, und starrt Dorset finster an.

Dessen Augen zucken zu Ellis, und ich sehe, wie Dorset überheblich die Luft durch die Nase stößt, als wäre Ellis' Anwesenheit ein Grund für Hohn. Mit einem schmallippigen Lächeln wendet er sich an seine Sitznachbarin.

Ellis wartet noch einen Augenblick, aber als Dorset mich nicht weiter beachtet, zieht er sich wieder auf seinen Sitzplatz zwei Tische zu meiner Linken zurück.

Mein Puls rast, während ich auf seinen breiten Rücken schaue. Seine Worte hallen durch meinen Kopf.

Ich verspreche dir, dass ich bei dir bleibe. Damit du, was auch immer es ist, das dir Angst macht, besiegen kannst. Wenn du mich lässt.

Schlagartig steigen mir Tränen in die Augen.

Er ist da. Trotz des Streits ist Ellis da und passt auf dich auf.

Ellis wechselt ein paar Worte mit seinen Tischnachbarn, ein Mann steht auf, reicht ihm die Hand und scheint mit ihm den Sitzplatz zu tauschen. Als Ellis sich auf seinen neuen Platz setzt, hat er freien Blick auf mich.

Neben mir schenkt sich Liv Sodawasser ein und bietet mir ebenfalls welches an. Ich nicke abwesend und schiebe ihr mein Glas hin, weil ich so sehr mit dem seltsamen Gefühl beschäftigt bin, das sich in mir zusammenbraut.

Erleichterung und Schmerz und Dankbarkeit, und ganz kurz wird der Kloß in meinem Hals so mächtig und drückend, dass ich schnell einen Schluck Wasser nehmen muss.

Dabei kann ich nicht anders, als wiederholt zu Ellis zu schauen. Ich bilde mir ein, ein winziges, beruhigendes Lächeln auf seinen Lippen zu erkennen, das aber sofort wieder verschwindet.

Die Wärme in seinen Augen bleibt länger.

39

Lily

Prof. Walsh spricht salbungsvolle Begrüßungsworte, bedankt sich bei allen Teilnehmenden und Organisatoren und eröffnet schließlich das Dinner. Halbherzig beteilige ich mich am Tischgespräch, während der erste Gang serviert wird. Eine Süßkartoffel-Kürbis-Suppe, die wirklich gut ist, zumindest laut dem begeisterten Urteil meiner Tischnachbarn. Ich probiere einmal, schmecke nur, dass die Suppe salzig ist, und muss nach dem zweiten Löffel pausieren, weil ich einfach nichts herunterbringe.

Nur noch drei Stunden, rede ich mir selbst zu. Drei Stunden heute Abend und zwei weitere Konferenztage. Dorset wird mich sicher in Ruhe lassen. Er wird beschäftigt sein, ich sehe doch, wie sich alle um ihn scharen und darauf brennen, ein Gespräch mit ihm zu führen.

Zweimal ist Sam bei mir vorbeigekommen, hat mir zugezwinkert und einmal sogar eine lustige Grimasse gezogen, weil sie gemerkt hat, wie angespannt ich bin. Ich habe tatsächlich lachen müssen. Darin war sie schon immer gut. Der Clown zu sein, der mit den feinen Antennen, die wahrnehmen, wenn die Stimmung kippt. Sam tut dann alles, damit genau das nicht passiert. Oft genug hat das bei Dad geklappt, und sie konnte ihn mit ihrem Herumalbern davon abhalten, sich zu betrinken.

Gemacht hat er es dann trotzdem, aber immerhin hat er gewartet, bis sie im Bett war.

Mein Blick folgt Sam, als sie Getränke serviert.

Und was ich dann sehe, lässt mein Herz stehen bleiben. Ungelogen, mein Herz bleibt stehen, die Suppe tropft von meinem erhobenen Löffel zurück in den Teller, und es fühlt sich so an, als hätte mir jemand einen Stromschlag verpasst.

Sam spricht mit Dorset, während sie ein Gin-Tonic-Glas vor ihm abstellt. Doch dann wird es irgendwie komisch, weil sie ihre Hand auf seine Schulter legt. Es ist eine charmante Geste, die er sofort erwidert, indem er sie anstrahlt, ihr irgendetwas zuflüstert und dann seine Hand auf ihre legt und ... ER LEGT SEINE FUCKING HAND AUF IHRE, und ich schaffe es nicht mehr, zu atmen. Meiner Kehle entkommt ein seltsames Geräusch, ein Röcheln oder Keuchen, als hätte ich mich verschluckt. Noch immer starre ich nach vorn zu Dorset, obwohl Sam längst wieder gegangen ist, ein versonnenes kleines Lächeln auf den Lippen und das Tablett unter dem Arm.

Das ist nicht wahr. Das kann nicht sein. Auf keinen Fall darf das sein.

Das ... nein.

»Alles okay bei dir?«, will Liv neben mir wissen. »Was ist los?«

»Nichts ... Meine Schwester ...«

Livs Blick folgt meinem. »Ah, Dorset und sie.«

Ich wende mich Liv zu und spüre förmlich, wie mir alles Blut aus dem Gesicht weicht. »Wie bitte?«

Liv muss meine Entgeisterung erkannt haben, denn sie

sieht jetzt ein wenig peinlich berührt aus. »Ist er nicht der Freund deiner Schwester?«

»Natürlich sind Sam und Dorset nicht zusammen. Wie kommst du darauf?«

Mir wird schlecht.

Ist das der wahre Grund, warum Sam nach Marchlyn Falls gekommen ist? Weil sie Dorset hinterhergereist ist?

»Louise. Und die hat es von Frida«, erklärt Liv. »Sie hat die beiden gesehen, als sie vorgestern Abend … Oh. Du wusstest nichts davon.«

»Mmh«, schaffe ich nur noch, ehe der unangenehme Druck in meinem Brustkorb zu stark wird. Es fühlt sich an, als wäre mein Kopf unter Wasser, viel zu lange, und als würden meine Lungen explodieren, weil ich einfach nicht mehr atmen kann.

Alles um mich herum kommt mir plötzlich gedämpft vor, als hätte ich Watte in den Ohren oder wäre betrunken, dabei habe ich bisher nur Sprudelwasser im Glas gehabt.

Der Stuhl schabt hörbar über das Parkett, als ich ihn nach hinten rücke. Gott sei Dank ist es im Saal so laut, dass es nur mein Tisch mitbekommt. Ich fische die Stoffserviette vom Schoß, werfe sie achtlos neben meinen fast vollen Suppenteller und folge Sam.

Noch ehe sie in der Bar um die Ecke die leeren Gläser abgestellt hat, habe ich sie eingeholt. Mein »Hey!« lässt sie zusammenschrecken. Überrascht dreht sie sich zu mir um. Zuerst tritt ein fröhlicher Ausdruck auf ihr Gesicht, doch als sie sieht, wie aufgewühlt ich bin, kriegt sie ganz große Augen.

»Was ist passiert?«

Ich presse die Kiefer aufeinander und deute ein Kopfschütteln an, weil gerade mehrere ihrer Kollegen gleichzeitig ankommen, um Tabletts mit Bestellungen zu füllen. Wortlos ziehe ich sie mit mir mit.

»Wow, Moment mal. Ich muss arbeiten, ich hab jetzt keine –«

»Das ist mir scheißegal«, unterbreche ich sie scharf und Sam sträubt sich nicht mehr.

Ich zerre sie zwei Stockwerke die Treppe herunter, halte Ausschau nach einer Damentoilette, stoße die Tür auf und bedeute ihr, vor mir hineinzugehen. Ein Blick unter die Klozellen – es ist niemand hier. Mit der flachen Hand stemme ich mich gegen die Eingangstür, damit keiner hereinkommen kann.

»What the fuck, Sam!«, bricht es aus mir hervor.

»Was ist denn los?« Völlig entgeistert sieht sie mich an. Und ich kenne sie gut genug, um zu wissen, dass sie das nicht spielt. Sie hat wirklich keine Ahnung.

»Was hast du mit Simon Dorset zu schaffen?«

Sie zieht die Brauen zusammen. »Wie bitte?«

»Dorset! Professor Simon Dorset. Was hast du mit ihm zu schaffen?«

»Wir kennen uns eben«, weicht sie mir aus.

»Was heißt das, *ihr kennt euch eben*?«

»Wir saßen uns im Zug gegenüber und haben uns dann ein Taxi aus Bangor geteilt, weil der letzte Bus schon gefahren war. Er ist nett. Ich war gestern mit ihm was trinken. Vielleicht gehen wir später noch zusammen in einen der Pubs unten an der Promenade.«

»Auf keinen Fall wirst du mit diesem Arschloch ausgehen!«, fahre ich sie an.

Sam steht da wie vom Donner gerührt, sicherlich weil sie es von mir nicht gewohnt ist, dass ich laut werde. Oder ausfallend. Dann runzelt sie die Stirn. »Er hatte also recht. Er meinte nämlich, ich solle dir lieber nicht erzählen, dass wir Kontakt haben, weil du stinksauer werden würdest.«

Natürlich. *Natürlich* sagt er Sam, sie soll mir die Treffen verschweigen. Was für ein Wichser. Was für ein ... erst jetzt wird mir die ganze Tragweite bewusst.

Nicht nur trifft er sich mit einer vierzehn Jahre jüngeren Frau. Er *wusste*, dass sie meine Schwester ist, datet sie trotzdem und verlangt sogar von ihr, mir nichts davon zu erzählen.

Was für ein krankes Arschloch!

»*Stinksauer* trifft es nicht mal im Ansatz. Du wirst sofort jeglichen Kontakt zu ihm abbrechen.« Ich versuche, mich wieder zu beruhigen. Es gelingt mir nur so mittelgut, und ich merke selbst, dass ich klinge wie diese nervigen Mütter in irgendwelchen 90er-Jahre-Regency-Verfilmungen.

Ist klar, dass das bei Sam nicht sonderlich gut ankommt. Aufgebracht sieht sie mich an. »Wieso sollte ich?«

Und jetzt? Wie viel verrätst du ihr von dem Mist, den du gebaut hast?

»Weil ich es dir sage!«

»Du bist weder Mum noch Dad. Du hast mir gar nichts zu befehlen!«

Sie hat recht. Das bin ich nicht. Und doch war ich die letzten Jahre über irgendwie beides für sie. Noch immer sehe ich in ihr das kleine Mädchen, die kleine süße Sam, obwohl sie jetzt fast zwanzig Jahre alt ist und erwachsen.

»Ich kann machen, was ich will, Lily!« Ihre Augen sprühen vor Wut, ein paar Haare haben sich aus ihrem Pferdeschwanz gelöst und ihre Wangen sind gerötet.

»Du hast recht«, beschwichtige ich. »Es steht mir nicht zu,

dir irgendetwas vorzuschreiben. Aber was ich tun kann, ist, dich zu warnen. Weil wir Familie sind.«

Ich greife nach ihrer Hand. Sie zieht sie weg. War ja klar. Jetzt wird sie trotzig, und wenn ich es nicht gleich schaffe, wieder an sie heranzukommen, verschließt sie sich mir komplett.

»Tut mir leid, dass ich dich gerade so angegangen bin«, versuche ich und meine es auch tatsächlich so. Mein Herz rast, und ich benetze meine Lippen, weil ich das Gefühl habe, dass mein Mund völlig ausgetrocknet ist.

Und dann denke ich mir: *Was soll's.*

»Ich hatte eine Affäre mit ihm.«

Bei den Worten weiten sich Sams Augen.

Sie hatte keine Ahnung. Sie hatte wirklich keine Ahnung.

»Was hat er dir über mich erzählt?«

Das Beben in meiner Stimme entgeht auch Sam nicht, denn jetzt wird sie etwas kleinlauter. »Dass du eine Studentin von ihm warst und dass ihr einmal aneinandergeraten seid, und –«

»Fuck, Sam. Das ... nein! Nein! Dieser Typ lügt, sobald er den Mund aufmacht. Du darfst keinesfalls mehr –«

Jemand versucht, die Tür zu öffnen. Ich halte dagegen, aber wer auch immer da auf der anderen Seite steht, ist stärker, und es erscheint ein Gesicht im Türspalt. »Sam? Wo bleibst du, deine Getränke stapeln sich!«

»Komme!«, ruft sie.

»Sam«, versuche ich ihre Aufmerksamkeit wieder auf mich zu ziehen, und die nächsten Worte wollen nicht so recht über meine Lippen kommen. »Lief schon etwas zwischen euch?«

Sie spitzt trotzig die Lippen, antwortet jedoch nicht.

»O mein Gott, ich glaube es einfach nicht. Versprich mir,

dass du seine Nummer löschst und nicht mehr mit ihm ausgehst«, sage ich, eine Hand an meiner Stirn.

Eine Sekunde lang sieht sie mich mit völlig unlesbarer Miene an und murmelt schließlich: »Ich muss jetzt wieder arbeiten.« Sie zwängt sich an mir vorbei, tritt in den Flur hinaus und lässt mich einfach stehen.

Ein grässliches Gefühl breitet sich in mir aus. So, als würde ich fallen, obwohl ich doch stehe.

Sam wird nicht auf mich hören. Sie wird ihr Ding machen. Schon aus Prinzip, weil ich etwas so vehement von ihr verlangt habe. Und weil ich zu feige war, ihr die Wahrheit zu sagen, und mich so sehr dafür schäme, wie die ganze Sache mit Dorset zu Ende gegangen ist.

Ich schlage mir die Hände vors Gesicht, weil die Verzweiflung in mir immer größer und heftiger wird.

Doch dann halte ich inne. Erst jetzt wird mir bewusst, was ich gerade gesehen habe, als Sam die Tür aufgemacht hat.

Stand da wirklich …

Ich blinzle und spähe erneut nach draußen in den Flur.

Nein, ich habe mich nicht getäuscht.

Da ist Ellis.

Einige Atemzüge lang starre ihn an. »Verfolgst du mich?«, frage ich ihn. Immerhin befinden wir uns im Kellergeschoss, wo die Küche und die Abstellräume liegen. Außer den Köchen und Bedienungen ist hier kaum jemand.

»Wenn du es als Verfolgen bezeichnen möchtest«, gibt er gelassen zurück.

»Ich habe gerade echt andere Probleme, als mich mit dir herumzuschlagen«, gebe ich mich abweisend, obwohl mein Herz bei seinem Anblick gestolpert ist. Auch wenn ich es mir nicht eingestehen will, bin ich erleichtert, dass er da ist.

»Ich weiß.«

Verständnislos schaue ich ihn an. »Hast du gelauscht?«

»Nicht wirklich. Eure Unterhaltung war bis ans Ende des Flurs hörbar.«

Stöhnend atme ich aus, schüttle den Kopf, spüre, wie mir die Kehle eng wird, und plötzlich fehlen mir die Worte. Ich weiß nicht mehr, was ich sagen soll, und merke gleichzeitig, wie etwas in mir unaufhaltsam nach oben drängt.

Auf einmal ist da dieser Schmerz in meiner Brust. Die ganze Zeit habe ich ihn in Schach gehalten, aber jetzt ist er da und reißt so sehr an mir, dass es in meinen Augen brennt. Ein erster Schluchzer bahnt sich seinen Weg, dann folgt noch einer. Ich halte mir die Hand vor den Mund, weil ich mich beherrschen möchte.

»Schschsch, Lily. Ist okay.« Ellis kommt zu mir, und als er mich in seine Arme zieht, ist es, als würde er damit alle Dämme in mir einreißen.

Meine Knie zittern, ich lehne mich gegen ihn und lasse los.

Ich kann nicht mehr. Der Streit mit Ellis, die Konfrontation mit Dorset und die Tatsache, dass sich dieser Dreckskerl jetzt an den einen Menschen auf dieser Welt heranmacht, bei dem es mir die Eingeweide herausreißt, wenn er verletzt wird – es ist zu viel.

Ich schluchze laut und unkontrolliert. Ellis zieht mich fester an sich und hält mich, murmelt beruhigende Worte in mein Haar und lässt mich heulen.

Meine Knie geben unter mir nach, und langsam sinkt er mit mir zu Boden. Ohne mich ein einziges Mal loszulassen, lehnt er sich mit dem Rücken zur Wand und bettet mich an seine Brust.

Am Rande bekomme ich mit, dass Leute an uns vorbeilaufen, irgendeiner fragt, ob alles okay sei, aber Ellis schickt ihn weiter.

Als mein Schluchzen und die Tränen allmählich abebben, reicht mir Ellis ein Taschentuch. Ich putze mir die Nase, während sein Arm um meine Schultern liegt.

Er wischt mir etwas verlaufenes Make-up von der Wange, aber er sagt nichts. Und er fragt auch nichts.

Er ist einfach da.

Dann beginne ich von allein zu reden.

Ich erzähle ihm alles über meine geheime Affäre mit Dorset, was er mir einzureden versucht hat und wie schmutzig und widerwärtig ich mich danach gefühlt habe.

Die Worte kommen stockend aus mir hervor, immer wieder muss ich schluchzen und die Stimme versagt mir. Inzwischen habe ich Ellis' Jackett vollgerotzt, aber es scheint ihn überhaupt nicht zu stören.

Ich höre, wie er immer wieder leise *Fuck* murmelt, während ich rede und spüre, wie sich sein Arm um meine Schultern krampft. Als ich fertig bin, schaue ich zu ihm auf.

Es ist ihm anzusehen, wie er eins und eins zusammenzählt, was in dem Gespräch heute Nachmittag zwischen Dorset und mir passiert sein muss.

»Es tut mir so leid, dass ich so …« Er schließt die Augen. »Überreagiert habe heute Nachmittag. Ich hatte kein Recht, dir irgendetwas zu unterstellen.«

»Du konntest ja nicht wissen, was dahintersteckt.«

»Ich hätte auch einfach mal meine drei Gehirnzellen benutzen und dir ein bisschen Raum geben können. Und hätte dir vertrauen sollen.«

Kurz sagt keiner etwas und ich mustere ihn. »Deine Ex hat dich betrogen, oder?«

Ellis nickt. »Mit einem anderen Surfer.«

»Das tut mir leid.«

Er zuckt nur mit den Schultern.

»Ich wollte nicht, dass wir … ich wollte nicht, dass wir eine Pause machen. Oder sogar Schluss machen. Ich war völlig panisch und überfordert und wusste gar nichts mehr. Und ich verstehe nicht, warum Dorset mich nicht einfach in Ruhe lassen kann.«

»Weil er ein manipulatives Arschloch ist«, sagt Ellis ohne jegliche Zurückhaltung. »Weil es ihm irgendetwas gibt, wenn er Macht über dich hat und dich beeinflussen kann.« Und dann scheint ihm etwas klar zu werden. »*Er* war es«, stellt er leise fest. »*Er* war der Grund, warum du keinen Job an der Uni annehmen wolltest und warum du mich … also, uns keine Chance geben wolltest, oder?«

»Ich wollte mir beweisen, dass er nicht recht hat. Dass ich meine Abschlussnote nicht durch Sex verdient habe, sondern weil ich gut bin in dem, was ich tue. Außerdem hatte ich Angst, dass Dorset es mitbekommen könnte, wenn ich erneut an einem Institut arbeite, und es irgendwie schafft, mich wieder zu beeinflussen. Und genau das ist jetzt passiert.«

Ellis legt eine Hand an meine Wange und schaut mir fest in die Augen. »Nein, ist es nicht. Du hast dich zur Wehr gesetzt. Du bist stärker als dieser Mann und seine erbärmlichen Machtspielchen. Weißt du, wie schwer es ist, jemandem, der älter ist, mehr Erfahrung hat und sich dir gegenüber in einer Machtposition befindet, die Stirn zu bieten?«

Ich verziehe die Mundwinkel.

»Und du hast es trotzdem geschafft. Weil nicht Dorset dein Leben bestimmt, sondern nur du selbst. Du allein kannst entscheiden, was du zulässt und was nicht.«

»Ich wünschte, es wäre so.«

»Natürlich ist es so. Außerdem bin ich mir ziemlich sicher, dass du nicht die Einzige bist, mit der er so eine Shitshow abgezogen hat. Du hast den Anfang gemacht, indem du dich aus diesem Verhältnis von ihm befreit hast. Indem du gegangen bist und dich seinem Einflussbereich entzogen hast. Er hätte dein gesamtes Masterstudium hindurch versucht, dich zu manipulieren und fertigzumachen. Es war verdammt stark und mutig von dir, zu gehen. Und jetzt hast du ihm sogar gedroht, und weißt du was? Er hat Angst bekommen. Sonst würde er dich nicht die ganze Zeit so misstrauisch beäugen und hätte dich auch nicht zur Seite genommen.«

»Aber wenn er Angst hat, wieso …« Ich schluchze erneut. »Wieso trifft er sich jetzt mit Sam? Mit meiner kleinen Schwester?«

»Euer Streit gerade eben war wegen Dorset?«, fragt Ellis alarmiert.

Ich nicke nur, weil mir einen Moment lang die Stimme versagt.

»Das ist nicht dein Ernst.« Da schwingt etwas in seinen Worten mit, das mir einen Schauer den Rücken hinunterschickt.

»Er trifft meine kleine Schwester, und er *weiß*, dass sie meine kleine Schwester ist.«

»Bist du dir sicher?«

»Ich habe gesehen, wie sie miteinander gesprochen haben, wie sie sich angefasst haben. Und Sam hat sich nicht mal die Mühe gemacht, es abzustreiten. Warum macht er das? Um mir eins auszuwischen? Um mich zu bestrafen? Wieso?«

Ellis blinzelt, zieht die Brauen hoch und die Bestürzung ist ihm ins Gesicht geschrieben. »Wow, das ist … wir werden … Hugh, Andy und ich, wir werden …«

»Nein, ihr werdet ihn nicht verprügeln wie in einem drittklassigen Italo-Western.« Grinsen muss ich trotzdem, weil mir die Vorstellung, wie Simon eine Abreibung bekommt, ziemliche Genugtuung verschafft.

»Vielleicht ist es nur Zufall mit deiner Schwester. Vielleicht versucht er auch, euch beide von sich abhängig zu machen und gegeneinander auszuspielen. Keine Ahnung, was in dem kranken Hirn dieses Mannes vor sich geht. Auf jeden Fall werden wir ihn … Das geht nicht mehr.«

Selten habe ich Ellis so perplex gesehen. Eigentlich noch nie.

Und in dem Moment verstehe ich etwas. Nein, ich verstehe es nicht nur, ich spüre es in meinem tiefsten Inneren. Es fühlt sich an wie eine Glut, die hinter meinem Brustbein sitzt und plötzlich wieder die Kraft findet, zu brennen. In mir lodert es.

Alles, was zwischen Dorset und mir passiert ist – *es ist nicht meine Schuld*. Egal, wie sehr dieser Mann versucht, mir genau das einzureden. Er will, dass ich mich schlecht und minderwertig und klein fühle. Er will etwas auf mich abwälzen, das allein er zu verantworten hat.

Und das hat jetzt ein Ende.

»Ich werde mit ihm sprechen. Und ich möchte es selbst machen. Ich *muss* es sogar selbst machen. Für mich.« Ich lege meine Faust auf der Brust ab und spüre den Herzschlag unter meinen Fingerknöcheln.

In Ellis' Augen tritt ein ernster Ausdruck. »Okay«, sagt er und umschließt meine Hand mit seiner. »Aber du weißt, dass du nicht mehr allein bist. Du musst deine Probleme nicht allein lösen. Du hast mich. Ist mir schon klar, dass du das anders siehst, aber es ist eine Stärke, sich zu öffnen und Hilfe annehmen zu können.« Auf dem Hosenboden rückt er näher. »Verstehst du mich? Etwas zusammen zu erreichen, ist niemals ein Zeichen von Schwäche.«

Ich ziehe noch einmal die Nase hoch und schäme mich, weil ich so verrotzt bin und ganz verquollen und Ellis mir jetzt so nahe ist.

Ihm scheint es völlig egal zu sein, denn er lehnt seine Stirn gegen meine und schließt die Augen. Und ich will nichts mehr, als ihn jetzt zu küssen. Ihn zu berühren. Ihn zu schmecken.

Und dann tue ich es wirklich. Ich überwinde den letzten Abstand zwischen uns und streife seine Lippen mit meinen. Nur einen Herzschlag später rutscht seine Hand in meinen Nacken und er erwidert meinen Kuss.

Die Wärme, die von ihm abstrahlt, greift auf mich über. Unsere Lippen öffnen sich, unsere Zunge treffen aufeinander, und ich liebe alles an diesem Kuss und an seiner Nähe. Ellis gibt sie mir bedingungslos und ohne dass ich ihn je darum gebeten habe. Sie ist alles, was ich in diesem Moment brauche.

Und ich glaube, sie ist alles, was ich jemals brauchen werde.

Unsere Zungen streichen übereinander, ganz sanft und liebevoll, und binnen Sekunden flutet mich Erleichterung und etwas, das viel stärker ist. Ich spüre die Verbindung zu ihm. Wie ein unsichtbares Band umgibt sie uns, ein strahlendes, pulsierendes Band, das mich festhält.

Es liegt so viel Kraft, Leidenschaft und Vertrauen in diesem Kuss, dass mir schon wieder die Tränen kommen.

Ellis muss mein Wimmern gehört haben, denn er löst sich von mir und streicht mir mit dem Daumen eine Träne von der Wange. »Was ist los?«, flüstert er und mustert mich eindringlich.

»Nichts, ich … hör nicht auf, mich zu küssen.«

Langsam nähert er sich mir wieder, erneut bedecken seine Lippen meine, und der Kuss, den er mir dann gibt, lässt alles um uns herum an Bedeutung verlieren. Da sind nur er und dieser Kuss, ein mächtiger und ernsthafter Kuss, unter dem sich mein Herz zusammenzieht und es gleichzeitig überschäumen lässt vor Gefühlen. Vor Liebe.

Mein Herz gehört ihm, meine Seele gehört ihm, und es ist gut und richtig so, weil Ellis mich sieht und mich will, und weil er mir hilft, ich selbst zu sein.

»Du hast keine Ahnung, wie mächtig du bist«, murmelt er mit rauer Stimme, als er den Kuss für einige Sekunden unterbricht.

»Vielleicht«, gebe ich zurück. »Aber ich glaube, ich brauche jemanden, der mich ab und an daran erinnert.«

40

Lily

Ich sitze mit dem Rücken zur Tür, kerzengerade und mit unbewegter Miene, und schaue nach vorn auf die leere Bühne.

Meine Hände liegen auf den Oberschenkeln, und ich zwinge mich dazu, tief und ruhig zu atmen. Ein bisschen so, als würde ich meditieren. Zumindest sehen die auf den Bildern immer so aus.

Mehrmals streift mich von hinten ein Luftzug und schickt eine Gänsehaut meinen Rücken hinab, aber ich unterdrücke einen Schauer.

Ich sitze allein an Dorsets Tisch, auf Dorsets Stuhl.

Er ist nicht im Saal, und ich habe keine Ahnung, wann er zurückkehren wird. Sein halb volles Weinglas steht auf dem Tisch, mehrere der anderen Tischgäste haben sich bereits verabschiedet, doch er und Prof. Walsh sind noch da.

Und er wird kommen. Sobald er mich hier sieht, wird er kommen, das weiß ich.

Walsh steht am anderen Ende des Raumes und ist in ein Gespräch mit einer jüngeren Frau vertieft. Ich glaube, sie ist Schottin, aus Glasgow oder Edinburgh.

An der kleinen Bar, die im Saal aufgebaut wurde, stehen Ellis, Elsa und Hunter. Sie haben mir den Rücken zugedreht, nippen an ihren Getränken und tun so, als würden sie mich nicht sehen. Gut so.

Aber ich lasse mich nicht ablenken, sondern richte meinen Blick wieder nach vorn und konzentriere mich.

Ein Geräusch hinter mir, ein Räuspern, lässt meinen Atem stocken. Jemand tritt neben mich. Aus dem Augenwinkel erkenne ich einen Mann mit schwarzem Anzug, und mein Puls schießt in die Höhe. Meine Frisur ist zerzaust, mein Kleid klebt mir am Rücken, das Make-up habe ich heruntergeheult, und die Haut in meinem Gesicht spannt von dem Salz der vielen Tränen.

Trotzdem bin ich fest entschlossen.

Ja, es geht darum, Sam vor diesem Mann zu schützen. Aber da ist noch mehr. Genauso sehr geht es um mich, meine Würde und meinen Selbstwert.

Langsam drehe ich den Kopf.

Dorset steht neben mir und legt eine Hand auf der Stuhllehne vor sich ab, die andere ruht auf seiner Hüfte. Seine Haltung ist raumgreifend und selbstsicher, wie immer.

»Lily«, stellt er fest und klingt ungeduldig. Ich weiß nicht, ob er mich von hinten erkannt und womöglich gezögert hat, überhaupt zu seinem Tisch zurückzukehren. Oder ob es ihm einfach egal ist, weil er mich sowieso nicht ernst nimmt.

»Du bist widerlicher, als ich dachte«, begrüße ich ihn.

»Wow, Beleidigungen.« Er verzieht das Gesicht. »Ist das jetzt deine Strategie?«

»Setz dich«, verlange ich und nicke mit dem Kopf in Richtung des Stuhls, auf dem seine Hand liegt.

Er zögert. Vermutlich kämpft er gerade mit seinem scheiß Ego, ob er eine Anweisung von mir überhaupt befolgen oder ob er sofort gehen sollte. So oder so, egal wie er sich entscheidet, in diesem kleinen Kampf ist er bereits der Verlierer.

Er setzt sich und meine Schultern verkrampfen sich. Insgeheim habe ich damit gerechnet, dass er mir ein Gespräch verweigert.

Konzentrier dich. Bleib bei dir.

»Du lässt die Finger von meiner Schwester«, verlange ich ohne Umschweife.

Ein zufriedenes Lächeln hebt seine Mundwinkel. Er antwortet nicht sofort. »Weil sonst was?«, fragt er schließlich.

Ich verlagere meine Position, mein Handy schwingt mit einem leisen *Klonk* gegen den Sitz, und einen Herzschlag lang bin ich versucht, dorthin zu schauen.

»Dann werde ich der ganzen Welt zeigen, was für ein Arschloch du bist.«

»Bist du betrunken?« Er beugt sich vor und betrachtet mein Gesicht, vermutlich auf der Suche nach Spuren von Alkoholeinfluss. Oder vielleicht tut er auch nur so. Bei diesem Mann weiß man nie, was echt ist und was nicht. »Du hast ja geweint«, stellt er fest und schafft es damit kurz doch wieder, unter meinen Schutzpanzer zu gelangen.

Ich schlucke, weil ich nicht sofort eine passende Antwort parat habe.

»Das tut mir leid. Was ist passiert?« Es klingt so falsch, was da aus seinem Mund kommt. Ihm ist völlig egal, was mit mir passiert ist. Er will mich ablenken, um wieder die Oberhand in diesem Gespräch zu bekommen, wie er es immer macht.

Aber ich lasse es nicht zu.

»Mir ist etwas klar geworden«, fahre ich unbeirrt fort, sehe ihm dabei in die Augen, und obwohl ich unbeschreiblich wütend auf ihn bin, kostet es mich dennoch Kraft, ihm standzuhalten. Eigentlich will ich einfach nur hier weg.

Aber ich muss das jetzt durchziehen, und das werde ich auch.

Mein Herz schlägt bei meinen nächsten Worten so schnell, dass ich das rasende Pochen bis in den Hals hinauf spüren kann. Denn es ist wichtig, dass ich die Worte jetzt und hier ausspreche: »Du hast deine Macht als mein Professor missbraucht, um mich in dein Bett zu bekommen. Du hast Sex verlangt als Gegenleistung für deine Notenvergabe.«

Dorsets Augen zucken hastig von links nach rechts, er prüft, ob uns jemand hören kann, und seine Unsicherheit, auch wenn sie nur einen Sekundenbruchteil anhält, lässt meinen Körper vor Genugtuung beben.

»Was redest du da? Hast du irgendetwas genommen? Halluzinierst du?« Er mustert mich mit ernstem Blick. Nach außen hin sieht es aus wie Besorgnis. Doch ich kenne ihn besser.

»Und jetzt machst du dich an meine Schwester ran«, fahre ich unbeirrt fort. »Warum eigentlich? Geht es dir überhaupt um Sam? Oder willst du mir eins auswischen und mich bestrafen, weil ich vor dir und deinen widerwärtigen Machtspielchen davongelaufen bin?«

Dorset sieht sich um. Deutlicher diesmal, aber noch immer ist niemand in unserer Nähe. »Keine Ahnung, was in dich gefahren ist und weshalb du solche fabulierten Geschichten erzählst, ich höre mir so etwas jedenfalls nicht länger an.«

Er erhebt sich, drückt mit den Kniekehlen seinen Stuhl nach hinten, doch ich strecke meine Hand nach ihm aus.

Er darf nicht gehen. Noch nicht. Mein Blick schweift durch den Saal. Es sind nicht mehr viele Gäste da. Vielleicht zwanzig oder fünfundzwanzig Leute, genügend, dass unser Plan funktionieren könnte. Dafür muss Dorset jetzt aber bleiben. Ich muss ihn aufhalten, egal wie.

»Ich bin nicht die Einzige, Simon. Es gibt mehr junge Frauen wie mich, die du auf diese Art ausgenutzt hast. Ich werde sie finden, und sie werden reden, glaub mir. Zuerst mit mir. Dann mit der Vertrauensperson an der UCL oder an irgendeiner anderen Uni, an der sie studiert haben. Dein Lebenslauf und deine Stationen stehen ja überall, damit jeder sieht, was für eine fantastische Karriere du gemacht hast. Und dann gehe ich damit an die Presse. An Blogs, an Influencerinnen.« Ich beuge mich zu ihm. »Sie lieben solche Geschichten«, flüstere ich. »Ein Professor, der sich an seine Studentinnen ranmacht. Der seine Macht missbraucht und damit sie missbraucht. Es wird viral gehen, Simon. *Du* wirst viral gehen.«

Ich rede einfach nur, um ihn zu provozieren, damit er die Kontrolle verliert. Das ist es, worauf ich hinauswill. Ich möchte, dass er Angst bekommt.

Er stößt die Luft durch die Nase. »Selbst wenn Vorwürfe laut würden – meine akademische Arbeit und alles, was ich bisher in meinem Leben erreicht habe, sprechen für mich. Meine Forschungsarbeit ist lauter als das selbstgerechte Gekreische von irgendwelchen Frauen.«

Ich schüttle den Kopf, weil ich nicht glauben kann, dass er das wirklich gerade gesagt hat. Und er meint jedes Wort genau so. Das ist das wahre Gesicht von Prof. Dr. Simon Dorset.

Die Wut, die sich in mir zusammenbraut, lässt meine Stimme zittern. »Du bist in der Zeit hängen geblieben, Simon. Das mag vor fünfzig Jahren noch so gewesen sein, vielleicht sogar vor zwanzig Jahren. Aber die Welt hat sich verändert. Machtmissbrauch wird inzwischen abgestraft. Nur weil du berühmt bist und eine Professur innehast, bist du nicht unantastbar.«

»Ihr könnt reden und schreiben, so viel ihr wollt. Du kannst dich auf einen schmutzigen Feldzug gegen deinen ehemaligen Professor begeben. Bitte schön.« Er deutet in Richtung der Tür. »Aber weißt du, was überall auf der Welt gilt? Die Unschuldsvermutung. Solange es keine handfesten Beweise gibt, bin ich unschuldig. Und glaube mir, die gibt es nicht. Jeder Anwalt wird dir das bestätigen, Schätzchen. Alle, die meine Arbeit kennen und schätzen, werden es ebenfalls tun …« Er beugt sich zu mir. »Aber du, Lily, wirst die Hure sein. Die Ex-Freundin, die Trittbrettfahrerin, die Vorteile aus meiner Berühmtheit ziehen möchte, um in der Forschung weiterzukommen. Sicherlich werden einige wild gewordene Feministinnen dich crowdfunden. Die arme missbrauchte Studentin mit dem Alkoholikervater. Irgendeine dieser Gleichstellungsvereinigungen wird dir Geld in den Arsch schieben, und eine dieser superwoken Unis in diesem Land wird dir aus lauter Mitleid einen PhD-Platz anbieten. Das ist es doch, was du mit diesem ganzen Theater hier bezwecken willst, oder nicht?«

Ich beiße die Zähne aufeinander, bevor ich antworte: »Ich werde meinen Doktor machen und in die Forschung gehen, und ich werde etwas bewegen, und zwar ausschließlich aufgrund meiner Leistungen. Außerdem war ich nie deine Freundin, Simon. Ich war deine Studentin, mit der du Sex hattest, sogar als ich es nicht mehr wollte.«

Er lacht, ich glaube, er lacht mich aus, und ich drücke meine Fingernägel so fest in die Handflächen, dass es wehtut, weil ich den Impuls unterdrücken muss, ihn anzuschreien.

»Es hat dir doch gefallen, Lily. Du wolltest fester angepackt werden, du wolltest dominiert werden. Du hast es genossen, dass ich deinen Willen beuge. Und eigentlich willst du es noch immer, oder? Sonst säßen wir jetzt nicht hier. Ist dein Höschen schon feucht? Willst du, dass ich es noch einmal *dir* besorge statt deiner Schwester?«

Ich lehne mich zurück, meine Hand krampft sich um eines der halb gefüllten Wassergläser auf dem Tisch, und ich bin kurz davor, ihm den Inhalt ins Gesicht zu schütten.

Vielleicht habe ich mich überschätzt. Vielleicht hätte ich mich nicht auf ein Gespräch mit Dorset einlassen sollen, weil er es jedes verdammte Mal wieder schafft, mir die Worte im Mund umzudrehen, bis ich mit dem Rücken an der Wand stehe.

Ich atme ein, aber noch ehe ich zu einer Antwort ansetzen kann, zieht jemand zu meiner Linken den Stuhl nach hinten und setzt sich neben mich.

»Nur zu. Lasst euch nicht stören von mir«, sagt Ellis mit vollkommener Selbstverständlichkeit und nippt an seinem Whiskey. Seine Haare sind ein wenig durcheinander, er hat sein Hemd am Kragen etwas aufgeknöpft und legt seinen Arm lässig auf meine Stuhllehne. Mich beschleicht der Verdacht, dass er, während ich mit Dorset gesprochen habe und er uns dabei zugesehen hat, einen Whiskey nach dem anderen gekippt hat. Das wäre nicht gut. Ganz und gar nicht.

Ich reiße mich trotzdem zusammen und schaue ihn nicht an, aber ich spüre den Stoff seines Jacketts in meinem Nacken, und Ellis neben mir zu wissen, egal in welchem Zustand, hilft mir unglaublich.

»Und was wird das jetzt?« Amüsiert sieht Dorset zwischen Ellis und mir hin und her. »Der Auftritt des eifersüchtigen Liebhabers?«

Ellis' brennender Blick bohrt sich in Dorset, und der überhebliche Ausdruck in dessen Gesicht verschwindet ganz schnell wieder.

Ich bin mir nicht sicher, ob er Dorsets letzte Sätze mitbekommen hat. Möglich wäre es, denn den Zorn, der in Ellis schwelt, kann ich körperlich spüren. Jetzt drehe ich den Kopf doch und erkenne, wie seine Kiefer rhythmisch mahlen, während er Dorset fixiert.

Die beiden Männer starren sich an, und die Stimmung am Tisch ist so aufgeladen wie die Luft bei einem Gewitter, kurz bevor Blitz und Donner die Atmosphäre zerreißen. Ellis ist drauf und dran, sich auf Dorset zu stürzen und sich mit ihm zu prügeln, das ist mir klar.

Doch er tut etwas anderes, und ich erschrecke dabei so sehr, dass ich aufschreie. Mit einer schnellen Bewegung fegt er alles Geschirr vom Tisch, das er mit einem Arm erreichen kann. Laut klirrend schlägt es neben ihm am Boden auf und zerbricht.

Um uns herum wird es schlagartig still.

Als Dorset nach unten auf die Scherben sieht, verziehen sich seine Lippen zu einem höhnischen Lächeln. »Nur die Einfältigen greifen zu Gewalt.«

»Falsch«, erwidert Ellis. »Hier geht es nicht um Gewalt. Hier geht es um Aufmerksamkeit.«

Dorset verengt die Augen.

»Ellis, was zum Teufel wird das hier?«, zischt Walsh ihm zu, die sofort an den Tisch geeilt ist. Und jetzt sind da auch Elsa und Hunter, die in Hörweite an einem der Nachbartische stehen.

»Ein Dienst an der Menschheit«, antwortet Ellis, ohne den Blick von Dorset zu nehmen.

»Sind Sie betrunken? Hören Sie sofort auf, die Gäste zu belästigen.« Sie wendet sich an Dorset. »Es tut mir unglaublich leid, Simon. Am besten gehen wir.«

»Nein, Sie gehen noch nicht«, bestimmt Ellis und wirft mir einen auffordernden Blick zu.

Ich ziehe das Handy hervor, das die ganze Zeit an meiner Seite gebaumelt hat. »Die Show ist noch nicht vorbei, Prof. Walsh.«

Ellis nickt mir zu, und ich tippe zweimal auf das Display und stoppe die Aufnahme.

Bitte, bitte, bitte lass sie etwas geworden sein!

Wenn jetzt nur Rauschen zu hören ist oder unverständliches Murmeln, weil das Handy zu weit weg war, machen Ellis und ich uns komplett lächerlich.

Ellis übernimmt die volle Verantwortung für diese Aufnahme. Es ist sein Handy, das ich um den Körper geschlungen hatte, er war es, der die Aufnahme gestartet hat, ehe ich mich an den Tisch gesetzt habe, und er wird es auch sein, der sie abspielt.

Es verstößt gegen das Gesetz, was wir hier tun, das wissen wir beide. Trotzdem hat Ellis darauf bestanden, dass nur er es sein wird, der dafür belangt werden kann.

Garantiert wird er dafür seine Promotionsstelle bei Prof. Walsh verlieren. Und egal, wie dieser Abend ausgeht, wird er eine Klage an den Hals bekommen. Simon wird sich für die Nummer, die wir hier gerade mit ihm abziehen, rächen und alles dafür tun, Ellis' Zukunft in der Forschung zu verbauen, so viel ist sicher.

Und plötzlich bin ich doch nervös. Ich habe kaum mehr Kontrolle über meine Finger, die so stark zittern, dass ich zweimal die falsche Pin eingebe.

Erst jetzt scheint es Simon zu dämmern. »Was, glaubst du, tust du hier?«, schnauzt er mich an.

»Ihr Gespräch mit Lily veröffentlichen«, antwortet Ellis an meiner Stelle.

»Gespräche ohne Erlaubnis des Gesprächspartners aufzunehmen, ist strafbar«, sagt Dorset sofort.

»Du hast dich wohl schon damit beschäftigt?« Ich funkle ihn an.

»Ihr duzt euch?«, schaltet Ms. Walsh sich verblüfft in den Schlagabtausch ein.

»Mehr als das«, sage ich vage und sehe, wie Ms. Walsh blass wird.

Dorset stößt einen kurzen Lacher aus. Er ist sich seiner Sache sicher und wendet sich Prof. Walsh zu. »Weißt du noch, als wir es gestern von Salkovskis' Theorie zu Obsessionen hatten? Vor dir steht ein Paradebeispiel.« Er nickt in meine Richtung.

»Ein Scheiß steht vor Ihnen«, weist Ellis ihn zurecht. »Vor Ihnen steht eine Person, die Ihren widerlichen Machtmissbrauch und Ihre kranken Psychospielchen nicht mehr dulden wird.«

»Ellis, was erlauben Sie sich!«

»Prof. Walsh«, sagt er scharf und die beiden starren sich an. Sie kennen sich seit vielen Jahren, und schon öfter habe ich beobachtet, dass sie wortlos miteinander kommunizieren. Walsh blinzelt, dann legen sich tiefe Falten auf ihre Stirn.

»Ich mache Sie fertig«, höre ich Dorset sagen. »Euch beide. Ich kenne die besten Anwälte Londons. Sie werden Ihre Visage an keiner einzigen Universität der Welt mehr zeigen können und zurück in das Loch kriechen, aus dem Sie gekommen sind.«

»Snowdonia«, erwidert Ellis und er klingt stolz. Es ist das erste Mal, dass ich ihn das vor anderen sagen höre. »Ich stamme von Schaffarmern ab, und meine Freundin kommt aus einer Arbeiterfamilie in Londons East End. Und wir werden Ihnen heute beweisen, dass sozialer Aufstieg keine Illusion ist, Dorset. Sozialer Abstieg für Arschlöcher aber eine Realität.«

»Moment mal.« Ms. Walsh hebt Einhalt gebietend die Hände. »Um was genau ging denn dieses Gespräch, wenn du damit einen Grund hättest, Mr. Redmaine und Ms. Johnson fertigzumachen, sollte es ans Licht der Öffentlichkeit geraten?«

»Darum, dass Prof. Simon Dorset seine Stellung ausnutzt, um Studentinnen in sein Bett zu bekommen.« Der Ausdruck in Ellis' Gesicht ist so bitter und wütend, dass Ms. Walsh plötzlich ganz betroffen ist.

»Und Lily Johnson ist nicht die einzige Studentin, mit der er das gemacht hat.« Hunter tritt zu uns. »Ich habe eine Freundin, die an der UCL studiert hat. Anna Whapping. Sie erinnern sich vielleicht an ihren Namen, *Prof. Dorset*? Sie hat mir von ihrem Verhältnis mit ihrem Professor erzählt.«

»Das ist kompletter Unsinn«, streitet Dorset sofort ab. »Martha, lass dich von diesen Rufmördern bloß nicht beeinflussen.«

»Du meinst, du hast mit mir geschlafen, weil du so verliebt in mich warst? Und dass ich dir für meine Abschlussnote einen Gefallen schulde, hast du mir auch aus reiner Zuneigung eingeredet, oder?«, frage ich, und Prof. Walsh schlägt sich die Hand vor den Mund. »Ich hatte eine Affäre mit ihm«, erkläre ich ihr. »Obwohl er mein Prüfer war.«

»Das sind so dreiste Lügen – Martha, bitte. Und du löschst

jetzt sofort den Mitschnitt unseres Gesprächs auf deinem Handy«, befiehlt er mir.

»Auf *meinem* Handy«, mischt sich Ellis ein. »*Ich* habe das Handy eingeschaltet, es ist *meine* Idee gewesen und *meine* Aufnahme.« Alle sehen ihn an. »Und es ging darum, wie dieser Mann meine Partnerin unter Druck setzt«, beantwortet er schließlich Walshs Frage.

»Das klingt doch absurd.«

»Nicht wahr? Und glauben Sie wirklich, wir würden uns hier Sachen ausdenken und uns strafbar machen, weil es keine triftigen Gründe gibt? Sie sollten mich besser kennen, Prof. Walsh.«

Einen Atemzug braucht Ms. Walsh, dann schüttelt sie betreten den Kopf. »Nein, das glaube ich nicht«, gibt sie leise zu.

Ellis zieht ein kleines Mikro aus der Tasche seines Jacketts. Das Mikro, das Ms. Walsh vor einigen Stunden zur Begrüßung und Eröffnung des Dinners verwendet hat. Er nimmt mir sein Handy ab, es hängt noch um meinen Körper und ich schlüpfe aus dem Band heraus.

Während er in der Aufnahme mehrere Minuten nach hinten scrollt, sieht er mich fragend an. »Die letzten zwei Minuten reichen«, sage ich.

Und dann stürzt sich Dorset auf Ellis und will ihm das Handy aus der Hand reißen, aber Ellis ist größer und breiter als Simon und anscheinend sehr viel stärker, denn mit nur einer Armbewegung wehrt er Dorset ab.

Ich gehe dazwischen, klammere mich an Dorsets Arm, und auf einmal steht auch Prof. Walsh neben mir und hilft mir, Dorset festzuhalten. »Los, spielen Sie das Ding schon ab«, weist sie Ellis an, dann summt es kurz in den Lautsprecherboxen des Saals, ehe ich meine Stimme ausmachen kann.

Ellis stellt auf maximale Lautstärke, und meine Ohren dröhnen, als unsere Unterhaltung über das Mikro durch den Saal donnert. Alle hören es, selbst die Gäste im Flur, die jetzt neugierig zurückkehren.

Sogar Sam ist da, und sie hält sich vor Bestürzung die Hand vor den Mund, während Dorsets respektlose Worte aus dem Lautsprecher tönen.

Als Ellis die Wiedergabe stoppt, ist es totenstill.

Dann räuspert sich Prof. Walsh. »Ich hätte nicht gedacht, dass für Menschen wie dich noch Platz in der Academia ist«, wendet sie sich an Dorset. »Ich denke, es ist Zeit, dass du gehst. Die Konferenz wird ohne dich weitergeführt. Und ich glaube, ich spreche im Sinne des Rektors, wenn ich sage, dass du an der Bloomsbury University nicht mehr willkommen bist.«

»Ihr werdet das bereuen, ihr alle«, flüstert Simon.

»Machen Sie, was Sie wollen, Dorset. Verklagen Sie mich, es ist mir scheißegal. Aber alle Welt weiß, was für ein krankes Arschloch Sie sind«, erwidert Ellis.

»Übrigens haben meine Eltern gerade mit einer Familienfreundin telefoniert«, meldet sich Hunter wieder zu Wort. »Sie ist Journalistin bei der BBC und brennt darauf, ein Feature über Machtmissbrauch an britischen Universitäten zu schreiben. Sie kann es kaum erwarten, Lily dazu morgen zu interviewen.« Geschickt positioniert Hunter sich zwischen Ellis und Dorset, denn so, wie die beiden sich anstieren, besteht noch immer die Gefahr, dass sie jeden Augenblick aufeinander losgehen könnten.

»Das wagt ihr nicht«, droht Dorset.

»Und ob, Simon«, antworte ich. »Tu, was du nicht lassen kannst. Aber die Welt hat uns bereits gehört und sie wird uns weiter zuhören. Und du hast dich getäuscht. Für so jemanden wie *dich* ist kein Platz mehr in der Forschung.«

Einige Sekunden lang braucht Dorset, eine Mischung aus Unglauben und Wut verzerrt seine Züge. Dann zieht er ab, ohne ein weiteres Wort zu sagen.

Alle schauen uns an, tuscheln, und nur zögerlich kommen wieder Gespräche auf.

»Der Stunt mit der Journalistin kostet mich mindestens eine Runde Golf mit meinem Dad – ich hoffe, das ist es wert!«, scherzt Hunter.

»Danke, Hunter. Echt. Die Idee mit eurer Bekannten bei der BBC war so gut!«

»Na ja. Eigentlich war das ja Elsas Idee«, gibt er zu.

Hunter schien gerade auf der Flucht vor seinen Eltern gewesen zu sein (oder auf der Suche nach der Toilette, die er im Keller vermutet hat, wie er behauptete), als er auf Ellis und mich auf dem Fußboden aufmerksam geworden war. Er hatte wissen wollen, was passiert sei, und ich scherzte unter Tränen, dass ich jetzt einen Professor zu Fall bringen würde. Daraufhin hat Hunter von ganz allein den Namen Simon Dorset ins Spiel gebracht. Er hat sich nicht davon abbringen lassen, gemeinsam mit Ellis, Elsa und mir eine Strategie zu entwickeln, wie wir Dorset überführen könnten.

»Habt ihr den Film *She Said* nicht geschaut? Da haben die das genauso gemacht.« Elsa grinst zufrieden, Hunter betrachtet sie, und dabei tritt ein Leuchten in seine Augen.

»Right«, abrupt wendet er sich ab, schlägt bei Ellis und mir ein und macht eine winkende Handbewegung in Richtung Elsa. »Ich muss. Meine Eltern warten an der Cocktailbar auf mich.« Er zieht eine schmerzhafte Grimasse, und nachdem ich seine Eltern kurz kennengelernt habe, kann ich mir nur zu gut vorstellen, wie anstrengend der Abend für ihn verläuft.

Prof. Walsh tritt zu mir. »Es tut mir so leid, was Ihnen passiert ist.«

Und ich nicke nur, weil ich so überrumpelt von ihrer Aufrichtigkeit bin.

Sie sieht zu Ellis. »Sie hätten ruhig etwas sagen können, Redmaine.«

Er zuckt mit den Schultern. »Mir war das ganze Ausmaß bis vor zwei Stunden selbst nicht bewusst.«

Sie nickt. »Ich werde dafür sorgen, dass die Anwälte der Bloomsbury University Sie vertreten. Machen Sie sich keine Gedanken. Sie haben alles richtig gemacht«, sagt Prof. Walsh und wendet sich dann mir zu. »Und Sie auch. Lassen Sie sich nichts anderes einreden.«

Und jetzt muss ich lächeln. »Nein, das tue ich nicht. Nicht mehr.«

41

Lily

2 Monate später

Ich sitze auf dem Hocker am Tresen und sehe Elsa dabei zu, wie sie sich freut.

Wenn Elsa sich freut, ist es, als wäre sie noch ein kleines Kind. Vor Begeisterung ist sie dann ganz überschwänglich und ungebremst, und das ist eine Sache, die ich wirklich an ihr liebe. Gerade tänzelt sie ungeduldig vor dem Ofen auf und ab, späht hinein, gibt einen zufriedenen Laut von sich und klatscht dann freudig in die Hände.

Nach den Weihnachtstagen hat Elsa angefangen, im *Black Cat* auszuhelfen und Fridas Kuchenangebot immer mal wieder mit eigenen Kreationen zu ergänzen. Manchmal habe ich das Gefühl, sie verbringt mehr Zeit hier als in der Bib. Irgendetwas ist an Weihnachten zwischen ihr und ihren Eltern vorgefallen, glaube ich, weil sie seitdem noch viel weniger lernt und sich geradezu verbissen ins Kochen und Backen stürzt.

»Und?«, rufe ich in Richtung Küche.

»O mein Gott, ich glaube, sie sind perfekt!«, höre ich gedämpft. Elsas Stimme hat einen Tonfall, als würde sie mit einem flauschigen Golden-Retriever-Welpen sprechen.

Als sie den Kopf zur Tür herausstreckt und sich ihre Ofenhandschuhe überzieht, ohne die sie (eigenen Angaben zufolge) absolut nicht kochen und backen kann, strahlt sie mich an, als hätte sie im Lotto gewonnen. Oder eine Eins in ihrer Klausur zur Investitionstheorie geschrieben. Beides ist gleich unwahrscheinlich.

Sobald sie den Ofen geöffnet und das Blech herausgenommen hat, strömt der so ziemlich beste Geruch der Welt zu uns in den Gastraum.

»In zwei Minuten darfst du probieren, okay? Chocolate Chip Cookies mit Wasabi.«

»Packst du mir zwei für Ellis ein?«, rufe ich ihr hinterher, weil sie schon wieder in der Küche verschwunden ist, und streichle abwesend Robert the Bruce, der es sich schnurrend auf meinem Schoß bequem gemacht hat.

Ihr Kopf erscheint wieder in der Tür. »Mache ich. Aber frag ihn bitte … du weißt schon.«

Ich muss grinsen. »Ja, ja, ich weiß schon.«

Als ich das *Black Cat* verlasse, schlägt mir eiskalter Wind entgegen. Ich mummle mein Gesicht tiefer in den Schal, weil weitere Windböen von Westen her über die Stadt fegen und mir in die Haut beißen.

Obwohl Januar ist, fällt hier an der walisischen Küste so gut wie nie Schnee. Gefühlt gibt es dafür aber jeden zweiten Tag Sturm. Wenn der Wind auflandig weht wie heute, gehen die Jungs trotz der eisigen Kälte surfen, deswegen mache ich mich auf den Weg in Richtung Strand. Ich ziehe mir die Mütze über meine frisch gefärbten blauen Haaren tief in die Stirn und merke deshalb viel zu spät, dass jemand vor mich tritt.

»Hey«, höre ich und schrecke auf. »Hey, du«, ergänzt Ellis sanfter und mit einem Funkeln in den Augen. Er trägt eine seiner Beaniemützen und hat einen dicken Schal um den Hals geschlungen, der sogar einen Teil seiner Kabanjacke verdeckt. Seine Haare sind wie so oft noch ein bisschen feucht. Vermutlich würde das für jemanden, der nicht mit dem Immunsystem eines walisischen Kriegers ausgestattet ist, einem Todesurteil gleichkommen. Für mich zum Beispiel. Ich würde mit feuchten Haaren unter der Mütze hier draußen binnen Minuten zu einer Eisskulptur erstarren.

»Wie war's?«, will ich wissen.

»Absolut geil. Und arschkalt. Wir sind nach zwanzig Minuten wieder an Land.« Er lacht, und ich kann gar nicht anders, als es zu erwidern.

»Und? Haben sich die Schmerzen wenigstens gelohnt?«

Ellis schlingt seinen Arm um mich, zieht mich zu sich heran und reibt seine Nase an meiner. Sie ist so kalt, dass ich leise quietsche und mich ihm schon entwinden will, aber natürlich lässt er es nicht zu.

»O ja, absolut«, sagt er voller gespielter Inbrunst. Sein zweiter Arm legt sich um meinen Rücken, und dann küsst er mich. Und obwohl wir schon zwei Monate fest zusammen sind, lösen seine Küsse noch immer das gleiche Gefühl in mir aus. Ein leichtes warmes Flattern, das meinen Bauch ausfüllt und bis in mein Herz steigt. Ich kann nicht genug davon bekommen.

Als sich unsere Lippen voneinander lösen, halten wir einen Moment lang die Augen geschlossen und genießen beide dieses Gefühl der Innigkeit zwischen uns.

»Ich habe dir was mitgebracht.« Es raschelt leise, weil ich Ellis die Papiertüte vor die Nase halte.

Er verengt die Augen und schnuppert in Richtung Tüte. »Cookies?«

Ich hebe die Brauen.

»Elsas Cookies?«, fragt er weiter.

»O ja. Und dieses Mal ist sie sogar selbst zufrieden mit dem Ergebnis.«

Als Ellis sich die Tüte schnappen möchte, ziehe ich sie ihm weg. »Sie hat aber eine Bedingung.«

»Hmmm ...« Ellis verzieht schmerzhaft das Gesicht.

»Sie möchte endlich nach Carneddau.«

Ellis verdreht die Augen, muss aber gleichzeitig lachen. Elsa will unbedingt mal dorthin – sie hat eine Schwäche für romantische Hideaways, und ihr heimlicher Traum ist es, selbst einmal ein Bed and Breakfast zu eröffnen – was ihre Eltern absolut indiskutabel finden. Elsa möchte sich dennoch mit Ruth und Rhian unterhalten, um mehr über ihr Airbnb zu erfahren.

»Wir werden sehen«, sagt Ellis mit vielsagendem Blick und schafft es in einem unachtsamen Moment, mir die Tüte abzuluchsen. Er öffnet sie und fischt sich einen Cookie heraus. Nachdem er den ersten Bissen genommen hat, stöhnt er ebenso genussvoll wie ich vorhin, als ich die Kekse probiert habe.

»Die gehören verboten«, murmelt er kauend. Dann schiebt er sich den restlichen Cookie in den Mund, legt seinen Arm um meine Schultern und schlendert mit mir in Richtung Pier.

Der Piratenladen hat während der Wintersaison geschlossen, aber einmal die Woche sehe ich im Pavillon trotzdem nach dem Rechten. Ab Februar wird Ives sich ohnehin jemand anderen suchen müssen, denn ich habe ein Stipendium von der Bloomsbury bekommen, das mich neben meiner Arbeit am Institut finanziell über Wasser hält. Mehr als das, es ist ziemlich großzügig, und das Erste, was ich mit dem gefühlten Geldhaufen auf meinem Konto gemacht habe, war, mir einen Friseurbesuch zu gönnen und meine Haare neu färben zu lassen.

»Hast du was aus London gehört?«, fragt Ellis.

»So wie es aussieht, schreibt Sam an einer ihrer Seminararbeiten. Glauben tue ich das aber erst, wenn ich es mit eigenen Augen sehe.«

»Ich denke, sie macht's wirklich«, sagt Ellis zwinkernd. Keine Ahnung, welchen Deal die beiden haben, aber an dem Tag nach dem Eklat mit Dorset haben Ellis und Sam lange miteinander gesprochen – den Inhalt wollten mir beide nicht verraten. Jedenfalls haben sie E-Mail-Adressen ausgetauscht, und ich glaube, sie halten regelmäßigen Kontakt.

»Und, ähm …« Irgendwann einmal haben wir einvernehmlich beschlossen, Dorsets Namen nicht mehr auszusprechen. Klingt lächerlich, aber es scheint uns beiden zu helfen, mit der ganzen Angelegenheit abzuschließen.

»Offiziell macht er ein Sabbatical«, berichte ich. Das, was ich Dorset angedroht hatte – obwohl es nur so dahingesagt war –, ist tatsächlich passiert. Mein Interview mit Hunters Bekannter bei der BBC und unsere kleine Show beim Konferenzdinner sind viral gegangen. Tagelang ist es auf der Startseite der BBC News und auf sämtlichen Social-Media-Kanälen gespielt worden. Mehrere andere Studentinnen haben sich danach bei der BBC und den Vertrauenspersonen ihrer Unis gemeldet, dass ihnen mit Dorset Ähnliches widerfahren sei. Zwar haben wir ein Schreiben von irgendeinem Londoner Staranwalt bekommen, aber das Interview war rechtlich nicht angreifbar. Außerdem habe ich, nachdem Ellis es geschafft hatte, die alten Messages von Dorset auf meinem Handy wiederherzustellen, inzwischen eindeutige Beweise.

Die UCL und auch Princeton, wo Dorset ebenfalls einen Lehrauftrag hatte, haben ihre Zusammenarbeit mit ihm umgehend beendet und Pressemitteilungen über die *Causa Dorset* herausgegeben. Keine Ahnung, was er jetzt macht, keine Ahnung, ob er sich rächen möchte, doch ich habe in den letzten Wochen so viel Zuspruch erhalten und wurde von anderen jungen Frauen angeschrieben, dass ich mich davor nicht mehr fürchte.

Weil ich im Recht bin.

Das, was Dorset gemacht hat, war abscheulich, und ich habe meine Selbstzweifel endlich ausräumen können.

»Du würdest es mir aber sagen, wenn er …« Ellis sucht meinen Blick.

»Versucht, mich zu kontaktieren?« Ich halte meinen Freund fest und lege meine Hände rechts und links an seine kühlen Wangen. »Du würdest es sofort erfahren. Aber er wird es nicht tun. Und das hätte ich ohne dich nicht geschafft.«

Ellis wiegt den Kopf hin und her. »Vielleicht doch«, sagt er und gibt mir einen Kuss auf die Nasenspitze.

»Mag sein. Aber weißt du was?«

»Hm?«

»Zusammen fühlt es sich doppelt so gut an, diesem Mann das Handwerk gelegt zu haben.«

Das ist etwas, was ich erst in Marchlyn Falls gelernt habe: Es ist schöner, Dinge gemeinsam zu erreichen, statt allein.

Ellis und seine verrückten Freunde, Elsa, Frida, Hunter und Ives – sie alle sind in den letzten Monaten meine Familie und mein Zuhause geworden.

Ellis kommt mir ganz nahe und seine Lippen schweben über meinen. »Irgendwie wusste ich das schon immer«, erklärt er mit rauer Stimme.

»Was denn?«

»Dass du so stark wie eine Kriegerin bist, Lily. Und das ist nur eine Sache, die ich an dir liebe.«

Und noch ehe ich etwas antworten kann, weil ich so überrumpelt bin von seinen Worten, fasst er mein Gesicht mit beiden Händen und küsst mich.

»Und dass du immer mich gesehen hast, egal wie sehr ich versucht habe, mich zu verstecken, ist auch nur eine Sache, die ich an dir liebe«, erwidere ich, als ich unseren Kuss unterbreche. »Eine Sache von so, so vielen.«

Lächelnd drückt er mich an sich.

Neben uns rauscht das Meer laut und kraftvoll, über unsere Köpfe hinweg fegt der Wind, um uns herum ist es eiskalt, aber in meinem Brustkorb glimmt eine leuchtende Wärme und so viel Liebe für diesen einen Menschen, dass ich es gar nicht begreifen kann.

Aber das macht nichts, habe ich gemerkt. Man muss nicht immer alles verstehen und beziffern können. Schon gar keine Gefühle. Man muss nur den Mut haben, sich auf sie einzulassen.

Triggerwarnung (Achtung, Spoiler)

In Bloomsbury Campus Hidden Secrets kommen Themen zur Sprache, die triggern können. Diese sind: Prüfungsangst, Machtmissbrauch, Gaslighting, Manipulation, Alkoholismus, Suizid, sexualisierte Gewalt, Verlust, Trauer. Die Liste erhebt keinen Anspruch auf Vollständigkeit. Bitte passt auf euch auf und achtet auf eure Gefühle.

Danksagung

Danke zu aller erst an den Penguin Verlag und an mein Lektorinnenteam Duygu und Steffi, dass ihr mit mir die Reise an die Bloomsbury University unternommen und meinen Text und mich so toll betreut habt. Danke an meine wundervolle Agentin Vanessa, die einfach immer für mich da ist, wenn ich sie brauche, die nicht müde wird, für mich zu kämpfen, und die mir jedes Mal aufs Neue hilft, meine Stimme und meine Geschichten zu finden.

Hidden Secrets ist in einer Zeit entstanden, die privat ziemlich turbulent war. Danke an Ana, you are my rock. Danke, dass du dir stundenlang meine Plots, meine Figuren und überhaupt alles anhörst, ohne jemals zu ermüden. Danke, dass du immer da bist und immer da sein wirst.

Danke, Jannik, für das ausführliche und geduldige Surfcoaching. Ich hoffe, es klingt jetzt nicht mehr ganz so, als würde man ein Auto einparken – falls ja, ist das alleine meine Schuld.

Danke an meine Freundinnen Jessie, Tati und Janina, dass ihr es immer so feiert, wenn ich einen weiteren Milestone in meinem Marathon geschafft habe.

Danke an meine Discord-Crew, an Kati, Rebekka, Franzi, Nati, Kuddel, Laura, Chris, Steffi, Dominik, Julia, Nina und Anika, dass ihr so ein Safe Space für mich seid, dass ich mich mit euch so wunderbar austauschen kann, und dass immer jemand da ist, der die Tiefs auffängt und die Hochs feiert. Ich bin so dankbar, dass ich Teil eurer Gemeinschaft sein darf.

Und danke an Can, mein Schatz, für deine unendliche Geduld, dass du es schaffst, mit meiner Leidenschaft, dem Schreiben zu leben, und immer zu allen Schandtaten bereit bist. Ich liebe dich!

Und danke auch an die vielen Blogger*innen, Leser*innen und Buchhändler*innen, dass ihr die Geschichte von Lily und Ellis lest, empfehlt und in eure Bücherregale stellt. Ich hoffe, die beiden haben sich ein klein wenig in euer Herz geschlichen, genauso, wie sie mein Herz erobert haben.

Alles Liebe
Eure Emma